U0114468

聲韻論叢

第一輯

中華民國聲韻學學會
臺灣師範大學國文系所 主編

臺灣 學生書局 印行

發刊辭

　　我中華民國臺灣聲韻學界，四十年來，人才輩出，孜孜矻矻，戮力不懈，埋首案頭，覃思不已。或踵前修之步武，或擷西學之菁華，或理方音之歧分，或振聲情之條貫。莫不言之成理，持之有故，條理密察，斐理成章。因感各據案頭，各抒己意，難免人自為說，莫可折衷。因聚集同好，共商組織學會，冀能藉相互質疑，論定是非，各獻所長，補其所短。使聲韻學之研究，益勵後學，廣播風氣。此議甫宣，即深受肯定。因有中華民國聲韻學會之創設。

　　本會創設之目標，一為推動聲韻學術之研究，一為增進兩岸聲韻學術之交流，一為刊行聲韻學術之論文。其言推動聲韻學術之研究也，自民國七十一年成立以來，每年皆由本會與各大學及學術團體輪流舉辦聲韻學論文研討會，迄今已舉行十一次，每次提出討論之論文，多則數十篇，少亦近十篇，相互切磋，獲益良多。其言兩岸學術之交流也，民國七十九年本會與香港浸會學院中文系合作，舉辦兩岸三地聲韻學學術研討會，是為兩岸學人第一次之學術交流，規模之大，參加學者之眾，為近年以來之所僅見，獲得良好之交流效果。自此以後，我方學者多次參加大陸音韻學術研討會，大陸學人亦多次來臺參加本會所舉行之學術研討會。今大陸學術研討會，論文宣講後，設特約討論之方式，多謂吸取我方之經驗，可謂已收顯著之交流效果。其言刊行聲韻學

術論文也，自第八屆聲韻學會以來之研討論文，皆已滙集成編，第八屆研討論文滙集爲《聲韻論叢》第三輯，第九屆研討論文滙集爲《聲韻論叢》第四輯，第十屆研討論文滙集爲《第二屆暨第十屆全國聲韻學學術研討會論文集》，第十一屆研討論文將滙集爲《聲韻論叢》第五輯。第一屆至第七屆研討論文，因爲篇數較少，故總集爲《聲韻論叢》第一輯與第二輯，俾本會論文皆得刊出而成完璧。此所以《聲韻論叢》第三輯第四輯先爲刊行，而第一輯第二輯反而刊行在後之故也。

　　臺灣學生書局秉其一貫贊助學術發展之立場，協助出版刊行，乃《聲韻論叢》所以問世就正於世人之最大助力也。而本會理事姚榮松、何大安二位年輕學人之賢勞，搜集論文，編定目次，尤所銘感。本人所撰〈中華民國聲韻學學會緣起〉，於瞭解本會創設之始末，不無小助；姚榮松教授〈第五屆全國聲韻學討論會議紀要〉，竺家寧教授〈第六屆全國聲韻學討論會紀實〉二文於瞭解各次會議之論文內容及討論情況，皆有詳盡之報導，故列爲附錄，以資參考。

　　學問之道，前修未密，後出轉精，故學會創辦伊始，吾人即具共識，個人擔任某項職務，不宜過久，應建立新陳代謝之制度，故本會理事長以二年爲一任，只得連任一次，其最長不得超過四年。本人理事長任期早已屆滿，惟《聲韻論叢》首二輯係在余任內交稿發排，故仍由本人撰寫發刊辭。日後希望建立制度，其後賡續出刊之《論叢》，每輯弁言，由當屆理事長撰稿，使薪火相傳，永世不絕，此爲余之願望，質諸會員諸君，以爲然否？

中華民國八十二年九月十二日

陳新雄　謹述於臺北市和平東路鍥不舍齋

聲韻論叢　第一輯

目　　次

作者簡介

竺家寧 浙江奉化人，民國三十五年生。國立臺灣師範大學國文研究所碩士，中國文化大學中文研究所博士班畢業，國家文學博士。曾任漢城檀國大學客座教授，淡江大學中文研究所教授。現任國立中正大學中文研究所教授。曾擔任聲韻學、訓詁學、語音學、漢語語音學、詞彙學、漢語語法等課程。著有《四聲等子音系蠡測》、《九經直音韻母研究》、《古漢語複聲母研究》、《古今韻會舉要的語音系統》、《古音之旅》、《古音學入門》（合著）、《語言學辭典》（合著）等書。

金周生 浙江海寧人，民國四十三年生。輔仁大學中文研究所碩士，輔仁大學中文研究所博士班肄業，曾任輔仁大學中國文學系助教、講師，現任輔仁大學中國文學系副教授。著有《廣韻一字多音現象初探》、《宋詞入聲韻部考》等書，另有文字學、聲韻學等單篇論文二十餘篇。

丁邦新 江蘇如皋人，民國二十五年生。國立臺灣大學學士、碩士、美國華盛頓州立大學博士。曾任中央研究院歷史語言研究所研究員、所長，國立臺灣大學中國文學研究所教授，民國七十六年獲選為中央研究院院士。現任美國柏克萊加州大學東方語文系教授。重要著作有專書《魏晉音韻研究》（英文）、《臺灣語言

源流》、《儋州村話》，單篇論文有〈如皋方言的音韻〉、〈漢語方言分區的條件〉、〈吳語聲調的研究〉、〈漢語聲調源於韻尾說的檢討〉等數十種，譯著有《中國話的文法》(趙元任原作)。主要研究領域爲中國語言學，包括方言學、音韻史等，於臺灣南島語及少數民族語言亦有專著發表。

龔煌城 民國二十三年生。國立臺灣師範大學英語系畢業，德國慕尼黑大學博士。現任中央研究院歷史語言研究所研究員，臺灣大學中文系所兼任教授。擅長於西夏語文、漢藏比較語言學及漢語聲韻學。著作有" Voiced obstr uents in the Tangut language " (1981) (西夏語的濁阻音聲母)、〈西夏韻書同音第九類聲母的擬測〉(1981)、〈西夏文的意符與聲符及其衍生過程〈 1985)、" Phonological alternations in Tangut " (1988) (西夏語的音韻轉換)、 " The phonological reconstruction of Tangut through examination of phonological alternations " (1989) (西夏語的音韻學轉換與音韻構擬)。" A comparative study of the Chinese, tibetan, and Burwese vowel systems " (1980) (漢藏緬語元音的比較研究)、〈從漢藏語的比較看漢語上古音流音韻尾的擬測〉(1991)、〈十二世紀末漢語的西北方音〉(聲母部分)(1981)、〈十二世紀末漢語的西北方音〉(韻母問題)(1989)等篇。

陳新雄 字伯元，江西省贛縣人，民國二十四年生。國立臺灣師範大學國文研究所文學博士。曾任中國文化大學中文系教授兼主

任、淡江大學中文系兼任教授、國立政治大學中文系所兼任教授、國立高雄師範大學國文研究所兼任教授、輔仁大學中文系所兼任教授、美國喬治城大學中日文系客座教授、香港浸會學院中文系首席講師、新亞研究所兼任教授、香港珠海大學文史研究所兼任教授、香港中文大學訪問學人。現任國立臺灣師範大學國文系所教授、國立中山大學中文研究所兼任教授、東吳大學中文研究所兼任教授。古典文學研究會顧問、中華民國聲韻學會常務理事、中國文字學會常務理事、中國訓詁學會理事長。重要著作有《春秋異文考》、《音略證補》、《六十年來之聲韻學》、《等韻述要》、《中原音韻概要》、《鍥不舍齋論學集》、《旅美泥爪》、《香江煙雨集》、《放眼天下》、《文字聲韻論叢》、《詩詞吟唱與賞析》等。

左松超 江蘇鎮江人，民國二十四年生。國立臺灣師範大學國文研究所文學博士。曾任國立清華大學教授、國立中央大學教授、香港浸會學院中文系高等講師、首席講師兼系主任，香港珠海大學文史研究所兼任教授，現任香港浸會學院中文系教授。著有《左傳虛字研究》、《說苑研究》等書。

簡宗梧 臺灣南投人，一九四零年生。一九七六年畢業於國立政治大學中文研究所，獲國家文學博士。曾任香港中文大學中文系高級講師，現任國立政治大學中文系所教授兼中文系主任。著有《漢賦源流與價值之商榷》、《漢賦史論》等。

黃坤堯 廣東中山人，一九五零年出生於澳門。一九七二年國立
臺灣師範大學國文學系畢業，一九八七年香港中文大學哲學博士。
主要研究詩詞、音韻、訓詁等；創作則以散文、新詩及古典詩詞
爲主。現任香港中文大學中文系講師，《中國語文通訊》執行編
輯。著作有《舟人之旅》、《溫庭筠》、《清懷集》、《新校索
引經典釋文》、《清懷詩詞稿》、《書緣》及《經典釋文動詞異
讀新探》等七種。

孔仲溫 江西省鄱陽縣人，民國四十五年生。國立政治大學文學
博士，曾任靜宜大學中文系副教授、東吳大學中文系副教授、逢
甲大學兼任副教授，現任國立中山大學中文系所副教授。講授文
字學、聲韻學、訓詁學、中國文字學專題研究。著有《韻鏡研究》、
《類篇研究》、《類篇字義析論》、《語言學辭典》（合著）等
書．單篇論文有〈敦煌守溫韻學殘卷析論〉、〈廣韻祭泰夬廢四
韻來源試探〉、〈類篇字義探源〉、〈韻鏡序例的題下注歸納助
紐字其相關問題〉、〈類篇字義的編排方式析論〉、〈說文品型
文字的造形試析〉、〈辯四聲輕清重濁法的音讀現象〉、〈殷商
甲骨諧聲字之音韻現象試探——聲母部分〉、〈段注說文牡妹二
字形構述論〉、〈類篇破音別義研析〉等篇。

林慶勳 臺灣桃園人。一九四五年生。中國文化大學中文研究所
畢業，獲國家文學博士，曾任中國文化大學講師、副教授兼中文
系主任，高雄師範學院國文研究所副教授，日本國立東京大學文
學部外國人研究員。現任高雄師範大學國文研究所教授兼國文系

主任。講授音韻學研究、詞匯學研究、中國語言學專題研究等課程。著有《切韻指南與切音指南比較研究》、《段玉裁之生平及其學術成就》、《音韻闡微研究》、《古音學入門》（與竺家寧合著）、〈試論合聲切法〉、〈諧聲韻學的幾個問題〉、〈刻本圓音正考所反映的音韻與現象〉、〈試論日本館譯語的聲母對音〉等。

李三榮 臺灣省臺中市人，民國三十一年生。國立政治大學中國文學研究所文學博士，現任教於國立高雄師範大學國文系。著作有〈閩南語十五音之研究〉、〈由中古到現代聲母發展的特殊現象〉、〈大衆傳播工具國音誤讀研究報告〉、〈董同龢擬測的中古韻母檢討〉、〈杜甫詠懷古跡之三——群山萬壑赴荊門——的音韻成就〉、〈秋聲賦的音韻成就〉、《韻鏡新編》等。

上古漢語帶舌頭音的複聲母

竺家寧

一、緒　論

　　這十多年來，學術界對上古漢語複聲母的問題討論得比較熱烈，尤其是在帶舌尖邊音和帶舌尖清擦音兩類複聲母方面，討論得更爲深入，提出了不少有啓發性的論文與見解。外籍學者參與討論的，例如蒲立本、班尼廸、包擬古、薛斯勒、富勵士、柯白林等人，他們對古漢語的複聲母鍥而不捨的研究態度，更值得欽佩。

　　筆者對形聲字作了一番觀察與分析，假定了一類前賢較少觸及的複聲母：帶舌頭音的複聲母。除了形聲字所呈現的規律性，本文也列出了古籍中的其他資料作爲旁證。所假定的系統務求在橫的方面能解釋各種異常的諧聲現象，縱的方面能說明歷史的演變。

　　複聲母的擬構，先要有單聲母做基礎。綜合前賢的研究成果，本文做爲基礎的上古單聲母系統是這樣的：

　　牙喉舌 k（見）k'（溪）g'（群）ŋ（疑）ʔ（影）x（曉）
　　　　　 g（喻三、匣）

舌頭音 t（端、知、照）t′（透、徹、穿）d′（定、澄、神、
　　　　禪）d（邪、俟）n（泥、娘、日）

齒頭音 ts（精、莊）ts′（清、初）dz′（從、牀）s（心、疏）

重唇音 p（幫）p′（滂）b′（並）m（明）ᵐ（曉）

流　音 l（來）r（喻四）

以上共23母（審母源於複聲母 sd ）。

在一般語音結構上，塞音做爲複聲母首一成分的，比較少見。
可是從形聲字看來，許多非舌頭類的中古聲母，在聲系中都和舌
頭類的字接觸。很可能這些非舌頭類的字在上古時代，前面帶個
舌頭音t-成分。在更早的時代，這個t-成分也可能是個詞頭(Pre-
fix)。

詞頭是附加在一個語根（root）的聲母前面的成分，它可以
改變這個字的意義、詞性、或文法功能。在我們漢藏語族裏，詞
頭是普遍存在的。班尼廸的「漢藏語概要」（ Benedict, Sino-
Tibetan: *a Conspectus* ,1972） 一書曾舉出藏緬系語言具有豐
富的詞頭，這些詞頭到了後世，漸趨失落。他舉出藏緬語古代正
有舌頭音的詞頭存在， 例如：六 *d-ruk　九 *d-kuw　熊 *d-
wam　虎 *d-key　鹿 *d-yuk　蟹 *d-kay 。

屬漢藏系統的卡倫語（karen）也有這種舌頭音詞頭存在，
例如：狗 *t-wiy 。

至於這些詞頭所具有的文法功能，班氏指出在藏緬中已趨消
失，他說：

「 *In many instances, no function can be assigned*
　　these elements, i.e. loss of morphological utility

had already occurred proto-TB times.」

因此班氏在描述舌頭音d-或其他詞頭時，往往注明「func-tion unknown」。也就是說，詞頭的功能到今天大都無法確指了。漢語的情況當然也有可能和這些親族語言相平行的。何況在形聲字中還留存著這樣多的證據。

事實上，有不少學者都贊成漢語是有詞頭存在的。法國漢學家 H. Maspero，著有「Sur quelques texts anciens du chinois parlé」（BEFEO 14, 1914）、「Préfixes et dérivation en chinois archaique」（Mem. Soc. Ling. de Paris 23, 1930）兩篇文章都論及詞頭。班尼廸認為現代漢語也有詞頭，例如稱呼用的「阿」，像「阿媽」、「阿姨」、「阿黃」、「阿三」。這個「阿」詞頭的存在還可以推到初唐或六朝時代（約公元 600 年左右）。先師詩英先生「中國文法講話」一書也以國語裏的「老」字具有詞頭的作用，像「老虎」、「老鼠」皆是。

楊福綿先生認為古漢語有 s-詞頭和 s-複聲母的對立，例如：sk → t、s-k →喉塞音、sk′ → t′、s-k′ → x、sg → ɣ、s-g → s、sg′ → d′、s-g′ →舌面清擦音。不過，這種具有相同音素的詞頭和複聲母，在實際語言中恐怕是無法區別的。本文所假定的舌頭音複聲母是由詞頭演化形成，並不在同一個系統中形成對立。也就是說，在上古時代它們的詞頭功能已消失，只留下痕迹於複聲母中。早期的詞頭已由構詞（morphology）的層次轉為語音（phonetic）的層次。

周法高先生在「論上古音和切韻音」一文中也想到了舌頭音複聲母可以解決許多形聲字諧聲的問題，他說：

究竟上古音有沒有 tk、t′k、dg、st′k 等複輔音？這
倒是一個問題。假如有的話，倒可以連舌根音和舌頭舌上
音的諧聲關係都可以解決了。

　　上古的舌頭音詞頭主要出現在舌根聲母之前，所以這些舌根
字能和舌頭類字諧聲。也有一些舌頭音詞頭出現在唇音和鼻音之
前，所以這些唇音和鼻音字可以與舌頭類字諧聲。

　　這個上古的舌頭音詞頭我們可以寫作t-，也可以寫作d-。這
是由於語音的同化作用使然，如果語根（root）的聲母是濁音，
這個詞頭就寫作 d-，如果語根的聲母是清音，這個詞頭就寫作t-。
因為是有條件的分配，所以寫法雖有不同，在作用上是同一個音，
稱為同位詞音（morphophonemic allomorph）。這在語言裏是很
普遍的現象，例如英語的詞頭 con- 有「共同」之意，發音常隨
後一成分而改變：combine（聯合）、conform（使一致）、
collect（收集）、correspond（相符合）。又如表示否定的詞
頭in-，也常隨後一音位而改變發音：inept（不合適的）、imma-
ture（不成熟的）、illicit（不允許的）、ignorant（無知的）、
irregular（不規則的）。

二、舌頭音和牙喉音相連的複聲母

　　這一類在諧聲中的例證最多。可分為 tk、tk′、dg、dg′、
tɂ、tx 六種。前五種是「塞音＋塞音」的型式，末一種是「塞
音＋擦音」。以下分別列出例證討論：

㈠　tk → K

1. 臣（與之切）r/ϕ：姬（居之切）tk/k：涎（詳里切）

d/z：匝（諸市切）t/tɕ

案「姬」字實際上是處於一個舌頭類的聲系中，所以它前面應當也帶個舌頭音。上古的t-詞頭，在演化上是趨向於失落的，因此，到了中古，「姬」成爲單聲母見母字。

至於聲符「臣」是喻四，爲何在這裏不擬訂爲 gr- 呢？臣 gr- 和姬 k- 不是一樣可以相諧嗎？我們不做這樣的擬訂是因爲本聲系中還有許多t-類字存在，不能把聲符假定成舌根音。我們可以假定這樣一個原則：

　　(1)喻四如果專諧舌根音，則這個喻四上古不妨定爲 gr-，

　　　　和上古其他的 KL- 型複聲母歸爲一大類。

　　(2)喻四如果旣諧舌根音，又諧舌頭音，則喻四是單聲母r，

　　　　那些舌根音是複聲母 tk-。

董同龢先生的擬音是：臣 gd- 姬 kz- 涎 gz- 。事實上，並無必要把它們全擬爲複聲母。況且 kz- 和 gz- 的對立也是值得商榷的。由於同化作用的影響，濁音 z 的前面往往也是濁音才合理。

2. 與（余呂切）r/ϕ：擧（居許切）tk/k：歟（徐呂切）d/z

3. 勻（羊倫切）r/ϕ：均（居勻切）tk/k：旬（詳遵切）

d/z：恂（常倫切）d'/z

4. 羊（與章切）r/ϕ：姜（居良切）tk/k：詳（似羊切）

d/z：牂（則郎切）st/ts

5. 異（羊吏切）r/ϕ：冀（几利切）tk/k：趩（恥力切）

　　t′/t̢′：禩（祥里切）d/z

　　案以上四條和第一條的情況相類似，都是舌頭音的聲系，聲符都是近似 d 的舌尖閃音 r。

　　第四條的 st/ts 是一種音位轉移的現象（meta thesis）。古漢語之有音位轉移，在1969年就由包擬古（N. C. Bodman）提出來了。李方桂先生也在1976年的論文中假定了 st′→ts′（催、戚、揣）、sd→dz（寂、攢）的變化。

　6. 受（市朱切）d′/z：股（公戶切）tk/k：哟（當侯切）

　　　t/t：殳（他候切）t′/t′：投（度侯切）d′/d′

　7. 丞（署陵切）d′/z：乭（居隱切）tk/k：蒸（煮仍切）

　　　t/tɕ

　8. 是（承紙切）d′/z：翼（鳥羽也，居企切）tk/k：鞮（都奚切）t/t：醍（他禮切）t′/t′：提（杜奚切）d′/d′

　9. 善（常演切）d′/z：撍（九輦切）tk/k：　膳（旨善切）

　　　t/tɕ

　10. 出（尺類切）t′/tɕ′：屈（九勿切）tk/k：呿（當沒切）

　　　t/t：黜（丁滑切）t/t：鈯（陀骨切）d′/d′

　11. 只（章移切，又諸市切）t/tɕ：伿（支義切）t/tɕ：枳（居帋切）tk/k

　　案「枳」字又有諸市切一音，上古是 t-。「枳」字何以有 t、k- 兩讀呢？如果依本文擬訂的複聲母，這兩讀就是 tk- 分化而成。

　12.隹（職追切）t/tɕ：稚（直利切）d′/d̢′：季（居悸切）

　　　tk/k

　　案「季」字從子稚省，稚亦聲。

13. 酋（自秋切）sd′/dz′：猶（居祐切）tk/k（又以周切）

r/ɸ：輶（以周切）r/ɸ：楢（尺沼切）t′/tɕ′

案「酋」字的從母一讀也是由音位轉移而形成，本來是個舌頭音（開頭的擦音 s 是個弱勢音）。猶的舌尖和舌根兩讀可能是古代 tk- 分化而形成。

14. 自（疾二切）sd′/dz′：洎（几利切）tk/k：替（他計切）

t′/t′：習（似入切）d/z

案「替、習」二字皆从「白」得聲，說文：「白，此亦自字也。」

15. 自（都回切）t/t：歸（舉韋切）tk/k：追（陟佳切）

t′/ȶ′

16. 壴（中句切）t/ȶ：鼓（公戶切，說文：壴亦聲）tk/k：

尌（常句切，立也，音義同樹字）d′/z

17. 蟲（直弓切）d′/ȡ：鵗（徒多切，鳥名）d′/d′：融（以戎切，說文：从鬲蟲省聲）r/ɸ：陁（古送切，山名）tk/k

18. 刀（都牢切）t/t：照（之少切）t/tɕ：羔（古勞切）tk/k

案「羔」字，說文：「从羊，照省聲」，其聲符既屬舌頭音，从之得聲之字又有舌頭音的「窯」r/ɸ、牙喉音的「蒸」k′/k′、更有兼舌頭、牙喉兩讀的「䂣」（之若切、古沃切）tk/t、k，可證「羔」字上古是 tk- 複聲母。

19. 壬（他鼎切）t′/t′：聽（他丁切）t′/t′：廷（特丁切）

d′/d′：呈（直貞切）d′/ȡ′：坙（古靈切）tk/k

案「坙」字，說文：「壬省聲，古文作坙不省」。

(二)　$tk' \rightarrow k'$

20.羊（與章切）r/ϕ：姜（去羊切）tk'/k'：詳（似羊切）
d/z

案此三字的頭一個音都是舌頭類的 r 、 t 、 d ，韻母也近似，
故能相諧。

21.臣（植鄰切）d'/z：臤（苦寒切）tk'/k'：䚢（職雉切）
$t/t\varsigma$：頤（式忍切）sd/ς

案以上四字皆爲古韻十二部，「䚢」爲十二部、十五部合音。
聲母皆爲舌頭類，故能相諧。

其中，有sd一母變爲審三。審三在上古是個舌頭一類的音，
早經學者提出。林師景伊中國聲韻學通論之古聲十九紐，即視審
母爲透母之變聲。李方桂先生上古音研究亦擬訂審三爲舌頭之
sth音。周法高先生論上古音和切韻音同樣擬訂爲舌頭之zd音。

22.甚（常枕切）d'/z：湛（丁含切）t/t 勘（苦紺切）tk'/k'

23.出（尺類切）$t'/t\varsigma'$：屈（區勿切）tk'/k'

案「出」聲系又見前面第11條。

24.止（諸市切）$t/t\varsigma$：企（丘弭切）tk'/k'：齒（昌里切）
$t'/t\varsigma'$：祉（敕里切）$t'/\underset{\cdot}{t}'$

案「企」字說文：「舉踵也，从人止聲」唯段注去其「聲」
字。

25.勺（市若切）d'/z：芍（都歷切）t/t：葯（苦擊切）
tk'/k'

26.多（得何切）t/t：哆（丁可切）t/t：移（康禮切）tk'/k'

27. 它（託何切）t'/t':蛇（食遮切）d'/dz':舵（苦禾切）
   tk'/k'

28. 兆（治小切）d'/ȡ':桃（吐彫切）t'/t':挑（苦皎切）
   tk'/k'

29. 者（章也切）t/tɕ:奢（式車切）sd/ɕ:幰（苦瓦切）
   tk'/k'

30. 周（職流切）t/tɕ:調（徒聊切）d'/d':惆（去秋切）
   tk'/k'

(三)　dg → g（→ ɣ）

31. 匀（羊倫切）r/ϕ:昀（相倫切）sr/s:徇（辭閏切）d/z:
   恂（常倫切）d'/z:韵（下珍切）dg/ɣ

32. 以（羊己切）r/ϕ:台（土來切）t'/t':似（詳里切）d/z:
   矣（于紀切）dg/ɣ(j)
   案「矣」字說文:「从矢，目（以）聲」。

33. 尹（余準切）r/ϕ:靷（胡畎切）dg/ɣ

34. 隶（羊至切）r/ϕ:罪（胡怪切）dg/ɣ
   案後一字即古文「壞」字。其聲符「眔」說文云「讀若與隶
   同也」，小徐本作「隶省聲」。
   本條的兩個字皆屬古韻十五部。

35. 役（營隻切）r/ϕ:焌（下革切）dg/ɣ
   案以上三條也有可能是 gr(→ r):g(→ɣ) 的關係。

36. 曳（直例切）d'/ȡ':璏（于歲切）dg/ɣ(j)

37. 黨（多朗切）t/t:攩（胡廣切）dg/ɣ

38. 臣（植鄰切）d'/z：臦（胡田切）dg/ɤ

案此條可參考前面第22條。

39. 隹（職追切）t/tɕ：堆（都回切）t/t：淮（戶乖切）dg/ɤ

40. 占（職廉切）t/tɕ：玷（多忝切）t/t：黏（胡甘切）dg/ɤ

41. 勺（之若切）t/tɕ：釣（多嘯切）t/t：芍（胡了切）dg/ɤ

案「芍」字另有市若切 d'/z、張略切 t/ȶ 等舌頭音的讀法，可能是上古 dg 複聲母分化的痕迹。

42. 東（德紅切）t/t：重（直隴切）d'/ȡ：動（徒揔切）d'/d'：嬞（戶冬切）dg/ɤ

43. 耑（多官切）t/t：湍（他端切）t'/t'：腶（胡管切）dg/ɤ

44. 靐（徒合切）d'/d'：霅（胡甲切）dg/ɤ

案後一字說文：「从雨，靐省聲」。它另有丈甲切d'/ȡ'、之涉切t/tɕ兩個舌頭音的讀法，很可能是上古複聲母dg分化的痕迹。

45. 蟲（直弓切）d'/ȡ'：蝀（戶公切）dg/ɤ

案此條可參考前面第18條。

46. 朮（直律切）d'/ȡ'：述（食聿切）d'/dz'：遹（于筆切）dg/ɤ(j)

(四)、dg' → g'

47. 氏（承紙切）d'/z：衹（巨支切）dg'/g'：紙（諸氏切）t/tɕ

48. 勻（羊倫切）r/φ：趚（渠營切）dg'/g'

案此條可參考前面第3條。

49.沋（以周切） r/ɸ：耽（丁含切） t/t：沈（式任切）sd/ɕ：
煁（巨金切） dg'/g'

案此系字的韻母多為-m收尾，唯獨聲符例外，這可能是聲符
「尤」在上古另有個-m的讀法，所以从之得聲的都是-m類。在
聲母方面，這純係一個舌頭音聲系。

50.俟（依切韻殘卷作「漦史切」） d/z（→ʒ），又音渠希切g'

案「俟」字之聲母，與「漦」字互用，自成一類，韻鏡皆置
於「禪二」的地位。由於字少，到了後來，受同類濁音牀二的類
化，所以廣韻變成了「牀史切」。

依精照（莊）同源以及本文的系統，「俟」的演化是 d → z
→ ʒ。因此，「俟」字在上古實有舌頭音與舌根音兩讀，很可能
是 dg' - 分化而成。

5.1.允（余準切） r/ɸ：兖（以轉切） r/ɸ：圖（旨兖切）
t/tɕ：㳙（渠篆切） dg'/g'

52.隶（羊至切） r/ɸ：棣（特計切） d'/d'：隸（渠記切）
dg'/g'

53.出（尺類切） t'/tɕ'：屈（衢物切） dg'/g'
案此條可參考前面第11條。

54.隹（職追切） t/tɕ：雧（渠追切） dg'/g'
案此條可參考前面第40條。

55.自（疾二切） sd'/dz'：臬（具冀切） dg'/g'
案此條可參考前面第15條。

56.叕（陟劣切） t/ȶ：綴（丁劣切） t/t：掇（丁括切）
t/t：窡（丁滑切） t/t：踃（衢物切） dg'/g'

57. 水（式軌切）sd/ɕ ：瀤（其季切）dg′/g′

案後一字說文：「執袜也，从瀄省，水聲。讀若悸。」

(五) 　　tx → x

58. 夷（以脂切）r/ɸ ：桋（杜奚切）d′/d′ ：咦（喜夷切）

tx/x

案像這種舌頭音聲系中夾雜的曉母字，上古應當也有個舌頭音成份。

59. 匀（羊倫切）r/ɸ ：訇（呼宏切）tx/x

案此條可參考前面第32條。後一字說文：「从言，匀省聲。」

60. 尤（以周切）r/ɸ ：訧（許金切）tx/x

案此條可參考前面第50條。後一字又音徒含切。

61. 台（土來切）t′/t′ ：殆（徒亥切）d′/d′ ：哈（呼來切）

tx/x

62. 以（羊己切）r/ɸ ：矣（于紀切）dg/ɤ(j) ：俟（漦史切，

又渠希切）dg′/d,g ：焕（許其切）tx/x

案此條可參考前面第33、51條。

63. 隶（羊至切）r/ɸ ：隸（虛器切）tx/x

案此條可參考前面第53條。

64. 役（營隻切）r/ɸ ：瞁（許役切）tx/x

案此條可參考前面第36條。另有一個「从土，役省聲」的「垼」字，音度侯切 d′/d′，可作為本聲系屬舌頭類的旁證，唯韻母不相近。

65. 尸（式之切）sd/ɕ ：朹（丑利切）t′/ȶ′ ：屓（虛器切）tx/x

66. 世（舒制切）sd/ɕ：跇（丑例切）t'/ȶ'：欼（呼計切）
tx/x

67. 枼（與涉切）r/φ：牒（呼牒切）tx/x

68. 吹（昌垂切）t'/tɕ'：炊（香支切）tx/x

案本系只有這兩個字，此歸之於舌頭類者，蓋穿三的大部分來源爲舌頭聲母，同時，「吹」字頗爲常見，卻無其他和舌根字接觸的迹象。

69. 川（昌緣切）t'/tɕ'：巡（詳遵切）d/z：訓（許運切）
tx/x

案「巡」字說文：「从辵川聲」。

70. 出（尺類切）t'/tɕ'：欪（許吉切）tx/x

案此條可參考前面第11條。

71. 赤（昌石切）t'/tɕ'：捇（呼麥切）tx/x：赩（許激切）
tx/x

72. 只（章移切）t/tɕ：呮（火佳切）tx/x

73. 隹（職追切）t/tɕ：睢（許規切）tx/x：推（他回切）
t'/t'

74. 之（止而切）t/tɕ：寺（祥吏切）d/z：欼（許其切）
tx/x

案末一字說文：「戲笑皃，从欠屮（之）聲」。

75. 㐱（章忍切）t/tɕ：殄（徒典切）d'/d'：㐱（呼典切）
tx/x

76. 自（都回切）t/t：脃（呼罪切）tx/x

77. 刀（都牢切）t/t：灯（許交切）tx/x

78.召（直照切）d/ȡ':劋（許么切）tx/x

79.亶（多旱切）t/t:顫（許延切）tx/x

80.天（他前切）t/t:祆（呼煙切）tx/x

案「祆」字集韻又他年切，很可能是上古tx遺留的痕迹。

81.它（託何切）t'/t':詑（香支切）tx/x

82.折（常列切）d'/ʑ:娎（許列切）tx/x

83.豆（田候切）d'/d':敨（呼漏切）tx/x

84.丑（敕久切）t'/ȶ':垢（呼皓切）tx/x

85.蠆（丑犗切）t'/ȶ':喝（許介切）tx/x

案後一字又有他達切一音，可能是tx的殘留。說文此字「从口，蠆省聲」。

86.畜（許竹切）tx/x:蓄（丑六切）t'/ȶ'

案「畜」字又音丑救切，爲舌頭音，也可能是tx的殘留。

87.逐（直六切）d'/ȡ':遂（許竹切）tx/x

案後一字又音丑六初，爲舌頭音，可視爲tx的殘留。

88.朮（直律切）d'/ȡ':䘏（許聿切）tx/x:怵（丑律切）
　　t'/ȶ'

(六)　tɔ→ɔ

89.矢（式視切）sȡ/ɕ:知（陟離切）t/ȶ:雉（直几切）
　　d'/ȡ':医（於計切）tɔ/ɔ

90.真（職鄰切）t/tɕ:顛（都年切）t/t:黰（烏閑切）
　　tɔ/ɔ

91.勺（之若切）t/tɕ:約（於略切）tɔ/ɔ:釣（多嘯切）t/t

92.西（先稽切）sr/s ：垔（於眞切）tʔ/ʔ

案「垔」字說文：「从土西聲」。這裏必需假定它上古是個兼具舌頭音與喉塞音的複聲母，因爲从之得聲的字有舌頭音的「䡘、甄」，又有影母的「禋、煙」。

93.㫃（於蹇切）tʔ/ʔ：㫃（丑善切）t'/ȶ'

94.多（得何切）t/t ：爹（陟邪切）t/ȶ ：黟（於脂切）tʔ/ʔ

95.㚇（土骨切）t'/t' ：頞（烏沒切）tʔ/ʔ

以下再列出一些形聲字以外，舌頭音和牙喉音接觸的例證。不過這種例證，我們比較不容易判斷是由於舌頭音詞頭或由於牙喉音詞頭造成的，也不容易指出複聲母是存在於兩個字的哪一個。只能把這些資料視爲旁證與參考而已。

96.陸德明經典釋文儀禮音義「校」字胡飽反（g-/ɣ-），又丁孝反（t-）

97.釋文周禮音義「傀」字，李軌杜回反（d'-），廣韻、字林皆公回反（k-）

98.釋文毛詩音義「趙」字，沈旋起了反（k'-），又徒了切(d'-)

99.禮記緇衣「祈寒」注：「祈（g'-）之言是（d'-/ʑ-）也，齊西偏之語也」。春秋隱十年左穀「會鄭伯于時（d'-/ʑ-）來」，公作「祈（g'-）黎」。春秋宣二年左傳「右提（d'-）彌明」公羊作「祁（g'-）彌明」。

100.說文：「啁（t-），嘐（k-）也」（蕭部）

101.說文：「鬥（t-），遇（ŋ-）也」（侯部）

102.說文：「襘（k-），帶（t-）所結也」（曷部）

103.說文：「兄（x-），長（t-）也」（唐部）

104. 說文：「佗（t'），負何（g-）也」（歌部）

105. 說文：「倀（t'-），狂（g'-）也」（唐部）

106. 說文：「坦（t'-），安（ʔ-）也」（寒部）

107. 說文：「茶（d'-），苦（k'-）也」（模部）

108. 說文：「調（d'-），共（g'-）也」（東部）

109. 說文：「共（g'-），同（d'-）也」（東部）

110. 說文：「屠（d'-），剝（k'-）也」（模部）

111. 說文：「浸（k-），多（t-）汁也」（歌部）

112. 說文：「窞（d'-），坎（k'-）中更有坎也」（添部）

113. 說文：「穀（k-），續（d-/z-）也」（屋部）

114. 說文：「訩（x-），訟（d-/z-）也」（東部）

115. 說文：「㩟（d'-），讀若糗（k'-）」（蕭部）

116. 說文：「丿（k-），讀若曳（t-）」（曷部）

117. 說文：「蚳（d'-），讀若祁（g'-）」（灰部）

118. 說文：「姁（k-），讀若旬（d-）」（先部）

119. 劉熙釋名：「輈（t-），句（k-）也」（蕭部）

120. 釋名：「緩（g-），浣（g-）也，斷（t-）也」（寒部）

121. 釋名：「苦（k'-），吐（t'-）也」（模部）

122. 釋名：「階（k-），梯（t'-）也」（灰部）

123. 釋名：「檀（d'-），垣（g-/ɣj-）也」（寒部）

124. 毛詩彤弓：「橐（k-），韜（t'-）也」（蕭部）

125. 毛詩小弁：「佗（t'-），加（k-）也」（歌部）

126. 毛詩縣：「土（t'-），居（k-）也」（模部）

127. 毛詩卷耳：「永（g-），長（t-）也」

128. 毛詩文王：「永，長也」

　　以上兩條亦見於說文解字之音訓中。

129. 毛詩小明：「介（k-），大（d'-）也」（曷部）

130. 毛詩節南山：「訩（x-），訟（d-）也」（東部）

131. 毛詩小旻：「潰（g-），遂（d-）也」（沒部）

132. 毛詩泮水：「囚（d-），拘（k-）也」（蕭部）

三、舌頭音和唇塞音相連的複聲母

　　形聲字裏還有一些舌頭音和雙唇塞音接觸的例子，如果很明顯的是舌頭音聲系，即其中大部分字都是舌頭音，那麼，這中間的雙唇塞音在上古很可能前面帶有 t 類詞頭。

㈠　**tp → p**

1. 勺（之若切）t/tɕ：杓（甫遙切）tp/p：豹（北敎切）tp/p：釣（多嘯切）t/t

　　案此條可參考前節第26條。

2. 折（常列切）d'/ʑ：絜（方結切）tp/p

　　案聲符「折」字又音杜奚切（d'）。

㈡　**tp' → p'**

3. 朱（章俱切）t/tɕ：株（陟輸切）t/ȶ：珠（芳遇切）tp'/p'

4. 勺（之若切）t/tɕ：杓（撫招切）tp'/p'

　　案此條可參考前面第 1 條。

5. 折（常列切）d'/ʑ：桼（普蔑切）tp'/p'

案此條可參考前面第 2 條。

6. 豆（田候切）d'/d'：恒（芳否切）tp'/p'

7. 甹（普丁切）tp'/p'：聘（匹正切）p'/p'：騁（丑郢切）t'/ȶ'

案从「甹」得聲的字有舌頭音，也有重唇音，則聲符應該兼有這兩種特性。

㈢ db' → b'

8. 勺（之若切）t/tɕ：瓝（薄角切）db'/b'

案此條可參考前面第 1 條。

9. 灼（之若切）t/tɕ：箹（薄角切）db'/b'

10. 九（市朱切，鳥之短羽）d'/ʑ：鳧（防無切）db'/b'

11 乇（陟格切）t/ȶ：亳（傍各切）db'/b'

12 乏（房乏切）db'/b'：泛（孚梵切）b'/b'：鈘（徒盍切）d'/d'

案从「乏」得聲的字旣有舌頭音，又有重唇音，則這個聲符當兼有此兩種性質。

形聲以外的例證，也列於下作爲參考：

13. 類篇「亍」字株遇切（t-/tɕ-），又甫玉切（p-）

14. 類篇「杓」字卑遙切（p-），又多嘯切（t-）。可參考前面第 1、4 兩條。

15. 說文：壔（t-），保（p-）也，高土也」朱氏通訓定聲「壔」注：「壔（t-），亦作堡（p-）」玄應一切經音義卷二十引聲類：

「堡，高土也」。可知「壔、堡」爲同源詞。呂氏春秋疑似
篇：「周人爲高葆禱於王道」，「葆禱」即「堡壔」，今又
轉爲「碉堡」。這個疊韻詞很可能和上古的複聲母有關。

16.說文：「匋(d'-)，包(p-)省聲，史篇讀與缶(p)同」。

17.史記天官書索隱：「杓，匹遙切」(p'-)，又「丁了切」
　　(t-)。此字與「瓢」(b'-)疑係同源詞。

18.說文：「惕(d'-)，放(p-)也」（唐部）

19.說文：「憹(d'-)，放(p-)也」（唐部）

20.說文：「訂(t-)，平(b'-)議也」（青部）

21.說文：「汀(t'-)，平(b'-)也」（青部）

22.說文：「推(t'-)，排(b'-)也」（灰部）

23.說文：「匋(d'-)讀若缶(p-)」（蕭部）

24.說文：「槖(t'-)讀若薄(b'-)」（模部）

25.毛詩何彼襛矣：「平(b'-)，正(t-)也」（青部）

26.毛詩常棣：「儐(p-)，陳(d'-)也」（先部）

27.毛詩彤弓：「醻(d'-)，報(p-)也」（蕭部）

28.毛詩節南山：「成(d'-)，平(b'-)也」（青部）

29.毛詩小宛：「員(b'-)，持(d'-)也」（哈部）

30.說文：「員，持也」此與上條同。

31.毛詩江漢：「旬(d-)，徧(p-)也」（先部）

四、舌頭音和鼻音相連的複聲母

這裏所論的鼻音有m、n、ŋ三類。

㈠　**dm → m**

1. 朝（陟遙切）t/ȶ：廟（眉召切）dm/m

2. 土（他魯切）t′/t′：牡（莫厚切）dm/m

3. 尖（土骨切）t′/t′：沒（莫勃切）dm/m

4. 蠆（丑犗切）t′/ȶ′：邁（莫話切）dm/m

㈡　**dn → n**

5. 能（奴來切）dn/n：態（他代切）t′/t′：螚（奴代切）
　n/n

　　案從「能」得聲的兩個字，有舌頭音，也有鼻音，則聲符當
兼有此兩種性質。

　　本文依照高本漢和一般古音學家的看法，把 t 類和 n 諧聲的，
擬爲複聲母。至於 p 和 m、k 和 ŋ 則可以相諧。這是因爲 t 和 n
的不同，在聽覺上比較明顯，本來舌尖就是個最靈活的發音器官，
區別語音的作用最強。

　　高本漢把這類情況的 t′ 擬作 t′n（例如「態」字），本文則
把 n 擬作 tn（可寫作 dn），較易於解釋 n 與所有舌頭音的諧聲現
象。

　　「態」字釋文有 t′、n 兩讀（見後），也可能是上古複聲母
分化的痕迹。

6. 甬（余隴切）r/φ：通（他紅切）t/t：桶（徒總切）d′/d′：
　酕（而隴切）dn/n

7. 厂（餘制切）r/φ：厄（五果切）dŋ/ŋ：姬（奴果切）dn/n

8. 矢（式視切）sd/ɕ：疑（語其切）dŋ/ŋ：疑（女利切）dn/n

案以上兩條都是 ŋ 和 n 的接觸，假定它們在上古有個共同的成分──d 詞頭。因爲它們的原始聲符正是舌頭類。

9. 享（常倫切）d′/ʑ：猙（如勻切）dn/n

10. 出（尺類切）t′/tɕ′：㹠（女滑切）dn/n

11. 胵（人質切）dn/n：臷（陟栗切）t/ȶ

12. 受（殖酉切）d′/ʑ：嬼（耳由切）dn/n

13. 占（職廉切）t/tɕ：黏（女廉切）dn/n

14. 㐱（章忍切）t/tɕ：跈（乃殄切）dn/n：趁（丑刃切）t′/ȶ′（又尼展切）n/n

案「趁」字的兩讀也可能是 dn 複聲母分化而成。

15. 辰（植鄰切）d′/ʑ：賑（而振切）dn/n

16. 覃（徒含切）d′/d′：嬋（乃玷切）dn/n

17. 多（得何切）t/t：袲（乃可切）dn/n

18. 㝵（多則切）t/t：耨（奴勒切）dn/n

19. 妥（他果切）t′/t′：餒（奴罪切）dn/n

20. 內（奴對切）n/n：笍（陟衛切）t/ȶ（又而銳切）n/n

案後一字的兩讀，反映了上古的 dn 複聲母。同時，它既以「內」(n)爲聲符，又做了「鈉」（除芮切 d′/ȡ′）的聲符，更可證它原來兼有舌頭和鼻音的成分。

21. 展（知演切）t/ȶ：輾（女箭切）n/n（又知演切）t/ȶ

案後一字無論從本身的兩讀看，或從它和聲符「展」的關係看，上古都應該是個 dn。

22. 卓（竹角切）t/ȶ：淖（奴敎切）dn/n：掉（徒了切）

d′/d′（又女角切） n/n

案「掉」字的兩讀應當是上古 dn 分化形成的。

23.耴（陟葉切） t/ȶ：駬（尼輒切）dn/n

24.丑（敕久切） t′/ȶ′：狃（女久切）dn/n

25.兆（治小切） d′/ȡ′：姚（奴皓切）dn/n

26.囡（女洽切） dn/n：圝（女減切）n/n：籀（竹洽切）t/ȶ

27.聶（尼輒切）dn/n：攝（奴協切）n/n：褶（陟葉切）t/ȶ

案以上兩條的聲符，從之得聲者既有舌頭音，又有鼻音。

28.執（之入切）t/tɕ：慹（奴協切）n/n（又之涉切）t/tɕ

案後一字的兩讀，正反映了上古的 dn。

29.若（而灼切）n/n：婼（汝移切）n/nʑ（又丑略切）t′/ȶ′

案後一字的兩讀，正反映了上古的 dn。

30.匿（女力切）dn/n：暱（尼質切）n/n：慝（他德切）t′/t′

31.冉（而琰切）dn/n：䏺（他酣切）t′/t′：枏（那含切）n/n

32.耳（而止切）dn/n：餌（仍吏切）n/nʑ：恥（敕里切）

t′/ȶ′

33.貳（而至切）dn/n：摡（直利切）d′/ȡ′：膩（女利切）

n/n

34.尼（女夷切）dn/n：昵（尼質切）n/n：屔（丑利切）

t′/ȶ′

案以上五條的聲符，從之得聲者，有舌頭音，也有鼻音，所以聲符本身很可能兼有此兩種成分。

(三)　dŋ → ŋ

35.袃（徐醉切） d/z：顡（五怪切） dŋ/ŋ

36.臣（植鄰切） d'/ʑ：麕（語巾切） dŋ/ŋ

37.甚（常枕切） d'/ʑ：碪（五合切） dŋ/ŋ

38.出（尺類切） t'/tɕ：耻（魚乙切） dŋ/ŋ

39.多（得何切） t/t：宜（魚羈切，多省聲） dŋ/ŋ

　　形聲字之外，還有以下資料表現了 t 和 n 的關係：

40.類篇「㞚」字吐內切（t'-），又諾盍切（n-）

41.類篇「訥」字奴骨切（n-），又張骨切（t-）

42.類篇「䵝」字竹力切（t-），又而力切（n-）

43.類篇「肌」字陟涉切（t-），又昵輒切（n-）

44.釋文儀禮音義「淖」字徒教反（d'-），又女孝反（n-）

45.釋文莊子音義「態」字奴載反（n-），又勒代反（t'-）

46.春秋昭元年左穀「齊國弱（n-），公作「國酌（t-）」。

47.說文：「綢（d'-），繆（m-）也」（蕭部）

48.說文：「孟（m-），長（t-）也」（唐部）

49.說文：「屯（d'-），難（n-）也」（寒部）

50.說文：「訒（n-），頓（t-）也」（痕部）

51.說文：「饟（n-），周人謂餉（sd-）曰饟」（唐部）

52.說文：「挑（t'-），撓（n-）也」（豪部）

53.說文：「病（t'-）讀若枘（n-）」（寘部）

54.釋名：「沐（m-），秃（t'-）也」（屋部）

55.釋名：「難（n-），憚（d'-）也」（寒部）

56.毛詩谷風：「旨（t-），美（m-）也」（灰部）

57.毛詩沔水：「弭（m-），止（t-）也」（哈部）

58.毛詩桑扈：「那（n-），多（t-）也」（歌部）

五、結　論

　　前面所列出的三大類舌頭音複聲母，共有 222 條例證。其中，形聲字以外的例證比較不能確定，一定還有別的可能性在裏頭。在此，只是聊備參考而已。文中所擬訂的音值也只是一套假設，筆者的目標是希望在最合乎音理的情況下，去推測出一套古音複聲母系統，嘗試解釋各種難以解決的諧聲問題。由於筆者學力有限，疏漏之處一定不少，尚祈閱者先進不吝賜教，予以匡正。

讀曾運乾「喻母古讀考」札記二則

金周生

一、曾運乾喻母古讀考「營」字異文舉證之商榷

曾運乾喻母古讀考證「喻母三等字古隸牙聲匣母」有例云：

> 古讀營（于傾切）　如環。韓非子：自營為私。說文引作自環。按：環，戶關切，匣母。
>
> 古讀營如還。詩齊風：子之還兮。漢書地理志引作營。師古注：齊詩作營，毛詩作還。按：還亦戶關切。

今按廣韻「營」字音「清」韻「余傾切」，與曾氏「于傾切」不合：「于」屬「喻三」，「余」屬「喻四」。「營」於韻鏡雖列三等，實係誤置，龍宇純先生韻鏡校注云：

> 廣韻營屬清韻，音余傾切；榮屬庚韻，音永兵切。韻鏡營見三等，榮見四等，誤倒；七音略正營見四等，榮見三等。

李新魁韻鏡校證更詳為之說：

營，切三、廣韻余傾切；慧琳音、玄應音役瓊反，集韻維
傾切，俱當在四等，此入三等不合。此位當列榮字。榮，
王韻、廣韻、徐鉉音作永兵切；慧琳音永平、永兄切，集
韻于平切，俱當在三等。本書將榮字列入四等，恰與營字
顛倒。查七音略、指掌圖等俱以榮字列三等，以營字列四
等，可證韻鏡之誤。

「營」既確屬「喻四」，則「營、環」「營、還」之異文自不可
作「喻母三等字古隸牙聲匣母」之證據，或有依此而欲為「喻母
四等字古隸牙聲匣母」之說，是又不然，今論辨曾氏例證之不足
依憑於後。

曾氏云：「韓非子：自營為私，說文引作自環。」考韓非五
蠹篇：「自環者謂之私」，說文厶下引韓非：「倉頡作字，自營
為厶」，曾氏所引誤倒。陳奇猷集釋云：「人主篇：『當途之臣
得勢擅事以環其私。』仍用環字，則韓子原作環，而許慎改為營
也。」說文「厶」下段注：「今本韓非營作環，二字雙聲語轉；
營訓帀居，環訓旋繞，其義亦相通。」「營」「環」非雙聲，古
韻亦不同部，段氏「雙聲語轉」之說不甚瞭然；察此語韓非原作：
「古者蒼頡之作書也，自環者謂之私。」許慎說文則引為「倉頡
作字，自營為厶」，二者比較，顯係「義引」，則「營」「環」
乃因義互通，本與音無關也。

曾氏云：「詩齊風：子之還兮，漢書地理志引作營。師古注：
齊詩作營，毛詩作還。」考今毛詩齊風還作：

　　子之還兮，遭我乎猺之間兮，竝驅從兩肩兮，揖我謂我儇
　　兮。

　　子之茂兮，遭我乎猺之道兮，竝驅從兩牡兮，揖我謂我好
　　兮。

　　子之昌兮，遭我乎猺之陽兮，竝驅從兩狼兮，揖我謂我臧
　　兮。

首章「還、間、肩、儇」相押，次章「茂、道、牡、好」相押，
末章「昌、陽、狼、臧」相押，上古分屬元部、幽部、陽部。若
依漢書地理志：「臨甾名營丘，故齊詩曰：『子之營兮，遭我虖
巇之間兮。』」「營」屬耕部字，則與下文「間、肩、儇」韻腳
不合。且「營丘」本地名，顏師古解「子之營兮」作「言往適營
丘」，似不甚確。齊詩今亡佚，其全文雖難考究，然「營」「還」
音義皆異，當不可以此作考究古音之證據。以上二者乃曾運乾舉
「營」字異文以證古聲之疏漏。

　　曾氏又嘗舉「古音營魂相近。老子：載營魄抱一，能無離乎。
注：營魄，魂魄也。按：魂，戶昆切，匣母」以為「喻三古歸匣」
之證。考楚辭遠游：「夜耿耿而不寐兮，魂營營而至曙。」又：
「載營魄而登霞兮，掩浮雲而上征。」朱注：「營，猶熒熒也。
……此言熒魄者，陰靈之聚，若有光景也。」蓋「營」乃形容
「魂魄」之詞，「營」「魂」古韻異部，亦不可視為古聲相關之
證也。

　　「喻母三等古隸牙聲匣母」之定說創自曾運乾氏，然所舉例
證或有未當，故摘錄其說並辨解之如上。

二、談廣韻六個從「夷」得聲多音字之形成

㈠ 前 言

　　大宋重修廣韻收錄從「夷」得聲之字計二十一 ❶，今提出「桋」「荑」「鶒」「銕」「鮧」「洟」等六個多音字做爲研究對象，以探討異音之來源及其形成之原因。

㈡ 異音之來源

　　廣韻一書前有所承，收字多據前人音切以歸韻，今試舉「桋」等六字較早之異音來源如下：

桋　爾雅釋木：「女桑，桋桑。」釋文：「桋，大兮反。」廣韻齊韻杜奚切下「桋」字音蓋本於此。

　　爾雅釋木：「桋，赤棟，白者棟。」釋文：「桋，音夷。」「夷」，廣韻音以脂切，廣韻脂韻以脂切下「桋」字音蓋本於此。

荑　詩邶風靜女：「自牧歸荑。」釋文：「荑，徒兮反。」詩衛風碩人：「手如柔荑。」釋文：「柔荑，徒奚反。」詩豳風七月：「猗彼女桑。」毛傳：「女桑，荑桑也。」釋文：「荑桑，徒奚反。」廣韻齊韻杜奚切下「荑」字音蓋本於此。

　　易大過：「枯楊生稊。」釋文：「稊，鄭作荑；荑，木更生；音夷，謂山楡之實。」周禮地官稻人：「以水殄草而

芺荑之。」釋文：「荑之，音夷。」廣韻脂韻以脂切下「荑」字音蓋本於此。

鵜 說文：「鵜鵜胡，污澤也；从鳥、夷聲。鵜鵜或从弟。」詩曹風候人：「維鵜在梁。」釋文：「鵜，徒低反。」爾雅釋鳥：「鵜，鴮鸅。」釋文：「鵜，大兮反。」禮記表記：「詩云：維鵜在梁。」釋文：「鵜，音啼，徒兮反。鵜，鵜胡，污澤之鳥。」莊子外物：「魚不畏網而畏鵜鶘。」釋文：「鵜，徒兮反。」廣韻齊韻杜奚切下「鵜」字音蓋本於此。

爾雅釋鳥：「鼺鼠，夷由。」釋文：「由，字或作鴟。」廣韻以脂切下：「鵗，鵗鴟 ❷，一名飛生。」集韻延知切下：「鵗，鵗鴟，鳥名，飛生也，通作夷。」「鵗鴟」即「夷由」，廣韻脂韻以脂切下「鵗」字音蓋本於此。

銕 說文：「鐵黑金也，从金、戜聲。銕古文鐵从夷。」廣韻「鐵」下收「銕」字；「銕，古文。」同音他結切，廣韻屑韻「銕」字音蓋本於此。

說文：「銕古文鐵从夷。」段注：「按，夷蓋弟之譌也。」朱駿聲說文通訓定聲「鐵」下云：「古文从夷，按，从弟聲也。弟夷篆體相類，故二字往往互譌。」廣韻「銻」「銕」並杜奚切，則齊韻「銕」字音蓋本於此。

鮧 爾雅釋魚：「鮎」，郭注：「別名鯷，江東通呼鮎為鮧。」釋文：「鮧，大兮反，說文云：大鮎也。」廣韻齊韻杜奚切下「鮧」字音蓋本於此。

說文「鯷」字段注：「蓋鮷鯷鯼三形一字，同大兮反，而

　　　　鮧則別一字，別一音，不當合而一之。」今本玉篇：「鮧，

　　　　音夷，鰋鮧。」廣韻脂韻以脂切下「鮧」字音或本於此。

　涕　易萃：「齎咨涕洟。」釋文：「洟，他麗反。」禮記內則：

　　　　「不敢唾洟。」釋文：「洟，本又作涕，同吐細反。」廣

　　　　韻霽韻他計切下「洟」字音蓋本於此。

　　　　易萃：「齎咨涕洟。」釋文：「洟，他麗反，又音夷。」

　　　　禮記檀弓：「垂涕洟。」釋文：「涕洟，上他計反，下音

　　　　夷。」廣韻脂韻以脂切下「洟」字音蓋本於此。

㈢　異音之形成

　　　　前節所列六字又讀特異於廣韻四千八百餘多音字者❸，在於

其中一音與從「弟」得聲者關係極為密切。如：「夷」與「弟」

「鶏」與「鶏」、「銕」與「銻」、「鮧」與「鯑」皆收入齊韻

杜奚切，「洟」與「涕」又同有霽韻他計切一音，「梸」與「梯」

音義雖不同，然「梸」本與「夷」字互通❹，二字並有杜奚切一

音。此種現象之形成，可先從字形觀察之。

　夷　金文有

　　　　等形❺小篆作

　弟　金文有

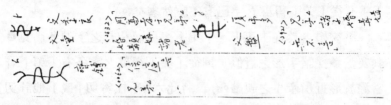

等形小篆作𢏵

二者形狀近似，當易互譌，而從「夷」從「弟」得聲之字古籍中正多相混者。如：

> 易大過：「枯楊生稊。」釋文：「稊，鄭作荑。」孟子告
> 子：「苟為不熟，不如荑稗。」長短經作「不如稊稗」，
> 莊子知北遊則作「在苐稗」。
>
> 說文：「鮧，大鮎也。」爾雅釋魚「鮎」下郭注：「別名
> 鯷，江東通呼鮎為鮧。」釋文：「鮧，說文云：大鮎也。」
> 說文「鯷」下段注：「此字詩、爾雅、釋文、廣韻作鮧。
> 從夷；文選蜀都賦及玉篇作鮷。」
>
> 禮記內則：「不敢唾洟。」釋文：「洟，本又作涕。」史
> 記宋微子世家：「曰洟」，集解：「徐廣曰：一曰涕。」
>
> 易明夷：「夷于左股。」釋文：「夷于，子夏作睇，鄭、
> 陸同云：旁視曰睇，亦作眱。」
>
> 易渙：「匪夷所思。」釋文：「匪夷，荀作匪弟。」

至說文「鵜」下云：「𪆪鵜胡，汙澤也，從鳥、夷聲。𪁪鵜或從
弟。」又「鮧」「鮷」、「睇」「眱」、「苐」「荑」義同且並
見於古籍，而說文未收「鮷」「眱」「荑」三字，則許君於從

「夷」從「弟」得聲之字已有不瞭然者矣。

　　歷來學者於從「夷」、「弟」得聲而相亂之字頗多高見❻，其要蓋多歸諸字形之近似，則從「夷」得聲之字多有「弟」音，當源於形近所產生之誤讀。今再將此六字「杜奚切」或「他計切」一音之形成分逃於后：

桋　廣韻杜奚切下「桋」字訓爲「樹之長條」，與爾雅釋木：
　　「女桑，桋桑」相合，釋文：「桋，大兮反，或作夷。」
　　「桋」「夷」異文而「夷」僅「以脂切」一音，是知此
　　「桋」不當音「大兮反」也。且爾雅釋木：「無姑其實夷。」
　　釋文：「夷，舍人本作桋，同。」詩谷風之什四月：「隰
　　有杞桋。」釋文：「桋，本亦作荑，音夷。」皆無「杜奚
　　切」之音，蓋「大兮反」乃源於「荑」「苐」之異文，詳
　　見下字。

荑　易大過：「枯楊生稊。」釋文：「稊，徒稽反，楊之秀也。
　　鄭作荑，荑，木更生；音夷，謂山楡之實。」廣韻杜奚切
　　下「荑」字訓爲「荑秀」，與此合；廣韻「稊」「苐」二
　　字音「杜奚切」，莊子知北遊：「在茅苐。」釋文：「大
　　西反，本又作稊。」而孟子告子：「不如荑稗」，長短經
　　作「不如稊稗」，　知「荑」乃「苐」「稊」之異文，此
　　「荑」實「苐」之形譌，而「荑」由此誤生「苐」音矣！
　　前「桋」之「苐」音，亦因「桋桑」「荑桑」之異文而得，
　　非本有此音也。

鷐　廣韻杜奚切「鷐」字訓爲「鷺鷐，山雞名」，與「鵜」義
　　異，似非如說文作重文解，然集韻田黎切下收「鷐鵜」二

字，訓爲「鳥名，說文：鷈鵬，汙澤也，或从弟。」則依
說文。考國語吳語：「乃使取申胥之尸盛以鴟鷈而投之於
江。」說文徐箋：「鴟夷之合聲爲鷈，緩言之則爲鴟夷。
……字本作鷈，又作鷈者，因鴟夷而相承增鳥旁耳。」則
「鷈」本音「夷」，杜奚切一音乃源於說文從「弟」得聲
之「鷈」而誤增。

銕 廣韻杜奚切下「銕」字說解:「字林云：鐵名，又說文云：
古鐵字。」考廣韻「銕」之又一音與「鐵」同收入屑韻他
結切，說文「銕」下段注云：「夷蓋弟之譌也。」通訓定
聲「鐵」下亦云：「古文从夷，按：从弟聲也，弟夷篆體
相類，故二字往往互譌，弟鐵雙聲，與銕銻同字。」「銻」，
廣韻正音杜奚切，則「銕」字此音或即由「銻」之形譌而
衍生。

鮧 廣韻杜奚切下「鮧」字訓爲「大鮎」，說文作「鯑」，義
同。段玉裁謂作「鯑」作「鮧」，「未知孰是，以夷弟篆
體易譌也。」又曰：「鯑鯤鯑三形一字，同大兮反，而鮧
則別一字，別一音，不當合而一之。」蓋「大鮎」爲「鮧」，
則不當有「杜奚切」一音；爲「鯑」，則杜奚切下不當收
「鮧」字。鮧字此音之形成亦由於與「鯑」之相淆也。

洟 廣韻霽韻他計切下收「洟」字，字義爲「鼻洟」，禮記檀
弓：「垂涕洟。」釋文：「涕洟，上他計反，下音夷，自
目曰涕，自鼻曰洟。」二者義同，而釋文只一「夷」音，
是「洟」本讀「夷」也。易萃：「齎咨涕洟。」釋文：
「涕，音體。洟，他麗反，又音夷，鄭云：自目曰涕，自

鼻曰洟。」同一「涕洟」，二字之音皆異於前矣。蓋「洟」
之有「涕」音，或緣於形譌，說文「洟」下段注：「古書
弟夷二字多相亂，於是謂自鼻出者曰涕，而自目出者則別
製淚字，皆許不取也。」通訓定聲「涕」下亦云：「篆體
夷弟偏旁易于相亂，故別製淚以當之。」史記宋微子世家：
「曰涕」，集解引徐廣說：「一曰洟。」又禮記內則：「不
敢唾洟。」釋文：「洟，本又作涕，同吐細反。」皆其證
也。又考王二「夷」音下收「咦」字，義爲「唾咦」，是
同一形、義不應有二音以當之，「洟」字他計切一音實由
「涕」形而誤增。

四 結 論

甲、「桋」「荑」「鶧」「銕」「鮧」「洟」六字原皆僅
「以脂切」一音，「杜奚切」或「他計切」乃因與「弟」形之錯
譌而生，本不當有也，此廣韻多音字有因古字形之混淆而衍生者。

乙、古音學家研究中古「喻四」之上古音來源而有成就者、
首推曾運乾「喻母四等字古隸舌聲定母」之說，其後學者則多以
爲「喻四」之上古聲母源自 *d *g 二類（複聲母除外），如此，
則上古音無「零聲母」矣！考說文所收從「夷」得聲者，計「夷」
「姨」「咦」「荑」「鶧」「銕」「桋」「洟」「痍」「羠」
「徲」等十一字，其中除「銕」字或爲「銻」字之誤❼，「荑」
「鶧」「桋」「洟」四字本無「杜奚」「他計」切之音外，諸字
聲母皆與舌尖、舌根塞音無涉，且除象聲字「咦」之中古音爲
「曉」母，其他諸字皆屬「喻四」，則中古從「夷」得聲之「喻

四」諸字上古或本讀「零聲母」也。

註 釋

❶ 依「廣韻聲系」之歸納。

❷ 「鵜鶘」本作「鵜鶘」，今依廣韻校勘記改。

❸ 依拙著「廣韻一字多音現象初探」一文之統計。

❹ 爾雅釋木：「女桑，桋桑。」義疏：「詩：猗彼女桑。傳：女桑，荑桑也。荑即桋之正文。」

❺ 錄自金文詁林，下同。

❻ 如說文「荑」字，句讀云：「玉篇：苐，音題；說文：艸也。蓋孫強據本荑譌爲苐，即增之也。集韻合荑苐爲一字，則不辨說文之正本誤本而合爲一也。」通訓定聲云：「荑，艸也，从艸、夷聲。按：茅之初生也，與苐薙皆別，弟夷篆體相似，凡偏傍多致錯誤。」又於「苐」下云：「苐，艸也，从艸、弟聲，此字小徐本作荑，从夷，而無苐字，大徐本作苐，從弟，而無荑字，故集韻并苐荑爲一字。按：弟夷篆文近似，故偏傍多相亂，鵜胡或作鶇，見說文，亦其一也。」

說文：「鵜」字，徐箋：「鷗夷之合聲爲鵜，緩言之則爲鷗夷，指其胡言則謂之鵜胡，聲轉爲淘河，字本作鶇，又作鵜者，因鷗夷而相承增鳥旁耳。」說文粹云：「𪅂鶇𪆳或，按：如荑苐爲一字之比，筆勢小異遂爲重文。」

說文「銕」字，段注：「按：夷蓋弟之譌也。」通訓定聲：「按：从弟聲也，弟夷篆體相類，故二字往往互譌。」

說文「鮧」字，段注：「此字詩、爾雅、釋文、廣韻作鯑，从夷；文選蜀都賦及玉篇作鮷，未知孰是：以夷弟篆體易譌也。」

說文「洟」字，段注：「古書弟夷二字多相亂，於是謂自鼻出者曰涕，而自目出者別製淚字。」說文「涕」字，通訓定聲：「篆體夷弟偏傍易于相亂，故別製淚以當之。」

說文「睇」字，校錄云：「玉篇作眱，與脂、大奚二切，引說文云：目小視也，南楚謂眄曰眱，別有睇，達計切，傾視也，所引當不誤。蓋弟夷二字形聲竝近，篆文尤易譌。」

❼ 「銕」，說文云：「从夷」，故嚴可均說文聲類从「夷」得聲者未收此字。段、朱二氏則皆以爲乃「銻」之譌。

評劉又辛「複輔音說質疑」

兼論嚴學宭的複聲母系統

竺家寧*

提 要:

複聲母的研究近十多年來有很大的進展，成為音韻學的重要課題。
特別是帶 -l- 和 s- 的複聲母，其存在的型式和範圍音韻學者已
經逐漸有了共同的認識和看法。本文針對大陸學者近年來在這方
面的進展作一評述，包括劉又辛先生 1984 年的「複輔音說質疑」
和嚴學宭先生1981年的「原始漢語複聲母類型的痕迹」兩篇論文。
劉文依據的材料是將近半世紀以前，近世的研究成果都被忽略了，
所以無法作更深入的探討，觀念仍停留在1937年唐蘭「論古無複
輔音」的層面。嚴文能對複聲母作全面性的擬構，討論了帶 p-、
帶 t-、帶 k-、帶 N-、帶 x-、帶 ?-、帶 ş-、帶 -l- 各類複聲
母，而不只是作局部的分析，這在觀念上是進步的，同時他還比
較了多種同族語言，並提出「詞頭」的看法，這都很有啓發性。
如果他更留意到演變的關係、同部位諧聲的可能，以及對三合、
四合複聲母作更精密的處理，那麼，這篇論文的貢獻一定更大。

一、前　言

　　古漢語具有複輔音聲母（簡稱複聲母）大約在一百年前英國漢學家艾約瑟（Joseph Edkins）就已經提及❶，高本漢做了進一步的擬訂，國內學者首先致力於研究的有林語堂、陳獨秀。民國初年，因為複聲母學說在學術上仍屬一個新的課題，所以也有相反的意見，例如文字學家唐蘭寫了一篇「論古無複輔音」。到了陸志韋、董同龢以後，複聲母學說已大致為學術界所接受。探討的重點逐漸由「有沒有」轉到了「是怎樣」，也就是系統化的音值擬訂。例如李方桂、張琨、周法高、楊福綿、以及丁邦新先生、陳伯元先生都曾提出精闢的分析。

二、劉文的幾個問題

　　劉又辛先生在民國73年發表「古漢語複輔音說質疑」，這是唐蘭以後唯一懷疑複聲母說而形諸文字的，下面就針對他的觀點討論。

　　第一，劉氏忽略了複聲母存在的時代。他說：

　　　甲、各 klak，絡 lak

　　　乙、各 kak，絡 klak

　　　丙、各 klak，絡 klak

　　高氏提出的三種可能，如果用中古音的反切和今音加以檢

驗，則乙、丙説就不能成立。因爲絡字的中古音和今音都
是來母字，沒有見母的又讀，更沒有 klak 的讀法。

　　他引用了高本漢對見母、來母相諧的三種解釋，但劉氏似乎
誤引了丙條的絡 klak，高氏的本文是絡 glak。在相同條件下，語
音不分化，這是擬音的基本原則，k- 既由 kl- 變來，l- 就應當
由 gl- 變來。

　　劉氏認爲複聲母應當可以在反切和今音中檢驗，如果解釋作
「在反切和今音中留下的痕迹中檢驗」還可以，如果認爲反切和
今音中還能有複聲母可供檢驗的話，就是忽略了複聲母的時代(由
劉氏「更沒有 klak 的讀法」一語看，似指後者)。複聲母絕不會
保留到漢代以後❷，而反切是六朝才盛行起來的，我們不能説中
古音和今音「更沒有 klak 的讀法」，所以上古也沒有 klak 的讀
法。語言會變，我們研究古語不宜以今律古，或以今非古，認爲
後世所無的，古代也必然沒有。

　　第二，劉氏忽略了近半世紀的研究成果。劉氏的文章雖發表
於兩年多以前，而據以立論的卻是高本漢1940年的 Grammata
Serica，和林語堂1933年的論文。因此他説高氏的 pl- bl- 聲母
只是「猜」出來的，又説林氏所舉的十七條例證「卻還不能當做
古有複輔音的證據」。假若我們能把高氏、林氏以後中外學者有
關複聲母的論文略爲過目，應可發現無論是漢語史料上，或同族
語的比較上，已獲得了相當豐碩的證據。就拿 pl-、bl- 來説，
就不見得靠「猜」出來的，它反映在下列語料中：

　　1.爾雅：不律謂之筆。2.虜落胡切：膚 3.樂：臁北角切 4.繺落

官切：變 5.囘力稔切：稟 6.汆盧谷切：剝北角切 7.侖：鑰府文切 8. 翏：僇匹交切 9.品：臨 10.風：嵐 11.甫：牖與久切 br- ＞ r- ＞ φ- 12.龍：龐 13.說文：隆，豐大也。14.說文：㶁 p-，憭裂 l- 也。15.說文：例，比也。16.說文：觢，駁 p- 牛角也。17.說文：濫，氾也。18.說文：瀾 l-，瀿 p'- 也。19.釋名：哺，露也。20.詩小旻毛傳：馮，陵也。

第三，劉氏對於音變問題處理上過於簡單。他引證了很多資料，推測「角」字上古讀來母，到了隋唐時期才漸讀爲見母。那麼，l- 是如何變 k- 的呢？它們的發音方法、部位都迥然有別，這點劉氏沒有交代。古音的擬測恐怕不能任意的說甲變乙，乙變甲，音變也許該有個原則，我們總得把音變的道理說出來，才能那樣擬訂。如果以複聲母來解釋「角」字的變化：kl- ＞ k-，就能照顧到音變規律，因爲濁音要比清音容易消失，流音要比塞音容易消失，而複輔音又容易失落其音素而轉爲單輔音。

第四，劉氏以爲複聲母和方言有直接的關係。他說：

> 從近幾十年來構擬上古音的全面情況來看，凡是比較經得
> 起考驗的假說（其中包括上古音的聲母、韻母、聲調各個方面），
> 大都在方言中找得出古音演變的線索和例證。因此可以設
> 想，如果上古音果然有複輔音聲母存在，那麼在漢語方言
> 中不可能消失得這樣乾淨。但事實上，現代漢語方言裏，
> 我們還沒有發現過上面這一類的複輔音。

現存的漢語方言，從古漢語分支出來的時代不可能早到複聲

母存在的時代。研究上古音的途徑很多，方言中沒有保留的成分，我們並非不能從別的材料去探尋。方言中沒有複聲母也不能藉以推斷上古必無複聲母❸。

第五，劉氏把複聲母和詞彙的變化混為一談。他舉出「痀瘻」一詞，義為駝背，古籍中或寫做「傴僂」、「曲僂」，按照複輔音說，可以認為這是上古 kl- 殘留的痕跡。但廣韻虞韻「瘻」下云：「瘻痀，曲脊」，顯係「痀傴」一詞之變。今北方方言管駝背叫「羅鍋」或「羅鍋腰」，也應是「瘻痀」一詞之變。因此劉氏認為前者既是 kl- 的殘留，後者就應該是 lk- 了，但是 kl- > lk- 的音變規律是沒有的。

劉氏所引的例證實際上是詞變而非音變，這是連綿詞常有的一種變化。如揚雄方言卷九：「車枸簍，秦晉之間自關而西謂之枸簍，南楚之外謂之篷，或謂之隆屈。」枸簍變作隆屈，是詞彙變化的結果。漢書司馬相如傳：「珉玉旁唐」「案衍壇曼」，文選洞簫賦：「彌望儻莽」，這裏的「旁唐」、「壇曼」、「儻莽」也是一詞之變，都是廣大的樣子。通常在語音、語詞、語法中，詞彙是最活潑、最具變化性的成分。周法高「聯緜字通說」（中國語文論叢，正中書局，59年）中曾論及聯緜詞顛倒相轉的變化方式，像「衣裳」和「裳衣」（詩東方未明）、「豈樂」和「樂豈」（詩魚藻），他引王筠的話說：「同義之字尚可倒置，況連緜字義寄於聲，本無順逆乎？」又引郝懿行證俗文卷六：「落拓，亦即拓落」又引荀子議兵的「隴種」和「東籠」（楊注：蓋皆摧敗披靡之貌）乃同一聯緜詞之顛倒。孫德宣「聯緜字淺說」（輔仁學誌11卷一、二合期，31年）也提到「麗靡」亦作「靡麗」，

意義相同。在方言中詞彙的顛倒十分普遍，如閩南語的「人客」、「慣習」、「風颱」、「鬧熱」都正好和國語上下字互易。很顯然的，我們不能拿這種現象來擬訂上古的複聲母。

第六，劉氏以爲複聲母的擬訂是把相諧聲的不同聲母任意組合而成的。例如「膠 k- ：謬 m- ：寥 l- 」、「龍 l- ：龔 k- ：龐 b- ：寵 t'- ：瀧 s- 」的聲系，劉氏說：

> 這一類諧聲聲符有一大批，如果按照複輔說的原則辦理，
> 就得把這些聲母擬爲 kml- 、kbsl- 之類的複音群。 但是
> 這樣一來，不是脫離漢語的實際情況更遠了嗎？

複聲母的擬訂如果只是這樣堆砌符號的話，那麼語音學就無所用了。我們擬訂複聲母的型式，至少應該考慮到下面幾點：

1.所擬的複聲母是如何演變成中古那個單聲母的？音變往往都有一定的規律，我們必需在音理上能加解釋，如果無法解釋，我們就不能那樣擬訂。

2.語音的結構方式也有其規律性，什麼音能和什麼音相結合，什麼音通常不和什麼音結合？不同輔音結合位置的先後如何？在這個語言裏允許多少個輔音相結合？

3.所擬的複聲母之間應有其系統性，例如有 kl- ，應該考慮是否有 pl- 、 tl- ❹的可能，有 sm- ,卻沒有其他以 s-開頭的複聲母，這也是不太可能的事。

我們可以舉幾個李方桂的擬者看看：「許 x- ：午 ŋ- 」李氏並沒有把它堆砌爲 xŋ- ，而是擬爲清化的 ŋ-（ ＞ x- ）；「埋 m-：

里 l- 」不擬爲 ml- ，而擬爲 mr（＞m-）；「樞 t's'-：區 k'-」
不是 kts- ，而是 k'r-（＞t's'-）。可見複聲母的擬訂並非劉氏
所想像的那麼單純。

除了以上六點之外，劉氏另外提出了一個新說，來代替複聲
母說。他認爲古漢語中的聯緜詞除了重言、雙聲、叠韻之外，還
有一類可稱爲「調聲詞」，如「窟窿」、「騏驎」、「蝌斗」、
「蘿蔔」等，這類詞的兩個音節聲紐並不相同，但兩個聲紐的發
音是協調的。所謂上古複輔音字，其實應是「調聲詞」，它是從
重言詞演化而成的。例如「孔」字，上古可能讀作「孔孔」（劉
注：現四川方言仍有此詞），後來演化成「孔龍」，再變爲「窟
窿」。「團」的早期詞型可能是「團團」，後演化而爲「團欒」，
再變爲「突欒」。

劉氏的構想很有創意，不過「孔孔」、「團團」這樣的詞型
並不能在古籍中找到佐證，使劉氏的推測無法獲得有力的支持。
況且，所謂重言詞變爲調聲詞的規則又是如何呢？是「k'- — k'-」
＞「k'- — l-」，「t'- — t'-」＞「t'- — l-」的話，「蝌斗」、
「蘿蔔」第二字並非來母，是否不合規則呢？「麒麟」是否原稱
「麒麒」，「蝌斗」本名「蝌蝌」呢？至於怎樣才算是聲紐「協
調」呢？劉氏也沒有交代，像「螻蛄」、「扶搖」、「珊瑚」算
不算協調呢？如果這些問題不能解決，「調聲詞說」用來取代複
聲母說恐怕是很困難的。

劉氏以「果」字本讀「果果」，後演化爲「果蠃」，成爲「調
聲兼叠韻」的複音詞。但他認爲書寫時可能只寫一個「果」字，
這個「果」字就兼表兩者，一是 kua ，一是 lua 。又說「鑒、檻」

的聲母為 k- ，「藍、覽、籃」的聲母為 1- ，那麼「監」原來即
具有 k- 、 1- 兩音。劉氏因為諧聲中有「果：祼」「監：藍」的現
象，又有意避開複聲母，就只好說「果」、「監」原本就有k-、
1- 兩音。如果進一步問：「果」、「監」何以有 k- 、1-兩音？
恐怕仍免不了要回到複聲母上來。

三、嚴學宭的複聲母系統

民國七十年，嚴氏在第十四屆國際漢藏語言學會議提出「原
始漢語複聲母類型的痕迹」一文，對古漢語的複聲母作了全面性
的構擬。材料方面以說文諧聲為主，並比較了漢藏語言中複聲母
的類型和結構規律，例如嚴氏提到的同族語包括羌語、普美語、
嘉戎語、景頗語、彝語、安多藏語、康地藏語等，得知藏緬語系
各語言的聲母都經歷了一個由複輔音向單輔音簡化的進程。其他
親屬語言，像泰語、壯語、黎語、水語、毛難語、苗語、瑤語也
或多或少的保留了複聲母。

嚴氏所擬的複聲母多達兩百多種，比較瑣碎，有許多事實上
是可以合併或刪除的。下面把他的系統分類整理，每類訂上標題，
逐一討論。

㈠　帶 p- 的複聲母

這一類包括兩個基本型式： pt- 和 pk- 。

屬於 pt- 型的有 1. pt- （亳：毛；豹：勺；七：旨） 2. pt′-
（粵普丁切：聘匹正切） 3. pd- （必：戈） 4. pd′- （粵：拶）

5. bt'- (乏 : 紶) 6. bd- (乏 : 屄) 7. pts- (ㄟ 分勿切 15部 : ㄙ子結切 15部) 8. pts'- (市分勿切 : 迣北末切) 9. bts- (彭 : 彡所銜切) 。

嚴氏的系統有兩點值得商榷的，第一，他沒有說明演變的關係，例如 pt- 是中古 t- 的來源呢？還是 p- 的來源？如果 pt- 可以變成中古的 p-，也可以變 t-，那就違背了擬音的原則。第二，他忽略了同部位音可以諧聲的可能，而使得擬音過於複雜。像舌尖塞音和雙唇塞音諧聲的，我們不妨考慮在上古時代那個舌尖塞音前頭帶有 p- 成分，也就是 pt-、pt'-、pd-、pd'- (濁 d 前的 p 也可以因同化作用而念成 b，這個開頭的 p 或 b 在音位上沒有區別)，它們可以和幫、滂、並母字諧聲。嚴氏把 pt'- 和 bt'- 對立，pd- 和 bd- 對立是多餘的，而且清濁不同的兩個塞音組成複聲母也不很妥當❺，這樣的情況應可省略為 pt'- 和 pd- 兩音就可以了。

第 2 條的「甹：聘」中古音都是 p'-，第 8 條的「市：迣」都是 p-，嚴氏擬為 pt'- 和 pts'- 不知何所據。第 7 到第 9 條是雙唇塞音加舌尖塞擦音的複聲母，其中「彡」是所銜切，古音第七部，如果「彭」字從「彡」聲不誤的話，恐怕擬作 sb- ＞ s- 要比 bts- 合適。

屬於 pk- 型的有 1. pk- (駁 : 交；丙 : 更) 2. pk'- (妃 : 己) 3. bk- (圮毀也，符鄙切 : 己) 4. bk'- (穀步角切 : 殼) 5. pg'- (由 : 弗)。

第 1 到第 4 條如果合併為 pk- (＞ k-)、pk'- (＞ k'-) 兩音，它們可以和幫、滂、並母字諧聲，這樣，系統就簡明多了。

(二)　帶 t- 的複聲母

1. tts-（珍：参之忍切；顚：眞；氏：紙）2. tts'-（屯：
邨）3. tdz-（戴：弋）4. dts-（酉：酒；亦：迹）5. dts'-
（允：妥）6. ddz-（允：吮徂兗切；猶：酋）。

嚴氏的這一類擬訂最有問題，他的本意是舌尖塞音和舌尖塞
擦音不能諧聲，所以上古必是舌尖塞音加舌尖塞擦音的複聲母。
姑且不論這樣的複聲母結構是否可能，就是他所引的例證也往往
不是舌尖塞擦音的字。例如第 1 條來看，它們的上古音讀應當是：

珍（陟鄰切）t- > t̂- :　參（之忍切）t- > tś-

顚：眞（廣韻誤作側鄰切，切三、全王作職鄰切）t- > tś-

氏（章移切，又精、是二音，其中「精」一讀和「紙」字無關）t- >
tś- 或 d'- > ź- :　紙（諸氏切）t- > tś- 。

這裏並無舌尖塞擦音的字，顯然 tts- 的擬訂沒有根據。至於
舌頭音和齒頭音諧聲的，有些古音學家認為是 st-（> ts-):t-
的諧聲關係，這個看法要比嚴氏的擬訂合理。

(三)　帶 k- 的複聲母

這一類包括 kt- 和 kts- 兩個基本類型。

屬於 kt- 型的有 1. kt-（歸：自；咸胡監切又古斬切：箴職
深切又口減切）2. kt'（杲：本；今：貪；企：止；區：樞）3.
kd-（冀：異；姜：羊；均：勻；雞：奚胡雞切；橘：喬；羔：
窯；貴：隤；庚：唐；谷：浴）4. kd'-（羌：羊：愆：衍；谿：
奚；監：鹽；頃：潁）5. gd-（抒神與切又文呂切徐呂切：予)。

案嚴氏既有帶t-的複聲母，這裏的很多例子也可以考慮是否可以納入t-類，例如：

歸 tk- ＞k- ：自（都回切）t- ＞t-

勻 d-（或r-）＞φ- ：均 tk- ＞k-

羊 d-（或r-）＞φ- ：姜 tk- ＞k-

異 d-（或r-）＞φ- ：冀 tk- ＞k-

谷 tk- ＞k- ：浴 d-（或r-）＞φ-

這樣既能解釋諧聲，又能使系統更爲簡化。不過，要做tk-（＞k-）：t（＞t）的假定，還是kt-（＞t-）：k-（＞k-）的假定，最好能由從某得聲的整個聲系來觀察，同時還要有諧聲以外的旁證。

「奚」和「雞、谿」諧聲是很自然的，它們都是牙喉音，嚴氏擬爲 kd- 和 kd′- 不知何所據。又「抒：予」二字原本都是舌尖音，似乎也無必要擬爲複輔音。

屬於 kts- 型的有 1. kts-（耕：井子郢切）2. kts′-（劍：僉；告：造）3. kdz-（今：岑）4. gts′-（及：扱）5. gdz-（洎：自）。

開頭的 k-、g- 其實可以併爲一個音位，那麼第2條的kts′和第4條的gts′- 就無需分別了，可以都擬爲 kts′-（＞ts′-），它可以和見、溪、羣母字諧聲。此外，gts′- 和 kdz- 的對立，在音理上也是不很妥當的。

㈣　帶鼻音的複聲母

這是把m-、n-、ŋ- 置於其他輔音之前所構成的複聲母。

嚴氏共擬訂了三十種這樣的複聲母。

以 m- 開頭的有 1. mp-（穸：賓）2. mp'-（脈：辰）3. mb-（每：繁）4. mt-（廟：朝）5. mt'-（牡：土）6. md-（鬻又讀余六切，廣韻武悲、之六二切）7. mn-（弭：耳）8. mts-（𦟛：葬）9. mk-（貉：各）10. mk'-（微：豈）11. mg-（文：虔）。

以 ŋ- 開頭的有 1. ŋp-（尼：匕）2. ŋp'-（嵒：品）3. ŋm-（闇：門）4. ŋt-（宜：多）5. ŋt'-（午：杵）6. ŋd-（牙：邪）7. ŋn-（堯：撓）8. ŋts'-（醶：驗）9. ŋdz-（臬：自）10. ŋk-（岸：干）11. ŋk'-（螘：豈）12. ŋg-（鄘：董）。

以 n- 開頭的有 1. nt-（聶：懾）2. nd-（乃：孕說文從乃聲）3. nt'-（能：態）4. nts'-（人：千；二：次）5. nk-（念：今）6. ng-（難：董）7. np-（任：憑）。

其中的 mp-、ŋk、nt- 三大類型嚴氏是基於鼻音不跟同部位塞音和塞擦音互諧而構擬的，如果我們從寬來看，同部位的聲母可以諧聲（因為上古必然有較紛雜的方言變異存在）❻，那麼這裏的三十類複聲母就可以減為二十類。

至於 mn-、ŋm-、ŋn- 是鼻音加鼻音的複聲母，上古是否可能有這樣特別的複聲母是值得考慮的❼，我們不妨從寬處理，認為同是鼻音的字，在上古也偶而可以諧聲，那麼這三類複聲母也可以取消。

「尼」字廣韻女夷切，並非疑母，嚴氏以之歸 ŋp- 恐有問題。

㈤　帶 x- 的複聲母

分為 x-、ɤ- 兩套，嚴氏認為按音位歸納法，可合并為一套。

以 x- 開頭的有 1. xp-（鼛：分）2. xp'-（覅：粵）3. xm-
（誨：每；黑：默；忽：勿）3. xt-（獜虛豈切：腏丑飢切）4.
xt'-（喙：彖）5. xd-（鱻：隸）6. xn-（漢：熯人善呼旦二反）
7. xts-（凶：彖）8. xts'-（險：僉）9. xdz-（詯荒內切：自）
10. xk-（軒：干；蒿：高；欣：斤；揮：軍）11. xk'-（灰：恢）
12. xg-（烘：共）13. xŋ-（羲：義；許：午）。

以 ɣ- 開頭的有 1. ɣp-（爻：駁）2. ɣb-（爲：皮）3. ɣm-
（薨：薨）4. ɣt-（合：答；戶：妒）5. ɣt'-（號：鼇）6. ɣd-
（炎：談）7. ɣn-（漢：難）8. ɣk-（后：垢）9. ɣk'-（何：
可）10. ɣg-（曷：竭）11. ɣŋ-（完：元）。

在這個系統裏，凡是 x-（或 ɣ-）加舌根音的複聲母事實上
並沒有擬訂的必要，因爲舌根擦音和舌根塞音的發音部位相同，
它們在上古應當有互諧的可能。這樣的話就可以減省了其中的八
個複聲母。

此外，x-、ɣ- 的分配也應該重新調整，因爲在語音結構上，
用 x 和濁輔音結合，用 ɣ- 和清輔音結合，都顯得很不自然。像xd-
和 ɣt- 的對立就相當奇怪。既然嚴氏同意 x- 和 ɣ- 可視爲一個音
位，那麼在標寫上把 x- 放在清音前，把 ɣ 放在濁音前，或許更
合理一些。我們不妨改擬爲：自 rdz- ＞dz- ；詯 x-＞x- ；合ɣ-
＞ɣ- ：答 xt- ＞ t- 。 x- 和 ɣ- 諧聲原本是很自然的事。

又「獜希」和「腏」（丑飢切）的關係是 x- ：xt'-（＞t'-
＞t̂'-），嚴氏誤爲 xt- 。 ɣn-下的「漢」字實屬曉母，嚴氏誤爲匣
母。

如果我們依照某些古音學家的看法，把匣母字的上古來源訂

為塞音 g- 的話，那麼，嚴氏所謂的 γ- 類複聲母全部可以和他所擬的第六組（帶 ʔ- 的複聲母）合併，同樣擬為帶喉塞音的複聲母，例如合 g->r-：答 ʔt->t-，因為 g 和 ʔ-是可以相諧聲的。這樣的話，只剩下了少數幾個 x- 開頭的例子（ x- 加舌根音組成的複聲母也可取消），那麼，所謂帶 x- 複聲母的證據就顯得薄弱了。所以，上古音系中是否有 x- 類複聲母存在，還需要斟酌。況且剩下的幾個例子有些還可以做其他的解釋，像「誨：每」一般古音學者多採用了清化 m- 的擬音來說明。如果說，我們不反對 ʔ-、k-、x- 可以互諧的話❽，剩下的少數和舌尖音、雙唇音諧聲的例子，我們可以視為上古 x-：ʔt-（>t-）：ʔp-（>p-）的諧聲。例如希 x-：稀（丑飢切）ʔt'->t'-。

㈥ 帶 ʔ- 的複聲母

1. ʔm-（顋：叟）2. ʔt-（約：勺）3. ʔt'-（扤：於）4. ʔd（益：謚神至切）5. ʔn-（委：餒）6. ʔts-（乙：扎）7.：ʔs（噦：歲）8. ʔk-（哇：圭）9. ʔk'-（嫗：區）10. ʔg-（欨：呴）11. ʔŋ-（雅：牙）。

音節開頭的 ʔ-，存在語言中是個十分普遍的現象，跟漢語同族的壯侗語系也有不少詞彙具有帶 ʔ- 的複聲母。因此，上古音裏，影母字和非牙喉音諧聲的，很可能正反映了這種複聲母。甚至有許多非牙喉音的字和牙喉音諧聲的，那個非牙喉音的字在上古也是個帶 ʔ- 的複聲母，也就是 ʔp-、ʔt- 之類的音和 ʔ-、k-、g- 之類的音諧聲。我們不必像嚴氏的辦法，只把 ʔ- 類複聲母限定在一批和影母諧聲的字上，使得音系太瑣碎，且忽略了同類聲

母相諧聲的可能性。

牙喉音之間互相諧聲旣然是很正常的，那麼上面第 8 條到11條的複聲母都應該删除。

(七) 帶 s- 的複聲母

細分爲 s- 、z- 兩類，嚴氏認爲可以合併爲一個 s- 。又說這裏的 z-是從上古 d ＋ j 演化來的。

以 s- 開頭的有 1. sp-（奭：皕）2. sb-（少：丿房密切）3. sm-（喪：亡）4. st-（帥：𠂤）5. st'-（羞：丑）6. sd-（肖：趙）7. sn-（恕：如）8. sts'-（西：遷）9. sk-（楔：契）10. sk'-（聲：殸）11. sg-（趿：及）12. sŋ-（燒：堯）13. sx-（恤：血）14. sɣ-（所：戶）。

以 z- 開頭的有 1. zb-（几朱市切：鳧房無切）2. zt-（壽殖酉切：禱；純常倫切切：屯；禪：單）3. zt'-（社常者切：土）4. zd-（祥邪紐：羊；誦邪紐：甬；尙時亮切：堂；寺邪紐：特）5. zn-（溽而蜀切：辱）6. zk-（公：頌邪紐）7. zk'-（甚常枕切：堪）8. zg-（氏：疷渠支切）9. zŋ-（衺邪紐：牙）10. zx-（尙時亮切：向曉紐）11. zr-（拾是執切：合）。

帶 s- 的複聲母近年來學者討論得很多，是比較能 夠確定的一種複聲母型式。梅祖麟在75年12月發表「上古漢語s-前綴的構詞功用」一文（中央研究院第二屆國際漢學會議），把s-詞頭的語法功能作了說明，這比班尼廸的「漢藏語概要」（Sino-Tibetan：A Conspectus, 1972）中對s-複聲母的擬訂要進了一步，班氏曾懷疑這個s-詞頭原本具有文法功能，但是他無法具體的描

述出具有怎樣的功能。在梅氏的研究中，發現漢語的s-和藏文的s-有相同的構詞作用。包含了：

　　1.使動化作用——順 d- ＞ dź- ：馴 sd- ＞ z- ；隕 g- ＞ j-：損 sk- ＞ s- 。

　　2.名謂化作用——帚 t- ＞ tś- ：掃 st- ＞ s- ；爪 tsr- ＞ tʂ-：搔 s-ts- ＞ s- 。

　　3.方向化作用——二 n- ＞ ńź- ：次 sn- ＞ tsh- ；亡 m- ＞ m-：喪 sm- ＞ s- 。

　　嚴氏的系統中 sts′- 一類恐怕是沒有必要的，因爲齒頭音的字互相諧聲（ts- ：dz- ：s- ）是很正常的，無需擬訂爲複聲母。

　　嚴氏擬訂的 z- 類複聲母，包含了邪、禪母字和別的聲母相諧的情況。我們先看看邪母上古的唸法，錢玄同、戴君仁都以之歸定，嚴氏自己也認爲上古是 d- ，那麼，「祥：羊」、「誦：甬」、「寺：特」就不該是 zd- 了，這些字實在是因爲同屬舌尖塞音（「羊、甬」董同龢上古擬音爲 d- ，李方桂爲 r- ）而互諧的，原本都是單聲母。「公：頌」、「麥：牙」也應當擬作「公 dk- ＞ k 」、「牙 dŋ- ＞ ŋ- 」似較合理，因爲嚴氏既以 z 爲上古 d 變出，又把上古邪母的複輔音定爲 zk- 、zŋ- ，本身便產生了矛盾。

　　至於禪母的古讀李方桂、陳伯元先生定爲 d- ，那麼，「壽：禱」、「純：屯」、「禪：單」、「社：土」、「尚：堂」都是舌尖塞音互諧的例子，沒有必要定爲複聲母，如此則 z 類的第2、3、4 條擬音都可以取消。z 類的第 1、7、8、10、11各條也應當改爲「髟 tb′- ＞ b′- 」、「堪 tk′- ＞ k′- 」、「痕 tg′- ＞ g′- 」、「向 tx- ＞ x- 」、「合 tɤ- ＞ ɤ- 」，嚴氏把禪母字

的古讀看作z－似乎不很妥當。第５條的「溽、辱」兩字皆屬日母，嚴氏定爲 zn－，不知所據如何。

㈥ 帶 l－ 的複聲母

細分爲三類：

唇音加 l 的複聲母有 1. pl－（筆：聿〔讀律〕）2. pl′－(品：臨）3. bl－（夫夫：輦）4. ml－（卯：聊）。

舌尖音加 l 的有 1. tl－（柍：侖）2. tl′－（體：豐）3. dl－（童：龍）4. nl－（尼：秜）5. tsl－（子：李）6. ts′l－（僉：厱）7. sl－（史：吏）。

牙喉音加 l 的有 1. kl－（各：洛）2. k′l（泣：立）3. gl－（龔：龍）4. ŋl－（樂：礫）5. xl－（孝：老）6. ʔl－（劦：荔）7. ʔl－（彎：戀）。

這種帶舌尖邊音的複聲母，在各種語料中所遺留的痕迹最爲豐富，所以，在各類型複聲母中，是最早被提出來研究的。經過了半世紀以上的反覆討論（從林語堂民國十二、三年間的「古有複輔音說」到丁邦新先生1978年的「論上古音中帶 l 的複聲母」），大致上在基礎架構方面已經有了共同的認識，也普遍的能爲古音學者所接受。

嚴氏的這組擬音大致上符合一般學者的看法，唯一遺憾的是他沒有把演變的情形表示出來，因而顯得有些不夠嚴密。比如像 tsl－ 型的複聲母，我們得清楚的交代它是精母的來源，還是來母的來源。我們不妨定出這樣一個規律：tsl > ts－，dzl－> l－。

前者如僉 ts′l－ > ts′－：霝 tsl－ > ts－：臉 l－ > l－。

後者如子 ts－ > ts－：李 dzl－ > l－。

這樣的規律清楚的顯示：濁輔音有易於消失的特性。

楊福綿在1985年發表 "Initial Consonant Clusters KL-in Modern Chinese Dialect and Proto-Chinese"，相當有系統的從文字上、方言上、同族語上列出了大批證據，來考訂 kl-複聲母，例如「空、孔、竅、窖、籠……」等字在方言中往往以複詞「窟窿」（北平 khu-luŋ、西安 khu-luoŋ、吳語 khuəʔ-loŋ）「坷塯」（山東 khə-laŋ）的型式出現，而在同族的武鳴語中唸作〔kloŋ〕，古緬語唸作〔khroŋ〕。所列的例證都很具參考價值。

(九)　三合複聲母

嚴氏共擬訂了六十四個這種由三個輔音結合而成的聲母。不過，在方法上不夠細密，結論就顯得有些繁雜而無法構成體系。因爲，他幾乎是把一個聲系中包含幾類聲母，就把這幾類聲母拼合起來，成爲這一個聲系的複聲母。例如 pkt-（匕：旨：稽）竟以三個塞音相連。pgt-（匕：旨：耆)以一個濁塞音夾在兩個清塞音之間，xmŋ-（文：膚：獻）以雙唇音夾在兩個舌根音之間，xnk-（堇巨斤切：齻那干切：薞呼肝切）以舌尖音夾在兩個舌根音之間，ʔxkʹ-（乙虎何切：可：阿）以擦音夾在兩個塞音之間，像這樣的複輔音結構似乎和同化作用的語音規律相抵觸。至於 mŋkʹ-（散無非切：豈微省聲：暟五來切）的複合鼻音加塞音的結構，xdts-（隓許規切：隓徒果切：髻直追切）的擦——塞——塞擦的結構都太過特殊，在實際語言裏缺乏佐證。

筆者以爲三合複輔音在一般語言中的數量有相當的局限性，

例如英語的三合複聲母一定是 s＋p、t、k＋l、r 的結構。古藏語雖有豐富的複聲母，其三合複輔音也不是任何輔音的結合，所以，我們對於上古漢語的三合複聲母擬訂應當格外謹慎。

(十) 四合複聲母

嚴氏又擬訂了一些四合複聲母，例如：

8kdl- （夆：降：隆力中切：隆徒冬切）

xknd- （矞休必切、允律切、女律切、古穴切四讀）

xsnt'- （綏呼悉切、思累切、儒佳切、土火切四讀）

xsdl- （羨虛延切、似面切、延知切、龍眷切四讀）

這樣的擬訂是否合乎實際語言，恐怕更有商榷餘地。像頭一例，我們可以看作是 kl- : l- : dl- 的諧聲關係，要比機械式的把它們的聲母堆砌起來更合情理。其他三例運用了又讀的材料，其中有些是韻母迴然不同的，那是根本不同來源的異讀，如果用「無聲字多音」來解釋，或許更合適些，不宜一味的歸之於複聲母。

四、結　論

從劉氏和嚴氏的這兩篇論文，可以看出大陸學者近年來在複聲母研究這個學術領域上的發展水平，比起海外和臺灣在這方面的研究進展，似乎稍有不及，這也許由於長期的文革動亂阻礙了學術的發展。但是能提出問題鑽研切磋，這也是學術上可喜的現象。劉氏的質疑所引用的例證和觀念是林語堂時代的，近半世紀

以來的複聲母論文都被忽略了，因此很難針對問題本身做更深入的探討。嚴氏能夠為複聲母系統作全盤的擬訂，而不僅僅是探討局部的現象，這在觀念上是進步的，尤其他能夠運用許多同族語言來作說明，避免了主觀的臆測，也是相當可取的科學態度。雖然在擬音上難免還有一些可斟酌之處，這點，嚴氏自己也提到：

> 這裏所擺出的古複聲母體系只是基本間架，有許多設想還要更多的資料去證實，個別的擬測也可能是主觀唯心的，這一切我只是作為問題提出，視為結論還有待漢藏語系比較研究的成果。

嚴氏在說明複聲母性質時，有一項頗具啓發性的看法，他說：

> 一般認為漢語是單音節制，缺乏外部形態詞頭、詞尾和內部屈折的變化。可是我們認為古漢語有豐富的複聲母，其前綴輔音往往是構詞構形的重要手段，它就是構詞構形的語音形式，可以說它是詞頭（prefix）。

他舉出上古 s- 詞頭的例子：

襄 sn- ＞ s- ：攘禳 n- ＞ n-

喪 sm- ＞ s- ：亡　m- ＞ m-

修 st- ＞ s- ：條　d- ＞ d-

錫 st- ＞ s- ：易　d- ＞ j-

聖 st'- ＞ ś- ：聽　t'- ＞ t'-

嚴氏認爲其中的s-詞頭有着標誌語法意義或詞彙意義的作用，像「襄：攘」的s-詞頭有意動、使動之別。把複聲母用詞頭現象來說明，正是近年古音學的一個趨向，嚴氏在這個途徑上確有不少貢獻。

近二十年來大陸以外的學者所發表的複聲母論文很多，嚴氏自己說他在寫這篇論文時（1981年）才「近讀」了李方桂先生1968年的「上古音研究」，如果他能夠借鑒於更多的近著，或許他的系統能夠獲得更完密的結論吧！

註　釋

❶ 艾氏著有 "The State of the Chinese Language at the Time of Invention of Writing" London, 1874. "Recent Research Upon the Ancient Chinese Sounds" 1897.

❷ 承丁師邦新提示，W.S. Coblin 的「說文讀若聲母考」發現在東漢時代仍有部分複聲母留存著。

❸ 承丁師邦新提示，梅祖麟和羅杰瑞有「試論幾個閩北方言中的來母s-聲字」一文，討論建陽、建甌、邵武、永安等地方言，把l-讀成-s，這是上古複聲母的遺跡。

❹ 承李壬癸先生提示，有些語言有 -kl，-pl 但缺少 -tl。

❺ 承孫天心先生提示，藏語有 -sl 和 -zl 的對立，却沒有 -bk 和 -pk 或 -pg 的對立，也就是沒有「塞音加塞音」的清濁對比。

❻ 當然也有可能古人諧聲的條件很嚴格，-m絕不和-p諧聲，非得擬爲複聲母不可，這是見仁見智的問題。

❼ 承孫天心先生提示，藏語有 -m 和其他鼻音的複聲母，例如 -mn、-mŋ、-mń-。

❽ 喉塞音、舌根塞音、舌根擦音互諧，看來似乎太寬，但若考慮到相諧

聲的字如果韻母相同、聲調相同，那麼，聲母只相近而不必完全相同，
應該可能的。

引用書目

劉又辛　古漢語複輔音說質疑（「音韻學研究」第一輯，中國音韻學研究會編，1984年）。

嚴學宭　原始漢語複聲母類型的痕迹（第十四屆國際漢藏語言學會議論文，1981年）。

林語堂　古有複輔音說（「語言學論叢」，文星出版）。

陳獨秀　中國古代語音有複聲母說（東方雜誌34卷第20、21號，1937年）。

唐　蘭　論古無複輔音（清華學報12卷2期，1937年）。

高本漢　中日漢字形聲論（成文書局）

周法高　論上古音和切韻音（香港中文大學中國文化研究所學報3卷2期，1970年）。

張　琨　Chinese S- Nasal Initials（史語所集刊第47本）The Prenasalized Stop of MY, TB, ancl Chinese（同上）。

李方桂　上古音研究（清華學報新九卷一、二期，1971年）幾個上古聲母問題（「總統　蔣公逝世周年論文集」，1976年）。

楊福綿　Proto-Chinese S-KL-and TB Equivalents（第14屆國際漢藏語言學會議論文）。

Traces of Proto-Chinese Bilabial Prefixes in Archaic and Modern Chinese（第12屆國際漢藏語言學會

議論文，1979 年）

Initial Consonant Clusters KL- in Modern Chi-
nese Dialects and Proto-Chinese Pacific Linguis-
tics Series C-No.87，澳洲國立大學語言學系，1985
年）。

丁邦新　論上古音中帶 l 的複聲母（「屈萬里先生七秩榮慶論文
　　　　集」，聯經出版，1978 年）

陳新雄　酈道元水經注裏所見的語言現象（中國學術年刊第二期，
　　　　1978 年）。

竺家寧　上古漢語帶喉塞音的複聲母（「檀國大學論文集」，韓
　　　　國漢城，1983 年）。

　　　　上古漢語帶舌尖塞音的複聲母（中國學術年刊第六期，
　　　　1984 年）。

　　　　有趣的「複聲母」（「國文天地」第十二期，1986年）。

梅祖麟　上古漢語s-前綴的構詞功用（中研院第二屆國際漢學會
　　　　議論文，1986 年）。

Benedict Sino-Tibetan: A Conspectus, 1972.

上古陰聲字具輔音韻尾説補證

丁邦新

提 要：

本文根據詩經時代到南北朝時代異調字押韻的趨勢，討論陰聲字
是否具有輔音韻尾的問題。發現東漢以前陰聲字跟-k尾和-t尾
的入聲字都有押韻的關係，但魏晉以後跟-k尾入聲字押韻的現
象完全消失，只有「脂祭皆泰」各部的去聲字還跟-t 尾入聲字
有相當密切的來往，因此認為上古陰聲字都具有輔音韻尾，這些
韻尾的消失有先有後，最晚的是部分去聲字的-d尾，到南北朝時
代還跟-t尾字押韻。

一、前　言

「陰聲字」在上古音中和「陽聲字」、「入聲字」鼎足而三，
代表三種不同的音節。陽聲字有鼻音韻尾，入聲字有清塞音韻尾，
這是大家都承認的；陰聲字就是剩下來的其餘的部分了。這些陰
聲字究竟包含什麼樣的音節呢？都是開尾音節，或者都是閉尾音
節？如果是閉尾音節，韻尾和入聲韻尾是否相同？又或者兼具兩
種音節？這個問題歷經許多學者的討論❶，到現在還沒有完全的
定論。我（丁1979）曾經指出中古音收-i,-u尾的韻母多得出乎
常情，顯示這些-i,-u尾很可能源自上古的輔音尾，並以同族系

的語言作爲旁證，對於主張陰聲字無輔音韻尾的學說也曾略加討論，結論認爲上古漢語是一個沒有開尾音節的語言，陰聲字都具有輔音韻尾，跟入聲字的韻尾有清濁之異。在這篇文章裏，想增加一點資料作爲補充，來證明陰聲字具有輔音韻尾說在解釋這一項資料時較佔優勢，如果認爲陰聲字沒有輔音韻尾，恐怕就很難解釋了。

二、異調字押韻現象之演變

以上古之、微兩部字爲例，輔音韻尾之有無大體上成爲下列對比的情形：

		平聲	上聲	去聲	入聲
之部	有輔音韻尾	əg	əg	əg	ək
	無輔音韻尾	ə	ə	ə	ək
微部	有輔音韻尾	əd ❷	əd	əd	ət
	無輔音韻尾	əi	əi	əi	ət

按一般押韻的角度來推想，我們會認爲平上去之間應有較多的接觸，因爲三者韻母全同，只有聲調之異。歌謠對於聲調的一致性並不絕對嚴格，不同調而韻母相同的字儘可押韻，元曲就是最顯著的例子。懷著這樣一種期待，讓我們來檢看詩經裏不同調的陰聲字押韻的情形。下表中的統計據張日昇（1968）的資料重新計算，以一個韻組爲一個單位，所謂韻組就是一首詩中連續押韻的一組韻脚。

	上	去	入				
平	70	56	5	平上去	16	平上入	1
上		34	11	平去入	4	上去入	5
去			49	平上去入	4		

各調自韻的數目字沒有計算，以往學者的研究已經肯定基本上平自韻平、上自韻上等等。異調字押韻的情形大體符合我們的想像，尤其平上去三調合韻的例字有十六條❸，很能顯示舒聲三調的關係。惟一須要解釋的是去入來往較爲密切的現象，這也是學者熟知的事實。無論是否爲陰聲字擬測韻尾，都要面對這個問題。兩派都採用董同龢先師（1954:189）去入調值相近的看法，說明何以這兩個調的押韻相當頻繁。從這一點說來，兩者的看法無分軒輊。

　　如果上古陰聲字沒有輔音韻尾，那麼從上古到中古儘管可能有語音上的變遷，但音節結構不至有鉅大的變化。原來的元音可以變得高低不同、前後有異，或由單元音變複元音等，而開尾音節的特徵總是保留不會改變的。同時，韻母的演變大體上跟聲調沒有脫離的現象，換句話說，無論之部的ə或微部的əi如何變化，同韻母平上去聲的擬音都是一致的。「之、止、志」或「咍、海、代」不至於因聲調不同而產生不同的韻母。因此我們有理由相信，詩經以後兩漢、魏晉、南北朝詩人用韻的情形也應該顯示跟詩經接近的現象。以下先看兩漢的情形，資料根據羅常培周祖謨的研究，各調自韻的數字也不計算，陰聲韻舒聲字異調押韻的部分原書未列，亦不易查考❹，只有跟入聲通押的可以說明。

	西漢：入	東漢：入
平	1	1
上	2	2
去	26 ❺	33

大體說來，兩漢異調押韻的情形跟上古音接近。平上聲字跟入聲的接觸雖然比較少，仍舊存在；去入還是比較頻繁。

魏晉的資料較爲齊備（據 Ting 1975），陰聲韻異調押韻的情形如下表：

	上	去	入
平	11	8	0
上		24	0
去			86

這個時代的情形比較特別，平上聲跟入聲已全無來往，而去入通押的仍有八十六次之多。並且發現接觸的入聲韻部只限於質、月、曷三部，正好都是具有舌尖音-t尾的，令人引起一個懷疑，何以收-k尾的入聲字不跟去聲字押韻了呢？魏晉以前是不是也不押韻呢？因此我們必須回頭把詩經以來去入聲通押的韻部作一次檢查，以中古入聲韻尾爲標準，暫不考慮上古-k,-kw 的區別。檢查的結果如下：

詩經時代去入通押情形：

　　1.入聲收-k尾的共二十七次：

　　　　之職11，宵沃4，侯屋3，魚鐸4，支錫5。

　　2.入聲收-t尾的共二十二次：

　　　　祭月15，脂質7。

西漢：

　　1.入聲收 -k 尾的共十五次：

　　　之職 2，幽職 1，宵藥 1，魚鐸 7，魚屋 3，支錫 1。

　　2.入聲收 -t 尾的共十次：

　　　祭月 6，祭質 3，脂質 1。

　　3.入聲收 -p 尾的一次：

　　　祭緝 1。

東漢：

　　1.入聲收 -k 尾的共七次：

　　　之職 1，宵藥 1，魚屋 1，支錫 2；歌鐸 1，祭鐸 1。

　　2.入聲收 -t 尾的共二十六次：

　　　祭月13，祭質 2，脂質10，脂月 1。

魏晉：

　　1.入聲收 -k 尾的零次。

　　2.入聲收 -t 尾的八十六次：

　　　祭月54，祭質 2，脂質22，皆質 1，泰曷 6，泰月 1。

除去零碎例外的現象不計，在大的趨勢上，詩經時代去聲字跟入聲字收-k尾和-t尾押韻的數目相當，兩漢韻文跟詩經的情形很接近。到東漢時，跟-k尾字押韻的去聲字顯著減少，跟-t尾押韻的顯著增多。魏晉則成爲奇怪的現象，去聲字跟-k尾入聲字押韻的例連一個也沒有。這種趨勢一定有一個道理，我們應該如何解釋？

　　假設陰聲字沒有輔音韻尾，我們無法了解何以韻母一直保持元音的去聲字和入聲字押韻的情形前後會有不同，因爲，據龍宇

純（1979:683-688）的分析，一直到中古，陰聲和入聲仍然是可
以相配的，如：質配脂、職配之、唐鐸配歌戈、庚陌配麻、屋配
侯、燭配虞等等，但在魏晉的時候，除脂質有大量的來往外，其
餘相配各韻連一次通押的情形都沒有。可見中古陰、入相配的關
係和上古陰、入可以押韻的關係迥不相同。

　　假設陰聲字具有輔音韻尾，那麼就可以說到東漢的時候，跟
-k尾相當的陰聲字 -g尾開始失落，到魏晉時代已全無痕迹，因此
去聲字變成開尾的元音音節，就無法再和收-k尾的入聲字押韻了。
而有-d尾的陰聲字因爲失落的步調較慢，所以到魏晉時代仍跟-t
尾的入聲字有相當頻繁的押韻現象。

　　我們再回頭檢查一下魏晉異調字押韻的情形：

	上	去	入
平	11	8	0
上		24	0
去			86

現在的問題是何以魏晉平、上聲字絕不跟入聲字押韻呢？如果平
上聲字仍有-d尾，即使調值不同，至少也該有一、兩處跟入聲押
韻的現象吧？惟一可能的解釋是當時平、上聲的-d尾已先失落，
只有去聲還保存，去聲的調值成爲-d尾未失落的條件。我們細查
魏晉時代去入互押八十六次的脂祭兩部，祭部仍沒有平上聲字，
可以不論；脂部的平上聲字跟同部去聲字押韻的確是一個例也沒
有。如果平上聲和去聲只有調值的不同，這種不能押韻的現象是
反常的，上文曾經提到詩經時代有許多平去、上去、平上去通押
的例，可見這個時候脂部的平上聲已無韻尾，而去聲有韻尾，因

此不僅平上聲字不跟入聲字押韻，跟去聲字也不押韻。上表裏平
去押韻的 8 例是之部 1，宵部 3，豪部 2，魚部 1，支部 1；上
去押韻的24例是幽部 5，宵部 5，豪部 5，魚部 7，支部 1，皆
部 1。除去惟一的例外皆部，其餘全是-g尾已失落的字。

　　魏晉既已如此，南北朝的情形又如何呢？據何大安（1981）
的研究，陰入聲韻通押的情形也可以列表如下：

	上	去	入
平	14	6	0
上		30	0
去			79 ❻

平上聲字也不跟入聲押韻，去入聲押韻的有七十九個例子，其中
只有一例跟-p尾入聲字有關，四例跟-k尾入聲字有關，其餘七十
四例都是跟-t尾入聲字有關的，現在不一一列舉。可見大的趨勢
仍然很明顯，到南北朝時代還有一部分去聲字，主要是祭霽韻的，
跟-t尾入聲字有相當密切的押韻關係。如果陰聲字沒有輔音韻尾，
所有去聲字都是元音或複元音韻母，很難想像何以別的去聲字幾
乎都不跟入聲來往，只有這一部分字常跟-t尾的入聲來往。

三、結　語

　　以上用詩經時代到南北朝時代異調押韻字的趨勢，來討論陰聲
字是否具有輔音韻尾的問題。從種種跡象判斷，只有承認上古的
陰聲字具有輔音尾才好解釋。這些輔音尾的消失有先有後，最晚
的是部分去聲字的-d尾，到南北朝時代還跟-t尾入聲字押韻。

此外，　Coblin（1981:140）指出對音資料也有一些相當可靠的旁證，-d尾字在漢代譯經的資料中可以對譯梵文的-s、-ṣ、-ś、-t、-th，他認爲去聲字尾一定存在，只是在語音上-d尾也許是〔θ〕。我的看法仍舊維持-d尾，因爲譯經中也有這樣的例子：

　　　　Brhadratha：毗梨害羅他

用「害」字對譯「 had 」，正顯示「害」字當時有-d尾。（參考丁 1981）

最後說明王力（1985）對陰聲字尾的看法，可說是一種中間路線，以之、微兩部字來說，四聲情形如下：

	平	上	去	入
之部	ə	ə	ə̄k	ək
微部	əi	əi	ə̄t	ət

他承認去聲有輔音尾，和入聲一樣，都是清塞音，但元音有長短不同。這個說法的好處是照顧到去入通押的例子，但不能解釋何以去聲又跟平上聲往來，尤其詩經時代平去、上去、平上去通押的韻組總數達到一〇六條，不能忽視❼。我想還是要承認陰聲字都具有輔音韻尾才較爲妥善。

註　釋

❶　這裏不一一說明以往的討論，只把較有代表性的作者和論文列舉如下：Karlgren 1923、 1928，Simon 1927-28，李方桂 1971 ，Kun Chang 1972，陳新雄 1972，龍宇純 1979，丁邦新 1979，王力1958、1985，李壬癸 1984。

❷　據李方桂先生的系統，微部還有 -ər 韻母，這裏只是舉例。

❸ 以往我曾經作過一次分析，見丁 1981：278-280 。

❹ 羅周兩位的辦法是完全根據韻文來定聲調，認爲一字兩押可能是古人不同的讀法，只從例證的多少來判斷（見羅周 1958：120-121）。其中無合調譜，因此難以查考，如一一考究，等於把兩漢陰聲韻韻譜重做一遍，費時太多。

❺ 只統計兩部通押的次數，三部以上牽涉入聲的押韻情形也有，但次數很少，西漢一共七次，東漢一共四次，此處不加討論。

❻ 表上的統計主要根據何大安（1981）的資料，只減除兩處辨韻的差異。何文將南北朝分成三期：一、宋北魏前期，二、北魏後期北齊，三、齊梁陳北周隋。本文只作籠統的觀察。

❼ 我另有一文專評王力（1985）的先秦音系，尚未刊出。

引用書目

丁邦新

　1979　上古漢語的音節結構，「中央研究院歷史語言研究所
　　　　集刊」（以下簡稱史語所集刊）50.4:717-739。

　1981　漢語聲調源於韻尾說之檢討，「中央研究院國際漢學
　　　　會議論文集」語言文字組，267-280。

王　力

　1958　「漢語史稿」，科學出版社。

　1985　「漢語語音史」，中國社會科學出版社。

何大安

　1981　「南北朝韻部演變研究」，臺灣大學博士論文。

李方桂

　1971　上古音研究，「清華學報」新九卷第一、二期合刊：
　　　　1-61。

李壬癸

　1984　關於 *-b 尾的構擬及其演變，「史語所集刊」55.4:
　　　　789-795。

張日昇

　1968　試論上古四聲，「香港中文大學中國文化研究所學報」
　　　　1:113-170。

陳新雄

1972 「古音學發微」，臺北。

董同龢

1954 「中國語音史」，中華文化出版事業委員會，臺北。

龍宇純

1979 上古陰聲字具輔音韻尾說檢討，「史語所集刊」50.4:
679-716。

羅常培、周祖謨

1958 「漢魏晉南北朝韻部演變研究」，第一分冊。

Chang, Kun and Betty Shefts Chang

1972 *The Proto-Chinese Final System and the Ch'ieh-yün*,
Monogrpahs, Series A, No.26, Institute of History and
Philology, Academia Sinica

Coblin, South

1981 Notes on the Dialect of the Han Buddhist Transcript-
ions, *Proceedings of the International Conferene on
Sinology*, 121-183.

Karlgren, Bernhard

1923 *Analytic Dictionary of Chinese and Japanese*, Paris.

1928 Problems in Archaic Chinese, *Journal of the Royal
Asiatic Society*, 769-813.

Simon, Walter

1927-28 Zur Rekonstrucktion der altchinesischen Endkonsonan-
ten, *Mitteilungen des Seminars für Orientalische Sprache*
30:147-167; 31:157-204.

Ting, Pang-hsin

1975 *Chinese Phonology of the Wei-Chin Period: Reconstruc-*

tion of the Finals as Reflected in Poetry, Special
Publications 65, Institute of History and Philology,
Academia Sinica.

從漢藏語的比較
看上古漢語若干聲母的擬測

龔煌城

一、引　言

　　漢藏語的同源關係早在公元 1808 年首經英人 John Leyden 指出，其後雖經法人 Abel R'emusat（1820）及德人 Anton Schiefner（1851）等人的相繼探索，然仍無重大進展，至1874 年法人 L'eon de Rosny 始指出擬測漢語古音的重要性，認爲漢藏語科學的比較研究須從漢語古音的擬測著手，而英人Edkins（1974）也於同時發表他對漢語古音的研究。

　　1881 年德國漢學家甲柏連孜（Gabelentz 1881：103 f）在其所著漢文經緯（Chinesische Grammatik）一書中指出印支（即漢藏）語言科學的比較研究尚未踏出第一步，認爲擬測原始漢藏語固然是其終極目標，然以目前而論，只要能確認在漢藏諸姊妹語中何者最近似祖語，而可以扮演如同梵文在印歐語比較研究中的角色便已足夠，他並以藏文爲最有資格的候選。

　　1896 年德國語言學家康拉第（Conrady 1896）出版其著名的「漢藏語系中使動名謂式之構詞法及其與四聲別義之關係」一書，在其序言中他提到L'eon de Rosny 及 Edkins兩人之研究，並重

新強調擬測漢語最古的語形之重要性，認為惟有各語言可以探索
而得的最早的階段能作比較研究的基礎。他稱讚甲柏連孜、古魯
柏（Grube）及庫恩（E. Kuhn）等學者在作漢藏語比較研究時斷
然以藏語為基礎是方法上的一大進步，認為藏文之於印支語言猶
如梵文與希臘文之於印歐語。他並且說：「事實上必須以仍然保
有詞頭的語言為比較研究的基礎，因為上面所得的結論（指從漢
語諧聲字中來母字與舌根音聲母的互諧，經與藏文的比較而知是
來自複聲母 gr- 之結論）要求須從詞頭的研究出發，而此保有詞
頭的語言即為藏語。」

　　漢語上古音有系統的研究，由瑞典的高本漢 （Bernhard
Karlgren）開始，他在完成其中古音的研究之後，進而由中古音
上溯上古音。他在 1923 年出版的分析字典（Analytic Dictio-
nary of Chinese and Sino-Japanese）一書中利用諧聲字探
討上古聲母。他根據喻母（i̭）的諧聲關係推斷喻母來自於上古的
d- 、g- 及 z-，他所舉的例子如下（p. 27）：

```
甬  i̭wong  < d-   ：  通  tʻung   ；
勾  i̭uěn   < g-   ：  鉤  ki̭uěn  ；
羊  i̭ang   < z-   ：  祥  zi̭ang  < dz-
```

　　董同龢（1944，重刊本 1967：28f）對高本漢 d- 與 g- 的
擬測原則上並無意見，惟對 z- 音的擬測則以為其與 ts- 系諧聲
同時亦與 t- 、t̂- 、t̒s-（< *t̂）系字諧聲，且更有兼諧 k- 系者
為由加以反對。他引藏語有詞頭（Prekix）g- 作參考，為喻母字
擬測了如 gd- 或 gz- 的複聲母，例如（p.31）：

```
羊  gd- (gz-)  :  姜  k-  :  祥  z-
臣  gd- (gz-)  :  姬  k-  :  姬  z-
```

但認為如聲符不是喻母字,則除了假定喻母為 gd- 之外還須假定
其他至少也有一個複聲母。如(p. 32):

```
羊  gd-  :  姜  k-   :  祥  gz-
欲  gd-  :  谷  k-   :  俗  gz-
```

或

```
羊  gd-  :  姜  kz-  :  祥  z-
欲  gd-  :  谷  kz-  :  俗  z-
```

而認為 gd- 後來全部消失;另一種則消失其中一部分。

最後董氏認為由於缺少確鑿的佐證,難以作取捨,認為「進
一步的確定,必待比較研究去探決。」

高本漢與董同龢的擬音共同的缺點是依他們的假設,則漢語
上古音濁塞音聲母有如同梵文送氣與不送氣之別(例如喻母為不
送氣的 d- 與 g-,定母為送氣的 dh-,群母為送氣的 gh-)。他們
為喻母所擬測的 d- 與 g-,只出現在介音 -i̯- 前面,在分佈上有極
大的限制。蒲立本(Pulleyblank 1962 : 67)即曾指出清塞音聲
母分送氣與不送氣,而濁聲母則不分,這種三重對比的語言在東
亞語言中相當普遍,但四重對比的語言則似乎全然不存在。

李方桂先生(1971 : 10 f)根據古代借字及譯音上的證據,
並著眼於喻母與邪母密切的關係提出以下兩條演變律:

```
上古    *r-     >   中古   ji-（喻四等）
上古    *r+j-   >   中古   zj-（邪）
```

據此而擬測如下的音讀(p. 45):

```
羊  *rang   >  jiang
祥  *rjang  >  zjang
姜  *kjang  >  kjang
```

因爲他又以與舌根音互諧的喻母及邪母爲 *grj- 及 *sgj-，如
(p.52)：

```
谷  *kuk    >  kuk
俗  *sgjuk  >  zjwok
欲  *grjuk  >  jiwok
```

故依其擬音系統，羊、祥與姜的關係亦可作：

```
羊  grjang  >  jiang
祥  *sgjang >  zjang
姜  *kjang  >  kjang
```

以滿足三者之間的諧聲關係。

二、從漢藏語的比較看漢語的來、喻二母

與漢語同源的藏緬語族語言大多有 r-、l- 二種流音，而漢
語不管是現代方言或是中古音都只有一種，即 l- 音。李方桂先
生爲喻母擬測了 r- 音。對漢藏比較語言學不啻提供了重要的線
索，然而隨著漢藏語言比較的進展，慢慢的顯現漢語來（l-）母
字對應的是藏語的 r-，而漢語的喻（r-）母所對應的卻是藏語的
l-，其例如下：

漢 l- ：藏 r-

1. 漢：六　　*ljəkw　>　ljuk
藏：དྲུག་　drug　六
緬：ခြောက်　khrok　六

2. 漢：涼　　*gljang　>　˳ljang
藏：གྲང་　grang　涼、冷

3. 漢：量　　*ljang　>　˳ljang, ljangs　>　ljang˚
藏：གྲངས་　grangs　數量，འགྲང་　'grang　數（動詞）
緬：ခြင်　khrang　量

4. 漢：絡　　*glak　>　lâk　silk thread, cord, bridle
藏：འགྲགས་　'grags　to bind

5. 漢：羅　　*lar　>　˳lâ　bird-net
藏：དྲ་　dra　net, net-work, 網

6. 漢：類　　*ljəds　>　ljwi˚
藏：གྲས་　gras　class, order, tribe, 部類

7. 漢：聯連　*gljan　>　˳ljän
藏：གྲལ་　gral　row series, class, 行列、排、繩索

8. 漢：籬　　*ljar　>　˳lje
藏：ར་　ra　enclosure, fence, wall, 城墻

9. 漢：藍　　*glam　>　˳lâm
藏：རམས་　rams　indigo, 靛青、藍靛
　　རམ་　ram　靛青、藍

10. 漢：髏　　*glug　>　˳ləu　skull
藏：རུས་　rus　骨、骨骼

11. 漢：龍　　　　*ljung ＞ ˌljwong
　　藏：འབྲུག་　'brug　　dragon, thunder, 龍、電

漢 r- ：藏 l-

12. 漢：揚　　　　*rang ＞ ˌjiang
　　藏：ལང་　lang　起、起來

13. 漢：羭　　　　*rug ＞ ˌjiu　　黑羝
　　藏：ལུག་　lug　綿羊

14. 漢：詍　　　　*rab ＞ jiäiˑ　多言
　　藏：ལབ་　lab　説話

15. 漢：翼　　　　*rək ＞ jiək
　　藏：ལག་　lag　手
　　緬：လက္　lak　手臂

16. 漢：夜　　　　*rags ＞ jiaˑ
　　藏：ཟླ་　zla　月
　　緬：လ　la　月

17. 漢：俗　　　　*rjuk ＞ zjwok
　　藏：ལུགས་　lugs　風俗

18. 漢：象　　　　*rjang ＞ zjangˌ
　　藏：གླང་　glang　象、牛

19. 漢：習　　　　*rjəp ＞ zjəp
　　藏：སློབ་　slob　學習

20. 漢：移　　　　*rar ＞ ˌjiě　change, alter
　　緬：လ　lay ＞ lɛ　change

如果要根據上面的對應關係來擬測原始漢藏語，則只能依藏語來擬測更古的階段。因爲藏語至今仍然保存兩種流音，實無法想像在過去某一時代曾發生 l- 與 r- 的互換，而漢語則因爲兩種流音（即來母與喻母）之中有一種（即喻母）在中古以前即已消失，所以如果來母原來是 r-，只要假設在喻母 l- 音消失以後，發生了 r->l- 的語音變化，來母字由原來的 r-音變成現代的 l-音，漢藏語的對應關係便可得到合理的解釋。

上面所提的漢藏語的對應關係，曾經許多學者討論（如蒲立本 Pulleyblank 1962, Forrest 1967），至舒斯勒 Schuessler（1974）始明確提出在漢語內部曾發生 l->i̯- 及 r- >l- 的變化，至於發生變化的時代則認爲是在漢代。他所根據的理由是李方桂先生（Li 1945）所指出的台語中漢語借詞十二地支中的「酉」字，在 Ahom 語中借作 rao, Lü 語中借作 hrau 及漢代的聲訓，以「老」（史記、律書及白虎通、五行）及「留」（漢書、律歷志）訓「酉」的證據。這是合理的推測，因爲如果「酉」字聲母不是某種流音，便無法解釋上面的借詞及聲訓。

在理論上，r->l- 的語音變化也有可能發生在上古漢語以前，也就是說，在上古音中來母字已變成 l- 音，因此若要修改上古來母字的擬音，由原來大家所公認的 l- 修改作 r-，非有充分的理由不可。本文對此提出以下三點論據。

第一個論據是理論上的考慮。在理論上 r- 要變成 l-，必須在 l- 音變成 i̯ 音之後，否則 l- 音尙保持不變時 r-音若變成 l-，二音勢必混同（merger），無法再分。而在上古諧聲時代喻（i̯）母字與舌尖音諧聲，表示 l- 音尙保存未消失，此時 r- 音不可能

變成 l- 音，故上古漢語來母字必定是 r- 音，喻母字應該仍讀 l-。

　　第二個證據來自借字與譯音，臺語中的古代漢語借詞仍然保留漢語來母字的 r- 及喻母字的 l- 音。例如：

21. 漢：六　　*ljəkw　>　　ljuk
　　泰：หก　　hok[DIS]　<　　*xrok　六（Li 1977: 233, 272）

22. 漢：藍　　*glam　>　　ˌlâm
　　泰：คราม　*gram　>　　khraam　A 2　藍（Li 1977: 231）

23. 漢：懶（孏）　*lan　>　　°lân
　　泰：คร้าน　*gran　>　　khraan　C 2　怠、惰（Li 1977:231）

24. 漢：孿　　*blwân　>　ˌluân　、
　　泰：พรวน　*bruan　>　phruan　A 2　小鈴

25. 漢：漏　　*lugs　>　　lăuˀ
　　泰：รั่ว　　rua B 2　<　　*rue　漏（Li 1977: 142, 283）

　　上面 21、22、23 三例，依李方桂先生（Li 1977）《比較臺語手冊》一書對原始台語（Proto-Tai）的擬音都是含有 -r- 的複聲母（24 則不見於該書），22、23、24 在泰語文字中仍然保留 gr、br- 等複聲母，其中頭一個聲母在現在雖然已變成送氣清音（kh-、ph-），但從聲調上仍可看出他們是來自古代濁聲母。25 是純 r- 音聲母。以上五個泰語借字都是借自上古漢語，非借自原始漢藏語。因為原始漢藏語應該沒有聲調，而泰語的借詞都有聲調（21D調、22A調、23C調、24A調、25B調。按台語 A、B、C、D 調依次與漢語平去上入對應），顯然都是借自漢語，這些借詞上的證據顯示漢語上古音來母讀 r- 音。

26. 漢：養ˇ　　＊rang　＞　ˀjiang
　　泰：ᦵᦟᦲᧂᦵ liang C2　飼養 ＜　＊lieng（Li 1977：281）

27. 漢：易　　　＊rik　＞　jiäk
　　泰：ᦶᦟᧅ lɛɛk　交換、交易 D2L ＜ ＊dl-（Li 1977：125）

　以上 26 與 27 的例子顯示漢語上古音喻母讀 l- 音。

　　譯音的證據最有名而常被引證的例子是：漢代以烏弋山離譯 Alexandria（Li 1971：10）以「弋」＊rək 對譯＊lek，以「離」 ＊ljar 對譯 dria。Pulleyblank（1962：116）即曾指出，若以喻 母為 r-，則中國人用 l 音譯外國 r 音，而以 r 音譯外國 l 音，將 令人感到訝異。

　　第三個證據來自形聲字，雅洪托夫（1963）曾指出來母字與 其他聲母二等字之間具有密切的諧聲關係，因而有系統地擬測帶 -l- 的複聲母，例如：八＊plet、百＊plâk、馬mlâ、甲＊klap 並依次與藏語 brgyad、brgya、緬甸語 mrang、藏語 khrab 比較 （Jachontov 1963：92）。

　　李方桂先生（1971：11，17）將此 -l- 音改為 -r- 音，以便 更合理地解釋從上古到中古聲母韻母的變化（聲母方面：假設上 古＊tr->中古 ṭ-，上古＊tsr->中古 tṣ- 的變化；韻母方面： 認為 -r- 有一種中央化的作用）。如果二等韻在上古有 -r- 的 複聲母，則與其諧聲的來母字當為 r- 音。

三、從漢藏語的比較看漢語的匣、于二母

　　關於匣母ɤ- 的上古音，高本漢（Karlgren 1923：21-22）

根據匣 γ-、群 g- 二母的互補推斷二者有共同的來源,認爲都來自於上古的 *g-。後來曾運乾、羅常培和葛毅卿分頭研究,一致指出匣母在六世紀初跟于母一體,而因于母與群母同屬三等韻,如果把匣母與于母等同,便不能再與群母等同。在此之後董同龢 (1944,據 1967:34) 及王力 (1958:70) 都把匣母的上古音擬作 γ,而與群母 g 加以區別。

　　李方桂先生 (1971:13f) 獨排衆議,堅持原先群母與匣母同源的認定,認爲喻母多數爲合口,來源於圓唇舌根濁音 *gw+j,而群母則來自 *g+j。

　　漢藏語的比較研究支持匣、群、于三母同出一源的假設。例子如下:

　　匣母一等字

28. 漢:何　　　*gar ＞ γâ
　　藏:ག་ཐོག་　　ga thog　　何處?何人?
　　　　ག་དུས་　　ga dus　　何時?
　　　　ག་ནས་　　ga nas　　從何處?
　　　　ག་ཚོད་　　ga tshod　　多少?(何量?)
　　　　ག་རུ་　　ga ru　　何處?

29. 漢:河　　　*gar ＞ γâ
　　藏:རྒལ་　　rgal　　渡河、涉水

30. 漢:荷　　　*gar ＞ γâ
　　藏:སྒལ་　　sgal　　獸馱的東西＝荷

31. 漢:盍　　　*gap ＞ γâp　　覆也(參考:蓋 kaps
　　　　　　　　　　　　　　　　　　　　　＞ kâi°)蔽蓋
　　藏:འགེབས་　　'gebs　　復蔽
　　　　འགབ་　　'gab　　覆蓋
　　　　དགབ་　　dgab　　復蔽(未來式)
　　　　བཀབ་　　bkab　　復蔽(完成式)

32. 漢：候　　　　*gugs　＞　ɣ̑əuˮ
　　藏：ꪥꪀꪎ　　　sgugs　　等候（命令詞）
　　　　ꪥꪀ･ꪜ･ꪐ　sgug-pa-po　　　等候者

33. 漢：含　　　　*gəm　＞　ɣ̑âm
　　藏：ꪀꪀꪎ　　　'gam　　放進口中

34. 漢：戶　　　　*gwag　＞　ˮɣuo　　說文云……半門爲戶
　　藏：ꪥ　　　　sgo　　門

匣母二等字
35. 漢：話　　　　*gwrads　＞　ɣwaiˮ
　　藏：ꪥꪎ　　　　gros　　話，speech, talk
　　　　ꪥꪎ･ꪥꪉ　gros gleng　　商議、談話
　　　　ꪥꪎ･ꪀꪑꪎ　gros 'cham　　言語一致

36. 漢：樺　　　　*gwrags　＞　ɣwaˮ
　　藏：ꪥ　　　　gro　　樺樹

37. 漢：洽　　　　*grəp　＞　ɣ̑âp　　和也
　　藏：ꪀꪀꪜ　　　'grub　　成就、完成

　　35、36、37 三個例子中值得注意的有兩點：第一、「話」、「樺」、「洽」三字都屬於二等韻，上面已提到，雅洪托夫根據來母字與其他任何聲母二等字的諧聲關係，擬測了含有 -l- 的複聲母，李方桂先生（1971）將此 -l- 修改爲 -r-，上引匣母二等字對應藏語 gr- 的事實證實了此一擬測的正確性。第二，在漢藏語元音系統的比較中，遭遇到的一個困難是藏語有 a、i、u、e、o 五個元音，而李方桂先生（1971）所擬測的上古音則只有 a、i、u、ə 四個元音。其中藏語的 e、o 兩個元音究竟對應漢語的哪一個元音便成爲重要的問題。我在以前的一篇論文(Gong

1980：483f）中提出藏語的 o 與漢語的 ＊wə、＊wa 及 ＊ua 對
應的看法（其中 ＊w 表示圓唇舌根音的合口成分）。在本論文中
新提出的 35、36 二例可以增強這一看法。漢語 ＊gwra- 對應
藏語 gro- 完全符合規律，是嚴整的對應關係。

　　于母字

　　于母只出現於三等韻，三等字含有介音 -j- 。漢藏對應例如
下：

　　　38. 漢：于　　＊gwjag　　＞　ʲju
　　　　　　往　　＊gwjang　＞　°jwang
　　　　藏：ℚ乙ོ　'gro　　行、走
　　　　緬：ﾛﾟ乙　krwa　　去、來

　　　39. 漢：芋　　＊gwjags　＞　juﾟ
　　　　　藏：乙ོ乩　gro-ma　　西藏的甘薯

　　　40. 漢：羽　　＊gwjag　　＞　°ju
　　　　　藏：乙ﾟ　sgro　　翎翮

　　　41. 漢：友　　＊gwjəg　　＞　°jˇəu
　　　　　藏：乙ﾟﾏﾟ　grogs　　朋友、伴侶

　　　42. 漢：胃　　＊gwjəds　＞　jwěiﾟ
　　　　　藏：乙ﾟﾟ　grod　　肚子、胃

　　　43. 漢：援　　＊gwjan　＞　ʲjwɐn　接援、救助也（比較：
　　　　　　緩 ＊gwan ＞ °ɣuân 舒也）
　　　　藏：乙ﾟﾟﾟ　grol　　解脫、解開

上面 38 到 43 的例子顯示漢語于母字對應藏文 gro，其中有三點
特別值得注意：一、漢語于母字所對應的藏語都是 g-，證明李方

桂先生堅持將群母與于母相配是正確的，二、漢語于母字所對應
的藏語元音都作 - o - ，無一例外，證明李方桂先生所主張，于母
來自圓唇舌根音是正確的。三、于母字屬三等韻，有介音 - j - ，
即 ＊gwrj - ，藏語失去了介音，變成 gr，其情形正如同第二節例
1、2、3、6、7、8、11 所舉的例子中漢語有 - j - 介音，而藏
語則無介音是一樣的。

四、相關問題的討論

從本文漢藏語的比較中衍生出來，故必須在此加以討論的問
題是若干聲母彼此間的關係，漢語來母與藏語 r - 、gr - 、dr - 、
br - 等音對應，而漢語二等字也含有 - r - 音（例如匣母二等作
gr - ），由於與藏語 gr - 、dr - 、br - 等對應的漢語來母字大多屬
於三等韻，合理的推測是

```
＊gr-   >   γ-（匣母二等）＊grj-   >   ＊rj-   >  lj-（來母三等）
＊dr-   >   ḍ-（澄母二等）＊drj-   >   ＊rj-   >  lj-（來母三等）
＊br-   >   ḅ-（並母二等）＊brj-   >   ＊rj-   >  lj-（來母三等）
```

依此推論，漢的「涼」、「量」、「聯」、「類」應來自 ＊grj-。
例如：

44.(=2) 漢：涼   ＊grjang   >   ＊rjang > ˌljang
　　　　藏：ꡂ𖩯   grang   原始漢藏語 ＊grjang

45.(=3) 漢：量   ＊grjangs >   ˙＊rjangs > ljang°
　　　　藏：ꡂ𖩯ꡛ grangs   原始漢藏語 ＊grjangs

46.(=7) 漢：聯　　*grjan　　＞　*rjan　　＞　ₒljän
　　　　藏：ཀྲལ gral　　原始漢藏語　*grjal

47.(=6) 漢：類　　*grjəds　＞　*rjəds　＞　ljwi°
　　　　藏：ཀྲས gras 部類　　原始漢藏語　*grjəds

另一方面匣母二等的「話」、「樺」、「洽」則來自沒有介音的 *gr-：

48.(=35) 漢：話　　*gwrads　　＞　ɣwai°
　　　　　藏：གྲོས gros　　原始漢藏語　*gwrads

49.(=36) 漢：樺　　gwrags　　＞　ɣwa°
　　　　　藏：གྲོ gro　　原始漢藏語　*gwrags

50. 漢：洽　　　*grəp　　＞　ɣăp
　　藏：འགྲུབ　*grub　　原始漢藏語　*grup

然而在漢泰語的比較研究中常被引證的「藍」字，卻帶來不少困難。例如：

51.(=22) 漢：藍　　*gram　＞　*ram　＞　ₒlâm
　　　　　泰：คราม *gram　＞　khraam　A 2　藍

如果「藍」字上古音作 *gram ，則依上面的規律應演變成中古匣母，而不應演變成來母。從語音演變的角度看，「藍」字是不應有 g- 聲母的，而其聲母「監」是二等字，有 kr- 複聲母，因此諧聲的條件仍然可以滿足。

52. 藍　*ram　　＞　ₒlâm
　　監　*kram　＞　ₒkam　　　*krams　＞　kam°
　　檻　*gram　＞　°ɣam

　　藏文 ᠳᠵᠰ᠊ rams「靛靑、藍靛」與漢語「藍」同源，而它並沒有 g- 聲母，因此，推測「藍」字讀 *ram 是有藏文的對應可以爲依據的。但台語的 *gram 則無法解釋。

　　我覺得台語的 *gram 與漢語的「藍」*ram 有關，是無法加以否認的。惟一的解釋是上古漢語乃至原始漢語的「藍」字可能有 *ram 與 *gram 二讀，前者有藏語的承襲及後來的漢語語音演變加以證實，後者則因曾借進原始台語，故也可以證實其存在。

　　以「監」爲聲母的諸聲字有幾個一字兩讀的情形，也許就是可能有 *ram、*gram 二讀的最好的參考。例如：

53. 濫 °ɣam   <   *gram
　　　lâm°   <   *rams
　　劏 °ɣam   <   *gram
　　　lâm°   <   *rams

　　認爲來母字一等字來源於 *r-，而非 *gr-，在作詞族（word family）探索，或作古代「構詞法」（morphology）硏究時可提供重要的推論的依據。例如：

54. 覽（廣韻：視也）°lâm   <   *ram
　　矙（廣韻：視也）ˌkam   <   *kram   詞頭 *k-
　　瞰（廣韻：瞻也）kam°   <   *krams
　　鑑（廣韻：鏡也）kam°   <   *krams

55. 闌（廣韻：遮也）ˌlân   <   *ran
　　讕（廣韻：逸言）ˌlân, lân°   <   *ran, *rans
　　諫（廣韻：直言以悟人）kan°   <   *krans   詞頭 *k-

　　馬伯樂（Maspero 1930）曾根據No. 54，認爲上古漢語有「詞頭」（prefix）*k-。鑒於古藏文亦有詞頭 g- ，馬伯樂的說法並非全無道理。依此推論，No. 53「濫」、「劃」的一字兩讀也有可能是起源於詞頭 *g- 之有無。

　　泰語的 *gran「怠惰」（上文No. 23），有人認爲與漢語的「懶（嬾）」°lân＜ *ran字有關（Wulff 1934：182），也有人認爲與「閒」　ɤạn＜*gran字有關（Schuessler 1974：188），如果「閒」ɤạn＜ *gran與「懶」*ran 在字源上有關，則可以由此析出詞頭 *g-。

　　說文「瀾、瀾也，從門中有水」、「闌、門遮也，從門柬聲」，「閑」、「闌」、「柬」三字之語音關係如下：

```
56. 閑  ɤạn  <  *gran    詞頭  *g-
    闌  lân  <  *ran
    柬  °kan  <  *kran
```

由「閑」與「闌」可以析出詞頭 *g-，「闌」*ran 從「柬」*kran得聲，*ran 與 *kran之所以有特別的關係，可能是由於 *ran 前常可加詞頭 *g-，故在感覺上十分接近，否則大可用其他如 *pran、*tran 等複聲母。「闌」*ran 所以用「柬」*kran 爲聲符，可能不是偶然。「藍」*ram以「監」*kram爲聲符，亦可作如此觀。

　　從探索古代構詞法的角度來看，「立」與「位」的關係，也可從「詞頭」與「詞尾」（suffix）的觀點加以剖析，「立」是來母字，來自上古 *rj- 音。「位」是于母字，來自上古 *gwrj- 音。

57. 立　ljəp　＜　*rjəp
　　位　jwi°　＜　*gwjəds　＜　*gwrjəps　　詞頭　*gw-

58. 類　ljwi°　＜　*rjəds
　　彙（廣韻：類也）jwei°　＜　*gwrjəds　　詞頭　*gw-

　　如果說「類」與「彙」全無語源上的關聯，只因語音類似而以「彙」借作「類」，則二者之關係當如下：

59. 類　ljwi°　＜　*grjəds
　　彙　jwei°　＜　*gwrjəds

二字之間只有 g 與 gw 之差而已。因為有藏文 gras「部類」（上文 No. 47）與漢語「類」對應的證據（不是與「彙」對應，因為如果是這樣，元音應作 o），「類」字可推斷是來源於 grj- ，由此看來 No. 58 的解釋可能並不正確，音近假借之可能性較大。

　　「立」字因為有緬甸文同源詞 rap 可作比較，可以推測是來源於單純的 *rj-

60. 漢：立　ljəp　＜　*rjəp
　　緬：ηၥ rap　＜　*rjap　　立、停止、站住

　　　　原始漢藏語　*rjəp

　　把喻母改擬作 1- 以後與其相關的各聲母也必須重新加以考慮。首先是喻母與舌根音的諧聲關係，我們既已認定 1->j- 的變化，其必然的推論是帶 -1- 的複聲母演變成中古的三等韻（指三等韻的部分來源，非全部來源）。

61. 羊　*lang　　＞　jiang
　　姜　*klang　＞　kjang
　　羌　*khlang　＞　khjang

kl->kj-的音韻變化也見於古代緬甸語，例如 klā＞kyâ"老虎"，
kla＞kyā"落下"（Nishi 1977：41）。在緬甸文字所代表的
「書面緬甸語」（Written Burmese）中介音 -l- 已經消失（比
-r- 消失的時間更早， -r- 則尚保存在書面緬甸語中），然而仍
可從緬甸方言的比較研究中加以復原（矢崎 1969：943）。如果
上古漢語曾經有過如 kl、khl、pl、phl 等複聲母，其最可能的
演變途徑是變成後來的三等韻，即 kj、khj、pj、phj等音。例如：
「筆」從「聿」聲，「聿」jiuět 則為喻母字。

62. 聿　jiuět　＜　*luət　＜　*lət
　　筆　pjět　＜　*prjət
　　律　ljuět　＜　*rjət

　　喻母與定母的諧聲關係是 l- 與 d- 的關係，兩者都是舌尖濁
音，喻母與透母是一濁一清，差別較大。李方桂先生(1971:15)
曾提出下列兩條演變律：

上古 *hl- （一、二、四等字）＞中古透母 th-
上古 *hl-j- （三等字）＞中古徹母 ṭh-

　　漢語「鐵」thiet 字借進台語作 *hlek 顯示 thiet 來自上古
的 *hlik。漢語「脫」字有二讀，一作 duât，一作 thuât，一般
認為此字藏語 lhod "鬆緩、鬆弛"，lod "鬆弛、懈怠"，glod
"放鬆、和緩"及緬甸語 *klwat "解放"，*khlwat "釋放"
（Nishi 1977：41）及 lwat "自由" hlwat "釋放" 同源。「脫」
字之上古音可能是 *hluat，與「悅」*luat＞jiwat 語音十分相
近。

喻母與審母三等也有密切的關係。漢語「屎」字廣韻有二讀。
ᵛsi（式視切）及 ₒxji（喜夷切），前者是審母三等，後者是曉母。
此字一般認爲與藏語 lči <*hlyi 同源（Bodman 1980：103）。
緬甸語作 khliy（Nishi 1977：41），包擬古（Bodman）認爲
*khl- > *hl 的變化是上古漢語與藏語共同的「創新」(common
innovation)，他所擬測的「屎」爲 *hljij: > śji：。我覺得可
以信從。

喻母與邪母關係非常密切。漢語「習」zjəp 與藏語 slob 的
比較，顯示邪母來自 *(s)lj-。綜合以上幾種與喻母關係較密切
的聲母的討論，以下提出一個嘗試性的擬音。

63. 羊　*lang　　＞　ₒjiang
　（藏語 glang 牛、象）
　　姜　*klang　　＞　kjang
　　羌　*khlang　＞　khjang
　　祥　*ljang　　＞　zjang

64. 昜　*lang　　＞　ₒjiang
　　楊　*lang　　＞　ₒjiang（藏語 glang 柳）
　　揚　*lang　　＞　ₒjiang（藏語 lang 上揚、起來）
　　湯　*hlaṅ　　＞　ₐthâng
　　鍚　*hljang　＞　ₒśjang

65. 臣　*ləg　　　＞　ₐjï
　　姬　*kləg　　＞　ₐkjï
　　洍　*ljəg　　＞　ᵛzï

66. 悅　*luat　　＞　jiwat
　　銳　*luats　　＞　jiwäiᵛ
　　脫　*hluat　　＞　thuât
　　　　*duat　　　＞　duât
　　說　*hljuat　　＞　śjwät

67. 谷　*kluk　>　kuk, *luk　>　jiwok
　　　　　比較藏語 klung　河、河谷、lung　　谷
　　欲　*luk　>　jiwok
　　俗　*ljuk　>　zjwok
　　容　*lung　>　ˌjiwong

68. 公　*klung　>　ˌkung
　　松　*ljung　>　zjwong
　　頌　*ljung　>　zjwong, *lung　>　ˌjiwong

69. 貴　*kwləds　>　kjwęiˀ
　　遺　*ləd　>　lwəd　>　ˌwi
　　潰　*gwəds　>　ɣuậiˀ
　　隤　*dəd　>　duəd　>　ˌduậi

　　從No.67與No.68看來，必須假設 kl-在 u 元音前不留痕跡
地消失，並未變成 kj-，才能解釋「谷」與「欲」的諧聲關係。藏
文 klung 常被用來與漢語「江」*krung 比較，但據羅杰瑞與梅祖
麟（Norman and Mei 1976：280）兩人的研究，「江」*krung
係借自南亞語系語言。古代孟語（Old Mon）作 krung。本文主張
-r- 與 -l- 有別，故認為漢語「江」與藏語 klung 無關。提出
「谷」*kluk 與藏語 klung 作比較，二者韻尾雖 有不同，但 -k
與 -ng 的不同可以有解釋，「容」*lung 從「谷」*luk 聲，一
般稱為「對轉」，漢藏語之間的對轉，可能起源於「同化作用」
（assimilation）。

五、結　語

　　本文從漢藏語比較語言學的觀點，檢討上古漢語若干聲母的擬測。上古漢語的擬測在韻母方面由於有詩韻與諧聲雙重資料，已建立相當可靠的基礎。聲母方面的擬測則由於只有諧聲字能作主要依據，故進展十分緩慢，往往有多種可能的解釋，難以作取捨。上古漢語既然是從原始漢藏語演變下來，在有多種可能的解釋，參照同源的其他語言，可以幫助作正確的選擇。這樣作，不但有助於漢藏語的比較研究，且有助於漢語上古音的擬測。

　　本文研究的結論可例表如下：

```
來母一等      *r-   >  l-
    三等      *grj-, *drj-, *brj-  >  *rj-  >  lj-
喻母四等      *l-   >  ji-
匣母一等      *g-   >  ɤ-
    二等      *gr-  >  ɤ-
于母          *gwrj-  >  j-
部分透母一等  *hl-  >  th-
邪母          *lj-  >  zj-
審母          *hlj-  >  śj-
上古漢語有詞頭：  *k-, *g-, *gw- 等。
```

引用書目

Bodman, Nicholas C.
   1980 "Proto-Chinese and Sino-Tibetan: Data towards Establishing the
        Nature of the Relationship," in Contributions to Historical
        Linguistics, Issues and Materials, ed. by Frans van Coetsem
        and Linda R. Waugh, pp.34-199, Leiden: E.J. Brill.

   1985 "Evidence for l and r Medials in Old Chinese and Associted
        Problems," in Linguistics of the Sino-Tibetan Area: The State
        of the Art, ed. by G. Thurgood, J.A. Matisoff and D. Bradley.
        The Australian National University.

Coblin, W.S.
   1986 A Sinologist's Handlist of Sino-Tibetan Lexical Comparisons,
        Monumenta Serica Monograph Series ⅩⅧ Nettetal: Steyler Verlag.

Conrady, A.
   1896 Eine indochinesische Causativ-Denominativ-Bildung und ihr
        Zusammenhang mit dem Tonaccenten. Leipzig: Otto Harrassowitz.

Edkins, J.
   1874 "The State of the Chinese Language at the Time of the Invention
        of Writing," Transactt. of the 2d. Internat, Congr. of Oriontal.
        London.

Forrest, R.A.D.
   1967 A Reconsideration of the Initials of Karlgren's Archaic Chinese.
        TP 53:243-252.

Gabelentz, Georg von der
   1881 重印本 1960 Chinesische Grammatik, Halle (Saale): Veb Max
        Niemeyer Verlag.

Gong, Hwang-cherng
   1980 A Comparative Study of the Chinese, Tibetan, and Burmese Vowel
        System. BIHP Vol.51, Part 3, pp.455-490.

Jachontov, S.E.
   1963 "Sočetanija Soglasnych v Drevnekitajskom Jazyke," Trudy Dvadcat'
        Pjatogo Meždunarodnogo Kongressa Vostokovedov Moskva. pp.89-95.

Karlgren, Bernhard
  1923 Analytic Dictionary of Chinese and Sino-Japanese. Paris:
        Librairie Orientaliste Paul Geuthner.

Leyden, J.
  1808 "On the Languages and Literature of the Indo-Chinese Nations,"
        Asiatick Researches 10. pp.158-289.

Li, Fang-kuei
  1945 Some Old Chinese Loan Words in the Tai Languages. Harvard
        Journal of Asiatic Studies. Vol.8, pp.333-342.

李方桂
  1971 上古音研究，清華學報　新九卷，第一、二期合刊，pp.1-61。

Li, Fang-kuei
  1977 A Handbook of Comparative Tai. The University Press of Hawaii.

Maspero, Henri
  1930 Préfixes et Dérivation en Chinois Archaïque. Mémoires de la
        Société de Linguistique de Paris. Tome 23. pp.313-327.

Nishi, Yoshio
  1976 Medials in Burmese. Genetic Relationship, Diffusion and
        Typological Similarities of East & Southeast Asian Languages.
        pp.15-29.
  1977 重印於鹿兒島大學教養部史學科報告第26號，pp.41-52。

Norman, Jerry nad Tsu-lin Mei
  1976 The Austroasiatics in Ancient South China: Some Lexical
        Evidence. Monumenta Serica. Vol.32, pp.274-301.

Pulleyblank, E.G.
  1962 "The Consonantal System of Old Chinese," Asia Major 9, pp.58-
        144, 206-265.

Rémusat, Abel
  1820 Recherches sur les Langues Tartares, Paris: L'imprimerie
        Royale.

Rosny, Léon de
  1874 "Sur la Reconstruction de la Langue Chinoise Archaïque,"
        (Transactt, of the 2nd Internat, Congr of Oriental. London.

Schiefner, Anton
    1851 Tibetische Studien.
          Bulletin des Séances de la Classe des Sciences Historiques,
          Philologique et Politiques de l'Académie Impériale des Sciences,
          pp.212-222, 259-272, 292-304, 333-334, 337-352.

Schuessler, Axel
    1974 R and L in Archaic Chinese. Journal of Chinese Linguistics.
          Vol. 2, Number 2, pp.186-199.

董同龢
    1944 （重印本 1967）上古音韻表稿，中央研究院史語所單刊甲種之廿一。

王 力
    1958 漢語史稿，北京。

Wulff, K.
    1934 Chinesisch and Tai, Sprachvergleichende Untersuchungen.
          København: Levin & Munksgaard.

矢崎源九郎
    1969 ビルマ市河三喜、服部四郎共編，世界言語概説下卷，東京：研究社，
          pp.913-949。

中共簡體字混亂古音韻部系統説

陳新雄

中共政權成立以來，就迫不及待地進行文字的簡化，據文字改革出版社出版的《建國以來文字改革工作編年記事》的記載，政權成立的當月十日就成立中國文字協會，緊接著在 1954 年 12 月 23 日成立中國文字改革委員會。 1956 年 1 月 28 日 國務院公布〈漢字簡化方案〉。 1958 年 1 月 10 日周恩來〈當前文字改革的任務〉的報告，以爲文字改革的工作，可以適應六億人民擺脫文化落後狀態的需要。 1964 年 5 月出版〈簡化字總表〉。中共政權這樣積極地從事文字的簡化工作，我們用很恕道的眼光來看待它，說它有兩項重大目標。第一希望藉文字的改革，來發展教育，擺脫文化落後的狀態。第二希望由於文字的簡化，而改進書寫的速度。經過了 40 年的歲月，它這兩項目標能否達成呢？最近的報導，中共最高領導人鄧小平公開承認,中國大陸教育失誤，以致有讀書無用論的想法，且官方承認全大陸有兩億四千萬的文盲，這擺脫了文化落後的狀態了嗎？顯然是否定的。當今世界使用漢字的華人社會，臺灣香港沿用繁體字，新加坡中國大陸用簡化漢字，而以教育論，臺灣最成功，香港次之，新加坡第三，中國大陸最落後。顯然的，教育文化的落後，根本與文字的繁簡無關。那末，書寫方面呢？在中共政權進行文字改革之初，中文電

腦尚未問世，現在中文電腦問世後，簡體字之輸入輸出未必快過繁體字，所以在使用方面也未見其利。現今兩岸人民開始交流，識繁體字者認識簡體，困難不大，只識簡體，要識繁體，就不容易了。所以說，中共施行文字改革，推行簡化文字的政策，兩項目標均未達成，而徒然混亂文字之系統。這樣改革文字，除勞民傷財，增加古今的隔閡之外，實在沒有甚麼好處的。所以現在上海古籍出版社等出版的古典書籍，又多恢復使用正體字了。

　　我這裡要特別指出的是，中共政權推行簡化漢字的結果，造成古今隔閡的古韻系統的混亂。段玉裁曾說過，一聲可諧萬字，萬字而必同部。同聲必同部，這是我們學習古代韻部執簡御繁的簡便方法。但經過中共的簡化，這個原則就用不上了，如果根據同諧聲必同部的原則去推，就會造成古韻系統的混亂了。我從中共上海辭書出版社的上中下三本《辭海》中，及香港三聯書店出版的《簡化字總表檢字》小冊中，選出了一百二十七個簡化字。這些字的簡化，多數是屬於中共簡化三方式中的省略、改形與代替三項中的字。❶省略當中的省裏面與省一角的方式最容易造成聲符的混殽，如廣省作广，爺省作爷。❷改形部分則以改為形聲字中的改換聲旁與改換形旁和聲旁兩部分影響最大，混殽最甚。如膠改作胶，驚改作惊等，❸代替部分，也是混亂之源。如以卜代葡，以出代齣等。

　　下面按着我古音學發微所分古韻三十二部之次第，一一加以指明。

1　歌諄相混

犧簡作牺。犧從義聲，古韻在歌部，牺從西聲，古韻屬諄部。

2. **月脂相混**

階省作阶，階從皆聲，古韻在脂部，阶從介聲，古韻屬月部；
際省作际。際從祭聲，古韻在月部，际易誤從示聲，示古韻
在脂部。

3. **月質相混**

潔省作洁，潔從絜聲，古韻在月部。洁從吉聲，古韻在質部。
藝省作艺、讛省作讠乙、噎省作咽，襫省作茷、襪省作袜，埶
聲在月部，乙聲在質部。竊省作窃，竊從禼聲，古韻在月部
窃從切聲，古韻在質部。

4. **月微相混**

塊省作块，塊從鬼聲，古韻在微部，块從夬聲，古韻在月部。

5. **月錫相混**

適省作适，敵省作敌，啇聲在錫部，舌聲、舌聲在月部，适
字亦月部字。論語達适爲韻可證。

6. **月魚相混**

價省作价。賈聲在魚部，介聲在月部。

7. **月鐸相混**

壩省作坝。霸聲在鐸部，貝聲在月部。

8. **月藥相混**

鑰省作钥。龠聲在藥部，月聲在月部。

9. **元眞相混**

遷省作迁、躚省作跹。遷從䙴聲，䙴聲在元部。迁從千聲，千聲在眞部。

10. **元諄相混**

壇省作坛。亶聲在元部，云聲在諄部。憲省作宪，憲聲在元部，先聲在諄部。

11. **元陽相混**

廠省作厂，敞聲在陽部，厂聲在元部。

12. **元之相混**

纏省作缠，廛聲在元部，㢴聲在之部。環省作环，睘聲在元部，不聲在之部。

13. **元添相混**

戰省作战，鑽省作钻，單聲、贊聲在元部，占聲在添部。

14. **元談相混**

擔省作担，膽省作胆，艦省作舰，詹聲、監聲在談部，且聲、見聲在元部。

15. **脂質相混**

畢省作毕，蓽省作荜，嗶省作哔，饆省作饻，潷省作泌，彃省作弝，韠省作韠，篳省作筚，趩省作趃，躍省作跸，畢聲在質部，毕從比聲在脂部。

16. **脂微相混**

幾省作几，嘰省作叽，饑省作饥，機省作氘，譏省作轨，幾聲在微部，几聲在脂部。

17. **脂鐸相混**

遲省作迟。犀聲在脂部，尺聲在鐸部。

18. **質魚相混**

爺省作爷，爺從耶聲，古韻在魚部，爷易誤認從卩聲，卩在質部。

19. **質職相混**

億省作亿，憶省作忆，意聲在職部，乙聲在質部。

20. **眞諄相混**

襯省作衬。親聲在眞部，寸聲在諄部。

21. 眞耕相混

進省作进，珄省作珄，進声在眞部，井聲在耕部。

22. 眞陽相混

賓省作宾，濱省作滨，檳省作槟，儐省作傧，繽省作缤，鑌
省作镔，鬢省作鬓，擯省作摈，殯省作殡，臏省作膑，髕省
作髌。賓聲在眞部，兵聲在陽部。

23. 眞侵相混

審省作审，譖省作谮，嬸省作婶，審聲在侵部，申聲在眞部。

24. 眞添相混

殲省作歼，懺省作忏，纖省作纤，韱聲在添部，千聲在眞部。

25. 微之相混

豈省作岂，皚省作皑，愷省作恺，剴省作剀，鎧省作铠，凱
省作凯，闓省作闿，隑省作隑，塏省作垲，藒省作莒，橀省
作桤，皼省作鼓，覬省作觊，磑省作硙，豈聲在微部，岂從
己聲在之部。懷省作怀，壞省作坏，褱聲在微部，不聲在之
部。黴省作霉，微聲在微部，每聲在之部。

26. 沒魚相混

礎省作础，楚聲在魚部，出聲在沒部。

27. **沒侯相混**

齣省作出，句聲在侯部，出聲在沒部。

28. **沒職相混**

鬱省作郁，鬱在沒部，郁在職部。

29. **諄東相混**

動省作动，重聲在東部，云聲在諄部。

30. **諄蒸相混**

層省作层，曾聲在蒸部，云聲在諄部。

31. **支錫相混**

積省作积，責聲在錫部，只聲在支部。

32. **支鐸相混**

隻省作只，隻在鐸部，只在支部。

33. **支職相混**

識省作识，織省作织，檅省作枳，膱省作胗，熾省作炽，職省作职，蟓省作蚁，戠聲在職部，只聲在支部。

34. **錫職相混**

歷、曆省作历，靂省作苈，曬省作晒，瀝省作沥，櫪省作枥，
轣省作轹，礰省作砺，癧省作疬，靋省作雳。歷、曆從厤聲
在錫部，历從力聲在職部。

35. **耕陽相混**

驚省作惊，敬聲在耕部，京聲在陽部。瓊省作琼，夐聲在耕
部，京聲在陽部。

36. **耕東相混**

講省作讲。講古韻在東部，井聲在耕部。

37. **耕蒸相混**

證省作証，登聲在蒸部，正聲在耕部。勝省作胜，朕聲在蒸
部，生聲在耕部。燈省作灯，登聲在蒸部，丁聲在耕部。懲
省作惩、癥省作症。徵聲在蒸部，正聲在耕部。

38. **魚鐸相混**

護省作护，蒦聲在鐸部，戶聲在魚部。

39. **魚屋相混**

補省作补。甫聲在魚部，卜聲在屋部。

40. **鐸覺相混**

斫省作斫，亞聲在覺部，斤聲在鐸部。

41. **鐸盍相混**

臘省作腊，鼠聲在盍部，昔聲在鐸部。

42. **陽東相混**

椿省作桩，春聲在東部，庄聲在陽部。

43. **陽添相混**

廣省作广，壙省作圹，擴省作扩，懭省作忄广，潢省作氵广，鑛
省作矿，橫省作木广，曠省作旷，爌省作火广，礦省作矿，穬省
作矿，廣聲在陽部，广聲在添部。

44. **東冬相混**

衝省作冲，腫省作肿，鐘、鍾省作钟，種省作种，重、童之
聲在東部，中聲在冬部。

45. **宵藥相混**

躍省作跃，翟聲在藥部，夭聲在宵部。

46. **宵幽相混**

廟省作庙，廟聲在宵部，由聲在幽部。遼省作辽，療省作疗，
尞聲在宵部，了聲在幽部。膠省作胶，翏聲在幽部，交聲在
宵部，窯、窰省作窑，羔聲、名聲在宵部，缶聲在幽部。

47. **宵覺相混**

襖省作袄，奧聲在覺部，夭聲在宵部。

48. **藥幽相混**

瘵省作疗，樂聲在藥部，了聲在幽部。竅省作窍，敫聲在藥部，了聲在幽部。

49. **幽之相混**

導省作导，道聲在幽部，己聲在之部。優省作优，憂聲在幽部，尤聲在之部。

50. **之職相混**

礙省作碍，疑聲在之部，导聲在職部。

51. **職緝相混**

極省作极，亟聲在職部，及聲在緝部。

52. **侵添相混**

磹省作砧，甚聲在侵部，占聲在添部。

53. **怗盍相混**

葉省作叶，葉在盍部，叶在怗部。

根據上面相混之事實，列其相混表於後：

中共簡體字混亂古韻三十二部表

	歌	月	元	脂	質	真	微	沒	諄	支	錫	耕	魚	鐸	陽	侯	屋	東	宵	藥	幽	覺	冬	之	職	蒸	緝	侵	帖	添	盍	談

中共簡體字混亂古音韻部示意圖

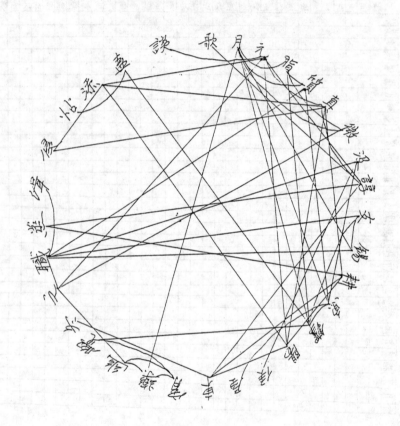

　　上面兩張表，現在作一簡單說明，在中共簡體字混亂古韻三十二部表中，凡古韻相混的就以「√」號表示，如元談相混，就在元談相交的空格中加一「√」號。在中共簡體字混亂古音韻部示意圖中，如元之相混，就在元與之兩部之間以線條相聯。爲了少寫幾筆，造成古今這麼大的隔閡，整個擾亂了上古的韻母系統，這樣的簡化對傳統文化造成多麼大的傷害！一個政權四十年來，不好好的改善人民的生活努力，却專門從事破壞的工作，這在古今中外的政權都是少有的。行文至此，不禁扼腕太息不已。

　　　中華民國 78 年四月八日脱稿於香港沙田第一城寄寓

參考書目

三聯書店

漢字簡化拼音手册　三聯書店香港分店　香港

簡化字總表檢字　三聯書店香港有限公司　香港

文字改革雜誌編輯部

建國以來文字改革工作編年記事　文字改革出版社　北京

辭海編輯委員會

辭海（上、中、下）　上海辭書出版社　上海

李榮

文字問題　商務印書館　北京

周有光

漢字改革概論　爾雅出版社　澳門

武占坤、馬國凡

漢字、漢字改革史　湖南人民出版社　長沙

倪海曙

拉丁化新文字運動的始末和編年紀事　知識出版社　上海

黃約齋

漢字字體變遷簡史　文字改革出版社　北京

程祥徽

繁簡由之　三聯書店香港分店　香港

蔣善國

漢字學　上海教育出版社　上海

中共簡體字混亂古音聲母系統説

左松超

　　中共中國文字改革委員會在 1955 年發表了〈漢字簡化方案草案〉，1956 六年由國務院正式公布了〈漢字簡化方案〉，簡化了五百一十五個漢字和五十四個可以類推的偏旁，1964 年文字改革委員會又根據〈方案〉試用和推行情況，編印了〈簡化字總表〉，共有簡化漢字二千二百三十六個，簡化偏旁十四個。1977年 12 月又發表了〈第二次漢字簡化方案草案〉，擴大簡化漢字的範圍，並在 1980 年對這些建議新增簡化漢字重新進行審定，提出了修正案，這個所謂〈二簡方案〉自提出後，即受到許多人的反對，拖了近十年之久，終於在 1986 年 10 月被中共明令廢止了，爲什麼中共在推行簡體字三十多年忽然刹車？除了認爲“群衆需要一個消化、吸收的過程，要求文字保持相對的穩定性以利社會交際”❶以外，最主要的還是因爲簡體字推行多年以後，它的弊端逐漸顯露了出來，就是有些字因爲簡化而容易讀、容易寫、容易記（其實也不盡然），但是絕對抵補不了它所製造出來的問題的嚴重性，其次資訊科技發達，中文電腦在輸出入技巧上日有突破，普遍應用爲期不遠，使用人手大量書寫的時代將一去不返，一個漢字多寫幾筆少寫幾筆對電腦來講完全沒有分別（對某些字形輸入法，筆畫簡單形體相近反而有問題），漢字簡化對於電腦

是一件沒有意義的事，眞是三十年一場春夢，文字簡化搞了幾十年，忽然間發現它原來一場玩笑，不僅是 " 弊多於利 " ， " 多此一舉 " ，而且是 " 遺害無窮 " 。

推行簡體字造成了以下許多問題，隨著時間的推移，問題越來越嚴重，壞影響也越來越大。

一、由於推行簡體字，使一些人錯誤地認爲文字可以隨便亂簡，由於偷懶或者一時想不起正確的寫法，就任意自造一些簡體字，這就使得社會上除了規定的簡體字以外，還有若干私造簡體字在流行。

二、除中國大陸及新加坡使用簡體字以外，臺港及海外華人世界都使用正體字（大陸稱爲 " 繁體字 " ，下同），日本等國的漢字也是如此。近年來大陸實行對外開放政策，與臺港及海外交流日漸頻繁，隨著商貿文化往還和旅遊探親的開展，正體字發生回流的現象，因爲臺港兩地政治經濟先進，生活水準較高，大陸同胞對這兩個地區產生了極大的興趣和嚮往，在文字方面以能夠認識正體字書寫正體字爲榮，比如他們與臺港親友通信，都儘量寫正體字；商店招牌越往南方越多正體，深圳市正體字的招牌比簡體字的還要多，但是由於不懂正體字，在把簡體還原的時候，常常弄錯，甚至造出一些極爲可笑的怪字來。

由於以上兩個原因，大陸的漢字出現了相當混亂的現象：有正體、有簡體、有不正的正體、有亂簡的簡體，這幾年不斷有人提出文字要有規範性、穩定性的呼籲，可見問題相當嚴重。

三、有一個經驗我們都知道，就是我們原學習正體字的人，認簡體字問題不大，很快就能適應；但祇識簡體字的人，就不容

易看懂正體字，必須再學正體字才行。現在大陸三十多歲以下的
人，如果不學習正體字，就無法閱讀簡體字推行以前所有用正體
字出版的書籍；假如要讀，就要再學正體字，即要學兩套漢字，
所以簡化漢字，實際上是增加現行漢字的數量，簡體字越多，學
習者的負擔越重，原來的目的是求簡求易，結果卻適得其反。

　　四、其實，中共推行的簡體字的最大弊端在於破壞了漢字的
系統性，在漢字演變的歷史過程中，有些字趨向簡化，但也有些
字不簡反繁，這就要看它作爲一種傳遞信息工具在實際使用時的
需求而定，漢字不是不可以簡化，但第一，不能同時大量簡化，
如以上所說，造成文獻傳承上的斷層現象。第二，不可以不合理
的簡，不能爲了求簡而破壞漢字結構的合理性和系統性。漢字是
依形、音、義三者的關聯形成的一套文字系統，漢字的形體和它
的音、義有一定的聯繫，所以在簡化形體的同時，應該顧及其餘
二者，保持它的系統性。中共推行的簡體字，祇在求形體之簡，
忽略其與音、義之間的聯繫，久爲人所詬病，下面就其在古聲系
統方面所造成的混亂情況加以分析。

　　從字音的觀點來看，中共所推行的文字簡化，可以歸納爲以
下七種方法❷：

　　一、正體字爲形聲字，簡體字取其形旁而成，這在讀音上是
非常不合理的。如廠簡體作厂，這是從廠的俗體厰簡化而成的。
因爲廣已簡化爲广，廠自然就不可再作广了。

　　廠昌兩切，所從敞聲同，古音穿母；敞從尙聲，尙時亮切，
古聲禪母；厂呼旰切，古聲曉母；廠簡作厂，把照系聲母和見系
聲母混在一起了。

二、正體字爲形聲字，簡體字省正體字的聲旁爲形旁，另以現在讀音與正體字相同或相近而筆畫較簡的字爲聲旁，如：

憲簡體作宪　　憲從心目害省聲，許建切，古聲曉母；先蘇前切，古聲心母；憲作宪，混亂了古聲曉母與心母，其實宪是另一個字，它的意義不詳，但〈搜眞玉鏡〉記載了三個音：香重切，又莫報切，又呼困切，都沒有心母的讀法。

勝簡體作胜　　勝從力朕聲，識蒸詩證二切，古聲審母；生所庚切，古聲心母；勝作胜，混亂了古聲審母與心母，其實胜本來有這個字，從肉生聲，桑經切，勝作胜形音義都有問題。

寧簡體作宁　　寧從丂寍聲，奴丁切，古聲泥母；丁當經切，古聲端母；寧作宁，使端泥無別。我以爲宁可能不是取丁爲聲旁，而是直接從寧字簡化，取其首尾而成；但是宁字見〈說文〉，是一個象形字，有直魚直呂二切；以宁代寧，是十分不恰當的。

三、正體字爲形聲字，聲旁筆畫較多，簡體字形旁不變，而以今音與正體字或其聲旁相同相近而筆畫較少之字代替原聲旁。如：

講簡體作讲　　講古項切，古聲見母；井子郢切，古聲精母；講作讲，古聲見精相混。

藝簡體作艺　　藝魚祭切，古聲疑母；乙於筆切，古聲影母；藝作艺，古聲疑影相混。

犧簡體作牺　　犧許羈切，古聲曉母；西先稽切，古聲心母；犧作牺，古聲曉心相混。

樁簡體作桩　　樁都江切，古聲端母；所從春聲，書容切，古聲審母；庄側羊切，古聲精母；樁作桩，古聲端精相混。

礎簡體作础　　礎創舉切；古聲清母；出赤律切，古聲穿母；礎作础，古聲清穿相混。

鑰簡體作钥　　鑰以灼切，古聲喻母；月魚厥切，古聲疑母；鑰作钥，古聲喻疑相混。　　按钥是一種兵器，音魚厥切，不過鑰簡體作钥，應該是以月代龠，而不是直接用原有的钥字代替鑰字。

鑽簡體作钻　　鑽則旰切，古聲精母；占職廉切，古聲照母；鑽作钻，古聲精照相混。　　按钻字見〈說文〉，有"鐵"及"膏車鐵钻"兩義，〈廣韻〉有"巨淹""他協"二切，不過鑽簡體作钻，應該是以占代贊，而不是直接用原有的钻字代替鑽字。但是以钻作為鑽的簡體，造成了這兩個字的音義的大混亂。

積簡體作积　　積資昔切，所從責聲側革切，古聲並精母；只諸氏切。古聲照母；積作积，古聲精照相混。

癰簡體作痈　　癰於容切，古聲影母；用余頌切，古聲喻母；癰作痈，古聲影喻相混。

躍簡體作跃　　躍以灼切，古聲喻母；所從翟聲，徒歷切，古聲定母；夭於喬切，古聲影母；躍作跃，古聲喻影相混。

讓簡體作让　　讓人樣切，古聲日母；所從襄聲，息亮切，古聲心母；上時掌切，古聲禪母；讓作让，古聲日禪相混。

四、正體字原為形聲字，簡體字就原字的聲旁加以簡省而成；但是因為習簡體字的人並不知道原來的完整聲旁，可能就誤以簡省部分為聲旁。如：

際簡體作际　　際子例切，古聲精母；示神至切，古聲神母，際作际，古聲精神相混。

蠔簡體作蚝　　按蚝當是由蠔的俗字簡化而來。蠔胡刀切，

古聲匣母；毛莫袍切，古聲明母；蠔作蚝，古聲匣明相混。又按
蚝本是另一字，義爲毛蟲，七吏切。

爺簡體作爷　　爺以遮切，古聲喻母；卩子結切，古聲精母；
爺作爷，古聲喻精相混。

五、正體字爲形聲字，簡體字取字形輪廓相似而筆畫較少的
字代替原聲旁，而聲音不近。如：

動簡體作动　　動徒摠切，所從聲旁重，直容切，古聲並爲
定母；云王分切，古聲匣母；動作动，古聲定匣相混。

壇簡體作坛　　壇徒干切，古聲定母；所從聲旁亶，多旱切，
古聲端母；云王分切，古聲匣母；壇作坛，古聲定匣相混。

層簡體作层　　層昨棱切，古聲從母；云王分切，古聲匣母；
層作层，古聲從匣相混。

導簡體作导　　導徒皓切，古聲定母；己居里切，古聲見母。
導作导，古聲定見相混。

六、正體字原爲會意字，簡體字改爲形聲字，保留正體字部
分爲形旁，另以今音與原字相同或相近而筆畫較簡的字作爲聲旁。
如：

徹簡體作彻　　徹丑列切，古聲透母；切千結切，古聲清母；
徹作彻，古聲透清相混。

郵簡體作邮　　郵羽求切，古聲匣母；由以周切，古聲喻母；
郵作邮，古聲匣喻相混。

竄簡體作窜　　竄七亂切，古聲清母；串尺絹切，古聲穿母；
竄作窜，古聲清穿相混。

七、以今音相同或相近而筆畫較簡的字作爲簡體字，如：

葉簡體作叶　　葉與涉切，古聲喩母；叶胡頰切，古聲匣母；葉作叶，古聲喩匣相混。

憂簡體作忧　　憂於求切，古聲影母；尤羽求切，古聲匣母；憂作忧，古聲影匣相混。

以上把中共簡體字破壞古音聲母系統的情形略作分析，大陸文字學家裘錫圭先生認爲：“在許多情況下，簡化字形對字形的表意、表音功能是起破壞作用的❸。這個認識非常正確，下面再引他的兩段話作爲本文的結束。

從歷史上看，對於漢字的發展，字形的簡化是不可缺少的，改善文字功能的字形繁化也同樣是不可缺少的。只重視前者的作用而不重視後者的作用，是不妥當的。
在不太遠的將來，隨著電腦和複印機等設備的普及，書寫文字的負擔肯定會大大減輕。今後的漢字整理工作，究竟應該把重點放在簡化上，還是放在文字結構的合理化上，這恐怕是一個需要認真考慮的問題。

註　釋

❶　李行健〈談談漢字改革〉，見〈百科知識〉1986 年 12 期 P.12。
❷　此處祇就在古聲系統上造成混亂的例子加以歸納，凡在古聲上並未造成混亂，而有其他不同的簡化方法，皆未包括在內。
❸　〈談漢字整理工作中可以參考的某些歷史經驗〉，見〈語文建設〉1987 年 2 期 p.6，下同。

徐邈能辨別輕重脣音之再商榷

——兼論經典釋文引又音的體例

簡宗梧

一、十五年前所提出的問題

民國 59 年拙作「經典釋文徐邈音之研究」，提到徐邈爲經典注音❶，以重脣切輕脣，以輕脣切重脣，都非常普遍，所以判斷東晉的徐邈音，沒有輕重脣音之別。同時又鑒於經典釋文所引徐邈又音，竟然有完全同音的，所以推測陸德明在收錄各家音義時，如果看到某一家注同一字，前後用不同的切語或直音，他就不管音素是否有異，都收在一起，而稱之爲「又」，與一字又讀混淆不清。這些推論十分大膽，所以不敢自是，便在第二年再討論經典釋文一些問題時，把這個觀念和推測提出來，作爲「經典釋文引徐邈音辨證」❷的一部分，以求教於博雅君子。這一部分是這樣寫的：

字有多音，爲標明異音，乃出又音之例，此爲各家音義之作及韻書所取用之體例。然吾人若細析釋文所引徐邈又音，竟有二音完全無別者，且其例甚多，今姑舉例以明之：

尚書牧誓「比」，釋文：「徐扶志毗志二反」，其反切下字相同，上字「扶」奉紐、「毗」並紐，仙民脣音不分輕重，是二切無別也。

尚書洛誥「霢」，釋文：「徐莫剛反又武剛反」，仙民明微二紐不分，故二切無異。

禮記內則「麃」，釋文：「徐芳表反又普表反」，仙民滂敷不辨，故二切之音值同也。

論者或以為此可為仙民輕重脣音已辨之證。是不然。徐音重輕脣音之淆亂，由釋文所引徐音已可確信（詳見拙作「經典釋文徐邈音之研究」第四章）。又尚書堯典「酕」，釋文：「如勇反，徐又而充反又如充反。」，「而」「如」同為日紐，此又何以為說？

除此之外，亦有反切上字相同，下字雖異，而其代表之韻實同者：如莊子天運「矉」，釋文引徐音「扶真反又扶人反」，「真」「人」同屬真韻，古音亦屬同部，則二音又無別也。

亦有一直音一反切，其音無別者：左傳成公十四年「觩」，釋文：「徐音虬又巨彪反」，虬彪同屬幽韻。「虬」廣韻渠幽、居幽二切，分屬見、羣二母。而釋文所見仙民同以「虬」為直音字者，尚有「綠」「錄」二字，均屬羣母字，可知此處亦當為羣母。而「巨」亦羣母，則二音又無異也。

由此觀之，釋文所見仙民之又音，竟有二切語所代表之音素完全相同者，此或係陸氏見仙民標一字之音，前後用不

同之切語，為存其真，二切語並收於一處，而不論其音素。
如某字於某篇經注中反復出現，依陸氏之體例，若其音相
同，則僅注音一次，而稱「下同」以概括之。但元朗見仙
民前後用不同之切語，乃兼收而錄於一處。殊不知日後滋
生紛擾。不知博雅君子以為然否？

二、八年後的反響

八年之後，終於有了反響：金周生君提出一篇很紮實的碩士
論文「廣韻一字多音現象初探」，其中 152 至 153 頁提出了相反
的見解：

東晉已能分別輕、重脣音說：王廙、徐邈皆東晉時人，今
由陸德明經典釋文所引王、徐之異音，可知二人已能辨識
輕、重脣音之不同，今舉例辨證於下：
周易「沛」字，王廙「豐蓋反」，又「補賴反」。「蓋」、
「賴」同韻同等、聲母必有「幫」、「非」之別。毛
詩「淠」字，徐邈音「匹計反，又孚計反」。尚書
「比」字，徐邈音「扶志」、「毗志」二反。尚書
「蘉」字，徐邈音「莫剛反，又武剛反」。可知徐邈
已能辨別「滂、敷」，「並、奉」，「明、微」三組
脣音字。簡宗吾先生經典釋文引徐邈音辨證一文反對
以此為徐邈輕重脣音已辨之證：「釋文所見仙民之又

音，竟有二切語所代表之音素完全相同者。」而假設造成之因為：「此或係陸氏見仙民標一字之音，前後用不同之切語，為存其真，二切語並收於一處，而不論其音素。」竊不以為然。先就其假設言，經典釋文引徐邈所謂「音素完全相同」之異切指「氄」、「矉」、「觩」等字。「氄」字經典僅一見，是仙民已無「前後用不同之切語」之可能性；「矉」字除莊子天運篇之兩音外，僅又見於達生篇，釋文作「矉・音頻」。「觩」字除左傳之兩音外，亦僅又見於毛詩桑扈篇，釋文作「觩・音糾」；陸氏注音，凡同某家者，必錄其名而不據為己有，略觀全書體例即可得知。以毛詩「觩」字言，陸氏所用「直音」，雖與左傳引徐音同，當非「前後切語並收一處」而有此現象。至於「矉」所用「直音」之字不同，更無前後並集一處之可能性。由上之分析，簡君之說頗有可商之處也。「矉」、「觩」、「氄」等三字若从方音角度觀之，未嘗不可作一合理之解釋：「氄」，「而充」、「如充」二反，就廣韻言，因皆屬「日」母，然今日方言「而」、「如」聲母却多不同；「矉」字「扶真」、「扶人」二反，此為韻母不同無疑，今方言與方言比較，「真」、「人」韻有開口、齊齒之別，就少數地區言，方音本身二字韻亦有不同者；「觩」有「糾」與「巨彪反」二音，「切三」或廣韻雖皆入「幽」韻，就今日方音言，「彪」與「糾」之韻母實已有別。可見此三字之異音，並非毫無理由可言。今更說明徐邈能別輕、重唇音之其他

旁證於下：同時代之王厚已能區分，一也。此種「問題切語」皆
屬一輕脣一重脣，無兩輕脣或兩重脣音而音同者，二也。由此
吾人當可知徐邈已能區分脣音輕、重間之差異。

　　金君並沒有正視我否定徐邈能辨輕重脣音的主要證據，只取
我用以說明又音體例的三個又音，強調又音必不同於本音，然後
就說「此種問題切語皆屬一輕脣一重脣」，而「可知徐邈已能區
分脣音輕重間之差異」。這種推論是相當輕率的，而且所謂「皆
屬一輕脣一重脣」，也顯然是以偏概全，因為「酕」切「而充」
「如充」二反，「膞」切「扶眞」「扶人」二反，都不是一輕脣
一重脣。「猷」音「蚪」又「巨彪反」，也不是。

　　再者，金君論徐音某切語跟某切語是否有別，竟捨棄中古音
的語音資料❸，單取現在方音，也是很奇特的，而且也不指明是
那個地方的方音，實有悖於論證的常法。

　　同時，金君可能完全誤會我的意思，所以強調「陸氏注音，
凡同某家者，必錄其名而不據爲己有。」不免令我有不知從何說
起之感❹，所以當時並不作任何反應，而預期會有第三者提出來
討論。再以金君之勤學嚴謹，也可能會自己發現探討這問題時，
立論欠堅實，推論欠周延，而作自我修正。

　　如今事過七年，所預期的沒能看到，而這裏所牽涉的，是能
辨重脣輕脣的時代問題，對中國音韻史來說，應該不是小問題，
乃舊案重提，尚祈　指正。

三、徐音「幫」「非」❺淆亂，
見其不辨唇音之輕重

書顧命：「黼扆綴衣」釋文：「黼音甫，徐音補。」詩采菽：「玄袞及黼」釋文：「黼音斧，徐又音補。」按廣韻：甫斧黼皆方矩切。切三、王二、全王作方主反。徐音補，是重唇音，是以重唇音注輕唇音的字，才為陸氏所收錄。

詩載馳：「我思不閟」釋文：「閟，悲位反，徐又方冀反。」廣韻兵媚切。按冀為至韻開口，則徐音閟，應當不會是輕唇音，但卻用「方」為切語上字。如果不是把「方」讀成重唇，應當不會這樣標音的。

周禮酒正：「中祭再貳」注：「中祭者王服驚冕毳冕所祭也。」釋文：「驚，必列反，徐、劉方利反。」廣韻是在薛韻幷列切，與陸德明音相同，而徐、劉切以方利，在聲紐上有輕重之異，韻也有不同，是屬至韻開口。至韻開口三等的唇音，並不是輕唇音，徐邈若非以「方」為重唇，又怎麼會以它為切語上字呢？

以「方」切重唇音的，對徐邈來說，實在太多了。如左傳成公二年「幷」，徐音方聘反（聘屬勁韻開口）；禮記中庸「傍」，徐音方岡反（岡屬唐韻開口一等，傍不會是輕唇音）；周禮表記「庇」，徐音方至反又音秘（至即至韻開口）；莊子天地「標」，徐音方遙反又方妙反（遙屬宵韻，妙屬笑韻，都是開口）；禮記曲禮上「跛」，徐音方寄反（寄屬寘韻開口）；易訟「逋」，徐音方吳反（吳屬模韻，為合口一等韻，不可能以逋為輕唇）；禮記內則「臂」，徐音方避反（避屬寘韻開口）；詩甘棠「茇」，

徐音方蓋反（蓋屬泰韻，是一等韻，所以茇的徐音不會是輕脣音）
這些在廣韻切語都是屬於重脣「幫」紐的字，徐邈全以「非」紐
的「方」字為切語上字，但我們不能據此說明徐音都將這些字注
成輕脣音，因為他用的切語下字，全已擺明了這些韻類，都不是
讀輕脣的韻類。或許有人會問：會不會徐邈在輕脣音中，惟獨把
「方」讀成重脣？我們相信不會是這樣的。

　　因為「蔽」字在經典中出現多次，經典釋文分別在五處標注
了徐音，除了在詩甘棠特標出徐音方四反又方計反，詩我行其野
徐音方四反，還在書大禹謨、左傳昭公 14 年標出徐音甫世反。
陸德明分別用必袂、必制、必世反，與廣韻必袂切，都是祭韻開
口、幫紐；徐音一律用「非」紐的「方」和「甫」，依其切語下
字，四屬至韻，計屬廢韻，世屬祭韻，都是開口，其脣音都不讀
輕脣。值得注意的是：它不只用「方」，也用「甫」。顯然就不
是「方」字的問題了。

　　在經典釋文中所見的徐邈音，以「甫」字切重脣的例子還很
多，如莊子人間世「髀」，徐音甫婢反，廣韻有三音，分別是紙
韻幷弭切、旨韻卑履切、薺韻傍禮切，都是以重脣音為切語上字，
從徐邈以「婢」為切語下字的韻類看來，也不該讀「髀」為輕脣
音。又如易泰「陂」徐音甫寄反，廣韻二音，一是支韻彼為切，
一是寘韻彼義切，徐音及廣韻切語下字的韻類，也可否定「陂」
讀輕脣的可能。又如左傳宣公 12 年「嬖」徐音甫詣反，禮記緇
衣「嬖」徐音甫詣反又補弟反。廣韻僅在霽韻博計切。按「詣」
「弟」「計」全是開口四等，所以「嬖」也就不可能讀輕脣音了。

　　還有書牧誓和湯誥「俾」徐音甫婢反（婢屬紙韻開口），書

禹貢「嶓」徐音甫河反（河屬歌韻，嶓廣韻博禾切，屬戈韻，全屬一等），莊子人間世「杷」徐音甫雅反(雅屬馬韻開口二等)，書太甲「敗」徐音甫邁反（邁屬夬韻合口二等），左傳昭公 13 年「羆」徐音甫綺反（綺屬紙韻開口），易賁「賁」徐音甫寄反（寄屬寘韻開口），易艮「背」徐音甫載反（載有三音，分別屬海韻和代韻，皆屬開口一等），書洪範和康王之誥，以及左傳昭公 13 年的「畀」徐音都作甫至反（至屬至韻開口），書仲虺之誥「秕」徐音甫止反又必履反（止屬止韻開口），莊子人間世「芘」徐音甫至反又悲位反（至屬至韻開口）。依其切語下字所代表的韻類來判斷，這些字都不會是輕脣音。

　　以上所舉的徐音，若與陸德明所注的音切或廣韻的音切相比較，都是屬於以「幫」紐切「非」紐，或以「非」紐切「幫」紐的類隔，脣音類隔的產生，是古無輕脣音所致，徐邈音切出現大批的類隔切，除了徐音無輕脣音之外，實在很難找到更好的理由。

四、「滂」「敷」亦多類隔，見其不辨　　脣音之輕重

　　徐音以「敷」紐字爲「滂」紐字之切語上字者，如：左傳襄公 27 年「嫳」徐音敷結反（廣韻普蔑切）。書洛誥及立政「伻」徐音敷耕反又甫耕反（廣韻普耕切）。書舜典「扑」徐音敷卜反（廣韻普木切）。書武成「漂」徐音敷妙反又匹消反，在左傳襄公 21 年徐音敷妙反又匹招反（廣韻有二音，一在笑韻匹妙切，一在宵韻撫招切）。莊子逍遙遊「澼」徐音敷歷反（廣韻普擊切）。左傳襄公 11 年「踣」徐音敷豆反，莊子外物徐音芳附反又普豆

反（廣韻二音，一在候韻四候切，一在德韻蒲北切）。 詩碩人
「盼」除音敷諫反（廣韻匹莧切）。詩小弁「渒」徐音孚計反又
匹計反，在詩采菽徐音孚蓋反又芳計反（廣韻匹備切）。周禮醫
師「疕」徐音芳鄙反（廣韻三音，旨韻匹鄙、卑履二切，紙韻匹
婢切）。

　　以上所列，都是徐音切語上字與廣韻上字，脣音敷滂二紐輕
重有異，而這些字都是重脣音，於今信而有徵，或許有人會說：
也許這些字徐邈正讀成輕脣，才以「敷」、「孚」、「芳」為切
語上字。但依徐邈所用切語下字來判斷，這應該是不大可能的，
其中「卜」「豆」「蓋」都是一等韻；「耕」「諫」是二等韻，
「結」「歷」是四等韻，那麼所切之字，就不會是三等韻，所以
應該不會讀成輕脣音，而「妙」「計」「鄙」雖是三等韻，也都
是開口，其韻類脣音都不讀成輕脣。

五、「並」「奉」也多類隔，見其不辨
　　　脣音之輕重

　　徐邈以「奉」紐字為「並」紐字之切語上字者，也相當多。
如左傳文公14年和穀梁文公14年「孛」徐音扶憒反（廣韻二音：
隊韻蒲昧切，沒韻蒲沒切）。 書伊訓、胤征和左傳襄公 11 年
「亳」徐音扶各反（廣韻傍各切）。禮記大學「併」徐音扶頂反
（廣韻二音：靜韻必郢切，迥韻蒲迥切）。莊子天地和秋水「便」
徐音扶面反，禮記郊特牲徐音扶絹反（廣韻二音：仙韻房連切，
線韻俾面切）。莊子達生「倍」徐音扶來反（廣韻薄亥切）。禮
記投壺「偝」徐音扶代反（廣韻蒲昧切）。莊子逍遙遊「弊」徐

音扶計反，莊子則陽徐音扶世反（廣韻毗祭切）。周禮冢宰、禮記玉藻、莊子逍遙遊「庖」徐音扶交反（廣韻薄交切）。詩車攻「龐」徐音扶公反（廣韻薄江切）。書金縢和顧命「弁」徐音扶變反（廣韻皮變切）。書顧命「卞」徐音扶變反（廣韻皮變切）。莊子齊物論「旁」徐音扶葬反（廣韻步光切）。左傳襄公9年和襄公 26 年「暴」徐音扶沃反（廣韻二音：號韻薄報切，屋韻蒲木切）。莊子逍遙遊「洴」徐音扶經反（廣韻薄經切）。左傳昭公 13 年「裨」徐音扶蟹反又扶移反（廣韻二音：皆韻步皆切，蟹韻薄蟹切）。禮記禮運「炮」徐音扶交反（廣韻二音：肴韻薄交切，效韻匹皃切）。易中孚、左傳襄公 30 年「罷」徐音扶彼反（廣韻三音：支韻符羈切，紙韻皮彼切，蟹韻薄蟹切）。書太甲「背」徐音扶代反（廣韻二音：隊韻補妹切又蒲昧切）。左傳襄公 24 年「部」徐音扶苟反（廣韻蒲口切）。詩甘棠「茇」徐音扶蓋反（廣韻二音：未韻北末切又蒲撥切）。書蔡仲之命「蒲」徐音扶各反（廣韻蒲胡切）。莊子秋水、山木、至樂三篇都見「蓬」徐音扶公反（廣韻薄紅切）。書益稷和酒誥、詩載驅「薄」徐音扶各反（廣韻旁各切）。書禹貢「蠙」徐音扶堅反，莊子至樂徐音扶賢反（廣韻二音：先韻部田切，眞韻符眞切）。書堯典和禹貢、禮記禮運和射義都見「被」徐音扶義反，書顧命、左傳襄公 3 年則見徐音扶僑反（廣韻二音：紙韻皮彼切，寘韻平義切）。禮記喪服四制「培」徐音扶來反，莊子逍遙遊徐音扶杯反又父宰反（廣韻二音：灰韻薄回切，厚韻蒲口切）。左傳昭公5年「陪」徐音扶坯反（廣韻蒲回切）。周禮鼈人「蠯」徐音父幸反（廣韻二音：耿韻蒲幸切，佳韻薄佳切）。易井、詩俶筍、左傳襄公 23

年並見「姂」徐音扶滅反，周禮輪人徐音伏滅反，禮記郊特牲徐音房列反，周禮弓人徐音扶哲反（廣韻毗祭切）。

以上所列，都是徐邈以「奉」紐爲切語上字，而廣韻則以「並」紐爲切語上字，而考其切語下字則可知其字應讀重脣音，而不是輕脣音，因徐邈所用切語下字「慣」「各」「來」「代」「公」「葬」「沃」「苟」「蓋」「杯」「宰」「坏」是一等韻；「交」「蟹」「幸」是二等韻；「頂」「計」「經」「堅」「賢」是四等韻，那麼以其爲切語下字所切之字，就不該讀成輕脣音。其他「面」「絹」「世」「變」「移」「義」「僞」「滅」「列」「哲」等切語下字，雖是三等韻的字，但其同韻類之脣音都讀重脣❻，換句話說，它們都不在重脣變輕脣的韻類之列。徐音這麼多類隔的現象，除了徐邈不知脣音有輕重之別可以解釋外，又有什麼理由可說？

六、「明」「微」也多類隔，見其不辨脣音之輕重

徐音以「明」紐字爲「微」紐字之直音或切語上字者，如：〈書洪範〉「廡」徐音莫杜反（廣韻文甫切）。〈左傳襄公十四年〉「務」徐音莫候反（〈廣韻〉亡遇切）。〈詩邶風〉〈柏舟〉「侮」徐音茂（廣韻文甫切）。而以「微」紐字爲「明」紐字之直音或切語上字者，如：禮記曲禮上「埋」徐音武乖反（廣韻莫皆切）。莊子齊物論「孟」徐音武黨反（廣韻莫更切）。左傳襄公 27 年「弭」徐音武婢反（廣韻綿婢切）。易豐「沬」徐音武蓋反又亡對反（廣韻莫貝切）。莊子讓王「漫」徐音武畔反（廣

韻莫半切）。書洪範「蒙」徐音亡鉤反（廣韻莫紅切）。禮記哀
公問「冥」徐音亡定反（廣韻莫經切）。易繫辭上「縻」徐音亡
彼反（廣韻靡爲切）。禮記內則「脒」徐音亡代反（廣韻二音：
代韻莫代切又莫亥切）。書君奭「蔑」徐音亡結反（廣韻莫結切）。
書立政「瞽」徐音亡巾反（廣韻眉殞切）。

　　徐邈以「明」紐字切「微」紐字的部分，那完全是異讀所致，
而「廡」「務」兩字既以「杜」「候」一等韻的字爲其切語下字，
所以用「明」紐字爲切語上字也是順理成章的。至於以「微」紐
爲「明」紐的切語上字，大體是他「明」「微」不分所致。按其
切語下字「黨」「蓋」「對」「畔」「鉤」「代」是一等韻，
「乖」是二等韻，「定」是四等韻，那麼它的切語上字理當重脣
音，那就該是「明」紐字而不是「微」紐字，至於「婢」「彼」
「巾」雖是三等，但其韻類的脣音字，依韻書韻圖所見全讀重脣
音。而徐邈竟全用「微」紐字爲其切語上字，徐邈能否分「明」
「微」二紐，不是很明顯嗎？

七、結　　論

　　也許有人會說：依廣韻切語所見，脣音「不」「芳」「並」
「明」，大體依下字一二四等與三等之不同，類分爲「博」「普」
「蒲」「莫」和「方」「芳」「符」「武」，而不是如前所述的
「幫」「滂」「並」「明」與「非」「敷」「奉」「微」，所以
前面所述之例，如以輕脣音切三等韻的字，就算是順理成章不成
瑕疵的切語，更何況〈廣韻〉於其間的界限，也有所淆亂，遑論

東晉的徐邈？

這話當然不錯， 但因我們所探討的是脣音之輕重， 所以取
「幫滂並明」與「非敷奉微」之分，而不論「博普蒲莫」與「方
芳符武」之別。我們前述淆亂之例，其以輕脣音的切語上字，切
重脣音三等韻者，當然仍合「博普蒲莫」與「方芳符武」的分野，
但仍有大量切一、二、四等韻的字，不管怎麼說都已淆亂了兩系
的分際。這種淆亂的現象，我們並不能責怪徐邈辨音不密，因爲
兩百年後集當代音韻專家共議成果的〈切韻〉❼，都還有大量淆
亂的情形，這正說明第七世紀初，後人所謂輕脣與重脣之分，在
那時實在十分模糊，連唐末的三十字母，都還離析不出來，我們
如果僅憑陸德明所摘錄的幾則又音，一輕脣一重脣，就遽以認定
徐邈及王廙在四世紀後期，就能區分脣音輕重之異，是十分大膽
的，更何況他有無數個不分輕重脣的脣音切語，我們豈可完全棄
而不顧？

由於他有許多「幫」「非」、「滂」「敷」、「並」「奉」、
「明」「微」淆用的例子，所以認定：〈書牧誓〉「比」徐音扶
志、毗志二反，〈書洛誥〉「霧」徐音莫剛反又武剛反，〈禮記〉
〈內則〉「麛」徐音芳表反又普表反，其二切音值無異。同時再根
據書堯典「毨」徐音而充反又如充反，莊子天運「臏」徐音扶眞
反又扶人反，左傳成公 14 年「絥」徐音蚪又巨彪反，皆二音無
別，證明經典釋文所見徐邈音確實有標注兩音，但二音無異的情
形，所以懷疑陸德明見徐邈標一字之音，前後用不同的直音或切
語，爲存其眞，將二標音並錄於一處。因依陸德明經典釋文的體
例，同一篇經注中某字反復出現，除非音義有別，否則只注音一

次，而稱「下同」以概括之。徐邈既分別用不同的字標示，陸德明將其併合時，不便自作取捨，只好兼容並錄，這應該是合情合理的推測。

　　徐邈標音出現又音，而二音無異者，除上舉數例之外，還有禮記典禮上「壘」徐音力軌反又力水反，「軌」「水」同屬旨韻合口三等。詩行露「厭」徐音於十反又於立反，「十」「立」同屬緝韻開口三等。詩豐年「廩」徐音力錦反又力荏反，「錦」「荏」同屬寢韻開口三等。易訟「窒」徐音得悉反又得失反，「悉」「失」同屬質韻開口三等。又如：詩羔羊「緎」徐音域又于域反，依廣韻「緎」「域」皆雨逼切，與于域反完全無異。禮記曲禮下「韝」徐音溝又古候反，依廣韻「韝」「溝」即古侯切，所以直音和切語不異。不知金君能否一一確考其音讀不同？如果兩個音讀完全相同，何以能並列成爲又音？若非陸德明前後並輯於一處，實在很難解說。

　　如果「陸德明將他人標音，前後不同切語並錄一處」之說可以成立，那麼王廙音「沛」豐蓋反又補賴反，就沒什麼好奇怪，而它也不足以證明王廙已知「幫」「非」之別了。

註　釋

❶　徐邈，字仙民，東晉東莞姑幕人，生於東晉康帝建元二年（西元344年），卒於東晉安帝隆安元年（西元397年），依陸德明經典釋文序錄，易、書、詩、周禮、禮記、左傳、莊子，徐邈皆爲之作音。

❷　發表於中華學苑第7期55頁至72頁。

❸ 包括三十六字母，或後人系聯而得的四十一聲類，以至五十二聲類，「而」「如」皆同聲母。另外中古韻圖，或近人系聯，「眞」「人」皆同韻母，金君竟不予取信。

❹ 拙作從未說陸德明將別人音切據爲己有。只是說陸德明見徐邈音某字時，前切某某反，後見某某切，二者用字不同，釋文只標一字，乃註明徐音某某反又某某反。

❺ 本文所謂「幫」「非」、「滂」「敷」、「並」「奉」、「明」「微」之別，一以三十六字母重輕脣之分野爲依據，以便於輕脣重脣之論述，非以白滌洲，曾運乾，董同龢之分類，蓋與後來「博」「方」、「普」「芳」、「蒲」「符」、「莫」「武」之分不同。

❻ 惟有「爲」屬實韻合口三等，依韻鏡此類脣音無字，其餘脣音都有字，而且都讀重脣音。

❼ 徐邈（ 344-397 ）之死，與切韻完成（依切韻序爲大隋仁壽元年，卽西元 601 年）相隔 204 年。

漢語脣塞音聲母之分化可溯源於
陸德明經典釋文時代説

金周生

一、前　　言

　　漢語脣塞音聲母之分化，先前學者多認爲成立於三十六字母時代；三十六字母，或謂創自唐末沙門守溫，或謂更在其後。而潘重規先生所著中國聲韻學中云：

　　　據殘卷第三截辨聲韻相似歸處不同例所舉四十九組一百五
　　　十三字，皆屬非敷兩母，更旁證唐人歸三十字母例中不芳
　　　並明末列之夫、敷、符、無四字，知當時之脣音輕重亦當
　　　分。……脣音於中唐時已開始分化，乃學者公認之事實。

而將脣塞音聲母之分化，訂爲中唐或三十字母時代。張琨先生古漢語韻母系統與切韻一文亦云：

　　　由重脣變輕脣，最早的文獻證據見於慧遠的一切經音義
　　　（720）反切，以及約略同時期的張參五經文字（775-

776) 和慧琳音義（783-810）。

更將此音變現象提前至八世紀初。

　　筆者近來讀王力先生所著漢語語音史暨經典釋文反切考，二文皆以陸德明經典釋文反切證明當時唇塞音聲母尚未分化為重唇、輕唇二類，而與筆者十年前所撰廣韻一字多音現象初探，利用陸德明經典釋文反切所寫「陳隋之際已能分辨輕重唇音說」一節不同；乃重新整理經典釋文唇音字，發現漢語唇塞音聲母之分化，確可溯源於陸德明作經典釋文之時代，爰為此文，以就正於方家。

二、陸德明與經典釋文之編撰

　　陸德明，蘇州吳人，本名元朗，以字行。仕陳，任始興王國左常侍，遷國子助教；入隋，任秘書學士，後授國子助教；入唐，高祖時徵為秦王府文學館學士，貞觀初，拜國子博士，封吳縣男，旋卒，新舊唐書列入儒學傳。

　　經典釋文之撰作年代，劉葉秋中國字典史略中云：

　　據陸德明在經典釋文的自序中說，這部書乃是他在「癸卯之歲，承乏上庠」時所撰。據清錢大昕推算，陸德明所說癸卯，當指陳後主至德元年的癸卯（公元583年），而不是唐太宗貞觀十七年的癸卯（公元643年）。因其卒年，約在貞觀之初，若至貞觀癸卯猶在，年近九旬，恐已不能著書；且經典釋文所引先儒之說，亦到梁陳而止，不及周、隋，

可證其著述必在陳時。按舊唐書陸德明傳謂在陸德明死後，
唐太宗看到經典釋文，頗為嘉許，賜其家束帛二百段。可
見其書在唐初即已流行，亦足證錢大昕之說可信。

三、陸德明能區別脣塞音聲母分化後兩類
　　不同讀法之證據

陸德明經典釋文採漢魏六朝音切凡二百三十餘家，又兼載諸
儒之訓詁以為書，資料極為豐富，各家偶有異同，其處理方式，
經典釋文敍錄中云：

> 文字音訓，今古不同，前儒作音，多不依注，注者自讀，
> 亦未兼通，今之所撰，微加斟酌。若典籍常用，會理合時，
> 便即遵承，標之於首；其音堪互用，義可並行，或字存多
> 音，眾家別讀，苟有所取，靡不畢書，各題氏姓，以相甄
> 識。義乖於經，亦不悉記，其或音、一音者，蓋出於淺近，
> 示傳聞見，覽者察其衷焉。
> 然古人音書，止為譬況之說，孫炎始為反語，魏朝以降，
> 蔓衍實繁，世變人移，音訛字替，如徐仙民反易為神石，
> 郭景純反蟤為羽鹽，劉昌宗用承音乘，許叔重讀皿為猛，
> 若斯之傳，今亦存之音內，旣不敢遺書，且欲俟之來哲。
> 書音之用，本示童蒙，前儒或用假借字為音，更令學者疑
> 眛，余今所撰，務從易識。

今以經典釋文收錄爾雅釋草「薸」字爲例，陸氏云：

> 薸：謝、蒲苗反；或力驕反；孫、蒲嬌反；字林、工兆反；
> 顧、平表、白交、普苗三反。

其中唯有「標之於首」之謝嶠音，乃陸德明認爲「會理合時，便即遵承」者，其他諸音蓋「堪互用」、「衆家別讀」、「出於淺近」之「或音、一音」，「示傳聞見」而已。然大多數之「首音」，皆不標作音姓氏，如周易音義泰卦「陂」字，陸氏云：

> 陂：彼偽反，徐、甫寄反，傾也，注同；又破河反，偏也。

「彼偽反」一音，吾人可視爲陸德明所造。知乎此，則下表所列經典釋文對某字所訂「首音」與「非首音」之對比，足堪玩味。

被切字	首音切語	非首音切音	出處（採用潘重規先生主編經典釋文韻編之簡稱，後表同）
蓬	步東反	徐、扶公反	莊、秋水，莊、至樂
豐	芳忠反	字林、匹忠反	易、豐
披	彼義反	劉、方寄反	儀、旣
	彼義反	徐、甫髲反	禮、喪大
陴	蝉支反	劉、房卑反	周、冬弓

	婢支反	徐、扶移反	左、宣十二
蚍	避尸反	徐、扶夷反	禮、檀
鋪	普胡反	徐、芳烏反	禮、雜
逋	補吳反	徐、方吳反	易、訟
舖	布吳反	徐、甫吳反	莊、盜跖
陪	薄廻反	徐、扶坯反	左、昭五
摽	婢小反	徐、符表反	詩、召摽
蠙	蒲邊反	徐、扶堅反	書、禹
	步田反	徐、扶賢反	莊、至樂
邠	筆貧反	徐、甫巾反	莊、讓王
便	婢面反	徐、扶面反	莊、天地，莊、秋水
猋	必遙反	又、方瓢反	爾、草
瓢	毗遙反	又、扶遙反	老、道
漂	匹妙反	徐、敷妙反	書、武
飄	鼻遙反	又、符遙反	莊、齊物論
	婢遙反	徐、扶遙反	莊、盜跖
薦	皮表反	劉、扶表反	儀、喪傳
庖	步交反	徐、扶交反	禮、玉
	鮑交反	徐、扶交反	莊、逍遙遊
炮	薄交反	徐、扶交反	禮、運

旁	薄莽反	徐、扶莽反	莊、齊物論
伻	普耕反	徐、敷耕反	書、洛，書、立
抨	必政反	徐、方聘反	左、成二
憑	皮冰反	字林、父冰反	書、顧
俾	必爾反	徐、甫婢反	書、湯誥，書、牧
吡	匹爾反	又、芳爾反	莊、列禦寇
被	皮寄反	徐、扶義反	書、堯，書、禹
	皮義反	徐、扶義反	禮、運，禮、射
仳	匹指反	徐、敷姊反	詩、王中
圮	備美反	徐、扶鄙反	書、咸
比❶	毗志反	徐、扶志反	書、召
	必利反	徐、甫至反	禮、義
	毗至反	徐、扶至反	莊、逍遙遊
秕	悲里反	徐、甫里反	書、仲
牝	頻忍反	徐、扶忍反	易、坤
	頻忍反	劉、扶忍反	周、夏校
臏	頻忍反	徐、扶忍反	禮、文
編	必緜反	劉、方緜反	儀、公
	必連反	一音、甫連反	公、隱六

	必連反	史記、甫連反 音義	瞉、桓一
	必連反	史記、甫連反	莊、大宗師
把	百雅反	徐、甫雅反	莊、人間世
部	蒲口反	徐、扶苟反	左、襄廿四
擘	必避反	徐、方避反	禮、內
畀	必二反	徐、甫至反	書、洪
	必利反	徐、甫至反	書、康，左、昭十三
庇	必利反	徐、方至反	禮、表
嬖	必計反	徐、甫詣反	左、宣十二
蔽	必世反	徐、甫世反	書、大，左、襄廿七， 左、昭十四。
弊	必世反	徐 劉、府世反	周、天大宰
敗	必邁反	徐、甫邁反	書、太中
擯	必刃反	劉、方刃反	儀、冠
盼	數覵反	字林、匹莧反	詩、衞碩
猵	篇面反	徐、敷面反	莊、齊物論
卞	皮彥反	徐、扶變反	書、顧
弁	皮彥反	徐、扶變反	書、金，書、顧
併	步頂反	徐、扶頂反	禮、義
堋	北鄧反	徐、甫贈反	左、昭十二

扑	普卜反	徐、敷卜反	書、舜
僕	普木反	徐、敷木反	莊、人間世
邲	皮必反	又、扶必反	穀、莊十
胈	畔末反	向、父末反	莊、在宥
拔	畔末反	劉、房末反	周、秋
嫳	普結反	徐、敷結反	左、襄廿七
薄	蒲各反	徐、扶各反	書、益，書、酒
亳	旁各反	徐、扶各反	書、胤，書、伊
	蒲各反	徐、扶各反	左、襄十一經
辟	必亦反	徐、甫亦反	書、太
	婢亦反	徐、扶亦反	書、蔡，周、秋條，禮、曲下，禮、小。
	匹亦反	徐、芳亦反	禮、王
	匹亦反	徐、孚益反	禮、少
	匹亦反	徐、芳益反	禮、曲，禮、樂，禮、坊
澼	普歷反	徐、敷歷反	莊、逍遙遊

以上七十八組對立之反切，各組切語下字於中古音系為同韻、同等、同開合，亦即其韻、調皆同；由三十六字母觀察各組切語上字，恰有「幫、非」、「滂、敷」、「並、奉」之差異。陸德明若不能辨明其間之分別，何以不直接延用徐邈、呂忱、劉昌宗

等前人已造就之音切，而不煩自造切語，予人重複注音之口實？
此乃漢語脣塞音至此時已分化之首要證據。

其次，前引七十八組對立切語切出之六十字中，除「盼」外，
所有陸德明新造之「首音切語」，皆屬後代所謂之「音和」切；
而「非首音切語」，皆屬後代所謂之「類隔」切。陸德明若不能
深察其異，瞭然於心，何以能屢屢更新前人音切而極少誤差？此
爲脣塞音至陳代已分化之另一證據。

中古輕脣字母所涵蓋之範圍，元朝劉鑑於經史正音切韻指南
「輕脣十韻」歌訣中云：

> 輕韻東鍾微與元，凡虞文廢亦同然；更有陽尤皆一體，不
> 該十韻重中編。

今以經典釋文各被切字屬於廣韻「東（三等）鍾微虞廢文元陽尤
凡」十韻，及其相承之上去入聲脣音字（鼻音除外）爲摘錄對象，
觀察陸德明所造切語之特徵❷。

輕脣字	陸 德 明切 語	出處（同一切語多次出現者，則節選二處）
豐	芳忠反	易、豐
	芳弓反	書、高，書、武
	芳中反	左、哀十三
	敷馮反	爾、詁
酆	芳忠反	左、文七，左、宣十五

	芳弓反	左、昭四，爾、魚
灃孈	芳弓反	書、禹
	芳弓反	周、天籗
	芳中反	儀、有
風	福鳳反	詩、南關，詩、南關
	方鳳反	儀、飲、儀、燕
楓	甫隆反	爾、木
渢	扶弓反	左、襄廿九
丰	芳凶反	詩、鄭丰題
鋒	芳逢反	左、定十，老、道
峰	芳逢反	爾、獸
鑃	芳容反	左、襄廿二
	芳恭反	左、哀二
蜂	孚逢反	禮、檀下
	芳封反	禮、中
	孚恭反	莊、庚桑楚
	芳凶反	禮、內
	芳逢反	老、德，左、文一
蟲	匹凶反	爾、蟲

	孚逢反	詩、周閟小
葑	孚容反	詩、邶谷，詩、鄘桑
	芳容反	禮、坊
	芳逢反	左、僖卅二
	方孔反	爾、草
封	甫逢反	爾、畜
逢	符隆反	爾、天
縫	符龍反	詩、召羔，詩、召羔
	符用反	詩、召羔，詩、召羔
	扶用反	周、夏弁，儀、冠
	扶弄反	儀、喪傳
	扶容反	左、桓五，左、僖廿六
	扶恭反	左、昭二
	奉容反	爾、言
牽	孚逢反	爾、訓
非	甫味反	左、襄十四
霏	芳非反	詩、邶風
	芳菲反	詩、小鹿采
菲	妃鬼反	詩、邶谷

	扶未反	儀、喪傳
	扶味反	禮、曲下
	芳鬼反	禮、坊
	芳尾反	禮、坊，爾、草
	芳匪反	左、僖卅三
	孚匪反	爾、草
妃	芳非反	詩、南關，詩、齊雞
	豐非反	儀、虞
騑	芳非反	詩、秦小，詩、小鹿四
	孚非反	詩、小甫車
蜚	扶味反	左、隱一，左、莊二十九經
	芳尾反	公、成十七
	扶貴反	莊、秋水
肥	符非反	書、禹
腓	房非反	易、咸，詩、小谷四
	符非反	易、艮，詩、小鹿采
	符畏反	莊、天下
蜚	敷非反	爾、蟲
扉	扶味反	詩、大蕩抑，儀、有

	扶未反	儀、喪，儀、虞
	符沸反	爾、言
敷	芳夫反	書、序，禮、曲
	芳無反	書、禹
	撫扶反	詩、小節旻
稃	芳于反	詩、大生生
桴	芳符反	論、公
孚	芳夫反	易、中
	芳付反	禮、月
俘	芳夫反	左、莊六經，左、僖二十五
	芳扶反	左、僖二十二，左、昭十七
郛	芳夫反	左、隱五，左、僖十二
	芳扶反	左、襄十九經
	芳俘反	穀、文十五
浮	芳符反	周、冬旐
膚	方于反	易、噬，易、剝
跗	方符反	周、春服
	方于反	儀、大，儀、喪
	芳符反	禮、統

	芳扶反	左、宣四
夫	方于反	詩、小鹿四，禮、曲
	方符反	周、秋烜
鈇	方符反	周、夏圉師
	方于反	禮、王，禮、中
	方夫反	禮、樂
	方胡反	穀、莊一
扶	方于反	禮、投
柎	方于反	詩、魯閟，周、冬㡆
	方輔反	周、冬弓
	芳甫反	公、定八
泭	芳于反	詩、南漢
鳧	房孚反	左、僖廿四
鼖	芳甫反	周、夏大司
芬	孚云反	詩、小谷楚
雰	芳云反	詩、小谷信
紛	芳云反	易、巽，書、費
	孚云反	書、顧
	敷文反	左、莊八

	拂云反	老、道
鴇	扶云反	左、昭十七，爾、鳥
	芳云反	爾、鳥
翂	芳云反	周、天服
羒	符云反	爾、畜
牞	符云反	爾、畜
分	符問反	易、訟，易、繫
	扶問反	易、噬，易、壯
	扶運反	易、恆，左、襄三十
	方云反	書、舜，周、冬梓
	夫云反	禮、喪大
	甫問反	左、僖一
	憤問反	老、道
饙	方云反	爾、言
餴	甫云反	詩、大生洞
汾	扶云反	詩、魏汾題，左、桓三
	符云反	詩、大蕩韓
	扶文反	周、夏職
枌	符云反	詩、陳枌，周、天食

	扶云反	禮、內
紛	符云反	爾、魚
	符粉反	爾、魚
妢	扶云反	周、冬
蚡	扶粉反	爾、獸
	扶云反	爾、獸
颹	扶問反	莊、逍遙遊
棻	芳云反	書、召
	扶云反	周、春巾，左、隱四
	符云反	爾、天
蕡	扶文反	周、春巾
蕡	浮雲反	詩、南桃
	符文反	周、天籑，周、冬弓
	扶云反	周、地草，周、秋烜
	扶文反	周、冬弓
濆	符云反	詩、大蕩常，爾、水
	扶粉反	公、昭五，爾、水
焚	扶云反	詩、大蕩雲，左、桓七經
妨	芳亮反	儀、飲

鼖	扶云反	周、地鼓，周、春鐄
墳	扶云反	書、序，書、舜
	扶粉反	書、禹，周、地草
	符云反	詩、南汝墳，詩、唐葛
	符紛反	爾、丘
幩	孚云反	詩、衛碩
	符云反	詩、衛碩
獖	符云反	易、大畜
	符云反	爾、獸
頒	符云反	詩、小魚魚
氛	芳云反	禮、月，左、襄二十七
蚠	符粉反	周、地草
	扶粉反	左、昭二十二，左、昭二十三
	扶云反	左、昭二十二
翻	孚袁反	爾、器
璠	方煩反	左、定五
幡	芳袁反	易、豐，詩、小甫賓
	芳煩反	詩、小節巷
	孚袁反	詩、小甫賓

	孚煩反	詩、小魚瓠
	芳元反	左、宣十二，穀、莊二十五
藩	方袁反	易、壯，詩、大蕩韓
	方元反	詩、齊明，詩、小甫青
	甫煩反	爾、草，莊、大宗師
蕃	伐袁反	易、坤文
	扶袁反	易、例略，周、地林
	方元反	書、微，書、蔡
	方袁反	書、康，周、地大
	扶元反	周、天大宰，周、秋閩
犿	芳袁反	莊、天下
	敷晚反	莊、天下
繙	敷袁反	莊、天道
袢	符袁反	詩、鄘君
蹯	扶元反	左、宣二
膰	符袁反	左、僖二十四
燔	扶袁反	書、舜
	扶云反	書、舜
	芳云反	禮、器

	扶元反	公、隱二，公、哀十三
樊	扶云反	詩、大蕩雲
	方元反	周、天大宰
	扶袁反	左、隱十一
方	甫往反	莊、天地
舫	方訪反	爾、言
防	扶放反	禮、檀下，左、序
魴	符方反	詩、南汝
不	方浮反	詩、小鹿四
	芳浮反	詩、小鹿常
	弗武反	詩、大生行
	方九反	左、僖二十四
浮	縛謀反	禮、投
茀	芳九反	詩、陳枌
烰	符彪反	爾、訓
捧	芳勇反	詩、小谷北，莊、達生
	敷勇反	莊、天運
奉	孚勇反	書、盤
	芳孔反	書、召

	芳勇反	詩、小谷楚，詩、大蕩瞻
	符用反	周、天大宰
	扶恭反	禮、曲
	扶用反	左、僖三十三，左、哀二十四
斐	孚匪反	詩、小節巷
	芳尾反	禮、大，公、文十三
	芳匪反	左、襄二十三，論、公
	孚尾反	爾、訓
悱	芳鬼反	禮、學
	芳匪反	論、述
棐	芳鬼反	書、康誥，書、洛
	方尾反	左、文十三經
	非尾反	左、文十三經
	芳尾反	左、宣一經，左襄三十一
	芳匪反	穀、文十三
匪	非鬼反	易、比
	芳尾反	詩、衞淇
	芳非反	周、地保，禮、少
	芳鬼反	周、冬梓

篚	方尾反	書、禹，儀、冠
	方鬼反	儀、喪
	芳鬼反	儀、虞
	非鬼反	禮、內
撫	方武反	書、皋
拊	芳甫反	周、春司樂，儀、射
	方附反	周、冬旟
	芳武反	禮、少，爾、訓
	孚甫反	莊、在宥
弣	芳甫反	儀、射，儀、射
	方武反	儀、大
父	符甫反	爾、畜
釜	房甫反	易、說
	符甫反	詩、召蘋，詩、檜匪
腐	扶甫反	書、五，禮、內
	房甫反	周、春小宗，論、公
	扶矩反	禮、月，禮、月
	符甫反	穀、莊二十四
黼	房甫反	周、地均

蚁	扶甫反	爾、魚
溥	芳于反	禮、義
忿	芳粉反	易、損，左、隱三
	弗粉反	禮、大
	芳吻反	論、季
	拂粉反	莊、達生
粉	方謹反	孝、卿
憤	符粉反	詩、邶燕，論、述
	扶粉反	禮、檀下，禮、學
	房粉反	論、述
弅	符云反	莊、知北遊
	符紛反	莊、知北遊
痱	符非反	爾、詁
	符沸反	爾、詁
蚡	扶粉反	左、文十六，左，宣十二
阪	甫晚反	爾、地
飯	煩晚反	禮、檀
	符萬反	爾、言
仿	孚往反	禮、義

扔	芳丈反	儀、旣
紡	芳罔反	詩、小鴻斯
	芳往反	周、秋儀
	方往反	左、昭十九
鷲	孚往反	爾、鳥
昉	甫往反	公、隱二
放	方往反	書、堯，書、堯
	甫往反	詩、小節巷，周、天食
	方丈反	周、夏
	甫罔反	周、冬
	方兩反	禮、曲，禮、檀
斾	甫往反	周、冬
	方往反	周、冬旅題，禮、曲下
缶	方有反	易、比，易、坎
	方九反	左、襄九，爾、器
鴀	方浮反	爾、鳥
	方九反	爾、鳥
負	房九反	爾、鳥
鶊	房九反	爾、鳥

阜	符有反	詩、秦駟
	扶有反	左、襄二十四
	扶九反	左、昭一
蕡	房九反	禮、月
賵	孚仲反	周、天宰
	芳鳳反	周、春職，儀、旣
	芳仲反	禮、曲下，禮、少
	芳用反	禮、檀
諷	方鳳反	周、春司樂，儀、大
	福鳳反	禮、少
	非鳳反	莊、人間世
費	芳貴反	易、益，禮、表
	芳味反	周、秋儀，周、秋客
	扶弗反	禮、中
	孚沸反	禮、深
	扶味反	左、莊十六經，左閔二
	符味反	左、成十三
沸	甫味反	詩、小節十，左、成十七
	方味反	詩、大蕩蕩

誹	方味反	詩、小節巷
	方畏反	左、昭一
	非謂反	莊、刻意
茀	非貴反	詩、召甘
	方味反	詩、小鴻我
	芳味反	左、定九，爾、言
芾	方拂反	易、旣
	方勿反	左、宣八
	府勿反	左、成十六
扉	房味反	周、春
	符費反	左、僖四
跳	扶味反	爾、言
荊	扶味反	書、舜
	扶謂反	書、呂
傅	夫附反	詩、南葛
	符付反	爾、詁
赴	芳付反	禮、小
鮒	符付反	爾、魚
廢	方吠反	詩、小谷楚

	甫肺反	左、昭八
	方肺反	論、微
	甫穢反	爾、詁
祓	孚物反	周、春小宗
	芳弗反	周、春大祝，儀、聘
	方妹反	爾、詁
肺	芳廢反	周、夏大僕，周、秋大
	芳吠反	儀、冠
	方廢反	禮、問
柿	孚廢反	詩、小鹿伐
吠	符廢反	詩、召野，莊、則陽
	扶廢反	左、昭一，左、昭二十三
	伐廢反	莊、徐无鬼
齻	符廢反	爾、獸
蘨	粉運反	周、地草
糞	弗運反	周、天大宰，禮、中
	方問反	周、夏隸，禮、月
	方運反	禮、王
	弗問反	左、僖二十八，論、公

	甫問反	左、昭三
漢	敷問反	爾、水
	方問反	爾、水
僨	弗問反	左、隱三
	方問反	左、僖十五，左、昭十三
	甫問反	爾、言
奮	方問反	易、豫，書、禹
	弗運反	書、舜
	甫問反	禮、樂，左、文十八
嬎	敷萬反	爾、獸
販	方万反	周、地市，禮、曲
	甫萬反	周、冬
	甫万反	禮、郊，左、文二
飯	扶萬反	周、天膳，爾、器
	扶晚反	周、天玉，周、地舍
	煩晚反	禮、檀，禮、玉
	符晚反	論、述，莊、讓王
縛	扶略反	左、莊九
	扶臥反	左、僖十五

伏	扶又反	禮、內，禮、樂
帆	凡劔反	左、宣十二
汎	芳劔反	詩、大文聲，周、地草
	浮劍反	莊、德充符
腹	分伏反	爾、詁
複	方服反	儀、喪，禮、月
幅	方目反	詩、商長
	方木反	禮、檀
	方服反	禮、王，禮、王
	甫服反	爾、器
輻	方六反	詩、小節正
復	芳服反	易、乾，詩、小節節
	扶又反	易、蒙，易、需
	芳服反	易、復，詩、大生公
	扶富反	詩、南卷，詩、南汝
	符福反	詩、召殷
	符富反	詩、鄌定，詩、小節雨
	符又反	詩、衞考，詩、鄭大
	方目反	禮、檀

蝮	孚目反	周、地土訓
	孚福反	爾、蟲
	芳福反	爾、魚
	芳服反	爾、魚
蝮	芳蝮反	爾、魚
覆	芳福反	易、井，詩、小谷蓼
	芳目反	易、鼎
	芳六反	易、繫下
	芳服反	書、五，書、胤
	芳復反	周、秋筶
	孚服反	周、冬弓，左、成十三
	芳伏反	儀、射，儀、大
	芳富反	禮、少，老、道
	芳又反	禮、緇，左、成十六
	芳卜反	禮、射
	扶又反	左、隱九，左、桓十二
	敷救反	爾、言
	孚服反	爾、言
	孚腹反	爾、水

蕾	方服反	爾、草
服	符福反	爾、詁
拂	附弗反	易、剝
	符弗反	易、頤、詩、大文皇
	扶弗反	禮、曲，禮、大
	芳勿反	禮、檀下
	芳弗反	左、襄二十六，莊、天運
	芳佛反	老、德
	房弗反	莊、馬蹄
紱	方物反	莊、逍遙遊
刜	孚物反	周、夏弓
	芳弗反	左、昭二十六
佛	孚味反	禮、義
	扶弗反	禮、大
咈	扶弗反	書、堯，書、大
	扶勿反	書、微子
怫	扶弗反	莊、德充符
	符弗反	莊、天下
茷	扶廢反	左、僖二十八，左、文九

泭	芳于反	詩、甬漢
副	芳富反	詩、鄘君

依乎常理，若經典釋文時代脣塞音尚未分化，則後代之輕脣字，陸德明極可能使用大批後代之重脣字爲反切上字。事實不然，前引一百八十個屬於後代輕脣字所造出四百餘切語中，只朙「螽、匹凶反」一例使用重脣字作反切上字，其餘切語上字皆屬輕脣字。設使陸德明不能體悟脣塞音已分化爲不同之聲母，何以解釋此種反切上字之特殊用字現象？此乃筆者認爲漢語脣塞音至此已分化之另一理由。

四、王力先生論證之檢討

王力先生作經典釋文反切考，以爲經典釋文時代「輕重脣不分，可以完全肯定」，其脣塞音部分之論證，見本文之附錄，此處謹提出二點質疑。

首先吾人當知：經典釋文時代音系與該書所引前代各家反切注音之音系未必相合，研究經典釋文時代音系之資料，當僅限於陸德明所造切音與引用各家音切而「標之於首」者；然王先生文章中，却多引用非「首音」之前代音切。如：

瀌：方苗反，爲徐邈音；「標之於首」者爲符驕反。

眨：方犯反，爲字林音；「標之於首」者爲彼驗反。

嵭：甫贈反，爲徐邈音；「標之於首」者爲北鄧反。

閉：方結反，為字林音，「標之於首」者為必計反。

辟：芳益反，為劉昌宗音；「標之於首」者為芳石反。

豼：扶夷反，為徐邈音；「標之於首」者為婢支反。

蠙：父賓反，為「出於淺近」之「一音」；「標之於首」者為
　　薄田反。

鴗：方角反，為郭璞音；「標之於首」者為「音卜」。

綿：方千反，為「一音」；「標之於首」者為必綿反。方綿反，
　　為劉昌宗音；甫連反，為「又音」；「標之於首」者皆為
　　必縣反。

麃：方遙反，為字林音；「標之於首」者為表嬌反。

庳：方弭反，為「又音」；「標之於首」者為方寐反。

秕：甫里反，為徐邈音；「標之於首」者為悲里反。

稟：方鴆反，為劉昌宗音；「標之於首」者為彼錦反。

臂：方紙反，為徐邈音；「標之於首」者為「如字」。

畀：甫至反，為徐邈音；「標之於首」者為必二反。

蔽：甫世反，為徐邈音；「標之於首」者為必世反。方四反，
　　方計反，為徐邈音；「標之於首」者為必袂反。

飄：扶遙反，為徐邈音；「標之於首」者為婢遙反。

牝：扶死反，為徐邈音；「標之於首」者為頻忍反。

辨：扶免反，為徐邈音；「標之於首」者為「如字」。

辟：符亦反，為劉昌宗音；「標之於首」者為「音避」。

邶：方代反，為字林音；「標之於首」者為蒲對反。

樸：方木反，為「舊音」；「標之於首」者為「音卜」。

鴗：方木反，為郭璞音；「標之於首」者為「音卜」。

襮：方沃反，爲字林音；「標之於首」者爲「音博」。

鸔：方沃反，爲字林音，「標之於首」者爲「音駮」。

昄：方滿反，爲郭璞音；方但反、方且反，爲字林音；「標之於首」者爲符版反。

敗：甫邁反，爲徐邈音；「標之於首」者爲必邁反。

賓：方灷反，爲劉昌宗音；「標之於首」者爲「如字」。

擯：方灷反，爲劉昌宗音；「標之於首」者爲必灷反。

辟：甫亦反，爲徐邈音；「標之於首」者爲婢亦反。方狄反，爲徐邈音，「標之於首」者爲必亦反。

摽：芳老反，爲「皫」字之「又音」；「標之於首」者爲芳表反。

扑：敷卜反，爲徐邈音；「標之於首」者爲普卜反。

扳：敷閒反，爲「舊音」；「標之於首」者爲普顏反。

伻：敷耕反，爲徐邈音；「標之於首」者爲普耕反。

呲：芳爾反，爲「又音」；「標之於首」者爲匹爾反。

庀：芳美反，爲劉昌宗音；「標之於首」者爲匹是反。

漂：敷妙反，爲徐邈音；「標之於首」者爲匹妙反。

嫳：敷結反，爲徐邈音；「標之於首」者爲普結反。

湴：敷歷反，爲徐邈音；「標之於首」者爲普歷反。

芃：符雄反，爲徐邈音；「標之於首」者爲薄紅反。扶雄反，爲「一音」；「標之於首」者爲蒲東反。扶東反，爲沈重音；「標之於首」者爲薄紅反。

龐：扶公反，爲徐邈音；「標之於首」者爲鹿同反。

倍：扶來反，爲徐邈音；「標之於首」者爲扶來反。

朋：扶恒反，爲徐邈音；「標之於首」者爲蒲登反。

部：扶苟反，爲徐邈音；「標之於首」者爲蒲口反。

背：扶代反，爲徐邈音；「標之於首」者爲「音佩」。

拔：房末反，爲劉昌宗音；「標之於首」者爲畔末反。

亳：扶各反，爲徐邈音；「標之於首」者爲旁各反。

阪：符板反，爲「又音」；「標之於首」者爲「音反」。

蟲：父幸反，爲徐邈音；「標之於首」者爲薄佳反。

罷：扶買反，爲「又音」；「標之於首」者爲扶罵反。

臏：符人反，爲劉昌宗音；「標之於首」者爲頻忍反。

比：扶必反，爲李軌音；「標之於首」者爲毗志反。扶至、扶
　　志二反，爲徐邈音；「標之於首」者爲毗志反。

被：扶義反，爲徐邈音；「標之於首」者爲皮寄反。

敝：扶滅反，爲徐邈音；「標之於首」者爲婢世反。伏滅反，
　　爲徐邈、劉昌宗音；「標之於首」者爲婢世反。

弊：扶滅反，爲徐邈音；「標之於首」者爲婢世反。扶計反，
　　爲徐邈音；「標之於首」者爲扶世反。

牝：扶忍反、扶死反，爲徐邈音；「標之於首」者爲頻忍反。
　　扶緬反，爲李軌音；「標之於首」者爲步忍反。

弁：扶變反，爲徐邈音；「標之於首」者爲扶變反。

便：扶絹反，爲徐邈音；「標之於首」者爲婢面反。

批：父迷反，爲字林音；「標之於首」者爲普述反、備結反。

駢：扶經反，爲「又音」；「標之於首」者爲扶賢反。

敷：普吳反，爲「又音」；「標之於首」者爲「音孚」或「如
　　字」。

以上所舉，皆爲不適合作反應經典釋文時代音系之資料，此可疑者一，而其例已佔王先生論證根據半數以上。

其次，王先生文中所舉部分切語，並不見於通志堂本經典釋文，如馮字父冰反、汙字扶免反、秕字甫姊反、髀字方爾反、幷字方政反、繹字甫必反、紕字芳夷、芳齊二反、庀字芳鄙、芳指二反、秠字孚婢反、暴字扶沃反、茇字房末、扶蓋二反、批字父結反、浮字匹劍反，此其可疑者二。

雖然王先生所舉例證或不盡理想，吾人亦不可否認陸德明確有若干切語顯示上古脣塞音聲母尚未分化之跡象，其關鍵在於不少後代重脣字，陸德明仍以輕脣字作反切上字，以下作一三欄簡表顯示此種現象。第一欄爲經典釋文收錄之後代重脣字，第二欄爲陸德明所造切語上字屬於後代重脣字之數目，第三欄則爲所造切語上字屬於後代輕脣字之數目。

蓬	6	1	㘭	0	1	紕	6	0	貔	1	0	錦	1	0	培	2	0
苀	4	0	蟬	2	0	丕	2	0	膍	1	0	鼙	5	0	阫	1	0
鈹	2	0	綼	1	0	邳	4	0	蚍	3	0	椑	4	0	陪	3	0
披	7	1	郫	1	0	伾	2	1	痛	3	1	琕	1	0	賓	1	0
陂	10	0	陴	2	0	秠	0	3	鋪	4	1	排	3	1	濱	1	0
羆	2	0	埤	3	0	駓	1	1	逋	3	0	俳	1	0	蠙	3	0
碑	2	0	襌	3	2	魾	1	0	晡	1	0	桮	1	0	嬪	4	1
籠	0	2	脾	4	2	鈈	0	1	舖	1	0	杯	1	0	頻	1	1

卑	4	0	蠱	2	0	毗	2	1	批	3	0	坯	1	0	矉	1	0
彬	1	0	楄	1	0	般	4	0	飄	6	2	摽	1	0	庖	4	0
斌	1	0	鯿	0	1	槃	3	0	票	2	0	爐	1	0	炮	4	0
邠	2	0	鯿	1	0	盤	3	0	標	1	1	瀌	1	0	炰	2	0
豳	2	0	胼	1	0	駢	8	2	熛	2	0	麃	3	0	鉋	4	0
皤	5	1	蟠	1	0	鞭	3	0	薰	2	1	穮	1	1	褎	4	0
擊	3	0	樊	3	0	偏	1	0	嬰	0	1	藨	5	0	袍	7	0
鞶	1	0	蟠	1	0	漂	3	0	包	4	0	番	1	0	繁	2	0
磐	3	0	賁	2	0	扁	1	0	螵	2	0	胞	2	0	頗	5	0
班	1	0	噴	1	2	篇	2	0	萍	1	0	泡	2	0	婆	1	0
扳	3	1	盆	2	0	便	4	0	瓢	2	0	苞	7	0	妑	1	0
販	1	0	葢	1	0	㴬	1	0	鑣	4	0	抱	1	0	巴	4	0
跰	1	0	潘	5	0	焱	2	1	儦	1	0	枹	1	0	犯	2	0
把	3	0	平	3	0	蒲	2	0	培	2	0	蜯	1	0	妭	2	0
方	1	0	苹	3	0	萍	3	0	培	2	0	俾	5	0	枇	1	2
枋	1	0	拼	1	0	蚌	1	0	裵	2	0	吡	1	1	朼	2	0
滂	3	0	抨	1	0	冰	2	0	彪	2	1	庀	3	1	秕	1	0
霧	1	0	伻	1	0	憑	1	0	滮	1	1	被	8	0	牝	5	1
旁	6	0	幷	6	0	馮	3	2	鞞	1	0	庫	1	1	甫	1	0

字			字			字			字			字			字		
傍	5	0	粵	1	0	朋	2	0	璡	1	0	譇	3	0	浦	1	0
彷	3	0	荓	1	0	鵬	1	0	韸	1	0	仳	1	0	譜	1	0
祊	8	0	餅	2	0	肧	1	0	捧	1	0	否	6	0	圃	4	0
閍	1	0	瓶	2	0	胚	1	0	菶	2	0	坯	2	0	簿	4	0
烹	2	0	軿	1	0	捄	2	0	玤	1	0	七	3	0	椹	2	0
彭	2	0	邲	2	0	抔	1	0	蚌	3	0	比	8	0	膘	1	1
蛵	1	1	偏	1	0	炳	1	0	貶	2	0	毖	1	0	瓣	1	0
罷	4	3	椪	3	0	邴	2	0	臂	2	0	泌	1	0	閟	5	0
捭	1	0	辡	2	0	秉	1	0	詖	1	0	彎	2	0	孌	5	0
猈	1	0	縹	2	0	餅	2	0	陂	1	0	嬰	1	0	箄	1	0
臏	2	0	膘	2	1	餅	1	0	髲	2	0	費	1	0	蔽	6	0
阪	1	0	摽	3	3	屏	14	0	畀	4	0	娩	2	0	驚	2	0
版	1	0	艫	0	3	並	4	0	庇	7	1	仆	5	0	漂	1	0
蚍	1	0	鮑	3	0	剖	1	0	吡	3	1	怖	3	0	徹	2	0
板	1	0	葆	1	0	部	1	0	廗	0	2	捕	1	0	獎	1	0
扁	4	1	跛	7	0	瓿	2	0	怭	1	0	哺	1	0	弊	3	1
編	10	1	籩	1	0	萶	2	0	閟	2	0	媿	2	0	斃	1	0
褊	1	0	把	4	0	稟	2	0	閉	1	0	淠	2	0	貝	1	0
沛	5	0	悖	1	0	叛	1	0	暴	7	0	聘	2	0	剝	4	0

牰	0	1	宇	4	0	盼	1	1	虤	3	0
旆	5	0	郉	2	0	辬	3	2	播	9	1
粺	1	0	肺	2	0	辦	2	0	蟹	1	0
稗	2	0	儐	2	0	辮	5	1	謗	3	0
憊	4	0	鬢	1	0	卞	1	0	傍	2	0
敗	6	0	殯	1	0	汴	1	0	鞭	1	0
背	8	0	擯	2	0	弁	6	0	榜	1	0
軰	3	0	判	2	0	開	1	0	柄	5	0
倍	7	0	泮	1	0	笄	1	0	恘	2	0
朏	2	0	牉	1	0	劀	2	2	逆	5	0
佩	2	0	胖	2	0	豹	3	0	併	5	0
必	0	1	渤	1	0	嫛	1	0	蒪	2	0
峄	1	0	撥	5	0	斃	1	0	脾	2	0
邲	2	1	茇	3	0	苾	1	0	薄	11	0
怭	1	1	跋	4	0	鉍	1	0	礴	2	0
駜	1	1	胈	2	0	鑸	1	0	泊	3	0
胈	1	1	魃	1	0	繁	5	0	魄	5	0
勃	2	0	軷	3	0	螆	1	0	亳	6	0
悖	6	0	拔	8	0	蔜	1	0	拍	2	0

塴	2	0	駁	2	0
踣	3	1	駮	2	0
焱	1	2	暴	1	0
樸	4	0	曝	0	2
蹼	1	0	礜	1	0
撲	1	0	鸔	1	0
扑	1	0	璞	1	0
僕	1	0	朴	1	0
副	1	0	雹	3	0
襮	0	1	砲	2	0
攈	1	0	鞄	1	0
蘗	5	2	霹	1	0
擘	3	1	澼	1	0
檘	2	0	甓	4	0
辟	14	2	礕	1	0
躄	1	0	檘	4	0
壁	1	0	鱗	1	0
僻	1	0	堛	1	1
擗	2	0	副	1	1

浡	1	0		苹	1	0		搏	1	0		拔	1	0		闒	1	0		䩈	0	1
愊	1	0		逼	1	0		偪	2	0		湢	1	0		復	2	0		福	1	0
鵩	1	0																		

以上四百零三個後代重脣塞音字，陸德明以輕脣字作反切上字
者計九十次，此爲陸氏不能分辨輕、重脣之確實證據，然反觀以
重脣字作反切上字者計九百四十九，二者使用比例如此懸殊，吾
人是否可暫且視不及十分之一之例外，爲陸德明受前人音切影響
所造成一時之疏忽？

五、結　論

　　音變之發生起於一時一地，不易爲人認同，待其成爲普遍現
象而有公論，往往時過境遷，難求淵源。以「濁上讀去」之音變
規律言，今人尋其肇始，於敦煌俗文學抄本中之錯別字、日本和
尚安然悉曇藏、李涪刊誤中，皆獲得某些例證❸，而時代最早者
當推韓愈諱辯之「杜」「度」同音，王力先生即憑此一發現，認
爲「濁上讀去」之音變，完成於第八世紀；但吾人今日却可從韓
愈詩文用韻處找出衆多「濁上」字仍與「清上」或「次濁上」字
押韻，不與去聲押韻之韻例❹。面對此種反證，只能解釋爲受傳
統韻書之束縛，決不可因衆多例外而否定此一音變現象，雖然
「杜」「度」同音乃一孤證。

　　同理，漢語脣塞音之分化，至三十六字母始見類名而得確認，
然學者已將其分化推前至盛唐玄宗時代❺；筆者觀察陸德明經典

釋文一書之切音，從其輕、重唇字之對比切語，改造前人音切，及後代輕、重唇字陸德明即多以輕、重唇字作其反切上字諸端，認為已強力反應唇塞音分化之痕跡，故筆者認為漢語唇塞音之分化可溯源於陸德明作經典釋文之陳代。

註　釋

❶ 經典釋文尙書音義牧誓「比」下有「徐，扶志、毗志二反」，為輕、重唇對立切語，因其書法並無先後之別，故今不錄。

❷ 凡經典釋文陸德明切語下字不屬以上各韻，而其被切字為輕唇音者不錄，如爾雅釋魚之「蚹，扶卜反」。

❸ 說見中國語文 199 期，劉保明「諱辯濁上變去例補證」一文。

❹ 如遊青龍寺贈崔補闕詩「管、短、滿、傘、卵、斷、旱、盌、誕、纂、算、伴、澣、懶、散、坦、罕、款、暖、篹、緩」相押，祭河南張員外文「史、時、己、滓、紀、恃」相押。

❺ 慧遠作一切經音義時代當西元 720 年。

史記三家注異常聲紐之考察

黃坤堯

提 要：

　　本文博采《史記三家注》各家讀音與《廣韻》比較，以黃侃
41 聲紐為準，得異常聲紐 366 條。又《廣韻》雖未見某讀，而
《三家注》所存切語聲紐有異者，亦予收錄。其與《廣韻》切語
相同，或未見於《廣韻》之讀音以至假借改讀、四聲別義等均不
在討論之列。本文將《三家注》之異常聲紐歸納為八類：卽唇音
102 例、舌音 59 例、牙音 30 例、喉音 15 例、齒音 78 例、又舌
齒相通者 26 例，牙喉 36 例、其他 20 例。其中清濁不同者共 102
例（約 28 ％）尤值得注意，或與方言現象有關，可再深究。

前　　言

　　《史記》三家注博采各家讀音，難成體系。惟與《廣韻》之
語音系統相互比照，無論聲紐、韻類、聲調等，均互有同異。一
方面可以反映六朝隋唐讀音之混亂情況，一方面亦可反映古今語
音遞嬗之迹，以至方言、師說之不同，亦足供參考研究者也。本
文擬就《史記》三家注所見之異常聲紐歸類說明，其與《廣韻》
之切語相同，或假借改字等均不在討論之列。

　　本人嘗於 1981 年就中華書局標點本《史記》編有《史記三家注讀音通檢》一稿❶，凡收 2229 字。其後復就張衍田《史記正義佚文輯校》❷補充 93 字及其他重見字之各個讀音，合計共收 2322 字。本文於引據各字下先列卷次，再注頁碼。《史記集解序》及《正義》"論字例"、"論音例"、"發字例"各節之讀音資料以。代卷次。頁碼後之 a、b、c 分別代表《集解》、《索隱》、《正義》三家，另以 c′表示《正義》佚文。作音人則以括號注明，顯示不同來源。又本文先列三家注之切語，繼於括號內列出《廣韻》有關音節之切語及又切，以便比較。

　　中古漢語之聲紐，基本上已見論定。今用陳澧 40 類及黃侃析明、微爲二之說分列爲 41 類，聲紐名稱亦從之。至於擬音則依周法高《諸家切韻聲類及擬音比較表》❸，周氏以《切韻》爲準輕重唇不分，實少四類，得 37 類，惟基本結構並無差異。至於韻母不同者亦隨文注明，並據周法高《諸家切韻擬音對照表》❹擬音，以便比較。

　　〔聲紐表〕

	全清	次清	全濁	次濁
唇音（重唇）	幫 p	滂 p′	並 b	明 m
（輕唇）	非	敷	奉	微
舌音（舌頭）	端 t	透 t′	定 d	泥 n
（舌上）	知 ṭ	徹 ṭ′	澄 ḍ	娘 ṇ
（半舌）				來 l
齒音（齒頭）	精 ts	清 ts′	從 dz	
	心 s		邪 z	

（正齒二等）	莊 ṭs	初 ṭsʻ	牀 dz
	疏 ṣ		
（正齒三等）	照 ṭsʻ	穿 ṭsʻ	神 ʻzʻ
	審 ṣʻ		禪 dʻzʻ
（牛齒）			日 ʻn

牙音	見 k	溪 kʻ	羣 g	疑 ng
喉音	影 ʔ			爲；喻 0
	曉 x		匣 ɣ ❺	

一、脣　音

A.《史記》三家注輕重脣不分之現象極爲普遍。其中幫非 9 例、滂敷 11 例、並奉 15 例、明微 22 例。尤以三家注讀重脣，《廣韻》注輕脣者略多，依次佔 6、8、11、13 例。此外 "辨"、"偏"、"襒"、"辟"、"奰"、"薄"、"冒"、"娼"、"汶"、"沕"、"沫"、"眛"、"緡"、"芈"、"貉"、"靡" 各字則三家注亦兼存重脣、輕脣兩讀。

幫　非

1. 扁：邊典反（方典）　　4-160c
　　必顯反　　　　20-1042b

2. 熛：必遙反（甫遙）　　23-1165c

3. 邠：彼珉反（府中）　　74-2345cʻ

4. 裨：音卑　（府移）　　0-　5c

5. 缶：音保　（方久）　　8-389b

　　＊"保"在上 32 皓韻（-au）；"久"在上 44 有韻
　　（-iəu）。

6. 發：音紼　（北末）　29-1414b（鄒誕生）

　　＊"紼"在入 8 物韻（-iuət），"末"在入 13　末韻
　　（-uat）。

7. 袚：音弗　（北末）　47-1916b

　　＊物末不同，同上。

8. 辨：邊練反　　　　24-1193c（幫紐）

　　音遍　　　　　　23-1161c（非紐）

9. 傅：音圃（方遇）　14-683b

　　＊"圃"在去 11 暮韻（-UO）；遇在去 10 遇韻。

　　＊《廣韻》有"蒲莧切"一讀，聲紐幫並不同。

滂　數

1. 亨：普盲反（撫庚、匹庚）100-2734b

2. 偏：疋然反（芳連、篇）　23-1167c

3. 僻：匹亦反（芳辟）　　39-1672c

4. 嫖：疋消反（撫招）　　49-1973b

5. 抔：普廻反（芳杯）　102-2756b

6. 澎：普彭反（撫庚）　117-3019c

7. 翲：匹遙反（撫招）　130-3305c

8. 藩：普寒反（孚袁、翻）130-3317a（徐廣）

＊"寒"在上平 25 寒韻（-an）；"袁"在上平 22 元韻（-iuɑn）。

9. 批：豐雞反（匹迷）　　79-2424b

10. 襭：匹結反　　74-2345b（呂忱字林）（滂紐）

敷蔑反　　74-2345b（韋昭）　　（敷紐）

＊《廣韻》讀"蒲結切"，聲紐滂並不同。

11. 辟：普係反（廣韻無）107-2852b　　（滂紐）

芳細反　　107-2852a（徐廣）　　（敷紐）

並　奉

1. 楙：皮逼反（符逼）112-2960b

2. 愎：皮逼反（符逼）66-2180b

3. 服〔腷〕：皮力反（符逼）105-2791b

4. 楩：頻緜反（房連、父綿）126-3200c

5. 裨：音脾（符支、陴）74-2345b

頻移反　　0- 5c　111-2926b(顏師古)

6. 辟：頻亦反（房益）0- 17c

婢亦反　　1- 43c

音闢 25-1244b 50-1990b 129-3255b

7. 阪：白板反（扶板）1- 5c

8. 伏：蒲北反（房六、服）92-2610c

＊"北"在入 25 德韻（-ək），"六"在入 1 屋韻（-iuk）。

9. 平：婢緣反（房連） 1- 116b

頻然反 38-1614c′

＊"連"、"然"在下平2仙韻開口（-iæn）；"緣"

在合口（-iuæn）。

10. 辨：皮勉反（符蹇、步免） 24-1193c

11. 辯：皮莧反（符蹇） 54-2025b

＊"莧"在去31襉韻（-æn）；"蹇"在上28獮韻

（-ian）。

12. 垘：音服（蒲北） 27-1340a（徐廣）

＊"服"在入1屋韻（-iuk），"北"在入25德韻

（-ək）。

13. 扁：符殄反（薄泫、辮）129-3257b

14. 薄：扶各反（傍各） 8-394b

15. 輈：扶萌反（薄萌）118-3097a（徐廣）

明 微

1. 冒：(A)亡報反（莫報） 14-537b（鄒誕生） 40-1695b

(B)亡北反（莫北） 40-1695b

2. 冥：音盲（莫經） 44-1858c

＊"盲"在下平12庚韻（-ang）；"經"在下平15

青韻（-iɛng）。

3. 夢：亡棟反（莫鳳、武仲）117-3004b（褚詮）

＊"棟"在去1送韻一等（-ung），"鳳"在三等（iung）。

4. 媚：亡報反（莫報、冒）　59-2103b

5. 潘：亡本反（模本、亡損）105-2807c

6. 汃：亡筆反（美筆）　84-2498b

7. 沫：亡葛反（莫撥、莫割）　86-2515b

　　＊“葛”、“割”在入 12 曷韻（ at ），“撥”在入 13

　　末韻（ -uat ）。

8. 眛：亡葛反（莫撥、莫割）　86-2517b

　　＊曷、末不同，同上。

9. 瞑：亡丁反（莫經）　43-1805a（徐廣）

10. 繆：亡救反（麛幼、謬）121-3122b

　　亡又反　　　　　　　　81-2439c′ 130-33076

　　＊“救”、“又”在去 49 宥韻（ -i$ə$u ）；“幼”在去

　　51 幼韻（ -ieu ）。

11. 芈：亡爾反（綿婢）　40-1699c　　72-2323c

12. 貉：亡格反（莫白）110-2886b

13. 駹：武江反（莫江）110-2894b

　　亡江反　　　　　　　116-2992b（應劭）

14. 俛：音免（亡辨）　105-2808c　　128-3239b　128-3239c

15. 乐：音彌（武移）　123-3160b

16. 抄：弭沼反（亡沼）117-3032c

17. 每：莫改反（武罪）　6-227c

　　謀在反　　　　　　84-2501b

　　＊“改”、“在”在上 15 海韻（ -$ə$i ）；“罪”在上

　　14 賄韻（ -u$ə$i ）。

18. **汶**：眉貧反（武巾、旻）　69-2272b

　　　　音泯　　　　　　　～ν-2272c′　70-2291c′

　　　　＊“貧”、“巾”屬上平17真韻重紐B類（-ien）；

　　　　“泯”屬A類（-iIn）。

19. **眇**：音妙（亡詔）　129-3252b

　　　　＊“妙”在去35笑韻(-iæu)；“詔”在上30小韻(-iæu)。

20. **緡**：眉貧反（武巾）　57-2066c

21. **靡**：眉綺反（文彼）　39-1683b

22. **鰵**：末鄧反（武亘）　117-3021c

　　B．三家注與《廣韻》相較，其幫滂異讀者 12 例，不送氣和送氣之界限似欠明確。又幫並 11 例，滂並 15 例，則清濁的界限亦難確定。《廣韻》如屬標準話，則下列諸音視作誤讀，似無不可。又“屁”、“肺”、“辟”、“悖”、“辬”、“陂”、“麃”、“披”、“淠”、“膊”各字三家注仍兼存兩讀。至於幫滂並三讀互見者亦有 7 例。

幫滂（非敷）

1. **偏**：音遍（匹戰）　23-1167b（鄒誕生）

　　　　＊“遍”：方見切，非紐，去32霰韻（-iɛn）；“戰”

　　　　在去33線韻（-iæn）。

2. **屁**：必二反（匹婢）　20-1042b

　　　　＊“二”在去6至韻(-iIi)；“婢”在上4紙韻(-iI)。

3. **肺**：音廢（芳廢）　107-2844b

4. **荂**：非佛反（敷勿） 32-1485c

5. **裶**：方非反（芳非）117-3012c

6. **庇**：疋履反（必至）111-2934b

    ＊"履"在上5旨韻(-iIi)；"至"在去6至韻(-iIi)。

7. **猼**：匹沃反（補各）117-3006a（徐廣）

    ＊"沃"在入2沃韻(-uok)；"各"在入19鐸韻(-ak)。

8. **福**：音副（方六） 128-3236a（徐廣）

9. **紱**：音拂（分勿） 6-293c

10. **蕃**：音翻（甫煩） 36-1585c′ 130-3295c（括地志）

11. **辟〔壁〕**：普覓反（北激） 0-17c

12. **陂**：普何反（博禾）117-3055b

    ＊"何"在下平7歌韻(-a)；"禾"在下平8戈韻(-ua)。

幫並（非奉）

1. **悖**：布內反（蒲昧、背）130-3288c

2. **辨**：邊練反（蒲莧）24-1193c

    音遍 23-1161c

    ＊"練"、"遍"在去32霰韻（-iɛn）；"莧"在去31襉韻（-æn）。

3. **辯**：音遍（符蹇） 1-25c

    ＊"遍"在去32霰韻(-iɛn)；"蹇"在上28獮韻(-ian)。

4. **頻**：音賓（步眞） 117-3030b

5. **舖**：必捕反（薄故、步） 8-346c

6.　麃：彼苗反（薄交）　　6-224c

　　　＊“交”在下平5肴韻（-au），“苗”在下平4宵韻

　　　（-iau）。

7.　搏：音附（方遇）　7-306b（鄒誕生）　40-1721b

8.　擘：步歷反（博厄）　94-2645c

　　　＊“厄”在入21麥韻（-æk）；“歷”在入23　錫韻

　　　（-iεk）。

9.　編：步典反（方典、方泫）116-2992c

10.　茀：音佩（方味）　12-477a（韋昭）　27-1349b

　　　32-1504c

　　　＊“佩”在去18隊韻（-uəi）；“味”在去8未韻

　　　（-iəi）。

11.　陂：音皮（彼爲、碑）117-3023b（郭璞）

滂並（敷奉）

1.　平：浦耕反（波明、僕兵）　1-　16b

　　　＊“平”在下平12庚韻（iang）；“耕”在下平13

　　　耕韻（-æng）。

2.　拌：音判（蒲旱）　128-3233a（徐廣）　128-3233b

3.　枹：音孚（防無）　64-2159b　　　　　　64-2159c

4.　皮：音披（符羈）129-3273b

5.　符：音孚（防無）　25-1246a

6.　芘：乏婢反（毗至）　43-1804c

　　　　＊"婢"在上4紙韻（-iI）；"至"在去6至韻
　　　　（-iIi）。

7.　被：音披（皮彼、平彼）　57-2079a（徐廣）
　　　　＊"披"：匹靡切，韻同。

8.　鼻：匹位反（毗至）　33-1526b
　　　　＊"位"在去6至韻合口重紐B類（-iuei）；"至"
　　　　在開口A類（iIi）。

9.　反：音番（孚袁）　　30-1435b

10.　娟：白眠反（芳連）117-3041c
　　　　＊"眠"在下平1先韻（-iεn）；"連"在下平2仙
　　　　（-iæn）。

11.　披：皮彼反（匹靡）　21-1101b（劉伯莊）

12.　湏：傍沛反（普蓋）115-2986a（漢書音義）
　　　　旁沛反　　　　　115-2986b

13.　磅：蒲黃反（普郎）117-3020c
　　　　＊"黃"在下平10陽韻合口（-iuɑng），"郎"在開
　　　　口（-iɑng）。

14.　膊：並各反（匹各）129-3276c

15.　魄：音薄（普伯）　　97-2691b（鄭氏）
　　　　＊"薄"在入19鐸韻（-ak）；"伯"在入20陌韻
　　　　（-ak）。

　　　　　　幫滂並（非敷奉）

1.　傳：(A)音付（方遇）　43-1831c　120-3106b

125-3192b（非）

(B)音圃　14-683b　　（幫）

(C)孚富反 9-400c′　（敷）

(D)音附　7-324a　（服虔）　28-1370*a*（服虔）

95-2669a　（如淳）　111-2926b（顏師古）

101-2748c′（19次）　　　　　　（奉）

　＊“付”、“附”、“遇”在去10遇韻（-iuo）；

“圃”在去11暮韻（-uo）；“富”在去49宥韻

（-iəu）。

2.　剽：(A)匹遙反　111-2928b（滂）

(B)方遙反　37-1597b（非）

　＊《廣韻》讀“符霄切”，奉紐。

3.　披：(A)如字（敷羈、偏羈）　1-　6b　　　（敷）

(B)音詖　　　　　　　　1-　6a（徐廣）（幫）

(C)音皮　　　　　　　　21-1101b（蕭該）（並）

4.　拂：(A)扶弗反　　　　　　　87-2556b（奉）

音佛　　　　　　　　63-2152b（奉）

(B)風弗反　　　　　　　84-2498c′（非）

　＊《廣韻》讀“敷勿切”，敷紐。

5.　拊：(A)音撫（芳武）23-1170b　105-2807b

106-2822b　　　　　　（敷）

敷武反　　24-1222c　　　　　　　（敷）

(B)音府　　　10-281a（徐廣）　　（非）

(C)音附　　　　　105-2807b　　　　　（奉）

＊ “撫”、“武”、“府”在上9 麌韻（-iuo）；“附”
在去 10 遇韻（-iuo）。

6.　費：(A)音秘　　　　42-1769b（劉伯莊）

(B)浦拜反　　　　117-3019a

＊《廣韻》讀“扶沸切”，奉紐，去 8 未韻（-iəi）；
又“秘”在去 6 至韻（-iei）；“拜”在去 16 怪韻
（-εi）。

7.　費：(A)芳味反（芳未）　23-1163c（敷）

(B)扶味反（扶沸、房未）0-18c　　3-107c　5-173b
42-1769b　　　　　　　　　（奉）
扶未反　18- 901b
扶謂反　21-1108b

(C)非味反　　　0- 18c　　　　　　（非）

＊ “未”、“味”在去 8 未韻開口（-iəi）；“謂”
在合口（-iuəi）。

二、舌　音

A．三家注亦有舌頭、舌上之分，其與《廣韻》端知不同者
10 例，透徹 2 例，定澄 2 例，泥娘 4 例，端知多保留舌頭一讀，
其他幾全讀舌上。其中“中”、“傳”、“揕”、“胝”、“著”、
“適”、“長”、“詫”、“踔”、“提”、“淖”、“赧”諸
字均兼存舌頭、舌上兩讀。

端　知

1. **中**：丁仲反（陟仲）109-2874b

2. **傳**：丁戀反（知戀、丁戀）　10-423b　　11-442b

3. **掇**：丁劣反（陟劣）　89-2585a（徐廣）　89-2585b

　　　　（徐廣）

4. **揕**：丁鴆反（知鴆）　86-2533a（徐廣）

5. **著**：丁略反（張略、陟略）　6- 267c

6. **適**〔讁〕：丁革反（陟革）110-2887a　　110-2887b

　　　　　　　121-3117b

7. **長**：丁丈反（知丈、丁丈）　5- 199c　12- 457c

　　　　34-1554c　　105-2786c　　9- 411c′

8. **黹**：丁履反（豬几）　0- 14c

　　　＊“履”在上 5 旨韻重紐 A 類（-iIi）；“几”在 B

　　　類（-iei）。

9. **胝**：竹移反（丁尼）117-3050b

　　　＊“移”在上平 5 支韻（-iI）;“尼”在上平 6 脂韻

　　　（-iIi）。

10. **都**：音豬（當孤）　2- 63b

　　　＊“豬”在上平 9 魚韻（-io）；“都”在上平 11 模

　　　韻（-uo）。

透　徹

1. **詫**：勑亞反（丑亞）117-3003b
2. **踔**：勑教反（丑教）129-3265b

定　澄

1. **埭**：音滯（特計）　30-1423b（韋昭）
   ＊滯在去 13 祭韻（ -iæi ）；“計”在去 12 霽韻
   （ -iεi ）。
2. **提**：音弟（廣韻無）　57-2073a（徐廣）
   57-2073b（服虔）　106-2823b　107-2841b（定）
   姪帝反　86-2536c（澄）

泥　娘

1. **橈**：尼孝反（奴教、女教）　44-1862b
2. 　　女教反　54-2016b　　55-2040c′
   　　女孝反　108-2863b
2. **淖**：女教反（奴教）　46-1901b　　59-2096b
   84-2482c′
   女孝反　　59-2096c
3. **膿**：女東反（奴冬）105-2798c

　　　　　＊“東”在上平1東（ -ung ）；“冬”在上平2冬
　　　　　　（ -uong ）。

4.　叛：尼簡反（奴板） 15- 733b

　　　　　＊“簡”在上26產韻（ -æn ）；“板”在上25潛韻
　　　　　　（ -an ）。

　　B．三家注中端透異讀者7例，端定7例，透定 15 例、定
泥1例、透泥1例，均與《廣韻》不同，或亦可視作誤讀。其中
“卓”、“騺”、“闒”、“砥”、“符”、“提”、“梲”、
“跳”、“駎”、“悌”、“溺”諸字三家注兼存兩讀。

端透（知徹）

1.　卓：丑角反（竹角）　 32-1491c
2.　　　恥角反　　　　　 39-1648b
2.　悵：音暢（知亮）　 127-3220b
3.　騺：敕利反（陟利）　 5- 189c
4.　踔：音卓（敕角）　 129-3265b
5.　逴：音卓（敕角）　 111-2938b
6.　鰈：音荅（吐盍）　 28-1363b

　　　　　＊“荅”在入27合韻（ -əp ）；“盍”在入28盍韻
　　　　　　（ -ap ）。

7.　闒：音搨（廣韻無）110-2903a（徐廣）（端）
　　　　　吐臘反　　　　68-2236b（鄒誕生）（透）

端定（知澄）

1. 徵：音澄（陟陵、竹凌） 14- 606b　20-1027b
   音懲　　　　　　　　 29-1412b　39-1673b
2. 矺：音宅（陟革）　87-2552c′
   ＊ "宅"在入 20 陌韻（-ak）；"革"在入 21 麥韻
   （-æk）。
3. 貯：音佇（丁呂、知呂） 30-1426b（呂忱字林）
4. 毒：音篤（徒沃）116-2996b　123-3164b
5. 澹：丁甘反（徒甘）102-2760b
6. 濁：音卓（直角）　 47-1938c
7. 提：音底（廣韻無） 57-2073b（蕭該）
   106-2823b（端）
   徒底反　　　　 107-2841a（徐廣）（定）

透定（徹澄）

1. 他：音陁（託何）　9- 402b
   音馳　　　　 19- 989b　97-2697b
   徒河反 14- 557b　46-1879b　93-2639c
   112-2959b
   徒河反 97-2697c′ 108-2864b　113-2968b
2. 它：徒多反（託何） 90-2590c　90-2589c′

3.　拖：徒我反（吐邏）117-3027c

　　　　徒可反　　　　　117-3033c

　　　　＊“我”、“可”在上33哿韻（-a）;“邏”在去38

　　　　　箇韻（-a）。

4.　梲：音奪（他括）　59-2103a（蘇林）　59-2103b（蘇

　　　林）。

5.　盪：天浪反（他浪、吐浪）　67-2209c

6.　糶：音掉（他弔）　129-3274a

7.　踏：徒答反（他合）117-3059b

8.　滯：丑制反（直例）117-3020b

9.　狄：音惕（徒歷）　24-1208c

10.　眙〔瞪〕：吐甋反（丈證）126-3199b

11.　跳：他彫反（徒聊）　51-1997b

12.　蹸：勑略反（徒落）117-3058a（徐廣）

　　　　褚略反　　　　　117-3059b

　　　　＊“略”在入18藥韻（-iɑk）;“落”在入19　鐸韻

　　　　　（-ɑk）。

13.　簞：天臘反（徒盍）　84-2493b

14.　駘：音台（徒哀、臺）　46-1833c

15.　綈：音梯（廣韻無）　128-3239b（透）

　　　　音題　　　　　　128-3240c（定）

定　泥

1. 溺〔尿〕：徒弔反（奴弔）105-2800c

透　泥

1. 能：音台（奴來）　　27-1294a（蘇林）
　　　土來反　　　　　　12-477c′

　　C．半舌音來紐多與牙音、舌音、喉音相亂，沒有集中出現的例子，頗見分散，共得 10 例。其中"攣"、"玉"、"僖"三字兼存兩讀。

1. 嫪：躬虬反（魯刀）　6- 227c　　　　　　　（見來）
　　　＊"虬"在下平 20 幽韻（-iIu）；"刀"在下平 6 豪
　　　韻（-ɑu）。

2. 攣：卷綠反（呂員）　79-2418c′　　　　　　（見來）

3. 菜：音胎（落哀）　　54-2024b　　95-2656a　（透來）
　　　122-3137b　　122-3137c
　　　音台　　　　　95-2656b　　122-3137a（徐廣）

4. 嫪：力糾反（渠黝、翹糾）117-3027c　　　　（群來）

5. 玉：音錄（魚欲）　　12- 481b　　　　　　　（疑來）

6. 僖：力其反（許其）　1-　9c′　　　　　　　（曉來）

7. 箜：音籠（呼東）　117-3055b（晉灼）　　　（曉來）
　　　力工反　　　　　117-3055a（徐廣）

8. 翮：音歷（下革）　　40-1735b　　　　　　　（匣來）
　　　＊"歷"在入 23 錫韻（-iεk）；"革"在入 21 麥韻
　　　（-æk）。

9. **斿**：音旒（以周） 23-1162c （喻來）
10. **游**：音旒（以周） 5-174b （喻來）
　　　　音流　8 -368c　27-1307a （徐廣）

三、牙　音

三家注與《廣韻》相較，其見溪異讀者 8 例，見羣 10 例，溪羣 6 例，見溪羣並見者 1 例。又見疑 2 例，溪疑 2 例，羣疑 2 例。其中"楬"、"槩"、"監"、"觖"、"嘁"、"頃"、"幾"、"拒"、"跔"、"徼"諸字三家注兼存兩讀。

見　溪

1. **槩**：音慨（古代） 100-2735a （徐廣）
2. **吠**：音犬（姑泫） 110-2882b
3. **監**：口銜反（古銜） 4- 142c
4. **稽**：音詰（古詣） 12- 4546 （李弘範）
　　　 ＊"詰"在入 5 質韻（ -iɪt）；"詣"在去 12 霽韻
　　　 （ -iɛi ）。
5. **楬**：古曷反（苦盍） 66-2180c
　　　 ＊"曷"在入 12 曷韻（ -ɑt）；"盍"在入 28 盍韻
　　　 （ -ɑp）。
6. **稽**：音計（康禮） 126-3204b
　　　 ＊"計"在去 12 霽韻（ -iɛi ）；"禮"在上 11 薺韻

（ -iɛi）。

7. 觖：音冀（窺瑞、羌瑞）　93-2638b（韋昭）

8. 鄗：音郊（口交）　　　　5- 194c

見　群

1. 譏：音祈（居依）　117-3063a（徐廣）

2. 居：音渠（九魚）　123-3158b

其居反　　　　　123-3158c

3. 幾：(A)其紀反（居狶、居豈、蟣）　9- 396b

* “紀”在上6止韻（ -i）；“狶”在上7尾韻

（ -iəi ）。

(B)音記（其旣）　　0- 17c　110-2914c

音冀　39-1682b　85-2507b　117-3069b

* “記”在去7志韻（ -i ）；“冀”在去6至韻

（ -iei ）；“旣”在去8未韻（ -iəi ）。

4. 衿：其炎反（居吟）　27-1296b

* “炎”在下平24鹽韻（ -iam）；“吟”在下平21

侵韻（ -iem ）。

5. 襟：巨禁反（居吟）126-3199c′

6. 魝：音劇（几劇）　117-3011a（徐廣）

7. 跔：音劬（舉朱）　70-2293b

8. 噤：音禁（巨禁）　127-3200b

9. 懼：俱遇反（其遇）　74-2344c′

10. 拒：音矩（其呂）　　95-2662b

溪　群

1. 羌：音彊（去羊）　　84-2488c　　84-2487c′
2. 邔：巨己反（墟里）　　18- 965a（漢書音義）
   其己反　　　　　18- 965b（漢書音義）
   音跽　　　　　　18- 965b（周成雜字解註）
   ＊“己”、“里”在上6止韻（ -i ）；“跽”在上5
   旨韻（ -iei ）。
3. 頃：奇傾反（去營）　　10- 415c′
4. 詘：求物反（區勿）　　54-2029c′
   羣勿反　　　　　54-2029c′
5. 佉：去阠反（渠殞）　　84-2501b
6. 卷：丘員反（巨員）　　5- 225c
   去權反　　　　　0- 32c
   丘權反　　　　　57-2065b（呂忱字林）69-2246a
   70-2286a　72-2329a

見溪群

1. 屈：(A)居勿反（九勿）　　0-　17c
   居勿反　　　　　31-1447c
   九勿反　　　　　68-2236b

(B)丘勿反（區勿、詘）　　0- 17c

　曲勿反　　　　　　　40-1697c

(C)羣勿反（廣韻無）　　　0- 17c

　羣物反　　　　　　　23-1161c

　其勿反　　　　　　110-2900b

　求勿反　　　　　118-3093c′

　求物反　　　　　　92-2618c′

見　疑

1. 徼：音僥（古堯）　110-2919b
2. 噭：音叫（五弔）　24-1176b

溪　疑

1. 揳：五結反（苦結）　27-1338b
2. 豻：音顏（可顏）　117-3008b（應劭）

群　疑

1. 姁：五句反（其俱）　32-1506b
2. 隑：音祈（五來）　117-3055b

　　* "祈" 在上平 8 微韻（ -iəi ）；來在上平 16 咍韻
　　（ -əi ）。

四、喉　音

　　本文暫依傳統看法以影、曉、匣、爲、喻五紐爲喉音。三家注與《廣韻》相較，其異讀較少。計影曉３例、影匣３例、影爲１例、曉匣２例、曉爲２例、匣爲１例、爲喻３例。其中"闕"、"蜼"、"轊"各字三家注兼存兩讀。

影　曉

1.　嘔：凶于反（烏侯）　92-2613a

　　　音吁　　　　　　　92-2613b

　　　＊"于"、"吁"在上平10虞韻（-iuo）；"侯"在
　　　下平19侯韻（-əu）。

2.　蜎：休緣反（於緣）　71-2318b

　　　許緣反　　　　　　71-2318c

3.　決：烏穴反（呼決）　86-2524b

影　匣

1.　毃：音豪（烏皓）　28-1371b

　　　＊"豪"在下平6豪韻（-au）；"皓"在上32皓韻
　　　（-au）。

2.　闕：音曷（烏葛、於葛、遏）　92-2614b

3.　嚄：烏百反（胡伯）　4϶-1982b　　77-2381a

　　　烏白反　77-2381b

　　　＊"百"、"白"、"伯"均在入20陌韻閉口（-ak）；

　　　"嚄"在合口（-uak）。

影　為

1.　厈：音榮（烏莖）114-2984b（服虔）

　　　＊"榮"在下平12庚韻（-iuang）；"莖"在下平13

　　　耕韻（-æng）。

曉　匣

1.　繣：音獲（呼麥）　　　8- 355a
2.　觿：胡規反（許規、僞規）　27-1307c　　27-1314c

曉　為

1.　扜：音汙（況于）　20-1056b　　108-2857b

　　　123-3160b
2.　雩：音呼（羽俱）21-1109b

　　　火胡反　　110-2897a　　110-2897b

　　　＊"呼"、"胡"在上平11模韻（-uo）；"俱"在

　　　上平10虞韻（-iuo）。

匣　為

1.　**滑**：為八反（戶八）　　5- 191c

為　喻

1.　**炎**：音豔（于廉）　　27-1335b

　　　鹽驗反　　　　27-1314c

　　　*"豔"在去55豔韻重紐A類（-iæm）；"驗"在

　　　B類（-iam）。"廉"在下平24鹽韻（iæm）。

　　　平去不同。

2.　**鞨**：音銳（于歲）117-3036a（徐廣）

3.　**蜼**：于季反（以醉、惟季、以季）117-3031a（徐廣）

五、齒　音

　　A. 齒頭音（精系）以精從異讀最多，凡 12 例，與《廣韻》清、濁不同。此外精清2例、精心3例、清從4例、從邪7例、心邪1例。其中"造"、"噍"、"愀"、"疵"、"籍"、"戚"、"鰌"、"最"、"徇"、"從"、"瘦"、"聚"各字三家注彙存兩讀。

精　清

1. 檓：音緝（子入）　117-3020a（郭璞）
2. 造：音竈（七到）　128-3240a　128-3240b

精　心

1. 葰：息兗反（作孔）117-3060b
   ＊“兗”在上 2 腫韻（-iuong）；“孔”在上 1 董韻
   （-ung）。
2. 嶼：音斯（即移、即知）117-3022a
3. 娵：子臾反（相俞）　36-1584b

精　從

1. 膌：才亦反（資昔）105-2812a（徐廣）
2. 臧：才浪反（則郎）　6- 266c
   　　在浪反　　　　　75-7355c
   ＊“浪”在去 42 宕韻（-ang）；“郎”在下平 11 唐
   韻（-ang）。
3. 進：才双反（即刃）85-2506b
4. 噍：將妙反（才笑）24-1180b（鄒誕生）
5. 愀：作酉反（在九）117-3043b

6. 疵：音貲（疾移）　　127-3217b

7. 瘠：音稷（秦昔）　　99-2718b

   *"稷"在入24職韻（-iek）；"昔"在入22昔韻（-iæk）。

8. 籍：子亦反（秦昔）　100-2732b

9. 胙：左故反（昨誤）　68-2232c

10. 蕞：子外反（才外）　99-2723a（徐廣）　99-2723b

    茲會反　　　　　99-2723b（韋昭）

11. 譙：音焦（昨焦）　　95-2670c

12. 嚼：子妙反（在爵）　124-3186a（徐廣）

    即妙反　　　　　124-3186b

   *"妙"在去35笑韻（-iæu）；"爵"在入18藥韻（-iɑk）。

清　從

1. 塹：音漸（七豔）　　87-2556b

   *"漸"在上50琰韻（-iæm）；"豔"在去55豔韻（-iæm）。

2. 戚：音寂（倉歷）　　54-2022c

3. 萃：音翠（秦醉）　　117-3012c

4. 鯫：此垢反　55-2038a（徐廣）　55-2038b（呂靜）（清）

    昨苟反　　129-3276b　　　　　　　　　　（從）

    族苟反　　129-3276c　　　　　　　　　　（從）

＊《廣韻》讀"仕垢切"，牀紐。

從　邪

1. 　**從**：訟容反（疾容、才容）　　0- 16c
2. 　**聚**：似喻反（才句）102-2760b
3. 　**雋**：松充反（徂充）　94-2649b
4. 　**囚**：在由反（似由）　6- 273c
5. 　**徇**：才迅反（辭閏）　61-2128c
6. 　**姨**：慈紀反（徐姊）129-3264b

　　＊"紀"在上6止韻（-i）；"姊"在上5旨韻

　　（-ili）。

7. 　**冣**：音聚（廣韻無）48-1963c（從）

　　詞喻反　　　　　4- 167b（邪）

心　邪

1. 　**旬**：音詢（詳遵）　　95-2661a（漢書音義）

　　B．正齒三等（照系）包括照、穿、神、審、禪五紐。其異
讀包括照穿3例，照審2例、照禪2例、穿審1例、神禪1例、
審禪1例、神審禪1例。其中"苴"、"憚"、"憧"各字三家
注兼存兩讀。

照 穿

1. 茞：昌里反（諸市）117-3006b（字林）
2. 蠋：音觸（之欲）　　82-2457b
　　　音歠　　　　　　82-2457b
3. 脽：音質（處脂）　117-3065a（徐廣）
　　＊“質”在入5質韻（-iIt）；“脂”在上平6脂韻
　　（-iIi）。

照 審

1. 懾：式涉反（之涉）111-2930b（劉伯莊）
2. 沈：針甚反（式任、尸甚）　0- 18c
　　＊“甚”在上47寑韻（-iIm）；“任”在去52沁韻
　　（-iIm）。

照 禪

1. 慎：音震（時衆）　18- 953b（如淳）
2. 裖：之忍反（時忍）117-3028b（李奇）

穿 審

1.　**憧**：傷容反（尺容）　60-2106c′·（劉伯莊）

神　禪

1.　**杼**：音墅（神與）　76-2370b

審　禪

1.　**舂**：成龍反（書容）　11- 448c′

神審禪

1.　**乘**：食證反（實證）　43-1779c　（神）

　　　時證反　　　　　23-1158c　（禪）

　　　承證反　　　　　43-1825c　（禪）

　　　始證反　　　　　57-2070b　（審）

　　C．正齒二等（莊系）包括莊、初、牀、疏四紐。其異讀最少，計有莊初 2 例、初疏 1 例、莊牀 1 例、初牀 2 例、莊初牀 1例。其中"橇"字三家注兼存兩讀。

莊　初

1.　**測**：音側（初力）　117-3019a（郭璞）

　　　　　　　　　　117-3019b（郭璞）　117-3019c

2.　齱：側角反（測角）129-3266b

初　疏

1.　索：音柵（山戟、所戟）　7-324a （晉灼）　79-2403b

莊　牀

1.　榛：仕斤反（側詵）117-3032c

　　　*"斤"在上平21欣韻（-iən）；"詵"在上平19

　　　臻韻（-en）。

初　牀

1.　柴：音差（士佳）　117-3031a （徐廣）

　　　　　　　　　　　117-3031b （張楫）

2.　檕：楚咸反（士咸）　27-1317c

莊初牀

1.　齰：側革反　　　107-2853b （莊）

　　　叉革反　　　117-3011b （初）

　　　*《廣韻》讀"鋤陌切"，牀紐。又"革"在入21麥

　　　韻（-æk）；"陌"在入20陌韻（-ak）。

D. 齒音三系中，齒頭（精系）與正齒二等（莊系）、正齒三等（照系）異讀者各九例。至於正齒二等與三等異讀者僅得"弑"字一例，照、莊兩系之區別相當嚴謹。其中"碏"、"舄"、"邪"、"齌"、"沮"、"殺"等字三家注兼存兩讀。

精照兩系

1. 毳：昌芮反（此芮）　29-1405b　　　　　（清穿）
2. 橇：昌芮反（此芮）　2- 79′c⁻　　　　　（清穿）
   * 《廣韻》"毳"、"橇"兩字別有"楚稅切"一讀，則穿初不同。
3. 碏：赤臥反（千可）　57-2070b（晉灼）　（清穿）
   * "臥"在去 39 過韻（ -ua ）；"可"在上 33 哿韻（ -a ）。
4. 舄：音尺（思積）　29-1409b　　　　　　（心穿）
5. 穿：詳連反（昌緣、川）　0- 16c　　　　（邪穿）
   * "連"在下平 2 仙韻開口（ -iæn ）；"緣"在合口（ iuæn ）。
6. 傻：西志反（式吏）　8- 394a（史記音隱）（心審）
   先志反　　　　　8-394b（裴駰引音隱）
7. 徐：音舒（似魚）　32-1512b　33-1547b　（邪審）
8. 徐：音舒（似魚）　46-1884b　　　　　　（邪審）
9. 邪：音虵（似嗟）　27-1335a（李奇）　　（邪神）

精莊兩系

1. 櫼：莊洽反（即葉、接入） 49-1970b

                           49-1970c   （精莊）

    ＊“洽”在入 31 洽韻（-æp）；“葉”在入 29 葉韻

    （-iæp）。

2. 齋：側奚反（祖稽、子兮） 71-2320b

                           79-2410b   （精莊）

3. 皻：鑫角反（測角） 97-2692b（鄒誕生） （清初）

4. 媜：七角反（測角） 96-2685a（徐廣） （清莊初）

    側角反   96-2685b

5. 嚵：仕儉反（慈染） 21-1081b   （從㑺）

    ＊“儉”在上 50 琰韻重紐 B 類（-iam）;“染”在 A 類

    （-iæm）。

6. 篹：音撰（蘇管） 112-2960b   （心㑺）

    ＊“撰”在上 28 獮韻（-iuæn）;“管”在上 24 緩

    韻（-uᵃn）。

7. 殺：蘇葛反（所八） 105-2807a（徐廣）   （心疏）

    ＊“葛”在入 12 曷韻（-at）；“八”在入 14 黠韻

    （-at）。

8. 纖：音芟（息廉） 117-3012a（徐廣）   （心疏）

    ＊“芟”在下平 27 銜韻（-am）；“廉”在下平 24

    鹽韻（-iæm）。

9.　沮：音阻（慈呂、疾與）　57-2071a（服虔）　（從莊）

　　　　音組　　　　　　　111-2926a（文穎）

10.　姁：音先（所臻）　　　117-3041c（心疏）

　　　＊“先”在下平1先韻（-iεn）；“臻”在上平19臻

　　　　韻（-en）。

照莊兩系

1.　殺〔弒〕：色例反（式吏）　24-1207c　　　　（審疏）

　　　＊“例”在去13祭韻（-iæi）；“吏”在去7志韻

　　　　（-i）。

　　E．半齒音日紐多與舌音相亂，特別娘日歸泥之現象最普遍，
自是古音遺留。其他則與喻、照、審、牀、徹諸紐有關。共得
11例。又“孺”、“施”字三家注兼存兩讀。

1.　荓〔栟〕：奴甘反（邢含）　35-1564b

　　　　　　　　　　　　　35-1564c　　　　（泥日）

　　　＊“甘”在下平23談韻（-am）；“含”在下平22

　　　　覃韻（-em）。

2.　耎：奴亂反（而兗）　27-1325b　　　　　　（泥日）

　　　＊“亂”在去29換韻（-uan）；“兗”在上28獮韻

　　　　（-iuæn）。

3.　臑：乃毛反（人朱）128-3228a（徐廣）　　　（泥日）

　　　　乃高反　　　　128-3228b

　　　＊“毛”、“高”在下平6豪韻（-au）；“朱”在上

平虞韻（-iuo）。

4. 壖：乃戀反（廣韻無）101-2747b（泥）　　　　（泥日）

如戀反　　　　　96-2684c′-（日）

5. 朕：而禁反（直稔）　　25-1243c　　　　　　（澄日）

＊“禁”在去52沁韻重紐B類（-iem）；“稔”在上

47寢韻重紐A類（-iIm）。

6. 囁：女輒反（而涉）107-2850b　　　　　　　（娘日）

7. 施〔�〕：貳是反（以豉、以寘）38-1628c　（日喻）

＊“是”在上4紙韻（-iI）；“豉”在去5寘韻

（-iI）。

8. 衵：尼乙反（人質、尼質、女乙）36-1579c′（日喻）

＊“質”在入5質韻重紐A類（-iIt）；“乙”在B

類（-iet）。

9. 讘：之涉反（而涉）20-1056a（徐廣）　　　　（日照）

10. 陝：如冄反（失冄）124-3185b　　　　　　　（日審）

11. 薘：忍邁反　　　84-2502c　　　　　（日牀徹）

士介反　　　　　84-2502a（韋昭）

＊《廣韻》讀“丑犗切”，徹紐。又“邁”、“犗”在

去17夬韻（-ai）；“介”在去16怪韻（-εi）。

六、舌齒相通

錢大昕嘗云：“古人多舌音，後代多變爲齒音，不獨知、徹、

澄三母爲然也。”其後黃侃亦稱照爲端之變聲，近人唐文因有

《論章系歸端》之說 ❻。三家注知照異讀者 6 例，數量頗多，或可供旁證。其他舌齒異讀者 19 例，以澄邪 5 例最多。又筆、質、"邾"、"郅"、"著"、"瞋"、"飭"、"湛"、"純"、"虒"、"斜"、"錘"，諸字三家注兼存兩讀。

1. **誅**：音珠（陟輸） 95-2672c′ （知照）

2. **質**：音至（陟利、致） 4- 132c （知照）

3. **邾**：音朱（陟輸） 7- 319a （文穎） （知照）

4. **筆**：竹委反（之累、之壘） 89-2577b （知照）

5. **郅**：音窒（之日）111-2942a （服虔） （知照）

　　　　　　　　　　　 111-2942b （服虔） （知照）

6. **鷙**：陟利反（脂利） 0- 16c （知照）

7. **沾**：昌兼反（張廉）107-2841a （徐廣） （知穿）

　　　音幨　　　　　107-2841a （張晏）

　　　音襜　　　　　107-2841b

8. **喙**：丁救反（昌芮） 27-1303c （端穿）

　　　* "救"在去 49 宥韻（ -iəu ）;"芮"在去 13 祭韻（ -iuæi ）。

9. **級〔綴〕**：子衞反（陟衞、竹芮） 24-1198c （知精）

10. **著**：作慮反（陟慮、張慮、張豫） 27-1343c （知精）

11. **純**：音屯（常倫、淳）69-2250b （高誘） （知禪）

　　　　　　　　　　70-2304b （知禪）

12. **嘽**：昌單反（他干） 24-1207c （透穿）

13. **瞋**：丑人反（昌眞）117-3025a （徐廣） （徹穿）

14. **式**：音栻（賞職）127-3218a （徐廣） （徹審）

音勑　　　　　　　128-3229a（徐廣）

15. 飾：音勑（賞職）　　70-2296c　　　　　　　　（徹審）

16. 飭：音式（恥力）　　6- 263c　　　　　　　　（徹審）

17. 趁：丈忍反（章忍、之忍）105-2786b（鄭誕生）（澄照）

18. 湛：視林反（直深、直心）14- 637b　　　　　（澄禪）

19. 虒：側氏反（池爾）117-3031b（張楫）　　　　（澄初）

20. 疇：逐留反（直由）　7- 324c′　　　　　　　（澄邪）

21. 姼：徐爾反（直几）118-3090b　　　　　　　　（澄邪）

　　　＊“爾”在上4紙韻（-iI）；“几”在上5旨韻
　　　（-iei）。

22. 遂：直類反（徐醉）105-2792c　　　　　　　　（澄邪）

23. 隧：直類反（徐醉）117-3020c　　　　　　　　（澄邪）

24. 斜：直牙反（似嗟）110-2907b（鄭誕生）　（澄牀邪）

　　　士嗟反　　　　　110-2907b

　　　＊“牙”在下平9麻韻一等（-a）；“嗟”在三等
　　　（-ia）。

25. 錘：才恚反（馳僞）28-1386a（徐廣）　　　　（澄徒）

26. 纛：音燭（徒沃）113-2969c′　　　　　　　　（照定）

　　　＊“燭”在入3燭韻（-iuok）；“沃”、在入2沃韻
　　　（-uok）。

七、牙喉相通

　　牙、喉兩紐互見之例極普遍，蓋喉音實只得影爲、喻三紐，

其他曉、匣二紐固可視作牙音也。三家注與《廣韻》比較，見匣異讀最多，凡 10 例，其他則各佔兩三例。又 " 輵 "、" 懁 "、" 格 "、" 浹 "、" 溉 "、" 嗛 "、" 苦 "、" 穀 "、" 婭 "、" 僞 " 各字三家注兼存兩讀。

1. 貫：烏還反（古丸）　48-1964b　　66-2173a　　（見影）

　　　音彎　　　　　　　　66-2173b（劉伯莊）

　　　*" 彎 "、" 還 " 在上平 27 刪韻（ -uan ）；" 丸 " 在

　　　上平 26 桓韻（ -uɑn ）。

2. 趹：烏穴反（古穴）　70-2293b　　　　　　（見影）

3. 輵：烏葛反（古達）117-3058a（徐廣）

　　　　　　　　　　117-3059b　　　　　　（見影）

4. 謳：音勾（烏侯）　24-1203c　　　　　　　（見影）

5. 懁：音翾（古練）　129-3264a（徐廣）　　　（見曉）

　　　*" 翾 " 在下平 2 仙韻（ -iuæn ）；練在去 32 霰韻

　　　　（ -iɛn ）。

6. 虓：火交反（古肴）117-3022a（徐廣）　　　（見曉）

7. 矐：音角（盧郭）　86-2538b　　　　　　　（見曉）

　　　*" 角 " 在入 4 覺韻（ -ok ）；" 郭 " 在入鐸 19 韻

　　　　（ -uɑk ）。

8. 軒：居言反（盧言）　20-1044b　　　　　（見群曉）

　　　巨言反　　　　　123-3163c

9. 巠：音邢（古靈）　43-1819c　　　　　　　（見匣）

10. 昆：音魂（古渾）　109-2868a　　　　　　（見匣）

　　　　　　　　　　109-2868b（包愷）

11. 根：音痕（古痕）　　107-2847b（顏師古）　　（見匣）

12. 格〔貉、狢〕：下各反（古落）107-2847b（顏師古）

　　　　　　　　　　　　　　　　　　　　　　　　（見匣）

　　　　　　　音鶴　27-1335b

13. 漑：胡代反（古代）117-3019c　　　　　　　（見匣）

14. 瘝：音遐（古牙）　　105-2803b（舊音）　　（見匣）

　　　　　　　　　　　105-2809b（舊音）

15. 覵：音閑（古閑）　　14- 516b　　　　　　（見匣）

16. 姣：音交（胡茅）　　69-2248b　　　　　　（見匣）

17. 桓：工夋反（胡官）129-3282c′　　　　　　（見匣）

　　＊“夋”在上平22元韻（-iuɑn）;“官”在上平26

　　　桓韻（-uan）。

18. 茭：音交（胡茅）　　17- 822b　　　　　　（見匣）

19. 毒：酷改反（於改、烏改）　　6- 227c　　（溪影）

20. 愒：許曷反（丘竭）69-2248b　　　　　　　（溪曉）

　　　呼曷反　　　　　69-2248a

　　＊“曷”在入12曷韻（-ɑt）;“竭”在入17薛韻

　　　（-iat）。

21. 舽：苦江反（許江）117-3055b　　　　　　（溪曉）

22. 訇：空政反（休正）118-3083a（徐廣）　　（溪徹曉）

　　　丑政反　　　　　118-3083b（劉伯莊、包愷）

　　　音偵　　　　　　118-3083b（孟康）

23. 嘯：音銜（苦簟）　　49-1976b　　　　　　　　　

　　　　　　　　　　　122-3147a（徐廣）　　（溪匣）

123-3168a（徐廣）　123-3168b

＊“銜”在下平27銜韻（-am）；“簟”在上51忝韻

（-iεm）。

24.　礍：音曷（枯鍻）　117-3059b　　　　　　（溪匣）

＊“曷”在入12曷韻（-at）；“鍻”在入15鎋韻

（-æt）。

25.　苦：音楛（康杜）　30-1440b　　　　　　　（溪匣）

音怙　　　　63-2139b

音戶　　　　95-2670c

26.　殼：音角（苦角）　87-2554b（鄒誕生）（見匣照溪）

音學　　　6-272b　87-2554a（徐廣）

87-2554b

占學反　　　6-272b

27.　胗：音琴（胡男、含）128-3238b　　　　　（羣匣）

＊“琴”在下平21侵韻（-iem）；“男”在下平22

覃韻（-em）。

28.　崴：烏迴反（五灰、五回）117-3060c　　　（影疑）

29.　磈：魚鬼反（於鬼）117-3023c　　　　　　（影疑）

30.　忔：疑乙反（許迄）105-2799b　　　　　　（曉疑）

＊“乙”在入5質韻（-iet）；“迄”在入9迄韻

（-iət）。

31.　鱯：王嫁反（呼訝）46-1891b　　　　　　（曉疑）

32.　婭：(A)音至（五莖）49-1984b（鄒誕生）　（匣疑）

(B)五經反（戶經）49-1984b（呂忱字林）（匣疑）

33. **檻**：御覽反（胡黤、下斬）126-3202c　　　　　（匣疑）

　　　＊"覽"在上 49 敢韻（ -am ）；"黤"在上 54 檻韻

　　　（ -am ）、"斬"在上 53 豏韻（ -æm ）。

34. **矸**：音岸（侯旰）　　83-2474b（顧野王）　　（匣疑）

35. **僞**：于僞反（危睡）　28-1388c′　　　　　　（爲疑）

36. **蜎**：休軟反（狂兗）　71-2318b　　　　　　（羣曉）

八、其　他

　　中古聲紐可分爲脣、舌、齒、牙、喉五類，三家注與《廣韻》
比較除舌齒相通及喉牙相通較常見外，其他尚有脣音和牀匣疑 3
例、舌喉 5 例、舌牙 2 例、齒喉 10 例。又"詘"、"蛾"、
"僙"、"潯"、"訟"、"茶"各字三家注兼存兩類。

脣　音

1. **苴**：音巴（鉏加）　　70-2281b　　　　　（幫牀）
2. **覹**：下板反（方免）　14- 516b　　　　　（非匣）

　　　＊"板"在上 25 潸韻（ -an ）；"免"在上 28 獮韻

　　　（ -ian ）。

3. **�miː**：音迷（五稽）　　39-1674c　　　　　（明疑）

舌　喉

1. 楉：音荅（侯閤）　　117-3029a（徐廣）　　　　（端匣）

2. 突：戶骨反（陀骨）　42-1759c　　　　　　　　（定匣）

3. 煖：況遠反（乃管）　20-1039b　　34-1561b　（曉泥）

　　　　　　　　　　　81-2451b

　　　喧遠反　　　　　24-1196c

　　　＊"遠"在上 20 阮韻（ -iuɑn ）；"管"在上 24 緩韻

　　　（ -uɑn ）。

4. 鈒：由弁反（徒甘）　69-2274a　　　　　　　　（喻定）

　　　由廉反❼　　　　　69-2274c　　　　　　　　（劉伯莊）

　　　＊"弁"、"廉"在下平 24 鹽韻（ -iæm ）；"甘"

　　　在下平 23 談韻（ -ɑm ）。

5. 椽：逐緣反（以絹）129-3264b　　　　　　　　（喻澄）

　　　＊"緣"在下平 2 仙韻（ -iuæn ）；"絹"在去 33 線

　　　韻（ -ian ）。

舌　牙

1. 詘：音訥（區勿）　　103-2774a（徐廣）　　　（溪泥）

　　　＊"訥"在入 11 沒韻（ -uət ）；"勿"在入 8 物韻

　　　（ -iuət ）。

2. 蛾〔豸〕：直氏反（魚倚、蟻）　1-　9c　　　（澄疑）

　　　＊"氏"在上 4 紙韻重紐 A 類（ -iI ）；"倚"在 B 類

　　　（ -ie ）。

齒　喉

1. 揖：音集（伊入）　　1- 25c　　　6-245b　　（影從）
2. 儇：在宣反（許緣）　　1- 46c　　　　　　　（曉從）
3. 闟：所及反（許及）　68-2236a　　68-2236b　（曉疏）
4. 慲：牀縛反（許縛、具籰）　62-2135c　　　　（曉羣牀）
5. 潯：音淫（徐林）　　52-2007c′　　　　　　（喻邪）
6. 訟：音容（祥容）　106-2824c　　　　　　　（喻邪）
7. 跇：音逝（餘制）　24-1179a（孟康）　　　　（喻祥）
8. 醳：音釋（羊益）　35-1566c　　44-1851c　　（喻審）
　　　　46-1890b　　47-1914c　　70-2279a　　86-2520b
9. 荼〔瑹〕：音余（傷魚）　20-1045b　　　　　（喻審）
10. 澤：音舄　110-2897c（心）

　　音釋　51-1995c′（審）

　　音懌　117-3065c（喻）

　　音尺　29-1409b（穿）

　　＊諸音全在入 22 昔韻（ - iæk ），《廣韻》未見。

九、結　論

　　本文共收錄三家注 366 條，與全稿之注音字頭23 、 22 字比較，約佔 15.76 ％，可見異常聲紐之情況相當嚴重。然其變化亦見條理，略可歸爲八類：

1. 唇音：(A)輕重唇不分者 57 例。

    (B)幫滂並不同者 45 例。

2. 舌音：(A)舌頭、舌上不分者 18 例。

    (B)本系變換者 31 例。

    (C)本舌音 10 例。

3. 牙音：本系變換者 30 例。

4. 喉音：本系變換者 15 例。

5. 齒音：(A)齒頭音 29 例。

    (B)正齒三等（照系）11 例。

    (C)正齒二等（莊系）7 例。

    (D)精照 9 例、精莊 10 例、照莊 1 例。

    (E)半齒音 11 例。

6. 舌齒相通者 26 例。

7. 牙喉相通者 36 例。

8. 其他各類變換共 20 例。

三家注與《廣韻》相較，聲紐清濁不同者所佔比例極大，計有唇音 33 例，舌音 22 例、牙音 16 例、喉音 5 例、齒音 26 例，合共 102 例，佔全部異常聲紐之 28%。此等現象頗值得重視。或屬古今音變，或屬方言異讀，想必有故。

《史記》三家注保留早期諸家切語及讀音資料亦多，惟本文所引錄者多與《廣韻》異趣，實可反映當日讀音之混亂情況，而《切韻》在語音史上之地位益可見矣。本文計得徐廣 52 例最多，其他依次為鄒誕生 12 例，劉伯莊 7 例，韋昭、服虔各 6 例，呂忱字林、漢書音義各 5 例，郭璞、顏師古各 4 例，蘇林、晉灼各

各 3 例，蕭該、李奇、張楫、文穎、包愷、孟康、應劭、史記音
隱、舊音各 2 例，至於褚詮、鄭氏、李弘範、呂靜、如淳、張晏、
高誘、顧野王、周成雜字解詁、括地志則各得 1 例。其未見引錄
者則爲裴駰、司馬貞、張守節所認可之讀音，而諸家音系特色或
異常聲紐，亦可由本文考察而得，或較系聯方法爲準確也。

註　釋

❶　日本大島正二《唐代字音の研究》亦嘗收錄《索隱》及《正義》之讀
　　音資料，編爲索引，獨缺《集解》，略感可惜。（汲古書院，東京，
　　1981 ）。

❷　北京大學出版社，1985 。

❸　見《中國音韻學論文集》p.98-99，中文大學出版社，香港，1984。

❹　同上 p.3-4 。

❺　同注 高認曉、匣二紐依音理當改隸牙音（同上 p.8 ），董同龢《漢語
　　音韻學》仍隸喉音（ p.116 ），今從傳統看法。

❻　見《語言文字研究專輯》2 册 p.357-386，上海古籍出版社，1982。

❼　《史記·蘇秦列傳》、" 疆弩在前，鋄戈在後。"（ p.2273)《 集
　　解》引徐廣曰：" 由弁反。"《正義》引劉伯莊云：" 音四廉反，利
　　也。"其中" 四 "字屬心紐，疑誤，今改正作" 由 "。如改作" 田"，
　　則爲定紐，與《廣韻》同，未嘗不可。

陳澧切韻考系聯廣韻切語
上下字補充條例補例

陳新雄

提　要：

　　本文分為三節：第一節緒言。分析陳澧系聯廣韻切語上下字
條例之貢獻及其缺失。第二節切語上字補充條例補例。主張廣韻
四聲相承之韻，韻中字音亦相承，相承之音其切語上字聲必同類。
並舉廣韻相承之切語，以證陳澧兩兩互用而不能系聯者，皆可據
此而系聯之。第三節切語下字補充條例補例。四聲相承之韻類，
每類字音亦必相承，切語下字因兩兩互用而不能系聯，若相承之
音切語下字韻同類，則互用之切語下字韻亦必同類。皆足以補充
陳氏補充條例之不足。故顏之曰補充條例補例。

一、緒　　論

　　陳澧（ 1810-1882 ）撰〈切韻考〉，以爲宋陳彭年等纂諸家
增字爲〈重修廣韻〉，猶題曰陸法言撰本，故據〈廣韻〉以考陸
氏〈切韻〉，庶亦可得其大略。其條例云：

　　　　切語之法以二字為一字之音，上字與所切之字雙聲，下字
　　　　與所切之字疊韻，上字定其清濁，下字定其平上去入。上

字定清濁而不論平上去入，如東德紅切、同徒紅切，東、
德皆清，同、徒皆濁也，然同、徒皆平可也，東平、德入
亦可也；下字定平上去入而不論清濁，如東德紅切、同徒
紅切、中陟弓切、蟲直弓切，東紅、同紅、中弓、蟲弓皆
平也，然同紅皆濁、中弓皆清可也，東清紅濁、蟲濁弓清
亦可也。東、同、中、蟲四字在一東韻之首，此四字切語
已盡備切語之法，其體例精約如此，蓋陸氏之舊也，今考
切語之法皆由此而明之。

〈廣韻〉切語是否即陸氏之舊，雖尚待商榷，今姑不論。然
陳氏以為「切語之法，以二字為一字之音，上字與所切之字雙聲，
下字與所切之字疊韻……。」就一切正規切語而言，陳氏所論，
應屬精約。且在距今一百餘年之前，即有此正確之分析，尤為難
得。根據陳氏對切語之瞭解，乃衍生為三則系聯條例。陳氏曰：

切語上字與所切之字為雙聲，則切語上字同用者、互用者、
遞用者聲‧必同類也。同用者如冬都宗切、當都郎切，同用
都字也；互用者如當都郎切、都當孤切，都當二字互用也；
遞用者如冬都宗切、都當孤切，冬字用都字，都字用當字
也。今據此系聯之為切語上字四十類，編而為表直
列之。
切語下字與所切之字為疊韻，則切語下字同用者、互用者、
遞用者韻‧必同類也。同用者如東德紅切、公古紅切，同用
紅字也；互用者如公古紅切、紅戶公切，紅公二字互用也；

遞用者如東德紅切、紅戶公切，東字用紅字，紅字用公字
也。今據此系聯之為每韻一類、二類、三類、四類，編而
為表橫列之。

董同龢先生〈漢語音韻學〉稱之為基本系聯條例，此後各家
均沿襲此稱，今因之。陳氏又曰：

> 廣韻同音之字不分兩切語，此必陸氏舊例也。其兩切語下
> 字同類者，則上字必不同類，如紅戶公切、烘呼東切、公
> 東韻同類，則戶呼聲不同類，今分析切語上字不同類者，
> 據此定之也。
> 上字同類者，下字必不同類，如公古紅切、弓居戎切，古居
> 聲同類，則紅戎韻不同類，今分析每韻二類、三類、四類
> 者，據此定之也。

董氏稱之為分析條例者是也。筆者以為基本條例與分析條例
之間不同者，一為積極性以系聯不同之切語上下字；一為消極性
以防止系聯之錯誤。此二條例大體而言還相當精密，亦頗為實用。
除此二條例外，尚有董氏稱之為補充條例者一則。陳氏曰：

> 切語上字既系聯為同類矣，然有實同類而不能系聯者，以
> 其切語上字兩兩互用故也。如多、得、都、當四字，聲本
> 同類，多得何切、得多則切、都當孤切、當都郎切，多與
> 得，都與當兩兩互用，遂不能四字系聯矣。今考廣韻一字

　　兩音者互注切語，其同一音之兩切語上二字聲必同類。如
一東凍德紅切又都貢切，一送凍多貢切，都貢多貢同一音，
則都多二字實同一類也。今於切語上字不系聯而實同類者，
據此定之。

　　切語下字旣系聯爲同類矣，然亦有實同類而不能系聯者，
以其切語下字兩兩互用故也。如朱、俱、無、夫四字，韻
本同類，朱章俱切、俱擧朱切、無武夫切、夫甫無切，朱
與俱、無與夫兩兩互用遂不能四字系聯矣。今考平上去入
四韻相承者，其每韻分類亦多相承，切語下字旣不系聯而
相承之韻又分類，乃據以定其分類，否則雖不系聯，實同
類耳。

　　右引補充條例，有關切語上字者，今稱系聯切語上字補充條
例；其有關切語下字者，今稱系聯切語下字補充條例。上字補充
條例若未互注切語則其法窮；下字補充條例「實同類而不能系聯」
一語，在邏輯上有問題。蓋反切之造，本積累增改而成，非一時
一地一人所造，其始原未注意系聯，則實同類因兩兩互用而不得
系聯者，固勢所不免。又孰能定其凡不能系聯者皆不同類乎！例
如：東德紅切、同徒紅切、公古紅切、紅戶公切，此四切語下字
固系聯矣，然切語下字只須與所切之字叠韻，則凡叠韻之字均可
作爲切語下字，則東德紅切可改作德同切，同徒紅切可改作徒東
切。如此一改則東與同、紅與公兩兩互用矣，孰能定其爲不同類
乎！若此則其下字補充條例猶未精密，宜有補例之作也。今余作
補例，並不否定陳氏所定補充條例，只作爲其補充條例之補充而

已，故命之曰補例。

二、陳澧系聯切語上字補充條例補例

補例曰：

> 今考廣韻平上去入四聲相承之韻，不但韻相承，韻中字音
> 亦多相承，相承之音，其切語上字聲必同類。如平聲十一
> 模：『都、當孤切』、上聲十姥：『覩、當古切』、去聲
> 十一暮：『妒、當故切』，『都』、『覩』、『妒』為相
> 承之音，其切語上字聲皆同類，故於切語上字因兩兩互用
> 而不能系聯者，可據此定之也。如平聲一東：『東、德紅
> 切』、上聲一董：『董、多動切』、去聲一送：『凍、多
> 貢切』、入聲一屋『穀、丁木切』，東、董、凍、穀為相
> 承之音，則切語上字『德』、『多』、『丁』聲必同類也。
> 『丁、當經切』、『當、都郎切』，是則德多與都當四字
> 聲亦同類也。

陳澧〈切韻考〉卷二所考四十聲類，藉補充條例而系聯者，
計有多、居、康、於、倉、呼、滂、盧、才及文十類，其『文』
類宜依基本條例分為『明』『微』二類，與『邊』『方』、『滂』
『敷』、『蒲』『房』之分二類者同，則陳氏純依補充條例而系
聯者僅九類耳。此九類切語上字若以補例系聯之，亦可達相同之
效果。茲依陳氏〈切韻考〉之次序，一一舉證於後。

● 多〈得何〉 得〈德〉〈多則〉 丁〈當經〉 都〈當孤〉 當〈都郎〉 冬〈都宗〉七字聲同一類。丁以下四字與上三字切語不系聯，實同一類。

今考〈廣韻〉平上去入四聲相承之音，除補例所舉東、董、涷、㲉四字之切語上字足證其聲同類外，復考〈廣韻〉諸韻尚得下列諸證：

(1) 上平聲二十五寒：「單、都寒切」，上聲二十三旱：「亶、多旱切」，去聲二十八翰：「旦、得按切」、入聲十二曷：「怛、當割切」。單、亶、旦、怛為四聲相承之音，則其切語上字都、多、得、當聲同類也。

(2) 上平聲二十六桓：「端、多官切」，上聲二十四緩：「短、都管切」，去聲二十九換：「鍛、丁貫切」，入聲十三末：「掇、丁括切」。端、短、鍛、掇為相承之音，則其切語上字多、都、丁聲同類也。

(3) 下平聲一先：「顛、都年切」、上聲二十七銑：「典、多殄切」，去聲三十二霰：「殿、都甸切」，入聲十六屑：「窒、丁結切」。顛、典、殿、窒為相承之音，則其切語上字都、多、丁聲同類也。

(4) 下平聲三蕭：「貂、都聊切」，上聲二十九篠：「鳥、都了切」，去聲三十四嘯：「弔、多嘯切」。貂、鳥、弔為相承之音，則其上字都、多聲同類也。

(5) 下平聲七歌：「多、得何切」，上聲三十三哿：「嚲、丁

可切」，去聲三十八箇：「跢、丁佐切」。多、觰、跢爲

相承之音，則其上字得、丁聲同類也。

(6) 下平聲十一唐：「當、都郎切」，上聲三十七蕩：「黨、

多朗切」，去聲四十二宕：「讜、丁浪切」。當、黨、讜

爲相承之音，則其上字都、多、丁聲同類也。

(7) 下平聲十七登：「登、都滕切」，上聲四十三等：「等、

多肯切」，去聲四十八嶝：「嶝、都鄧切」，入聲二十五

德：「德、多則切」。登、等、嶝、德爲相承之音，則其

上字都、多聲同類也。

● 居九魚 九舉有 俱舉朱 舉居許 規居隋 吉居質 紀居里 几

居履 古公戶 公古紅 過古臥 各古落 格古伯 兼古甜 姑古

胡 佳古膎 詭過委 古以下九字與上八字不系聯， 實

同一類。

(1) 今考〈廣韻〉上平聲五支「嬀、居爲切」，上聲四紙：

「詭、過委切」，去聲五寘：「賯、詭僞切」。嬀、詭、

賯爲四聲相承之音，是其切語上字居、過、詭聲同類也。

(2) 下平聲二十五添：「兼、古甜切」，上聲五十一忝：「孂、

兼玷切」，去聲五十六㮇：「趝、紀念切」，入聲三十怗：

「頰、古協切」。兼、孂、趝、頰爲相承之音，則其切語

上字古、兼、紀聲同類也。（按：去聲五十六㮇韻〈廣韻〉有「兼、

古念切」，〈全王〉亦然。〈韻鏡〉外轉三十九開只收紀念切之趝字，

兼字未見，故今以趝字爲與兼、孂、頰四聲相承之音）。

- 康苦岡　枯苦胡　牽苦堅　空苦紅　謙苦兼　口苦后　楷苦駭
- 客苦格　恪苦各　苦杜康去丘據　丘去鳩　墟祛去魚　詰去吉　窺去隨　羌去羊　欽去金　傾去營　起墟里　綺墟彼　豈祛狶　區驅豈俱去以下十四字，與上十字不系聯，實同一類。

(1) 今考〈廣韻〉上平聲二十七刪：「馯、丘姦切」、入聲十四黠：「𪗨、恪八切」。馯、𪗨為相承之音，則其切語上字丘、恪聲同類也。

(2) 上平聲二十八山：「慳、苦閑切」，上聲二十六產：「齦、起限切」，入聲十五鎋：「𥽲、枯鎋切」。慳、齦、𥽲為相承之音，則其切語上字苦、起、枯聲同類也。（按：董同先生主張將入聲十四黠、十五鎋先後次序對調，以鎋承刪，以黠承山，則當以馯、𥽲為相承之音；慳、齦、𪗨為相承之音，此二調換次序，對系聯結果並無差異）。

(3) 下平十一唐：「骯、苦光切」，上聲三十七蕩：「懭、丘晃切」，去聲四十二宕：「曠、苦謗切」，入聲十九鐸：「廓、苦郭切」。骯、懭、曠、廓為相承之音，則其切語上字苦、丘聲同類也。

(4) 上聲四十一迥：「謦、去挺切」，去聲四十六徑：「罄、苦定切」，入聲二十三錫：「燉、苦擊切」。謦、罄、燉

為相承之音，則其切語上字去、苦聲同類也。

(5) 下平聲二十七銜：「嵌、口銜切」，上聲五十四檻：「顲、丘檻切」。嵌、顲為相承之音，則其切語上字口、丘聲同類也。

● 於央居 央於良 憶於力 伊於脂 依衣於希 憂於求 一於悉 乙於筆 握於角 謁於歇 紆憶俱 挹伊入 烏哀都 哀烏開 安烏寒 烟烏前 鷖烏奚 愛烏代 烏以下六字與上十三字不系聯，實同一類。

(1) 今考〈廣韻〉上平聲四江：「胦、握江切」，上聲三講：「慃、烏項切」，入聲四覺：「渥、於角切」。胦、慃、渥為四聲相承之音，則其切語上字握、烏，於聲同一類也。

(2) 上平聲十二齊：「鷖、烏奚切」，上聲十一薺：「吟、烏弟切」，去聲十二霽：「翳、於計切」。鷖、吟、翳為相承之音，則其切語上字烏、於聲同類也。

(3) 上平聲十三佳「娃、於佳切」，上聲十二蟹：「矮、烏蟹切」，去聲十五卦：「隘、烏懈切」。娃、矮、隘為相承之音，則其切語上字於、烏聲同類也。

(4) 上平聲十四皆：「挨、乙諧切」，上聲十三駭：「挨、於駭切」，去聲十六怪：「噫、烏界切」。挨、挨、噫為相承之音，則其切語上字乙、於、烏聲必同類也。

(5) 上平聲十六咍：「哀、烏開切」，上聲十五海：「欸、於

改切」，去聲十九代：「愛、烏代切」。哀、欸、愛為相承之音，則其切語上字烏、於聲同類也。

(6) 上平聲二十六桓：「剜，一丸切」，上聲二十四緩：「椀、烏管切」，去聲二十九換：「惋、烏貫切」，入聲十三末：「斡、烏括切」。剜、椀、惋、斡為相承之音，則其切語上字一、烏聲必同類也。

(7) 上平聲二十八山：「黰、烏閒切」，入聲十五鎋：「鸛、乙鎋切」黰、鸛為相承之音，則其切語上字烏、乙聲同類也。（按：若依董同龢先生說將鎋與刪潸諫相承。則去聲三十諫：「晏、烏澗切」，入聲十四鎋：「鸛、乙鎋切」。晏、鸛為相承之音，其切語上字烏、乙聲必同類也。證烏、乙聲同類無絲毫差異。）

(8) 下平聲一先：開口「煙、烏前切」、合口「淵、烏玄切」，上聲二十七銑：開口「蝘、於殄切」，去聲三十二霰：開口「宴、於甸切」、合口「䏏、烏縣切」，入聲十六屑：開口「噎、烏結切」、合口「抉、於決切」。開口類煙、蝘、宴、噎為相承之音，則其切語上字烏、於聲同類也；合口類淵、䏏、抉為相承之音，其切語上字烏、於亦同類也。

(9) 下平聲三蕭：「幺、於堯切」，上聲二十九篠：「杳、烏皎切」，去聲三十四嘯：「窔、烏叫切」。幺、杳、窔為相承之音，則其切語上字於、烏聲必同類也。

(10) 下平聲六豪：「熝、於刀切」，上聲三十二晧：「襖、烏晧切」，去聲三十七號：「奧、烏到切」。熝、襖、奧為相承之音，則其切語上字於、烏聲同類也。

(11) 下平聲九麻：「鴉、於加切」，上聲三十五馬：「啞、烏

下切」，去聲四十禡：「亞、衣嫁切」。鴉、啞、亞爲相承之音。則其切語上字於、烏、衣聲必同類也。

⑿　上聲三十八梗：開口「礦、烏猛切」，去聲四十三映：開口「瀴、於孟切」、合口「鈜、烏橫切」，入聲二十陌：開口「啞、烏格切」、合口「擭、一虢切」。開口類礦、瀴、啞爲相承之音，則其切語上字烏、於聲同類也。合口類鈜、擭爲相承之音，則其切語上字烏、一聲同類也。

（按二十陌韻有「𩴡、乙白切」，韻鏡置於外轉第三十四合喉音影母下三等地位。龍宇純兄〈韻鏡校注〉云：「惟此字〈廣韻〉陌韻音乙白切、〈切三〉、〈王二〉、〈全王〉、〈唐韻〉並同，實應與影母二等乙虢切擭字同音，〈集韻〉𩴡與擭同握虢切，卽其證。」今以鈜、擭爲相承之音，而錄龍兄之〈韻鏡校注〉以資參考。若以鈜、𩴡爲相承之音，則其切語上字烏、乙聲亦同類也。）

⒀　下平聲十三耕：「甖、烏莖切」，去聲四十四諍：「櫻、鷖迸切」，入聲二十一麥：「戹、於革切」。甖、櫻、戹爲相承之音，其切語上字烏、鷖、於聲必同類也。

⒁　下平聲二十六咸：「猎、乙咸切」，上聲五十三豏：「黯、乙減切」，去聲五十八陷：「韽、於陷切」，入聲三十一洽：「𪗩、烏洽切」。猎、黯、韽、𪗩爲相承之音，其切語上字乙、於、烏聲必同類也。

⒂　上聲五十四檻：「黤、於檻切」，入聲三十二狎：「鴨、烏甲切」。黤、鴨爲相承之音，其切語上字於、烏聲必同類也。

● 倉 蒼七岡 親七人 遷七然 取七庾 七親吉 青倉經 采倉宰 醋倉故 麤鹿倉胡 千蒼先 此雌氏 雌此移 此雌二字與上十二字不系聯，實同一類。

(1) 今考〈廣韻〉上平聲五支：「雌、此移切」，上聲四紙：「此、雌氏切」，去聲五寘：「刺、七賜切」。雌、此、刺爲平上去相承之音，則其切語上字此、雌、七聲同類也。

(2) 上平聲二十三魂：「村、此尊切」，上聲二十一混：「忖、倉本切」，去聲二十六慁：「寸、倉困切」，入聲十一没：「猝、倉没切」。村、忖、寸、猝爲相承之音，則其切語上字此、倉聲同類也。

(3) 下平聲二仙：「詮、此緣切」，去聲二十三線：「縓、七絹切」，入聲十七薛：「膬、七絕切」。詮、縓、膬爲相承之音，則其切語上字此、七聲同類也。

● 呼荒烏 荒呼光 虎呼古 馨呼刑 火呼果 海呼改 呵虎何 香許良 朽許久 義許羈 休許尤 況許訪 許虛呂 興虛陵 喜虛里 虛朽居 香以下九字與上七字不系聯，實同一類。

(1) 今考〈廣韻〉上平聲六脂：「倠、許維切」，上聲五旨：「瞗、火癸切」，去聲六至：「豷、許位切」。倠、瞗、

獯爲相承之音，則其切語上字許、火聲同類也。

(2) 上平聲二十三魂：「昏、呼昆切」，上聲二十一混:「總、虛本切」，去聲二十六慁：「慁、呼困切」,入聲十一沒：「忽、呼骨切」昏、總、慁、忽爲相承之音，則其切語上字呼、虛聲同類也。

(3) 上平聲二十五寒：「頇、許干切」，上聲二十三旱:「罕、呼旱切」，去聲二十八翰：「漢、呼旰切」，入聲十二曷:「顧、許葛切」。頇、罕、漢、顧爲相承之音，則其切語上字許、呼聲同類也。

(4) 下平聲一先：「鋗、火玄切」，去聲三十二霰：「絢、許縣切」，入聲十六屑：「血、呼決切」。鋗、絢、血爲相承之音，則其切語上字火、許、呼聲同類也。

(5) 下平聲三蕭：「膮、許幺切」，上聲二十九篠：「鐃、馨晶切」，去聲三十四嘯：「歊、火弔切」。膮、鐃、歊爲相承之音，則其切語上字許、馨、火聲同類也。

(6) 下平聲五肴：「虓、許交切」，去聲三十六效：「孝、呼教切」。虓、孝爲相承之音，則其切語上字許、呼聲同類也。

(7) 下平聲七歌：「訶、虎何切」，上聲三十二哿：「歌、虛我切」，去聲三十八箇：「呵、呼箇切」。訶、歌、呵爲相承之音，則其切語上字虎、虛、呼聲必同類也。

(8) 下平聲九麻：「煆、許加切」，上聲三十五馬：「閜、許下切」，去聲四十禡：「嚇、呼訝切」。煆、閜、嚇爲相承之音，其切語上字許、呼聲必聲類也。

(9) 下平十一唐：「荒、呼光切」，上聲三十七蕩：「慌、呼

晃切」，去聲四十二宕：「荒、呼浪切」 （按龍宇純兄〈韻

鏡校注〉云：「荒，〈全王〉、〈廣韻〉、〈集韻〉並呼浪切，浪為

開口字，似當在三十一轉，然荒字讀平聲為合口，本書蓋無誤，〈七音

略〉字亦在此。」），入聲十九鐸：「霍、虛郭切」。荒、慌、

荒、霍為相承之音，則其切語上字呼、虛聲必同類也。

(10)　下平聲十二庚韻：「脝、許庚切」，去聲四十三映：「諱、
　　　許更切」，入聲二十陌：「赫、呼格切」。脝、諱、赫為
　　　相承之音，其切語上字許、呼聲同類也。

(11)　下平聲十四清：「詗、火營切」，去聲四十五勁：「夐、
　　　休正切」 （按：夐休正切，正字有誤，此當為合口字。〈韻鏡校
　　　注〉：「廣韻勁韻休正切，字當在曉母四等。……〈七音略〉字正見
　　　曉母四等。」，入聲二十二昔：「瞁、許役切」。詗、夐、瞁
　　　為相承之音，其切語上字火、休、許聲必同類也。

(12)　下平聲十五青：「馨、呼刑切」，入聲二十三錫：「赦、
　　　許激切」。馨、赦為相承之音，則其切語上字呼許聲必同
　　　類也。

(13)　下平聲二十五添：「馦、許兼切」，入聲三十怗：「喋、
　　　呼牒切」。馦、喋為相承之音，則其切語上字許、呼聲必
　　　同類也。

(14)　下平聲二十六咸：「歘、許咸切」，上聲五十三豏：「闞、
　　　火斬切」，入聲三十一洽：「鮯、呼洽切」。歘、闞、鮯
　　　為相承之音，則其切語上字許、火、呼聲必同類也。

(15)　上聲五十四檻：「獢、荒檻切」，去聲五十九鑑：「儳、
　　　許鑑切」，入聲三十二狎：「呷、呼甲切」。獢、儳、呷

爲相承之音，則其切語上字荒、許、呼聲必同類也。

● 滂普郎 普滂古 匹譬吉 譬匹賜 匹譬二字與滂普二字不
系聯，實同一類。

(1) 今考〈廣韻〉下平聲十一唐：「滂、普郎切」，上聲三十
七蕩：「髈、匹朗切」，入聲十九鐸：「顐、匹各切」。
滂、髈、顐爲相承之音，則其切語上字普、匹聲同類也。

(2) 下平聲十五青：「竮、普丁切」，上聲四十一迥：「頩、
匹迥切」，入聲二十三錫：「霹、普擊切」。竮、頩（頩
字切語用迥字，以合口切開口。）霹爲相承之音，則其切語上
字普，匹聲必同類也。

(3) 下平聲十七登：「漰、普朋切」，上聲四十三等：「倗、
普等切」，入聲二十五德：「覆、匹北切」。漰、倗、覆
爲相承之音，則其切語上字聲必同類也。

(4) 上聲四十五厚：「剖、普后切」，去聲五十候：「仆、匹
候切」。剖、仆爲相承之音，則其切語上字普、匹聲同類
也。

● 盧落胡 來落哀 賴落蓋 落洛盧各 勒盧則 力林直 林力尋
呂力舉 良呂張 離呂支 里良士 郎魯當 魯郎古 練郎甸 力
以下六字與上六字不系聯，郎魯練三字與上十二
字又不系聯，實皆同一類。

(1) 今考〈廣韻〉上平聲十一模:「盧、落胡切」,上聲十姥:「魯、郎古切」,去聲十一暮:「路、洛故切」。盧、魯、路爲平上去相承之音,則其切語上字落、郎、洛聲必同類也。是郎魯練三字與盧落洛等字聲本同類也。

(2) 上平聲十二齊:「黎、郎奚切」,上聲十一薺:「禮、盧啓切」,去聲十二霽:「麗、郎計切」。黎、禮、麗爲相承之音,則其切語上字郎、盧聲同類也。

(3) 上平聲十五灰:「雷、魯回切」,上聲十四賄:「磊、落猥切」,去聲十八隊:「纇、盧對切」。雷、磊、纇爲相承之音,則其切語上字魯、落、盧聲必同類也。

(4) 上平聲二十五寒:「蘭、落干切」,上聲二十三旱:「嬾、落旱切」,去聲二十八翰:「爛、郎旰切」,入聲十二曷;「剌、盧達切」。蘭、嬾、爛、剌爲平上去入四聲相承之音,則其切語上字落、郎、盧聲同類也。

(5) 上平聲二十六桓:「欒、落官切」、上聲二十四緩:「卵、盧管切」,去聲二十九換:「亂、郎段切」,入聲十三末:「捋、郎括切」。欒、卵、亂、捋爲相承之音,則其切語上字落、盧、郎聲必同類也。

(6) 下平聲一先韻:「蓮、落賢切」,去聲三十二霰:「練、郎甸切」,入聲十六屑:「挐、練結切」。蓮、練、挐爲相承之音,則其切語上字落、郎、練聲必同類也。

(7) 下平聲六豪韻:「勞、魯刀切」,上聲三十二皓:「老、盧皓切」,去聲三十七號:「嫪、郎到切」。勞、老、嫪爲相承之音,則其切語上字魯、盧、郎聲必同類也。

⑻　下平聲七歌韻：「羅、魯何切」，上聲三十三哿：「㰐、
　　來可切」，去聲三十八箇：「邏、郎佐切」。羅、㰐、邏
　　為相承之音，則其切語上字魯、來、郎聲同類也。

⑼　下平聲八戈韻：「虆、落戈切」，上聲三十四果：「倮、
　　郎果切」，去聲三十九過：「蠃、魯過切」。虆、倮、蠃
　　為相承之音，則其切語上字落、郎、魯聲同類也。

⑽　下平聲十一唐：「郎、魯當切」，上聲三十七蕩：「朗、
　　盧黨切」，去聲四十二宕：「浪、來宕切」，入聲十九鐸：
　　「落、盧各切」。郎、朗、浪、落為相承之音，則其切語
　　上字魯、盧、來聲必同類也。

⑾　下平聲十七登：「楞、魯登切」，去聲四十八嶝：「踜、
　　魯鄧切」，入聲二十五德：「勒、盧則切」。楞、踜、勒
　　為相承之音，則其切語上字魯、盧聲同類也。」

⑿　下平聲十九侯：「樓、落侯切」，上聲四十五厚：「塿、
　　郎斗切」，去聲五十候：「陋、盧候切」。樓、塿、陋為
　　相承之音，則其切語上字落、郎、盧聲必同類也。

⒀　下平聲二十二覃：「婪、盧含切」，上聲四十八感：「壈、
　　盧感切」，去聲五十三勘：「顲、郎紺切」，入聲二十七
　　合：「拉、盧合切」。婪、壈、顲、拉為相承之音，其切
　　語上字盧、郎聲必同類也。

⒁　下平聲二十三談：「藍、魯甘切」，上聲四十九敢：「覽、
　　盧敢切」，去聲五十四闞：「濫、盧瞰切」，入聲二十八
　　盍：「臘、盧盍切」。藍、覽、濫、臘為相承之音，其切
　　語上字魯、盧聲同類也。

以上十四證，皆足證盧、來、賴、落、洛、勒六字與郎、魯、練三字聲本同類也。至於力、林、呂、良、離六字與盧、郎等九字同聲之證，則見於下列二證。

⒂　今考〈廣韻〉上平聲一東韻：「籠、盧紅切」，上聲一董：「曨、力董切」，去聲一送：「弄、盧貢切」，入聲一屋：「祿、盧谷切」。籠、曨、弄、祿爲平上去入四聲相承之音，則其切語上字盧、力聲同類也。盧與郎前十四證已明其聲本同類，力旣與盧同類，自亦與郎同類矣。

⒃　下平聲十五青：「靈、郎丁切」，上聲四十一迥：「笭、力鼎切」，去聲四十六徑：「零、郎定切」，入聲二十三錫：「靂、郎擊切」。靈、笭、零、靂爲平上去入四聲相承之音，則其切語上字郎、力聲必同類也。

● 才昨哉　徂昨胡　在昨宰　前昨先　藏昨郎　昨酢　在各　疾秦悉　秦匠鄰　匠疾亮　慈疾之　自疾二　情疾盈　漸慈染　疾以下七字與上七字不系聯，實同一類。

⑴　今考〈廣韻〉上聲九麌韻：「聚、慈庾切」，去聲十遇：「埾、才句切」。聚、埾爲上去相承之音，則其切語上字慈、才聲同類也。

⑵　上平聲十八諄：「鷷、昨旬切」，入聲六術：「崒、慈卹切」。鷷、崒爲相承之音，則其切語上字昨、慈聲同類也。

⑶　下平聲二仙韻：開口「錢、昨先切」、合口「全、疾緣切」，上聲二十八獮：開口「踐、慈演切」、合口「雋、徂兗切」去聲三十三線：開口「賤、才線切」，入聲十七薛：合口

「絕、情雪切」。開口類錢、踐、賤為相承之音，則其切語上字昨、慈、才聲必同類也；合口類全、雋、絕為相承之音，其切語上字疾、徂、情聲亦同類也。

(4) 下平聲九麻韻：「查、才邪切」，去聲四十禡：「褯、慈夜切」。查、褯為相承之音，其切語上字才、慈聲同類也。

(5) 下平聲十陽韻「牆、在良切」，去聲四十一漾：「匠、疾亮切」，入聲十八藥：「皭、在爵切」。牆、匠、皭為相承之音，其切語上字在、疾聲同類也。

(6) 下平聲十八尤：「酋、自秋切」，上聲四十四有：「湫、在九切」，去聲四十九宥：「就、疾僦切」。酋、湫、就為相承之音，其切語上字自、在、疾聲必同類也。

(7) 下平聲二十一侵：「鱏、昨淫切」，上聲四十七寑：「蕈、慈荏切」，入聲二十六緝：「集、秦入切」。鱏、蕈、集為相承之音，其切語上字昨、慈、秦聲必同類也。

(8) 下平聲二十四鹽：「潛、昨鹽切」，上聲五十琰：「漸、慈染切」，去聲五十五豔：「潛、慈豔切」，入聲二十九葉：「捷，疾葉切」。潛、漸、潛、捷為相承之音，則其切語上字昨、慈、疾聲同類也。

(9) 去聲五十六㮇：「暫、漸念切」，入聲三十怗：「蕏、在協切。」暫、蕏為相承之音，則其切語上字漸、在聲同類也。

三、陳澧系聯切語下字補充條例補例

補例曰：

今考〈廣韻〉四聲相承之韻，其每韻分類亦多相承，不但
分類相承，每類字音亦必相承。今切語下字因兩兩互用而
不系聯，若其相承之韻類相承之音切語下字韻同類，則此
互用之切語下字韻亦必同類。如上平十虞韻朱俱無夫四字，
朱章俱切、俱舉朱切、無武夫切、夫甫無切，朱與俱、無
與夫兩兩互用，遂不能四字系聯矣。今考朱、俱、無、夫
相承之上聲為九麌韻主之庾切、矩俱雨切、武文甫切、甫
方矩切。矩與甫武切語下字韻同類，則平聲朱與無夫切語
下字韻亦同類。今於切語下字因兩兩互用而不系聯者，據
此定之也。

茲依〈廣韻〉四聲相承之次，其有兩兩互用而不能系聯者，
一一系聯於後：

(1) 入聲一屋：「穀（谷）、古祿切」（括弧內為同音字，後放此。）
「祿、盧谷切」；「卜、博木切」、「木、莫卜切」。穀
與祿；卜與木兩兩互用而不系聯。今考穀、木相承之平聲
音為一東「公、古紅切」、「蒙、莫紅切」，公蒙韻同類，
則穀木韻亦同類也。

(2) 上聲五旨：「几、居履切」、「履、力几切」；「矢、式
視切」、「視、承矢切」。几與履、矢與視兩兩互用而不
系聯。考履、矢相承之平聲音為六脂「棃、力脂切」、「尸、
式脂切」，棃尸韻同類，則履矢韻亦同類也。（尸、

〈廣韻〉式之切誤，今據〈全王〉改。）

(3) 去聲六至：「位、于愧切」、「媿（愧）、俱位切」；
「醉、將遂切」、「遂、徐醉切」。位與媿、醉與遂互用
不系聯。今考媿、醉相承之平聲音爲六脂「龜、居追切」、
「唯、醉綏切」。按六脂：「綏、息遺切」、「惟（遺）、
以追切」。則龜、唯韻同類，而媿、醉韻亦同類也。

(4) 上聲六止：「止、諸市切」、「市、時止切」；「里、良
士切」、「士、鉏里切」。止與市、里與士互用不系聯。
今考市、里相承之平聲音爲七之「時、市之切」、「釐、
里之切」。時、釐韻同類，則市、里韻亦同類也。

(5) 上聲七尾：「韙（偉）、于鬼切」、「鬼、居偉切」；
「匪、府尾切」、「尾、無匪切」。韙與鬼、匪與尾互用
不系聯。考韙、匪、尾相承之平聲音爲八微「幃、雨非切」、
「斐（非）、甫微切」、「微、無非切」。幃、斐、微韻
同類，則韙、匪、尾韻亦同類也。

(6) 去聲八未：「胃、于貴切」、「貴、居胃切」；「沸、方
味切」、「未（味）、無沸切」。胃與貴、沸與未兩兩互
用不系聯。考胃、未相承之平聲音爲八微「幃、雨非切」、
「微、無非切」。幃、微韻同類，則胃、未韻亦同類也。

(7) 去聲九御：「據（倨）、居御切」、「御、牛倨切」；
「恕、商署切」、「署、常恕切」。據與御、恕與署互用
不系聯。考據、恕相承之平聲音爲九魚「居、九魚切」、
「書、傷魚切」。居、書韻同類，則據、恕亦韻同類也。

(8) 平聲十虞：「朱、章俱切」、「拘（俱）、舉朱切」；「附

（夫）、甫無切」、「無、無夫切」。朱與俱、跗與無兩兩互用不系聯。詳見補例。

(9) 上聲九麌：「庾、以主切」、「主、之庾切」；「羽（雨）、王矩切」、「矩、俱雨切」。庾與主、羽與矩互用不系聯。考主、矩相承之平聲音爲十虞「朱、章俱切」、「俱、舉朱切」。朱、俱韻同類，則主、矩韻亦同類也。

(10) 去聲十八隊：「對、都隊切」、「隊、徒對切」；「佩、蒲昧切」、「妹（昧）、莫佩切」。對與隊、佩與妹兩兩互用不系聯。考隊、佩相承之平聲音爲十五灰「穨、杜回切」、「裴、薄回切」。穨、裴韻同類，則隊、佩韻亦同類也。

(11) 上平聲十六咍：「裁（哉）、祖才切」、「裁（才）、昨哉切」；「哀、烏開切」、「開、苦哀切」。裁與裁、哀與開互用不系聯。考裁、哀相承之去聲音爲十九代「載、作代切」、「愛、烏代切」。載、愛韻同類，則裁、哀亦韻同類也。

(12) 下平聲一先：「顚、都年切」、「年、奴顚切」；「前、昨先切」、「先、蘇前切」。顚與年、前與先互用不系聯。今考顚、先相承之上聲音爲二十七銑「典、多殄切」、「銑、蘇典切」。典、銑韻同類，故顚、先韻亦同類也。

(13) 下平聲二仙：合口「員、王權切」、「權、巨員切」；「專、職緣切」、「沿（緣）、與專切」。員與權、專與沿互用不系聯。考沿、權相承之上聲音爲二十八獮合口「兖、以轉切」、「圈、渠篆切」。按「篆、持兖切」，則兖、圈韻同類，故沿、權韻亦同類也。

⑭ 去聲三十三線：開口「箭、子賤切」、「賤、才線切」、
「線、私箭切」；「戰、之膳切」、「繕（膳）、時戰切」。
箭賤線三字互用、戰膳二字互用不系聯。考線、戰相承之
平聲音爲二仙開口「仙、相然切」、「嫙、諸延切」。按
「然、如延切」，則仙、嫙韻同類，故線、戰韻亦同類也。

⑮ 入聲十七薛：合口「劣、力輟切」、「輟、陟劣切」；「絕、
情雪切」、「雪、相絕切」。劣與輟、絕與雪互用不系聯。
考輟、絕相承之平聲音爲二仙合口「嫙、中全切」、「全、
疾緣切」。嫙、全韻同類，則輟、絕韻亦同類也。

⑯ 下平聲四宵：「要（邀）、於霄切」、「宵（霄）、相邀
切」；「昭、止遙切」、「遙、餘昭切」。要與宵、昭與
遙互用不系聯。考宵、昭相承之上聲音爲三十小「小、私
兆切」、「沼、之少切」。按「繚、刀小切」。繚小韻同
類，繚相承平聲爲「燎、力昭切」，故燎、宵韻亦同類，則
宵、昭韻亦同類也。

⑰ 上聲三十小：「肇（兆）、治小切」、「小、私兆切」；
「沼、之少切」、「少、書沼切」。兆與小、沼與少互用
不系聯。考兆、沼相承之平聲音爲四宵「鼂、直遙切」、
「昭、止遙切」。鼂、昭韻同類，則兆、沼韻亦同類也。

⑱ 去聲三十五笑：「照、之少切」、「少、失照切」；「笑、
私妙切」、「妙、彌笑切」。照與少、笑與妙兩兩互用不
系聯。今考平聲四宵：「超、敕宵切」、「宵、相邀切」，
則超宵韻同類。超、宵相承之去聲音爲笑韻（眺、丑召切）、
「笑、私妙切」。超、宵韻既同類，則眺、笑韻亦同類，笑既

與胱同類，自亦與召同類，而「召、直照切」，是笑、照韻亦同類矣。

⒆　下平聲六豪：「刀、都牢切」、「勞（牢）、魯刀切」；「襃、博毛切」、「毛、莫袍切」、「袍、薄襃切」。刀榮互用、襃毛袍三字互用，刀牢與襃毛袍遂不能系聯矣。今考勞、袍相承之上聲音爲三十二晧「老、盧晧切」、「抱、薄晧切」。老、抱韻同類，則勞、袍韻亦同類矣。

⒇　入聲二十二昔：「隻、之石切」、「石、常隻切」；「積、資昔切」、「昔、思積切」。隻與石、積與昔兩兩互用不系聯。今考隻、積相承之平聲音爲十四清「征、諸盈切」、「精、子盈切」。征、精韻同類，則相承之隻、積韻亦同類也。

(21)　入聲二十四職：「力、林直切」、「直、除力切」；「弋（翼）、與職切」、「職、之翼切」。力與直、弋與職兩兩互用不系聯。今考弋、力相承之平聲音爲十六蒸「蠅、余陵切」、「陵、力膺切」。蠅、陵韻同類，則弋、力韻亦同類也。

(22)　入聲二十五德：「德、多則切」、「則、子德切」；「北、博墨切」、「墨、莫北切」。德與則、北與墨兩兩互用不系聯。今考德、北相承之平聲音爲十七登「登、都滕切」、「崩、北滕切」。登、崩切語下字韻同類，則德、北韻亦同類也。

(23)　平聲十八尤：「鳩、居求切」、「裘（求）、巨鳩切」；「謀、莫浮切」、「浮、縛謀切」。鳩與裘、謀與浮兩兩互用不系聯。今考鳩、浮相承之上聲音爲四十四有「久、

舉有切」、「婦、房久切」。久、婦韻同類，則鳩、浮韻亦同類也。

(24) 去聲四十九宥：「宥（祐）、于救切」、「救、居祐切」；「僦、即就切」、「就、疾僦切」。宥與救、僦與就兩兩互用而不系聯。今考救、就相承之上聲音爲四十四有「久（九）、舉有切」「湫、在九切」。久、湫韻同類，則救、就韻亦同類也。

(25) 平聲二十一侵：「金（今）、居吟切」、「吟、魚金切」；「林、力尋切」、「尋、徐林切」；「斟（針）、職深切」、「深、式針切」。金與吟互用、林與尋互用、斟與深又互用，彼此不系聯。今考金、林、斟相承之去聲音爲五十二沁「禁、居蔭切」、「臨、良鴆切」、「枕、之任切」。而「鴆、直禁切」、「妊（任）、汝鴆切」。禁、臨、枕韻既同類，則金、林、斟韻亦同類也。

(26) 上聲四十七寢：「錦、居飲切」、「歆（飲）、於錦切」；「荏、如甚切」、「甚、常枕切」、「枕、章荏切」。錦歆互用、荏甚枕三字又互用故不系聯。考錦、枕相承之去聲音爲禁、枕，其韻同類（參見二五條）。則上聲錦與枕韻亦同類也。

(27) 上聲五十琰：「奄、衣儉切」、「儉、巨險切」、「險、虛檢切」、「檢、居奄切」；「琰、以冉切」、「冉、而琰切」。奄儉險檢四字互用，琰冉二字互用，故不能系聯矣。今考奄、儉、琰、冉相承之平聲音爲二十四鹽「淹、央炎切」、「箝、巨淹切」、「鹽、余廉切」、「霑、

汝鹽切」。而「炎、于廉切」，則淹、箝、鹽、霽韻同類，
故奄、儉、琰、冉韻亦同類也。

㉘　去聲五十五豔：「驗、魚窆切」、「窆、方驗切」；「贍、
時豔切」、「豔、以贍切」。驗與窆、贍與豔互用不系聯。
今考驗、豔相承之平聲音爲二十四鹽「鹻、語廉切」、「鹽、
余廉切」。鹻、鹽韻同類，則驗、豔韻亦同類也。

　　民國 76 年 3 月 17 日脫稿於臺北市和平東路鍥不舍齋

引用書目

切韻考　陳　澧　學生書局印行

漢語音韻學　董同龢　廣文書局經銷本

唐寫本王仁昫刊謬補缺切韻　廣文書局印行

廣韻校本　世界書局印行

廣韻校勘記　周祖謨　世界書局印行

十韻彙編　學生書局印行

瀛涯敦煌韻輯　姜亮夫　鼎文書局印行

瀛涯敦煌韻輯新編　潘重規　新亞研究所出版

唐五代韻書集存　周祖謨　中華書局影印

蔣本唐韻刊謬補缺　廣文書局印行

韻鏡校注　龍宇純校注　藝文印書館印行

韻鏡研究　孔仲溫　政治大學中文研究所碩士論文

等韻五種　藝文印書館印行

七音略研究　葉鍵得　文化大學中文研究所碩士論文

廣韻校錄　黃侃箋識　黃焯編次　上海古籍出版社

韻鏡校證　李新魁校證　中華書局出版

聲類新編　陳新雄編　學生書局印行

廣韻祭泰夬廢四韻來源試探

孔仲溫[*]

提 要

本文是以統計的方式，探究廣韻祭泰夬廢四韻由上古演變至中古的情形，全文依時代先後分成四期觀察分析：

(1)上古時期──分析諧聲偏旁及詩經韻讀，得知四韻此期應屬入聲韻部

(2)兩漢時期──分析詩文韻例而知四韻正是由入聲轉變為去聲的途徑中，且祭泰二韻的界限逐漸明朗。

(3)魏晉時期──分析詩文韻例知四韻已發展成去聲韻部，與入聲關係漸遠，且廢韻獨立。

(4)南北朝時期──分析詩文韻例知四韻與入聲關係極為疏遠，其去聲的性質明確穩定，而夬韻也告獨立。

在廣韻 206 韻中，去聲祭泰夬廢四韻，算是相當特殊的韻部了。因為在 206 韻的排列次序中，除了少數韻部如冬韻上聲、臻韻上聲和去聲、痕韻入聲等，由於字少的緣故，合併於腫隱沒三韻之中，而呈現韻部相承關係上的漏洞之外，唯獨這四個韻無任何相承的關係。這種現象並非到宋修廣韻才有，早在隋陸法言的切韻就已經如此了[❶]，何以會有如此特殊不相承的現象發生呢？它的發生是否受到一些內在或外緣條件的影響呢？這四韻形成的過程又是如何呢？又倘若它有相承關係的話，那麼可能的情形又是如何呢？諸如此類的問題，都值得我們一一去追索深思，於此，個人則首次嘗試探討它由上古至中古的發展徑路，希望能尋得一些兒線索來。

* 孔仲溫，民國四十五年生，祖籍江西省鄱陽縣。國立政治大學文學博士，現任私立靜宜文理學院中文系副教授，著有韻鏡研究、類篇研究等書。

❶ 二者在「泰」韻的位置略有差異。廣韻四韻的次序作「……未御遇暮霽祭泰卦夬隊代廢……」，故宮藏全本王仁昫刊謬補闕切韻與敦煌 p2017 號切韻殘卷則作「……未御遇暮泰霽祭卦怪夬隊代廢……」。

一、上　古

　　談到祭泰夬廢四韻的上古來源，通常學者們都會聯想到它與入聲的關係，是的，它的確與入聲有極密切的關係，然而是不是密切到如王力漢語史稿裏所說的：

　　　　切韻的祭泰夬廢不和平聲韻相配，顯得它們本來是入聲。❷

那種程度呢？要了解這個問題？首先我們得從這四韻的諧聲現象去觀察，茲依據陳師伯元古音學發微的古韻三十二韻諧聲表❸，並參酌沈兼士的廣韻聲系，分析各韻所含的諧聲偏旁及其所屬上古韻部如下：

〔祭韻〕

入聲

*月部　折$_{18}$ 世$_{15}$ 蠆$_{15}$ 彗$_{14}$ 㡀$_{10}$ 制$_{10}$ 叕$_{10}$ 歺$_{10}$ 兌$_{10}$ 衞$_{11}$ 匃$_{8}$ 祭$_{7}$ 埶$_{7}$ 毳$_{7}$ 帶$_{7}$ 丰$_{6}$ 劂$_{6}$ 𥬰$_{5}$ 絕$_{3}$ 㕣$_{2}$ 戉$_{2}$ 叀$_{2}$ 殺$_{3}$ 大$_{1}$ 夬$_{1}$ 截$_{1}$ 卪$_{1}$ 贅$_{1}$ 砅$_{1}$ 慸$_{1}$

*質部　悉$_{3}$ 自$_{3}$ 丿$_{1}$

*沒部　內$_{13}$ 出$_{4}$ 率$_{1}$ 旡$_{1}$

*錫部　朿$_{3}$

*緝部　卒$_{1}$

陰聲

*歌部　豙$_{1}$

*脂部　齊$_{1}$ 矢$_{4}$

*支部　厂$_{12}$

*侯部　豆$_{1}$

*之部　不$_{1}$

陽聲

*諄部　凡$_{1}$

*元部　算$_{3}$ 睿$_{2}$ 干$_{1}$ 釆$_{1}$ 萬$_{1}$

*添部　西$_{1}$ ❹

---

❷　參見漢語史稿第二章語音的發展，p89。

❸　參見古音學發微第五章結論，p946。

❹　西，說文爲讀若沾與讀若誓兩讀，伯元師近以爲兩讀的字，古韻部應該兩收，因此西除入添部外，也該入月部。

〔泰韻〕
入聲
　*月部　會27 大20 米13 刺10 兌10 匃10 最9 帶6 害6 戌6 貝6 乂5
　　　　蠆4 祭2 寽2 伐1 𠂤1 离1 巜1 外1 介1 為1
　*沒部　未3 出2 无2 卒1 穎1

陰聲
　*歌部　多1 贏1 ナ1
　*脂部　示6

陽聲〔*元部　奐1 干1

〔夬韻〕
入聲
　*月部　會8 貝5 丰3 夬3 匃2 蠆2 最2 毕2 帶1 毳1 叕1 寅1
　*沒部　卒1 未1 尗1
　*職部　塞1

陰聲
　*脂部　示1
　*支部　此1
　*魚部　夏1
　*之部　亥2

陽聲〔*元部　萬3

〔廢韻〕
入聲
　*月部　乂8 戌7 癶7 米4 吠3 衞1 伐1
　*沒部　弗1

陰聲〔*歌部　彖4

陽聲〔*元部　奐1

上表中諧聲偏旁下的數目，是表示諧該聲符的字數，如果我們依陰陽入三聲把這些數目再加以統計，並標示其佔各韻總字數的百分比，排列成下面的圖表：❺

韻目	總字數	入聲韻	百分比	陰聲韻	百分比	陽聲韻	百分比
祭	255字	224字	87.8%	20字	7.8%	19字	7.4%
泰	163字	152字	93.3%	9字	5.5%	2字	1.2%
夬	43字	35字	81.4%	5字	11.6%	3字	7%
廢	38字	33字	86.9%	4字	10.5%	1字	2.6%

❺ 在這些統計數字中，祭韻的篲斷二字，泰韻的夐蔽肺三字，由於不能從諧聲歸其韻部，暫不列入。

則不難發現祭泰夬廢與上古入聲韻部的關係是極為密切，而遠超出與陰聲韻部及陽聲韻部的關係，若再就陰聲與陽聲來比較，則陰入的關係又要比陽入的關係近一些。

　　除此之外，代表周秦音的詩經，其押韻的現象，也是必須注意的重要依據，從其中韻部相押頻率的高低，可以觀察韻部間關係的遠近，茲再以伯元師古音學發微中的詩經韻讀為基礎❻，篩檢其中以廣韻祭泰夬廢四韻相叶的詩句，共得60條，分析它們的押韻現象，分成以下數類，依序排列：

(1)祭韻單獨押韻

屬揭（邶風 匏有苦葉一章）　說說（衛風 氓三章）　世世（大雅 文王二章）　瘵泄（大雅 板二章）

(2)泰韻單獨押韻

祋芾（曹風 候人一章）　翽藹（大雅 卷阿七章、八章同）

(3)祭泰夬廢四韻互押

敗憩（召南 甘棠二章）　逝害（邶風 二子乘舟二章）　屬帶（衛風 有狐二章）　艾歲（王風 采葛三章）　外泄逝（魏風 十畝之間二章）
逝邁外瘵（唐風 蟋蟀二章）　逝邁（陳風 東門之枌三章）　肺晢（陳風 東門之楊二章）　噲噦（小雅 斯干五章）　艾敗（小雅 小旻五章）
屬蠆邁（小雅 都人士四章）　外邁（小雅 白華五章）　愒泄屬敗大（大雅 民勞四章）　茷噦大邁（魯頌 泮水一章）
大艾歲害（魯頌 閟宮五章）

(4)與其他入聲韻通押

蕨惙說（召南 草蟲二章）　脫悅吠（召南 野有死麕三章）　闊說（邶風 擊鼓四章）　濟邁濟害（邶風 泉水三章）　活濊發
揭孽揭（衛風 碩人四章）　月佸桀括渴（王風 君子于役二章）　發偈怛（檜風 匪風一章）　閱雪說（曹風 蜉蝣三章）　發
烈褐歲（豳風 七月一章）　艾晢噦（小雅 庭燎一章）　結厲滅威（小雅 正月八章）　烈發害（小雅 蓼莪五章）　舌揭（小雅 大東
七章）　烈發害（小雅 四月三章）　秣艾（小雅 鴛鴦三章）　犖逝渴拮（小雅 車舝一章）　撮髮說（小雅 都人士二章）
拔兌駾喙（大雅 緜八章）　拔兌（大雅 皇矣三章）　月達害（大雅 生民二章）　較烈歲（大雅 生民七章）　揭害撥世
（大雅 蕩八章）　舌逝（大雅 抑六章）　舌外發（大雅 烝民三章）　奪說（大雅 瞻卬二章）　竭竭害（大雅 召旻六章）　旆鉞烈
曷蘗達截伐桀（商頌 長發六章）

　　❻　參見古音學發微第五章結論，p890。

(5)與去聲韻通押

拜說^{召南}_{甘棠三章}　薈蔚^{曹風}_{候人四章}　斾瘁^{小雅}_{出車二章}　滅戾勩^{小雅}_{雨無正二章}　邁寐^{小雅}_{小宛四章}

穉稺^{小雅}_{大田三章}　楬瘵邁^{小雅}_{菀柳二章}　翳栵^{大雅}_{皇矣二章}　斾穟^{大雅}_{生民四章}　惠厲瘵^{大雅}_{瞻卬一章}

渙難^{周頌}_{訪落}

我們再將上面的五類作個統計，並列其所佔的百分比，可得到：

(1)類 4 條，佔6.7%　　　　　　(2)類 3 條，佔5 %

(3)類15條，佔25%　　　　　　(4)類27條，佔45%

(5)類11條，佔18.3%

這樣的數據，因而發現祭泰夬廢四韻與入聲押韻，是與去聲押韻的兩倍半，進一步說明它們和廣韻入聲字的關係，要遠比跟去聲字的關係，還來得密切，這當然也顯示前面王力所說「它們本來是入聲」的話，是可以相信的。

　　另外，在現代的方言裏，也有可以提供作為我們剛才論述參考的。一般學者們擬測中古音系的入聲韻尾有 -p，-t，-k三類，陰聲韻尾則為高元音 -i，-u及開尾韻，今方言裏祭泰夬廢四韻多作開尾韻及韻尾 -i 的陰聲韻，唯獨南昌一地方言，其祭韻中的「蔽」字，則仍然讀作p'it，這是相當值得注意的現象，因為它很可能就是上古祭韻為入聲的遺留，所以清代以來的古音學家，多將這四個韻與月曷末黠鎋屑薛合為一部，實在是有它的道理。

　　另外我們還要注意上面所列詩經韻讀當中，其四韻彼此互相押韻的一類，雖說百分之二十五的比例，不算太高，但這可以表示在詩經的時代，它們的音值與其他入聲韻比較起來，或許已經有些不同了。至於祭泰二韻單獨押韻的百分比更低，然而它也顯示出後來分韻的徵兆了。

二、兩　　漢

　　進入兩漢之後，四韻與入聲的關係逐步地疏遠，與去聲的關係，則逐漸地加強，玆以羅常培、周祖謨合著漢魏晉南北朝韻部演變研究第一分冊為基礎，抽繹其詩文韻譜中以廣韻祭泰夬廢四韻之字押韻計有 125 條，分類排列如下：

(1)祭韻單獨押韻

1.〔前漢〕　世逝 項羽／垓下歌　詩　貳一上 ❼　　逝世 東方朔／文貳伍　三上　　裔世 韋玄成／自劾詩　詩貳　七下

屬逝 劉向／離世　三下　　祭筮 揚雄／太常箴　七上　　屬逝 劉歆／遂初賦　文肆拾　二下

2.〔後漢〕　屬逝 班彪／覽海賦　文貳叄　　屬誓 班彪／冀州箴賦　　說制 班固／東都賦　文貳肆　六上　　筮

裔 張衡／司空陳公誄　文伍伍　三下　　說說 蔡邕／釋誨　文柒叄　　際礪世 無名氏／獻帝初童謠　詩伍　九上

(2)泰韻單獨押韻

1.〔前漢〕　沛外 武帝劉徹／瓠子歌　詩　一下　　蔡蓋 司馬相如／子虛賦　文貳堂　二上　　蔡害 劉勝／開樂對　文拾

貳　六下　　礪❽沛 劉向／九歎逢紛　文叄伍　二下　　蓋濊 闕名／赤蛟　八下

2.〔後漢〕　蓋大 崔駰／四皓墟頌　七上　　會害 李尤／門銘　六上　　害大 李尤／鐙銘　九下　　外害帶沛

大 張衡／東京賦　文伍叄　一下　　泰外 無名氏／淮南王篇　漢詩肆　九下

(3)祭泰夬廢四韻互押

1.〔前漢〕　帶廢裔 高帝劉邦／封爵誓　漢文壹　七上　　帶礪世 高帝劉邦／丹書鐵券　七上　　大敗世 賈誼／䳜鳥賦

文拾伍　二下　　廢外 枚乘／七發文貳壹　四下　　礪裔 同上　七上　　邁歲 孔臧／諫格虎賦　文拾叄　四上

蔽滯敗 東方朔／七諫怨世　文貳伍　三上　　沛逝礪瀨蓋蔡裔 王襃／九懷尊　嘉　四上　　礪廢沛世

揚雄／甘泉賦　文伍登　五下　　邁瀨 揚雄／反離騷　文伍貳　五下　　大敗 揚雄／豫州箴　文伍肆　三上　　際外

揚雄／交州箴　四上　　外衞 揚雄／光祿勳箴　五下　　沛裔 闕名／郊祀歌練時日　詩壹　五下　　大逝 無名氏／鐃歌巫山高

詩壹　九下　　外歲 無名氏／上陵　十上　　世吠 無名氏／武帝太初中諳　詩伍　五上

2.〔後漢〕　敗外 光武帝劉秀／報臧官馬武詔　後漢文貳二　　裔大 馮衍／顯志賦　文貳拾　三下　　害帶滯敗

杜篤／論都賦　文貳捌　三下　　制外 班固／東都賦　文貳肆　八下　　制勢敗 班固／奕旨　八下　　屬蔡 崔駰／遠旨文

肆肆　四下　　外穢 李尤／辟雍銘　文伍拾　四下　　沛敗 李尤／鞍銘　十上　　乂帶 李尤／樽銘　十二上　　敗外

廢 崔琦／外戚箴　病穢 張衡／溫泉賦　文伍貳　一下　　裔屬外 張衡／思玄賦　五下　　帶會屬蓋裔艾

張衡／東京賦　文伍叄　三下　　世賴邁 張衡／趙德誄　三下　　會大外世 崔寔／答譏　文肆伍　九下　　外衞

張超／尼父頌　文捌肆　十上　　滋會 蔡邕／漢律賦　文陸玖　一下　　害敗 蔡邕／釋誨　文柒叄　六下　　邁會敗

---

❼　體例請參照漢魏晉南北朝韻部演變研究第一分册　p115　韻譜總說。

❽　廣韻無「〇」字，今依集韻歸部，下同。

外艾蓋吠肺逝大賴厲廢歲 ^{蔡邕 悲慎詩} 漢詩叁 四上　　大會逝 ^{闕名 樊敏碑} 文壹零伍 七上

(4)與入聲韻通押

1.〔前漢〕 竭敝 ^{司馬談 論六家要旨} 漢文貳陸 四下　　瀨世勢絕 ^{司馬相如 哀秦二世賦} 文貳壹 六下

沫逝 ^{司馬相如 同上} 七上　　害割殺泰敗謁 ^{揚雄 廷尉箴} 文伍肆 六下　　世泄室卒 ^{揚雄 將作大匠箴} 七下

犗磋歿外 ^{揚雄 羽獵賦} 文伍壹 八上　　際答 ^{司馬相如 封禪文} 文貳貳 八上　　血廢 ^{劉向 九歎惜賢} 文叁伍

五下　　折蔽 ^{劉向 九歎遠遊} 文叁伍 八下　　殺廢 ^{闕名 郊祀歌西顥} 漢詩壹 六上

2.〔後漢〕 孽缺制哲 ^{班固 典引} 文貳陸 陸下　　闥闕發沛滯 ^{崔駰 達旨} 文肆 三下　　制

設滅 ^{崔駰 同上} 四上　　發施犗鴹殺蠘鉞 ^{張衡 東京賦} 文伍叁 三上　　苅製臬弊裔 ^{張衡 同上} 五上

律會帶 ^{張衡 七辯} 文伍伍 一下　　噬世昕 ^{張衡 思玄賦} 三下　　發外 ^{桓麟 七說} 文貳柒 十一上　　屬

際瀄邁乂碣世 ^{闕名 袁良碑} 文玖捌 四下　　世滅 ^{闕名 柳敏碑} 文壹零壹 八下　　結逝 ^{闕名 辛通達李}

仲曾造橋碑 文壹百 四下　　雪月絕會 ^{無名氏 鹽如山上雪} 漢詩肆 八下

(5)與其他去聲韻通押

1.〔前漢〕 衛墜 ^{韋孟 諷諫詩} 漢詩貳 一下　　柵蓋貝籟喝沸會礚外燧隊裔 ^{司馬相如 子虛賦}

漢文貳壹 二下　　界外芥 ^{司馬相如 同上} 三上　　位大 ^{司馬相如 子虛賦} 文貳壹 二上　　屬鼻逝 ^{司馬相如 大人賦}

八上　　慨濞碎墜戾潰逝穢焆憒害淚惠遂位氣敗 ^{賈誼 旱雲賦} 文拾伍 一上　　醉歲 ^{鄒陽 酒}

賦 文拾玖 七下　　憒害 ^{東方朔 旱頌} 文貳伍 十一下　　喟傺 ^{劉向 九歎愍命} 文叁伍 七上　　蠪賴 ^{揚雄}

^{揚雄 反離騷} 文伍貳 五下　　內外 ^{揚雄 羽獵賦} 文伍壹 七下　　會藹綴外內 ^{揚雄 同上} 八下　　戾沛 ^{揚雄}

^{揚雄 雍州箴} 文伍肆 三下　　內敗 ^{揚雄 衛尉箴} 六上　　世噬祟 ^{揚雄 少府箴} 七上　　內外蓋 ^{揚雄 城門校尉}

箴 八上　　替弊 ^{揚雄 冀州箴} 文伍肆 一上

2.〔後漢〕 歲悴 ^{傅毅 七激} 文肆叁 四下　　昧氣藹厲 ^{馬融 廣成頌} 文拾捌 十一上　　殺屬介

戾氣制察說惠 ^{馬融 長笛賦} 文拾捌 三上　　乂惠頓墜氣愛蓋邁逮碎代 ^{蔡邕 胡碩碑} 文柒伍

九下　　屬翳瀨裔最逝害 ^{蔡邕 述行賦} 文陸玖 一下　　內外裔 ^{杜篤 論都賦} 後漢文 貳捌 四上

說氣世 ^{班固 東都賦} 文貳肆 八上　　外內歲世 ^{班固 答賓戲} 文貳伍 四下　　會勢貴頓世賴 ^{班固}

^{班固 同上} 五上　　昧契經 ^{班固 典引} 文貳陸 六下　　穢勢逝計謂害 ^{胡廣 弔夷齊文} 文伍陸 八下

邁帶外退 ^{皇甫規 女師箴} 文陸壹 七下　　藹蔚 ^{蔣王延 魯靈光殿賦} 文伍捌 三上　　大殺艾際 ^{崔駰 太尉箴}

文肆肆 大夜蓋勇歲_{吳仲山碑}（闕名） 文壹零貳 七下 藝契^{崔瑗}張子平碑 文肆伍 六上 慧

勢^{王逸}荔支賦 文伍柒 二上 大裔世制外愛祭沛賴蔽歲_{咸陽靈臺碑}（闕名） 文壹零貳 五上

裔世惠勢至_{郭輔碑}（闕名） 文壹零陸 五下

(6)與去聲入聲通押

逝沫昕內^{司馬相如}封禪文 文貳貳 七上 潰汩沛節冽溚瀣濫瀨沛墜礚濕沸沫疾^{司馬相如}上林賦

文貳壹 三下 製麗昕^{班倢伃}搗素賦 文拾壹 七下 厲竄穢麗折噬殺^{班固}西都賦 文貳肆 五上

裔外界竭世^{班固}封燕然山銘 文貳陸 三下 樹獲裔藉胙^{班固}西都賦 文貳肆 五上 墜殣

軭倅瞥躓隊計^{馬融}廣成頌 十一下

(7)與平聲通押

儀淠^{劉向}九歎遠逝 文叁伍 四下

　其中祭泰二韻單獨押韻的，共22條，佔全部17.6%；這四韻互相押韻的，共計37條，佔全部29.6%；四韻與入聲通押的，有22條，佔全部17.6%；與去聲通押的，共計36條，佔全部28.8%；又同時與入聲去聲押韻的，有7條，佔5.6%。由這個統計數字來分析四韻在這時期的演化趨勢，可以看得出它們與去聲關係密切的程度，已經超過與入聲密切的程度，可是它們和去聲密切的關係，又不及後面的時期，因此我們可以認定此四韻在這個階段，正在由上古的入聲韻遞變為去聲韻的途徑當中，而且這四個韻也逐漸由入聲月部獨立出來，甚至連祭泰二韻的界限也趨於明朗。

三、魏　　晉

　轉至魏晉時期，這四韻去聲的性質，已告確定，而它們跟入聲的關係，比起兩漢時期又更遠了。此外，廢韻在這段時間內，也繼祭泰之後而形成，以下則據丁邦新先生魏晉音韻研究書中魏晉詩文韻譜的韻腳❾，並參考林炯陽先生魏晉詩韻考❿，分析四韻的押韻現象，分類排列如下：

---

❾　參見丁先生魏晉音韻研究第三章魏晉音韻部分。

❿　參見師範大學國文研究所集刊十六號下册魏晉詩韻考，二、魏晉詩歌韻譜。

(1)祭韻單獨押韻

厲噬 [王粲/七釋之五] 後漢文 91.1　　逝厲 [王粲/西狩賦] 後漢文42.2　　裔逝際 [曹丕/濟川賦] 魏文4.1

逝裔衞 [曹植/洛神賦] 魏文13.3　　裔厲 [曹植/九詠] 魏文14.7　　逝滯裔歲 [嵇康/酒會之一] 魏詩207

世藝 [嵇康/琴賦] 魏文47.4　　裔逝際制誓 [阮籍/詠懷之四十三] 魏詩220　　勢制 [阮籍/東平賦] 魏文44.6

稅制 [閔鴻/羈鸞賦] 魏文74.9　　制滯逝厲世衞 [成公綏/嘯賦] 晉59.5　　藝制世 [成公綏琵琶賦] 晉59.5

裔憩衞 [成公綏/鴻雁賦] 晉59.7　　祭世 [傅玄/明堂雍神歌] 晉詩24.2　　誓祭制 [傅玄/仲春振旅] 晉詩263

逝厲世 [傅玄/擬四愁詩之一] 晉詩301　　逝歲 [傅玄/大寒賦] 晉文45.2　　世制 [傅玄/鷹兔賦] 晉文46.1　說

勢皇甫謐 [釋勸論] 晉 71.7　　獮厲際泄 [夏侯湛/獮兔賦] 晉文68.3　　際裔逝斃世 [張華/鷦鷯賦] 晉58.3

厲稅澨㵢敝世歲 [潘岳/秋興賦] 晉文 90.2　　制厲世 [左九嬪/周宣王姜后贊] 晉文 13.3　　裔世制曳

贊虞 思游賦 晉文76.1　　㲸噬厲 [郭璞/山海經圖長蛇贊] 晉文122.9　　藝藝世滯 [郭璞/山海經圖鬼草贊]

晉文123.1　　際彗 [郭璞/山海經圖三珠樹贊] 晉文123.5　　世勵 [李興/諸葛丞相故宅碣表] 晉文70.12

逝際澈跐憩 [盧諶/燕賦]　滯際 [孫綽/太平山銘] 晉文62.5　　勢際 [湛方生/遊園詠] 晉文140.4　　礪衞蹶 [曹毗

植 刀銘] 魏文19.2　　藝制逝裔世滯誓 [却正/釋譏] 晉文70.9

(2)泰韻單獨押韻

害大 [應瑒/奕勢] 後漢文42.6　　帶敗 [曹丕/煌煌京洛行] 魏詩126　　旆邁沬蓋外 [曹植/七啓之三] 魏文

16.10　　外泰 [曹植/七啓之七] 魏文16.11　　沛外 [夏侯玄/皇胤賦] 魏文21.2　　蓋噦 [傅嘏/皇初頌] 魏35.5

害沛大 [楊戲/贊馮休元等] 魏文 62.10　　外帶會害賴 [阮籍/詠懷之六] 魏詩215-6　　瀨外 [阮籍/詠懷之

三十八] 魏詩205　　帶賴害大 [阮籍/同上]　　大蓋外 [成公綏/天地賦] 晉59.2　　會蓋外 [夏侯湛/禊賦] 晉

68.2　　藹蓋外 [夏侯湛/愍相賦] 晉文68.5　　賴會奈汏帶 [孫楚/井賦] 晉文60.1　　泰外 [張華/晉冬至初歲小會

歌晉詩257　　藹外蓋瀨會泰 [張華/歸田賦] 晉文 58.1　　大會蓋旆 [潘岳/武皇帝誄] 晉文92.6　　旆

蓋瀨 [潘岳/哀永逝文] 晉文 93.7　　藹大泰 [束皙/崇丘] 晉詩319　　會外最 [束皙/餅賦] 晉87.3　　泰會

藹帶 [陸雲/大將軍宴會]　會藹 [左思/蜀都賦]　　會蓋藹泰帶 [潘尼/東武館賦]　　蓋會 [潘尼/芙蓉賦] 晉94.5　　會

蓋 [摯虞/答杜育] 晉詩316　　狙帶 [摯虞/疾愈賦] 晉文76.3　　帶藹會 [郭璞/巫咸山賦] 晉文120.1　　外帶

會 [郭璞/南郊賦] 晉文 120.5　　帶外會 [郭璞/流雅園水賦] 晉文121.7　　大害帶 [郭璞/山海經圖天狗贊]

晉文122.7　害會大郭璞山海經圖狙如贊　晉文123.4　帶外會郭璞山海經圖大江贊　晉文123.12

外瀨帶庾闡三月三日　晉詩445　磕外庾闡江賦　晉文38.1　薈瀨會沛庾闡揚都賦　晉文38.2、藹

帶害外張載敍行賦　晉文85.2　泰外帶蔡藹大張協七命之七　晉文85.11　大外會泰支遁善多菩

薩贊　晉文157.14　泰會帶藹外瀨王胡之贈庾翼　晉詩430　蔡會沛泰袁宏三國名臣序贊　晉文

57.5　帶瀨藹孫綽太平山銘　晉文62.5

⑶廢韻單獨押韻

穢廢傅玄澡盤銘　晉文46.11

⑷祭泰夬廢四韻互押

穢世乂衞孫楚尼父頌　晉文60.7　際穢滯稅李暠述志賦　晉文　155.2　厲逝大裔世王粲行辭新

福歌　魏詩176　外世裔逝誓阮籍詠懷之五十八　魏詩222　肺害衞郭璞山海經圖珠鱉魚贊　晉文

122.11　害厲逝郭璞山海經圖蜚贊　晉文122.13　大際裔陶侃相風賦　晉文111.1　邁艾沛害

嵇康贈秀才入軍之六　魏詩205　乂敗沛會郤正釋譏　晉文70.7　瀨邁孫楚蓮華賦　晉文60.3　蔡泰

邁孫楚尼父頌　晉文60.7　穢會孫楚反金人銘　晉文60.9　邁會賴蓋傅咸答欒弘　晉詩309　藹邁

陸機上留田行　晉詩332　沛會敗大陸機豪士賦　晉文96.5　乂泰陸機七徵之七　晉文98.3　旆邁

藹蓋陸雲太尉王公　晉詩352　薈會乂泰陸雲大安二年　晉詩353　邁蓋旆藹陸雲九愍紆思　晉文

101.2　大藹蓋邁陸雲陸公誄　晉文104.5　會瀨邁礚外沛左思吳都賦　晉文74.5　大帶廢

賴摯虞贈褚武　藹邁蓋摯虞思游賦　晉文76.3　沛柰快帶張載江南郡蔗　晉詩392　邁會庾友蘭亭　晉

詩442　靄礚敗沛外顧愷之雷電賦　晉文　135.2　邁會蓋泰郭元祖嘯父贊　晉文139.3　邁蓋

孫承嘉遯賦　晉文143.1　蓋會會滯曹丕雜詩之二　魏詩133　邁裔曹丕述征賦　魏文4.2　蓋柮會

韋誕景福殿賦　魏文32.10　邁歲穢會程曉又贈傅休奕　晉詩305　大外乂會邁衞世傅玄文皇統百

揆　晉詩261　會翽際外邁傅玄玄雲　晉詩264　會外賴世逝孫楚胡母哀辭　晉文60.11　泰

蓋外帶旆藹逝陸機挽歌之二　晉詩325　邁裔外大帶旆陸機贈顧交阯　晉詩341-2　裔會帶

靄陸機行思賦　晉文96.6　邁外裔沛陸雲答兄平原　晉詩359　藹裔蓋際泰世陸雲逸民頌　晉文

100.6　蓋旆邁藹裔陸雲南征賦　晉文100.7　衞邁害郭璞山海經圖精衞贊　晉文122.11　帶

曳張載鞞舞賦　晉文85.2　會際孫瓊悼艱賦　晉文144.12　裔藹會楊乂雲賦　晉文89.3

(5)與入聲通押

逝七^{董京} 答孫楚詩 晉詩400　世烈別制絑^{應瑒}文質論 後漢文42.5　世別蔽^{曹植}遷都賦 魏文13.4

藝際世蛻^{曹植}七啓之六 魏文16.11　裔世察月^{曹植}帝嚳贊 魏文17.5　厲弊制越逝^{曹植}王仲宣

誄 魏文19.3　制臬^{何晏}景福殿賦 魏文39.7　制列揥節^{成公綏}隸書體 晉文59.10　袂設^{張華}晉宴

會歌 晉詩258　制滅祭^{束哲}弔衞巨山文 晉文87.8　礪制列裔伐際^{曹攄}圍棋賦 晉文107.6

際列懟拔八勢曳^{夏侯淳}彈棋賦 晉文69.10　穢薈發蟻^{夏侯湛}獵兔賦 晉文68.3　世乂害伐^{傅咸}喜雨

賦 晉文51.1　北廢世藝大^{傅玄}羈武篇 晉詩269　哲袂列際穢滯銳傑出發^{李喬}述志賦

晉文155.2　蓋襟艾兌會施藹礪外^{添岳}藉田賦 晉文91.4　大劣^{曹丕}煌煌京洛行 晉文126

達帶會大^{左思}魏都賦 魏文74.14　沛坦藹會^{左思}同上 74.16　會渴^{無名氏}七日夜女郎歌之四 晉

詩535　大蔽結^{應瑒}文質論 後漢文42.5　乂閬帶蓋藹^{曹植}王仲宣誄 魏文19.3　篤裔^{楊戲}贊輔元

弼等 魏文62.9　骨突窟洩^{曹植}死牛詩 魏詩172　伐制^{徐幹}西征詩 後漢93.6　列絕滅勢

應瑒
奕勢 後漢文42.6　烈蓺發^{曹植}潘志賦 魏文13.9　傑藝烈昕霓乂^{曹植}學宮頌 魏文17.1　哲

滅制列^{曹植}黃帝贊 魏文17.5　發制越^{曹植}魏德論 魏文17.8　滅絕咽蟻穴滯誓^{曹植}文帝誄 魏

文19.5　歲滅昕^{曹植}懿公主誄 魏文19.8　越厲^{劉劭}趙都賦 魏文32.1　泄傑裔哲烈世^{成公綏}正旦大

會行禮歌之十一 晉詩257　烈世截哲^{成公綏}正旦大會行禮歌之十三 晉詩257　哲節世月昕

絕^{左九嬪}元皇后誄 晉文13.6　制設熱殺^{束哲}近遊賦 晉文87.2　際熱設^{束哲}餅賦 晉文87.2　厲結

發裂烈^{左思}蜀都賦 晉文74.3　發節厲裔罰月^{左思}同上 74.4　衞滅轍烈^{左思}吳都賦 晉文74.5

傑裔世轍設噎^{左思}吳都賦 晉文74.7　世烈發業^{楊戲}贊鄧雲長等 魏文62.7　泬礜渫勢^{木華}海賦

晉文105.7　出哲蓺疾列察^{曹植}卞太后誄 魏文19.8　節厲烈疾^{孫楚}茱萸賦 晉文60.3　忽

夕歲越邁結坦^{郭遐叔}贈嵇康之四 晉詩212.3　薮❶末藹^{傅巽}槐樹賦 魏文35.1　沫蓋^{曹植}應詔詩

魏詩165　喝敗^{無名氏}京口謠 晉詩569　軋鷁喝蓋^{曹植}孟冬篇 魏詩156　際厲穴逝^{曹植}七啓之七

魏文16.11　蹷蔕^{左思}魏都賦 晉文74.11　列伐制銳月^{左思}魏都賦 晉文74.14　傑闕設昕

裔髮^{左思}同上 晉文74.14

---

❶ 廣韻無「薮」字，集韻在黠韻，今依據。

(6)與其他去聲通押

逝寐狋驚至 丁廙妻 寡婦賦 後漢文96.10　　淚瘁懟穢 陸雲 醉行吟 晉文101.3　　肆位帥噬 陸雲 陸公

詠 晉文104.5　　貴大 董京 管孫楚 晉詩400　　遂墜昧銳第類蔚寘 陸雲 登臺賦 晉文100.4-5

驚愛外 皇甫謐 釋勸論 晉文71.7　　器蔚綴類殺最 陸機 鼓吹賦 晉文97.3　　氣歲會 陸機 演連珠之一

晉文99.3　　大渭懿器慨世 陸雲 答兄平原 晉詩359　　衛碎潰 應瑒 馳射賦 後漢文42.3　　內制

傅玄 衣銘 晉文46.12　　湃邁 曹丕 滄海賦 魏文4.2　　退屬愛萃 陸機 七徵之五 晉文98.3　　逝澀濟

藝 王粲 浮淮賦 後漢文90.2　　嘖逝 曹植 蟬賦 魏文14.6　　裔世系制 曹植 少昊 魏文17.5　　殺滯 杜摯 笳賦

魏文41.1　　契屬逝 孫該 琵琶賦 魏文40.3　　廢翳 却正 釋譏 晉文70.8　　計世穢 却正 同上 晉文70.8

屬計世 傅玄 因時運 晉詩261　　逝勢遞 夏侯湛 觀飛鳥賦 晉文68.6　　惠世 傅咸 桑樹賦 晉文51.9　　銳

逝屬計 潘岳 關中詩 晉詩371　　逝屬翳歲制祭 潘岳 悼亡之三 晉詩376　　惠戾世說 潘岳 西征賦

晉文90.4　　逝掣屆 木華 海賦 晉文105.7　　榍翳惠誓樊逝 陸機 大暑賦 晉文96.9　　穗稅 陸機 七徵之一

晉文98.2　　世契噬脆 陸機 漢高祖功臣頌 晉文98.5　　制誓藝替 陸雲 盛德頌 晉文103.13　　世繼

黏含 寒食散賦 晉文65.5　　制惠 潘尼 火賦 晉文94.3　　逝蒂藝 郭璞 遊仙之十三 晉詩425　　契藝世

郭璞 爾雅圖筆贊 晉文121.5　　契屬逝 郭璞 山海經圖遺蛇贊 晉文122.4　　斃翳屬 郭璞 山海經圖女丑尸

贊 晉文123.7　　廢替世屬 李充 翰 晉文53.8　　惠世廢契 盧諶 贈劉琨 晉詩418　　勢際契懟

袁宏 從征行 晉詩449　　世替銳戾 袁宏 三國名臣序贊 晉文57.6　　世翳 袁宏 桓溫碑 晉文57.8　　裔世

戾惠 袁宏 祭牙文 晉文57.8　　世滯翳契逝際 戴逵 尚長贊 晉文137.3　　世際翳契滯惠 戴逵 閑遊賦

晉文137.4　　蒂勢 支曇諦 廬山賦 晉文165.16　　際勢滯世契歲 慧遠 報羅什偈 晉詩506　　世廢惠

蔽計歲說界濟袂 陶潛 感士不遇賦 晉文111.4　　刈濟界逝脆世 陶潛 祭從弟敬遠文 晉文112.9

惠世 周祇 執友箴 晉文142.2　　勢惠斃逝 郭元祖 師門贊 晉文139.3　　契逝世惠 郭元祖 呼子先贊 晉文

139.8　　制計 王劭之 春花賦 晉文144.11　　替衛契 無名氏 成帝哀策文 晉文146.5　　代療際裔 木華 海賦

晉文105.7　　替弊戾惠代 郭璞 與王使君 晉詩422　　契誓署世 阮籍 東平賦 魏文44.8　　懟隸地

郭璞 山海經圖青鳥贊 晉文122.7　　際器惠 陸機 演連珠之八 晉文99.4　　屬燧墜世 陸雲 夏府君誄 晉

文104.10　　逝屬遺斃裔 潘尼 火賦 晉文94.3　　屆隊計芥裔 王粲 浮淮賦 後漢文90.2　　惠對世

楊戲
贊張君嗣 裔櫱逝 陸雲
夏府君誄 晉文104.9 　　概愛介惠世厲藝 陶潛
祭從弟敬遠文 晉文112.9

敗世計 却正
釋譏 晉文70.8 　　系制會 傅玄
元日朝會賦 晉文45.2 　　契會 陸機
演連珠之三十六 晉文

99.6 　世逝廢憩藝稅吠製詣厲歲慧界蔽外契 陶潛
桃花源詩 晉詩485 　　衞世歲制界

會外 無名氏
大晉篇 晉詩272 　　翳厲近代憩愛 鄭豐
蘭林 晉詩368 　　乂慧昧世墜 陸雲
陸府君誄 晉文

104.7 　　泰介 曹植
魏德論 魏文17.9 　　帶害竄外大泰 潘岳
西征賦 晉文90.5 　　瀨會芥外 贄虞
贈李

叔龍 晉詩316 　　澮會沛外介 郭璞
江賦 晉文120.1 　　芥會外 郭璞
山海經圖磁石贊 晉文122.9

沛蓋介賴帶泰 棗腆
答石崇 晉詩 409, 藹邁乂薈會帶憀 陸雲
鳴鶴 晉詩361 　　離太會害外

賴 戴邈
申三復贊 晉文137.3 　　昧外賴 張翰
杖賦 晉文107.11 　　繪綷 潘岳
射雉賦 晉文92.2 　　大泰

邁姉蓋藹愛 陸雲
陸公誄 晉文104.6 　　裔外竄艾會邁世 曹植
大饗碑 魏文19.1-2 　竄廢歲薈

張協
七命 晉文85.8 　　邁需外氣戾 陸機
浮雲賦 晉文96.1 　害歲帝敗泰外 傅玄
喜霽賦 晉文45.1

(7)與去聲入聲通押

乂器位黻 陸雲
盛德頌 晉文103.13 　　卒對績戾 左思
吳都賦 晉文74.9 　　厲裔逝憩勢際臬洩

屆 游海賦 後漢文90.1 　　世月契 曹植
七啓之七 魏文16.11 　　濊察月惠 曹植
魏德論 魏文17.9

列慧滯逝 嵇康
琴賦 魏文47.3 　　裔戾髮襪翳世藝厲制 潘岳
藉田賦 晉文91.4 　　裔惠析 潘岳
笙賦

晉文91.7 　穴鱠咽襪翳癘嚙劵脆臺髮藝綴勢制衞絕轍 左思
魏都賦 晉文74.16 　裔

殺節瞽 曹攄
答趙景猷 晉詩407 　　戾計穴曳斃 潘尼
惡道賦 晉文94.1 　　哲世厲恔 張華
烈文先生誄

晉文58.9 　　霓泄滯屆昕何晏
景福殿賦 魏文39.5 　　結節制罽 左九嬪
萬年公主誄 晉13.7 　列翳

悅世 左思
魏都賦 晉文74.13 　　哲傑列裔衞結契 曹嘉
贈石崇 晉404 　　列別劣衞翳傑契計

結噬竊戾厲薎轍制斃設絕黜龁袂 仲長敖
覈性賦 晉文80.12 　　列轍逝翳血 無名氏
簡文帝京策文

晉文146.7

(8)與去聲上聲通押

氣黷翠偉 傅玄
瓜賦 晉文5.8,9 　　致係緯摛媚翠偉 陸機
文賦 晉文97.2

將上列現象再作進一步地統計，可知祭泰廢三韻單獨押韻的，計有74條，佔
全部26.5％，四韻互押的情形，計有45條，佔全部的16.1％，而四韻與去
聲押韻的，則有87條，佔全部的31.2％，與入聲押韻的有52條，佔全部的

18.6%，又同時與去聲入聲押韻的有19條，佔全部6.8%。從這些數據裏，我們不難看出四韻互押與單獨押韻的比例已是相當高，換句話說，在這個時期裏，這四個韻已具備了它特有的音韻性質，其異於其他韻部的事實已是不容置疑的。而且其與去聲押韻的百分比已超出和入聲押韻很多，更加地肯定了它為去聲的韻部。尤其此期單獨押韻26.5%的比例，比起兩漢時期17.7%的比例要高，也說明了祭泰分韻的演變趨勢。至於廢韻，個人前面曾說它必須獨立為一韻，可是上列廢韻單獨押韻的例子卻僅有一條，為何例子這麼少，仍然可以獨立為一韻呢？其實例子少的理由，是緣於廢韻字本來就很少，尤其要在仍然「韻緩」的魏晉時期，要求嚴格地押「廢」韻，這恐怕是不容易的，而且廢韻在當時的一部分方言裏，仍與別的韻不分，至於分韻主要在今所見全本王仁昫刊謬補闕切韻「廢」韻韻目下有一行小注：

　　　　卄廢　方肺反，無平上，夏侯与隊同，呂別，今依呂。

我們知道全王韻目下的小注，應該就是原本陸法言切韻韻目下的小注，他的目的，特別是在說明他的韻書是具備「南北是非，古今通塞」的性質，他的書是「遂取諸家音韻，古今字書，以前所記者」而成的。他這裏所提到的「呂」「夏侯」，應該就是切韻序裏所提到的呂靜與夏侯詠。陸法言指出梁夏侯詠的韻略是「廢」「隊」合韻的，而晉呂靜的韻集則是分成兩韻，根據他「從分不從合」的原則，所以「依呂」而獨立了廢韻。據魏書江式傳載，呂靜為山東任城人，即今山東濟寧縣，其韻集的音韻基礎，應即是以山東濟寧一帶的方言為主，所以當時其他方言廢隊不分，而呂靜韻集則獨依其方言分韻，可知在晉朝應有廢韻的獨立。至於前述廢韻單獨押韻的例子是出現在傅玄的澡盤銘裏，傅玄為三國至晉的北地泥陽人，即今陝西省耀南縣一帶，他單獨押了廢韻兩字，也許這是巧合，但不可否認的，這也可能是他當時的方言，倘若是的話，廢韻的分韻可再提早一些時候。另外在祭韻方面也有要注意的，即是它與霽韻通押的頻率非常高，凡出現祭韻字同時也出現霽字的，就有57條之多，可見得霽與祭二韻的音值在當時大部分的方言是不分別的，但是二者分立仍設有太大的困難，是因為當時有些地方的方言，仍然可以辨別的，如全本王仁昫刊謬補缺切韻在「霽」韻韻目下的小注載著：

十三霽　子計反，李与杜与祭同，呂別，今依呂。

這樣的話，可知在呂靜韻集裏，二者是有區別。

四、南北朝

在南北朝時期，祭泰夬廢四韻是完全獨立在去聲的韻部裏，而且彼此之間的界限，似乎比前面幾個時期還要清楚，茲先根據何大安君南北朝韻部演變研究中的韻譜⑫，蒐羅其中涉及這四韻押韻的例子，分類於下，以便利進一步地討論。

(1)祭韻單獨押韻

弊世滯逝 謝靈運 山居賦 宋文31.1　銳蔽 謝惠連 前聲聲歌 宋詩658　礪裔 袁淑 雞九錫文 宋文44.5　枻

澀憩 謝莊 山夜憂 宋詩625　汭蔽銳 沈約 漢東流 梁詩985　際袂滯歲 江淹 去故鄉賦 梁文33.7上

澀裔 丘遲 選林賦 梁文56.5上　睿歲蓺 虞世基 元德太子哀册文 隋文14.4上　制滯例世 皇甫毗 玉泉寺碑

隋文28.9上　世裔 闕名 暴永墓誌 墓492　世裔 闕名 官人馮氏墓誌 墓721

(2)泰韻單獨押韻

泰帶籟害 謝靈運 答謝諮議 宋詩635　瀨藹 謝莊 月賦 宋文34.6　大藹 謝超宗 昭夏樂 齊詩757　會蓋

泰 謝超宗 肆幽樂 齊詩758　外藹 謝超宗 凱容樂 齊詩769　外藹會 竟陵王子良 遊後園 齊詩753　外艾 竟陵王 行宅

子良 齊詩753　大外藹泰 王儉 高德宣烈樂 齊詩756　蓋外 謝朓 送神 齊詩764　外籟會帶艾 謝朓 答王

世子 齊詩807　帶外蓋旆 謝朓 後齋迴望 齊詩825　大蓋帶蔡貝 陸厥 南郡歌 齊詩840　外

碨 張融 海賦 齊文15.2上　外帶瀨 張融 同上 15.3上　較蓋旆薈瀨泰會 沈約 侍林光殿 梁詩1001

帶蓋瀨會外 沈約 餞謝文學離夜 梁詩1013　蓋帶 沈約 會圃臨春風 梁詩1026　藹大蓋帶 江淹 山中楚

辭之一 梁詩34.8上　藹蓋旆外 江淹 齊太祖誄 梁文395上　沛藹旆蓋帶 江淹 同上 397下　藹

旆帶會最大 王僧孺 豫州墓誌 梁文52.3下　蓋會艾害 到洽 答癘率 梁詩1275　膾艾 吳均 食移 梁文

⑫　參見臺大中研所70年博士論文，南北朝韻部演變研究一文第三章。

60.4上　帶外會 何遜（日夕望江山）　梁詩1143　　藹瀨蓋帶 王筠（苦暑）　梁詩1186　　籟藹汰會 王筠（望夕）

罽　梁詩1188　　藹外帶 王訓（度關山）　梁詩1179　　磕外 簡文帝（海賦）　梁文8.2上　　會外大兌泰蓋最

簡文帝招真館碑　梁文14.3上　　大會藹帶 梁元帝（玄覽賦）　梁文15.3上　　會帶軑 梁元帝（同上）　15.3下　　蓋斾

帶 梁元帝（同上）　15.4下　　藹酹大賴 張纘（南征賦）　梁文64.6下　　會帶 張纘（懷音賦）　梁文64.8上　　大外帶

泰 徐陵（陳文帝哀册文）　陳文10.13上　　泰會斾害帶 沈炯（歸魂賦）　陳文14.1下　　外斾 江總（貞女峽賦）　隋

文10.1下　　泰會帶賴 高閭（至德頌）　後魏文30.9　　會外 元宏（懸瓠聯句）　北魏詩1467　　會外 無名慕容

氏垂歌之二　梁詩1328　　藹斾蓋最 闕名（郭顯墓誌）　墓290　　蓋帶會大 闕名（李超墓誌）　墓292　　沛蓋

會墢 闕名（李憲墓誌）　墓371　　會外大賴 陸卬（武德樂）　北齊詩1496　　大外會帶籟藹 陸卬（文舞辭）　北齊

詩1506　　外帶犬蓋 闕名（韓裔墓誌）　文1975.4.64　　大外泰薈斾蓋 盧思道（祭漢湖文）　隋文16.15上

泰大會賴 牛弘（武舞）　隋詩1631　　會蓋 牛弘（昭夏）　隋詩1634　　賴大外 牛弘（武舞）　隋詩1643　　蓋帶 辛德源（東飛）

源伯勞歌　隋詩1670　　帶外 孫萬壽（寄京邑親友）　隋詩1685　　艾蓋 無名氏（長安謠）　隋詩1734

(3)夬韻單獨押韻

　　話敗蠆邁 劉勰（文心雕龍檄移篇贊）

(4)祭泰夬廢四韻互押

　　泰外帶濊大 王韶之（食舉歌之六）　宋詩600　　　艾蔡 袁淑（弔古文）　宋文44.5

(5)與入聲韻通押

　　曳晰 謝莊（瑞雪詠）　宋詩626　　蔽滯晰 范曄（贊）　後漢書59.26下　　世祭缺輟 范曄（贊）　後漢書35.17上

　　外末太泰會達大 張融（海賦）　齊文15.3下　　外脫瀨 北山移文　齊文19.7下　　裔晰繐衛 釋慧琳（武丘）

琳法綱法師誄　宋文63.9

(6)與其他去聲通押

　　廢內對碎 謝靈運（撰征賦）　宋文30.5　　對廢穢退暖 范曄（贊）　後漢書53.11下　　外載 高允（酒訓）　後魏文

28.11　　載愛碎 庾信（刈傷心賦）　北周文9.1下　　對愛帶 丁六娘（十索之一）　隋詩1726　　會碎配 闕名（張儉）

暨妻胡氏墓誌　墓537　　塞對稅礩 庾信（哀江南賦）　北周文8.8上　　逝懇厲澨蕙脆 傅亮（登凌雲館）

賦　宋文26.2　　際厲勢契斃 范泰（鷫鳥）　宋詩712　　斃逝世惠 顏延之（陶徵士誄）　宋文38.3　　逝薊

汭契 謝靈運（撰征賦）　宋文30.5　　惠稅袂歲 謝靈運（撰征賦）　文30.9　　歲滯惠誓 袁淑（詠多至）　宋詩718

歲例蒂蕙〔沈勃秋霽賦〕宋文41.10　　翳晢薇制逝屬慧〔謝鎮之重與顧歡書〕宋文56.13　　祭屬契

〔鄭鮮之祭牙文〕宋文25.8　　滯替惠翳際藝歲〔劉駿新晴文〕宋文6.11　　睿惠〔孔稚珪祭外兄張長史文〕齊文

19.9上　　麗滯蒂憩〔王寂第五兄揖到太傳〕齊詩778　　歲計濟世〔釋慧琳釋玄運法師誄〕齊文26.14下

帝祭衞際裔〔沈約梁宗廟登歌之六〕梁詩976　　厲枻祭袂逝娣〔劉孝威公無渡河〕梁詩1213　　閉袂

繫堨〔蕭綱採桑〕梁詩880　　藝制滯誓細〔蕭綱和賻逸民〕梁詩899　　袂堨〔蕭綱詠獨舞〕梁詩937　　世

惠藝叡濟憇逝翳〔張纘南征賦〕梁文64.1下　　濟惠枻誓祭裔〔張纘同上〕64.4下　　繼敝世濟麗

替〔張纘南征賦〕梁文646上　　制袂堨〔張纘妬婦賦〕梁文64.8上　　薇蒂際計〔張纘瓜賦〕梁文64.8下　　薇

際厲濟〔張縉龍樓寺碑銘〕梁文64.125　　麗替世惠〔裴子野湘東王善政碑〕梁文53.23上　　際睇閉細

廲蠆〔登鍾山〕梁詩1260　　麗蕙蒂⑬桂際〔褚澐詠荼〕梁詩1281　　制濟〔蕭睿圍棋賦〕梁文68.5上　　世細

麗闕名〔七召之三〕梁文69.6下　　制勢細〔徐陵鹿尾銘〕陳文10.11下　　蕙繼曳制世濟〔陳叔寶法朗墓誌〕

陳文4.8下　　裔系汭計〔沈炯始興昭烈王碑〕陳文14.11下　　契歲際繼〔段承根贈李寶〕北魏詩1474

際契世慧〔張淵觀象賦〕後魏文22.6　　汭世帝藝制惠裔桂逝〔闕名元演墓誌〕墓197　　契慧世

濟弊翳〔闕名奚真墓誌〕墓286　　叡歲制敝桂〔闕名元尚之墓誌〕墓758　　帝際睿世〔闕名元暐墓誌〕墓

163　　嚏皆衞薉〔闕名元融墓誌〕墓762　　翳逝惠〔闕名穆彥墓誌〕墓547　　裔世躋際慧〔闕名元文墓誌〕

墓222　　世諦滯際〔嵩陽寺碑〕後魏58.9下　　系世麗替〔闕名公孫劭墓誌〕墓778　　慧計細

歲〔闕名李挺墓誌〕墓780　　惠諦桂麗濟裔〔闕名李清進報德象碑〕續2.29下　　遰⑭薇麗際〔闕名定國

寺塔銘八〕20.25下　　契世藝濟〔闕名唐邕寫經銘八〕22.22下　　荔衞齊祭〔庾信昭夏〕北周詩1537-8

屜世剃〔庾信鏡賦〕北周文9.5上　　惠衞世隸繼〔庾信柳遐墓誌〕北周文17.45　　筮世閉衞逝〔庾信慕容

公碑〕北周文15.5下　　世濟契厲〔王褒謹碑〕北周文7.8下　　慧計翳濟滯〔釋慧命詳玄賦〕北周文

22.2上　　藝斃麗制斃泚〔亡名寶人銘〕北周文22.6下　　逝濟〔釋靜藹列偈題石壁〕北周文24.9上　　滯

遰堨〔薛道衡豫章行〕隋詩1663　　世帝替斃〔薛道衡隋文皇帝頌〕隋文19.5上　　替世〔楊廣隋秦孝王誄〕隋文

6.14下　　弟替歲閉滯筮睿藝惠世〔楊廣同上〕隋文6.14下　　滯逮惠〔蕭皇后述志賦〕隋文8.2下

---

⑬　廣韻集韻無此字，康熙字典云與蒂同。
⑭　廣韻集韻無此字，龍龕手鑑云遰與遰同，遰卽是遰的俗字。

際惠 牛弘昭夏 隋詩1631　契際憩溰遞桂計曳蔽 柳贄智者禪師碑頌 隋文12.18上　勢制計

虞世基姚恭公墓誌 隋文14.6下　世蒂蔽裔 闕名李和墓誌 文1966.1.27　世帝 闕名□靜墓誌 墓471

惠世諦誓 闕名比丘尼脩梵石室誌 墓511　帝世契 闕名賀若誼碑 隋文30.6上　邆蔽祭筮 闕名馮夫

人盧旋茝墓誌 墓543　帝裔蕙替濟世 闕名宮人劉氏墓誌甲 墓716　系帝麗世替 闕名陳叔榮

墓誌 墓606　帝世裔逝 闕名姜明墓誌 墓613　裔滯世閈 闕名宮人姜氏墓誌 墓743　世逝

替帝 闕名董夫人衛美墓誌 墓676　曳砌 闕名宮人楊氏墓誌 墓749　瑞世桂麗 闕名穆彥妻元洛神墓

誌 墓349　逝滯敝賜 高允答宗欽 北魏詩1472　裔世被制稅叙義寄 高允鹿苑賦 後魏文28.1

筮衞裔地世翳蒂 謝莊孝武帝哀策文 宋文35.10　薱翳敗戾 元宏弔比干文 後魏文7.11　溰麗

界逝 釋慧琳釋玄運法師誄 齊文26.15上　世衞界歲 王中頭陁寺碑文 梁文54.9上　施竄帶沛外

泰廢 謝靈運撰征賦 宋文30.9　泰昧大害 謝靈運慧遠法師誄 宋文33.8　較蓋昧 江淹車耕呪文 梁文

39.10上　外昧 闕名劉碑造像銘 北齊文9.5上　外會昧蓋 闕名郭寵墓誌 墓625　外蓋拜 庾信鄭偉

墓誌 北周文16.2上　會外蓋大帶施最賴界 隋秦孝王誄 隋文6.15上　大最誠蔡蓋

賴 徐孝克智顗禪師放生碑 隋文12.7上　薈蔡艾佩 王微茨苓贊 宋文19.7　逮外 張融海賦 齊文15.3上

肺苶繪綷 蕭綱七勵之三 梁文11.10上

(7)與去聲入聲通押

昕裔憩綴世翳 釋慧琳武丘法綱法師誄 宋文63.10　濟惠歲裔昕 李謇釋情賦 後魏文33.7上　世

逝堨涕 闕名程譜暨妻石氏墓誌 墓671

(8)與上聲通押

制侈 蕭統香壚賦 梁文19.1下　暖態背閔賴 蕭綱傷離新體 梁詩941　靄瀨會蓋鱠海愛鄫

顧野王餞友之徑安 陳詩1431　世起史始 闕名李元曁妻鄧氏墓誌 墓682

就上列韻例再予統計，可知其單獨押韻的，計有65條，佔36.3%；四韻互相
押韻的，則僅有2條，佔1.1%；其與去聲押韻的，共有99條，佔55.3%
；與入聲押韻的，凡有6條，佔3.4%；同時與去聲入聲押韻的有3條，佔
1.7%。由這兒我們可以了解此時期祭泰夬廢四韻，與入聲的關係已是相當
地遠，比起上古、兩漢時期，已不可同日而語。

在四韻當中，夬韻的獨立最遲，也就是在這個時間產生的。它的獨立，可以兩項證據說明：第一，在上列的韻例裏，有一個夬韻單獨押韻的例子，即劉勰文心雕龍檄移篇贊，以「話敗蠆邁」四字押韻。劉勰的文學理論是十分重視聲律的，在文心雕龍書中甚至有聲律篇專門闡述這個問題，他曾說「異音相從謂之和，同聲相應謂之韻」[⑮]，在此以「話敗蠆邁」押韻，也就是他強調「同聲相應謂之韻」的標準例子，據此可證在當時押韻的韻部中有夬韻。第二，在全本王仁昫刊謬補闕切韻「夬韻」韻目下的小注云：

> 十七夬　古邁反，無平上，李与怪同，呂別與會同，夏侯別，今依
> 夏。

於此說明在北齊李季節的音譜裏，夬韻與怪韻不分別，晉呂靜韻集則夬泰不分韻，但是梁夏侯詠的韻略則獨立為一韻，不與其他韻部相合，據此，夬韻獨立於這個時期，應該是可以相信的。

另外還有一些特別的押韻現象的，即祭泰夬廢在上古時期同屬月部，後來雖然與時推移，不斷地分化，但彼此的關係猶然很密切，但奇怪的是在這個時期裏，四韻彼此押韻的例子居然很少，這雖然表示了它們的音值各具特色，不容混淆外，其實也間接說明這個時期的文學作品，是多麼講求聲律，用韻的規矩比以前任何一個朝代都來得嚴格。還有祭霽二韻的合流現象，也是值得注意的。這種合流現象在魏晉時期就已經為數不少，到南北朝就更是如此，甚至可以說在當時的實際語言是不能分別。在前面魏晉時期所列單獨押韻的74條韻例裏，除了廢韻只有一例外，其餘祭韻有32例，泰韻有41例；而至南北朝時期，在單獨押韻的65條韻例裏，除夬韻只有一例外，其餘泰韻佔了53例，祭韻只有11條，可見得在此期裏，祭韻單獨押韻的情形減少了很多，而大部分都與霽韻押，例如在此四韻與去聲押韻的99條韻例裏，先是祭韻與霽韻押的例子，就有73條之多，由此可證祭霽合流的態勢，遠超乎魏晉時期。無怪乎在後來的廣韻去聲韻目下要注明祭霽同用，廢韻獨用了。

最後再談與入聲通押、及與上聲通押的現象。這四韻與入聲的關係，可

---

⑮　參見文心雕龍聲律篇。

以說是源遠流長，在此，雖然它們與入聲的關係遠了，可是偶而還會與同攝入聲押韻，或許這是受到歷史傳統的影響，但音值有某些程度上的相近，恐怕才是最主要的原因。近來學者假定中古韻值，蟹攝韻平上去三聲的韻尾多作 -i，入聲則作 -t，〔i〕雖然是元音，但它的響度本來就小，而〔t〕為清塞音，二者都同樣具有其低沈短促的性質，並且〔i〕的發音部位在舌面前，〔t〕的發音部位在舌尖中，也是十分相近，所以偶而會通押是自然的現象。至於與上聲通押的情形，在魏晉時期就有兩個韻例，都是押「偉」字，在此時期則有四個韻例，這也顯示去聲音值與上聲也有相近的地方。

明顧炎武音論曾謂：

> 今考江左之文，自梁天監以前，多以去入二聲同用，以後則若有界
> 限，絕不相通；是知四聲之論，起於永明，而定于梁陳之間也。

綜合我們上面的一些論述，可知祭泰夬廢四韻自上古以來，逐漸演變成去聲，它與入聲的關係由密而疏，由近而遠，不過在魏晉時期，與入聲相押的情形，仍然不乏其例，但一進入南北朝，這種通押的現象，就形成銳減的局面，在南北朝 197 條的韻例當中，僅有 9 條涉及入聲，可見得顧氏以梁天監作為去入聲同用的界限，雖然言辭稍嫌肯定，但就以這四韻演變的現象看來，則確實有這樣的趨勢，所以顧炎武的說法，應該是有其值得相信的地方。

有關祭泰夬廢的來源，在這兒個人只做了一個粗疏的描述，個中仍然存在許多的問題，有待以後再陸續討論。

敦煌守溫韻學殘卷析論

孔仲溫

巴黎國家圖書館所藏Ｐ2012號的卷子，也就是眾所熟悉的「敦煌守溫韻學殘卷」。此卷從被發現以來，就為學者們重視，或抄錄校正、或研究分析，其成績頗為可觀。由於它的時代早，內容豐富又兼具關鍵性，所以帶給我國聲韻學界不小的震撼。

最早抄錄研究的學者，為江陰劉半農氏，他於民國十二年留學歐陸之際，首先抄錄，並據而撰寫守溫三十六字母排列法之研究一文❶，民國十四年，再將所抄錄的，列入敦煌掇瑣下集中。民國二十年，羅常培氏據敦煌掇瑣抄本撰敦煌寫本守溫韻學殘卷跋❷。民國二十六年趙蔭棠氏以殘卷影片為本，撰守溫韻學殘卷後記❸繼諸人之後，周祖謨氏也撰讀守溫韻學殘卷後記一文❹。民國五十六年，潘師石禪以為劉氏的抄錄，於文字上的辨識，多有不清楚之處，於是往巴黎再度迻錄校正❺。

綜觀諸篇，對於本卷的形式、作者、字母、門法等問題，多所考索探論，創獲之處，固然很多，但疎漏不足的地方，猶然不少，值得再作全面而深入地探討，因此不惴檮昧，敢取敦煌寶藏一書翻印的原卷，參斠劉半農氏敦煌掇瑣中的舊抄，與潘師石禪瀛涯敦煌韻輯新編，別編上的新抄，重新再作分析研究，冀望於聲韻之學，能有所增益補闕，以下則分成：一、時代與作者。二、

等韻的形式。三、釋輕重清濁。四、聲母的分化。五、門法的原型等五個節段來分別析論。

一、時代與作者

此卷，劉半農氏曾經根據紙色及字蹟，潘師石禪則依切音稱反，而斷爲唐代的卷子。唯獨趙蔭棠氏猶然懷疑斷成三截中，字跡「頗見姿媚，卻極草率」的第二截「未必係唐季寫本」，認爲它的時代可能晚至於宋，原因在該截文字間有「樓子」兩大字，趙氏於守溫韻學殘卷後記一文的註釋中，曾引五燈會元論述：

> 五燈會元卷六載云：「樓子和尚，不知何許人也，遺其名氏，一日偶經遊街間，於酒標下整襪帶次，聞上人唱曲云：『你旣無心我也休』忽然大悟，因號爲樓子焉」。殘卷第二截之文字間，上畫樓亭，並寫「樓子」兩大字，抑出此僧之手歟？果爾，則此截未必係唐季寫本，因樓子乃宋僧也。

可見趙氏之所以會懷疑第二截爲宋抄，就是認定「樓子」兩大字是僧人的名號，但這恐怕有再商榷的必要。因爲就全卷觀察，在「樓子」兩大字的上方，實際上有一座三十餘層的樓塔，樓塔兩側各有飄逸流動，狀似彩帶的雲靄，於樓塔下左旁有「樓子上下各有鈴～芬雲」十字，據此就可證明塔下所寫「樓子」兩大字，正是指這三十餘層的樓塔；何況古人也有將「樓塔」稱作「樓子」

的，如僧德祥橫塘寺詩云：「白髮老人知舊寺，繞塘樓子十三房。」所以第二截中的「樓子」絕非如其所指爲僧人名號。而且倘若趙氏承認一三兩截爲唐季卷子，唯獨第二截屬於宋代，三截同在一卷子中，卻時代前後不一，這絕不是事實。

　　既然此卷斷屬唐代，然其所屬的時期如何呢？羅常培氏於敦煌守溫韻學殘卷跋一文中，曾有一段與此有關的論述，內容是：

　　今案卷中四等重輕例所舉，「觀古桓反關刪勬宣涓先」及「滿莫伴反彎潸免選緬獮」二例，勬字廣韻屬仙韻合口，而此注爲宣韻，免字屬獮韻合口，而此注爲選韻；其宣、選二目與夏竦古文四聲韻所據唐切韻同。而徐鍇說文解字篆韻譜所據切韻，徐鉉改定篆韻譜所據李舟切韻，尚皆有宣無選；陸詞、孫愐、王仁昫等書則並無之。據王國維書古文四聲韻後謂：「其獮韻中覓字註人兗切，而部目中選字上註思兗切，二韻俱以兗字爲切，蓋淺人見平聲仙、宣爲二，故增選韻以配宣，而其反切則未及改。其本當在唐韻與小徐本所據切韻之後矣。」又古文四聲韻引用書目有祝尚丘韻、義雲切韻、王存義切韻及唐韻四種，則其所據韻目當不外乎祝尚丘、義雲、王存義所爲。若就增選韻以配宣一點言，其成書尚在李舟切韻後。王國維李舟切韻考旣據杜甫「送李校書二十六韻」斷定李舟在唐代宗乾元之初年二十許，切韻之作當在代、德二宗之世。則守溫、夏竦所據之切韻必不能在德宗以前。且半農先生亦嘗據其紙色及字蹟，斷爲唐季寫本，故舊傳守溫爲唐末沙門，殆可

徵信。

羅氏雖然不曾直接說明卷子的時代，但由其論述四等重輕例所據的切韻與守溫的時代，及據劉氏之說以此卷爲唐季寫本，就可間接地了解羅氏認定此卷應是德宗(779AD.～804AD.)至唐末(907AD.)百年間的晚唐產物。而個人由四等重輕例中所載的切語、韻目，取與其前後時期的韻書作一比較，也證明羅氏的認定是可信的。在切語方面，先取四等重輕例的切語，和姜亮夫瀛涯敦煌韻輯、潘師石禪瀛涯敦煌韻輯新編二書所抄錄的S2071、P2011、P2014等三切韻殘卷❻、及蔣本唐韻、王三❼、廣韻、說文解字篆韻譜中小韻下的切語，作成四等重輕例與唐宋韻書切語比較表（參閱附表一），諸韻書中，除廣韻爲完整，全王本切韻爲大部分完整之外，其餘都已殘缺不全，至於大徐所改定的說文解字篆韻譜，也因爲全書以說文爲本體，收字範圍受到限制，所以導致在比較上，不容易達到全面觀察的程度，但是我們仍然可以肯定四等重輕例所據的切語，應屬切韻一系，並且較接近廣韻。其次在切語比較中，尤其值得注意的，是四等重輕例中的侯韻「嗨亡侯反」與翰韻「但徒旱反」兩組切語。「嗨亡侯反」一組，檢閱上列的韻書，除廣韻有「嗨亡侯切」及唐韻殘闕不明之外，其他如S2071、P2011，全王等韻書的侯韻，都不載此字。「但徒旦反」一組，則P2011與全王在上聲旱韻有「但徒旱反」，去聲翰韻無「但」字；唐韻上聲殘闕不明，而於去聲翰韻「憚徒案反」下有「但」字；廣韻則除了上聲旱韻有「但徒旱切」之外，又見於翰韻「憚徒案切」下，由此可知「嗨」「但」二字同時增入侯

四等重輕例與唐宋韻書切語比較表　（附表一）

韻目 切語書	四等重輕例	S 2071	P 2011	P 2014	唐韻	全王	廣韻	說文篆韻譜	備註
寒	丹多寒	單都寒	單都寒			單都寒	單都寒	單都寒	
桓	觀古桓	官古丸	官古丸			官古丸	官古丸	官古丸	
豪	高古豪	高古勞	高古勞	高古刀		高古勞	高古勞	高古牢	
侯	樓洛侯	樓落侯	樓落侯			樓落侯	樓落侯	樓落侯	
侯	䴢薄侯	䴢薄侯				䴢薄溝	䴢薄侯		
侯	謳亡侯	謳亡侯				謳亡侯	謳亡侯		
侯	齁呼侯	齁呼侯	齁呼侯			齁呼侯	齁呼侯		
談	擔都甘（註己甘）					擔都甘	擔都甘	得古旱	
旱	笴袈旱		笴各旱			笴各旱	笴古旱		
緩	滿莫罕	滿莫旱	滿莫旱	滿莫卵		滿莫旱	滿莫旱	滿莫旱	
晧	杲古老	杲古老	杲古老			杲古老	杲古老	杲古艸	
敢	埯烏敢	埯央敢				埯安敢	埯烏敢		
翰	旰古案		旰古旦	旰古案		旰古旦	旰古案	旰古案	
翰	岸五旰		岸苦旦	岸五旰		岸五旦	岸五旰	岸五旰	
翰	但徒旦		憚徒旦	憚徒案		憚徒旦	憚徒案	憚徒案	
換	半布判		半博漫	半博漫		半博漫	半博慢	半博慢	
德	勒郎德		勒力得			勒盧德	勒盧則	勒盧德	
德	刻苦德		刻口得	刻苦得（註三）		刻苦德	刻苦得	刻苦德	
德	態奴德		態乃北			態乃北	態奴勒		
德	特徒德		特大得			特徒德	特徒得	特徒得	
德	北布德		北博墨	北博墨		北博墨	北博墨	北博墨	
德	祴古德		祴古得			祴古得	祴古德	祴古得	
德	忒他德		忒他得			忒他則	忒他德	忒它得	
德	餲烏德		餲亡得			餲愛黑	餲愛黑		
德	墨莫德		墨亡得	墨莫北		墨莫北	墨莫北	墨莫北	

分析本卷書俗語因，形俗之「桅」應為「檣」，韻原廣韻展等三應作韻等三「檣」，「若」作「卷原」。一註：二註：三註：故「桅」此為劉「檣」，切語若音刻卷原。正今，訛形若得音刻卷原。

韻翰韻中，當在唐韻以後。在韻目方面，由四等重輕例中平聲「丹多寒反」「觀古桓反」、上聲「䕘歌旱反」「滿莫伴反」去聲「旰古案反」「岸五旰反」「但徒旦反」「半布判反」可知寒桓韻相承的上去聲旱緩與翰換韻，已有明確開合分韻的情形。尤其在去聲「半布判反」下注有「綬」字❽，此字應是「緩」或「換」字的訛形，觀其字形，似乎比較接近「緩」，但是「緩」韻是去聲「換」韻相承的上聲，此處屬去聲的地位，按理又應是「換」字的訛形，然無論是「緩」或「換」的訛形，都說明四等重輕例所據的韻書是寒桓分韻的。韻書的寒桓分韻是始於天寶本的唐韻，較早的陸法言切韻與王仁昫刊謬補闕切韻，寒桓仍然合併為一韻。其次，再由四等重輕例中，平聲談咸鹽添、入聲陌麥昔錫職德諸韻四等相承的情形，可知其所依據的韻書中，諸韻的韻次，應當是先後聯屬的。林烱陽氏廣韻音切探源一書中，嘗分析隋唐宋韻書部次為三系❾，而由上述韻次，可推知其所依據的韻書應屬於與大徐改定說文篆韻譜、廣韻同系的第三系。說文篆韻譜一書，據大徐後序稱多依李舟切韻補益正疑，雖然大徐改定說文篆韻譜的部次，未必就是李舟切韻的部次❿，但受李舟切韻的影響，應無可疑，因此與它同系的四等重輕例，自然也應在李舟切韻之後，而受它的影響，所以羅常培氏的見解可以依從。

至於羅常培氏據夏竦古文四聲韻推四等重輕例所據韻書，當不外是祝尚丘、義雲、王存義等人所為，個人則不以為然，因為夏竦古文四聲韻，據其序文及序末所列「古文所出書傳」可知該書的編纂，為承襲郭忠恕汗簡而來，內容材料主要以汗簡為本，而汗簡每每引義雲切韻與王存義切韻的古文，所以此二書理應不

是夏竦據以次韻的韻書。另外由於古文四聲韻序末的「古文所出書傳」中有祝尙丘韻，因此夏竦引祝尙丘韻的目的，也可能只在「古文」一項而已，且檢閱古文四聲韻中引祝尙丘書，在陽韻「羊」字下有「¥」字，注屬「祝尙丘碑」，在齊韻「詣」字下有「ᒼᒼ」字，注屬「祝尙丘韻」，都可以證明引祝尙丘韻的目的在「古文」，而不在「韻目」。何況夏竦在序文中曾說該書是「準唐切韻，分爲四聲」，所以個人推測這唐切韻應該不是祝尙丘韻，否則爲何明白地列舉書名在「古文所出書傳」的目錄與內容中，而序文裏卻又不稱列書名，可見得序文所說的「唐切韻」與祝尙丘韻，不同一書。但在序裏所稱的「唐切韻」究竟爲何呢？是否爲廣韻書首所列增字諸家，居於孫愐之後的嚴寶文、裴務齊、陳道固諸家的韻書，則已經無法詳考了。

　　論及本卷的作者，由卷首署「南梁漢比丘守溫述」八字，可知作者爲「南梁」的守溫，是中國沙門，不是天竺沙門。「南梁」，羅常培氏已證實爲地名，不是朝代名，但所指的究竟爲何地呢？近有二說，一爲趙蔭棠所考證的，指守溫爲南梁州人：即今湖南寶慶縣地，而入梁山寺爲僧，梁山寺則在湖南武陵縣。一爲唐蘭氏據太平廣記卷一百九十溫造條，考證南梁當是興元，即今陝西南鄭縣，周祖謨氏則以爲唐蘭氏的說法可信 ⓫，然而孰是孰非，目前尙難斷定。至於守溫爲晚唐人的說法，向來學者多無異議，唯有趙蔭棠仍別有意見，他說：

　　吾謂其生固在於唐末，而其死宜在於宋初；亦猶徐鉉輩可
　　作兩朝人視之也。考緣觀之示寂，在宋咸平庚子（眞宗三

年，西曆一○○○年）；法嗣太陽警玄，示寂於仁宗天聖
五年丁卯（西曆一○二七年）。另有梁山簡者，釋籍不載
其卒年，然彼係雲峰義存之再傳弟子，義存入寂於後梁開
平二年（西曆九○八年），由此可推其卒年亦在宋初。守
溫非緣觀及簡等之同輩，即其弟子，故有入宋方卒之可能。

但個人認為趙氏的說法，有兩點不盡理想的地方。第一，徐鉉生
於五代後梁末年，卒於宋太宗淳化年間，稱他為兩朝人是可以的，
但如果說守溫生於唐末，經五代而卒於宋初，這也是兩朝人則不
可以，如此至少應該稱以三朝，所以他舉徐鉉為例，並不貼切。
第二，趙氏懷疑守溫為緣觀，梁山簡的同輩或弟子，並考證緣觀
圓寂於宋咸平庚子（1000 AD.），現在我們先假設守溫與緣觀同
輩，卒年相同，而再設定守溫是唐亡的那一年（907 AD.）生，則
總計其前後有九十三年之久。更何況我們已經知道守溫在唐際已
撰聲韻之書，並為僧徒抄錄在 P2012 號的卷子上，由此我們作最保
守的推測，這聲韻之書為守溫二十歲那一年撰寫的，且在唐亡之
前，隨即為僧徒所抄錄，以此來統計，守溫活到咸平庚子年，就
高達一百一十餘歲了，所以假定守溫為緣觀的同輩，推論所得的
年齡，已超乎常人，更不用說假定守溫為緣觀的弟子了。因此，
如果根據卷子的時代來推論，個人比較主張守溫為德宗以後的晚
唐人，其卒年最遲應在五代，而不應該延伸進入宋朝。

二、等韻的形式

在卷子中四等重輕例所次列的四等字例，共計平聲八組、上

聲四組、去聲四組、入聲十組（包含其中字迹殘損的一組），歷來論述等韻學起源的學者，都舉其中的部分例字，說明它嚴整的形式，是等韻形式的雛型。但個人以爲四等重輕例所呈現的等韻形式，實在還有深入探究的必要，所以進一步取韻鏡圖表與它仔細地覈查比較，作成四等重輕例與韻鏡比較表（參閱附表二）以觀察，於是發現四等重輕例所顯示的等韻形式，是極爲嚴整完密，並不是一般所謂「雛型」的形式。

就從它四等排列的情形來說，它四等的排列，與韻鏡是完全吻合的，例如豪、桓、侯、談、寒、旱、敢、緩、皓、翰、換、德排列在一等地位，屬一等韻；肴、刪、咸、山、產、檻、潸、巧、諫、襉、麥、陌排列在二等地位，屬二等韻；宵、宣、尤、鹽、仙、獮、琰、選、小、願、線、職、陌排列在三等地位，屬三等韻；蕭、先、添、銑、篠、霰、錫、昔排列在四等地位，屬四等韻。其中除韻鏡無宣選二韻，其宣選韻字都歸屬於仙獮韻，是由於二者所根據的韻書有別，而導致韻目不一以外，其餘甚至連陌韻有二三兩等的情形，也都相同。另外在平聲三等尤韻「流浮謀休」四字下的四等地位，有幽韻「鏐漻繆休」諸字，而當我們參照韻鏡圖中，尤幽二韻同屬三等韻，且在同居一圖的情況下，尤韻居三等地位，幽韻則借位置於四等的情形，可以知道在四等重輕例中，幽韻已有同於韻鏡的借位現象。再如近來學者所注意發生於支脂眞諄祭仙宵侵鹽及其相承上去入聲諸韻脣牙喉音下的重紐現象，也見於四等重輕例的字例當中，例如上聲三等琰韻，除了三等地位有喉音影母「掩」字　另外有伸入四等地位的「黶」字。再如上聲獮韻也是三等韻，但它的脣音明母「緬」字卻伸入

四等重輕例與韻鏡比較表（附表二）

四等重輕例

去聲				上聲				平聲								四等
半	但	岸	旰	杲	滿	埯	薛	鷯	嗨	丹	擔	晏	樓	觀	高	字歸
換	翰	翰	翰	皓	緩	敢	旱	侯	侯	寒	談	侯	侯	桓	豪	目韻 1.
扮	綻	鴈	諫	姣	轡	篦	簡	無	無	譜	鵒	無	無	關	交	字歸
襇	襇	諫	諫	巧	清	檻	產			山	咸			刪	肴	目韻 2.
變	邅	彥	建	矯	免	掩	褰	休	謀	邅	霑	浮	流	劬	嬌	字歸
線	線	線	願	小	獮	琰	獮	尤	尤	仙	鹽	尤	尤	宣	宵	目韻 3.
遍	殿	硯	見	皎	緬	壓	重	休	繆	顯	故	澆	鐐	消	澆	字歸
霰	霰	霰	霰	篠	獮	琰	銑	幽	幽	先	添	幽	幽	先	蕭	目韻 4.

韻鏡

去聲				上聲				平聲								四等
半	憚	岸	旰	晶	滿	埯	鶮	嗨	單	擔	晏	樓	官	高		字歸
換	翰	翰	翰	皓	緩	敢	旱	侯	侯	寒	談	侯	侯	桓	豪	目韻
24	23	23	23	25	24	40	23	37	37	23	40	37	37	24	25	次轉 1.
合	開	開	開	開	合	開	開	開	開	開	開	開	合	開	合	開
扮	袒	鴈	諫	姣	轡	篦	簡	○	○	譜	鮎	○	○	關	交	字歸
襇	襇	諫	諫	巧	清	檻	產			山	咸			刪	肴	目韻
21	21	23	23	25	24	40	21			21	39			24	25	次轉 2.
開	開	開	開	開	合	開	開			開	開			合	開	合 開
變	遭	彥	建	矯	免	褰	褰	休	謀	遭	霑	劉	勮	驕		字歸
線	線	線	願	小	獮	獮	獮	尤	尤	仙	鹽	尤	尤	仙	宵	目韻
24	23	23	21	25	23	40	23	37	37	23	39	37	37	24	25	次轉 3.
合	開	開	開	開	開	開	開	開	開	開	開	開	合	開	合	開
徧	電	硯	見	皎	緬	壓	蘸	葽	繆	顥	蟄	澎	嫽	洧	驍	字歸
霰	霰	霰	霰	篠	獮	琰	銑	幽	幽	先	添	幽	幽	先	蕭	目韻
23	23	23	23	25	21	40	23	37	37	23	39	37	37	24	25	次轉 4.
開	開	開	開	開	開	開	開	開	開	開	開	開	合	開	合	開

聲								入
墨德	餩德	忒德	㥶德	北德	特德	熊德	刻德	靮德
麥麥	餚陌	坼陌	革麥	蒦麥	宅陌	㯶陌	縛麥	礐麥
宵職	憶職	勒職	薾職	逼職	直職	匿職	陳陌	力職
覓錫	益昔	惕錫	擊錫	壁鋖	狄錫	溺錫	喫錫	歷錫
墨德	餩德	忒德	祓德	北德	特德	㥶德	刻德	靮德
42開	42開	42開	42開	42開	42開	42開	42開	42開
麥麥	臣陌	坼陌	隔麥	㯶麥	宅陌	路陌	礐麥	礐麥
35開	33開	33開	35開	35開	33開	33開	35開	35開
宵職	憶職	救職	殛職	逼職	直職	匿職	陳陌	力職
42開	42開	42開	42開	42開	42開	42開	33開	42開
覓錫	益昔	逖錫	激錫	壁鋖	狄錫	棁錫	燉錫	靈錫
35開	35開	35開	35開	35開	35開	35開	35開	35開

備註

①四十麧原作「合」龍字純韻鏡校注，李新魁韻鏡校證以為當作「開」，茲據正。

②「旰」原作「肝」誤，茲據韻鏡校注、韻鏡校證正。

③「徧」韻韻鏡兩見一在線韻一在霰韻茲據韻鏡校注韻鏡校證。

④三十五圖原無「罯」字，茲據韻鏡校注、韻鏡校證補。

⑤「愬」原作「愬」誤，茲據韻鏡校注、韻鏡校證正。

⑥「壁」原作「璧」誤，茲據韻鏡校注、韻鏡校證正。

⑦「坼」原作「拆」誤，茲據韻鏡校注、韻鏡校證正。

四等，而爲與三等「免」字對立的重紐字。又韻鏡列圖，於舌音部位，一四等列舌頭音端系字，二三等列舌上音知系字，而四等重輕例中的舌音諸字例，如「擔䛩霑㚇」、「丹譠邅顚」、「但綻纏殿」、「䶣搦匿溺」、「特宅直狄」、「忒坼勅惕」等，都與韻鏡列圖相符，像這樣嚴密地以四等來分析切語聲韻的現象，假設仍認定它是等韻的「雛型」，恐怕是說不通的。

其次，如果再從它開合分配的情形來觀察，則就更能了解它等韻觀念與形式的成熟。在四等重輕例中，開口字與合口字是儼然分立，而不相混的。如平聲一等的高、樓、裒、擔、丹、晦、齁及其相配的二三四等字，無一字不是屬於開口，一等的觀及其相配的二三四等字，也都是屬於合口的。尤其在它相配的四等，和韻鏡有不同的時候，我們更能看出它開合觀念的嚴明。例如平聲的「丹寒譠山邅仙顚先」及上聲的「䔊旱簡産蹇獮璽銑」，韻鏡「單邅顚」和「笴蹇蕑」均在二十三轉開口圖的一三四等，「譠」「簡」在二十一轉開口圖的二等，四等重輕例則將這些等第不同的開口字相配在一起。再如去聲的「旰翰諫諫建願見霰」，韻鏡「旰諫見」在二十三轉開口圖的一二四等，「建」在二十一轉開口圖的三等，四等重輕例也是將這些同開口的字，相配起來。還有，韻鏡列於四十二轉開口一等三等的職德韻字，及列於三十三、三十五兩轉開口二等四等的陌麥昔錫韻字，與三十三轉開口三等的「隙」字，四等重輕例都把這些開口字按四等的次序相配起來，所以它的開合觀念可以說是相當清晰的。至於其脣音字的開合，如上聲列有「滿緩彎潸免選緬獮」，去聲列有「半換扮襉變線遍霰」，如果按照它仙宣、獮選分韻及開合分明的觀念看來，

似乎上列的脣音字，應屬於合口。但是由於脣音開合的問題，十分複雜，宋元等韻圖於韻字的開合，不盡一致，所以上面八字是否全屬合口，則不敢遽爾確定。

再者，關於十六攝與內外轉，從四等重輕例看來，好像仍屬於發展過程中的形態，所呈現的觀念猶然不十分完整明確。例如它的平上去三聲，外轉的山效咸三攝韻字，與內轉的流攝韻字，都界域分明，絕不相混。但是在入聲裏的情形，就不是這樣了，在宋元韻圖中職德二韻屬於內轉的曾攝，陌麥昔錫四韻則屬於外轉的梗攝，二攝韻圖是迥然分立，絕不相混的，而四等重輕例則將職德與陌麥昔錫同列。

總之，儘管四等重輕例僅有少少地二十五組四等字例，但從這裏我們可以了解在唐代中晚時期，已具備了等韻的基本觀念與完整形式，其無論是四等、開合均是如此地成熟，形式、歸字是如此地嚴謹不苟，除了後人併轉爲攝與內外轉的畛域還不十分明晰之外，其餘可以說是與韻鏡、七音略無異，甚至在其字例中，有一些有聲無字而作「⊕」的情形，也不例外，眞讓人懷疑四等重輕例的作者是否是根據當時完整的等韻圖摘錄舉例，以說明「四等重輕」的觀念。所以周祖謨氏曾有：

> 此卷『四等重輕例』所列各韻字的等第已經與宋代相傳的韻鏡完全相同，很像是根據一種已有的韻圖錄下來似的。

這樣的話，個人是十分贊同他的說法。另外趙蔭棠守溫韻學殘卷後記則謂：

又有可言者，即此卷殘至若何程度？換言之，即此之後是否附有韻圖？余以為此卷雖殘，但所缺無多，卷後決無韻圖，『定四等輕重例』⑫下，只言某字宜在某等，假有圖攝，必言某字宜居某攝某圖也。且於例文之後，舉平聲三十二，上聲去聲各十六，入聲四十；假有圖攝，何必多此一舉？然所舉者，按等分例，毫無紊亂，故謂為後日圖攝之雛形也可。是在讀者善知古人之用心耳。

其實韻學殘卷是否附有韻圖，本來就不可考，因為據潘師石禪 P 2012 號守溫韻學殘卷校記云此卷本是「僧徒據守溫韻學完具之書，隨手摘抄數截於卷子之背，並未全錄原書，故僅有此片段遺文耳」⑬，所以守溫韻學之書究竟有無韻圖實不可知，何況四等重輕例旨在說明四等的觀念，似乎也不必一定要言明出自某圖某攝。

　　綜論上述，個人以為由四等重輕例所呈現完備的等韻觀念與嚴整的四等形式，可知唐人已知分析韻書切語的聲韻以歸字，必然也會將韻書所有的切語作全面的分析，以產生等韻圖，所以在守溫的同時，照理應有完整地等韻圖問世才是，而由此似乎也可以印證韻鏡序作題下注「舊以翼祖諱敬，故為韻鑑，今遷祧廟，復從本名」一語，以為韻鏡於宋以前即已有之，當非虛語。

三、釋輕重清濁

　　研究聲韻學，詞語的詮釋，是十分重要的項目，因為古人分析音理，各憑己意，所以往往有名同實異，或實同名異的現象，

因此我們對於守溫韻學殘卷中多次提列的「輕重」與「清濁」的意義，應先有一番認識與了解。

在守溫韻學殘卷中提列「輕」「重」，先後有六次，但是如果我們想要了解它的意義，則必須從第三截「夫類隔切字有數般，須細辯輕重，方乃明之」條例中所舉的例子入手。其載錄「如方美切鄙　芳逼切堛　符（符）巾切貧　武悲切眉」一類的類隔切語，稱「此是切輕韻重隔」，而「如疋問切念❹　鋤里切士」一類的類隔切語，稱「此是切重韻輕隔」，而於所謂的「輕」「重」，又是針對「切」「韻」而言，然「切」「韻」所指為何呢？周祖謨氏以為「所謂切輕韻重，切指聲母而言，韻則指被切字的字音而言」❺，然而周氏的說法，似乎值得商榷，在守溫韻學殘卷第一截「定四等重輕兼辯聲韻不和無字可切門」，就有如下的敍述：

> 高　此是喉中音濁，於四等中是第一字，與歸審穿禪照等
> 　　字不和，若審穿禪照中字為切，將高字為韻，定無字
> 　　可切，但是四等喉音第一字總如高字例也。
>
> 交　此字是四等中第二字，與歸精清從心邪中字不和，若
> 　　將精清從心邪中字為切，將交字為韻，定無字可切，
> 　　但是四等第二字總如交字例也。審高反、精交反是例
> 　　諸字也。

由其語意及末尾「審高反」「精交反」的例子，應可肯定「切」所指的是「反切上字」，「韻」所指的是「反切下字」。另外在卷中草書字大的第二截裏，舉「尊生反」「生尊反」為例，言「無

字可切」，及第三截「兩字同一類憑切定端的例」，所及的「切」
「韻」一詞，意義都是如此的⑯。「切」「韻」的意義旣然明確，
繼而「輕」「重」的意義爲何呢？則恐與等韻圖中聲母韻母的分
等有關。如「方美切鄙　芳逼切堛　符(符)巾切貧　武悲切眉」
諸類隔切語之所以被稱作「切輕韻重隔」，正是反切上字「方」
「芳」「符」「武」聲母都屬輕脣音非敷奉微，但是在等韻圖中，
唯有東鍾微虞廢文元陽尤凡十韻及其相承的上去入聲在三等韻時，
非敷奉微始歸入輕脣音，否則都得讀作重脣音，現在這些反切上
字雖然都是輕脣音，但是它們的反切下字，「美」屬旨韻、「逼」
屬職韻、「巾」屬眞韻、「悲」屬脂韻，雖然都是三等韻，卻不
屬上述讀輕脣音的諸韻，因此這些韻部的脣音字，都必須讀重脣
音，所以「切輕韻重」就是指反切上字的聲母雖是輕脣，但反切
下字所屬的韻母，其脣音字卻應該是重脣，所以這個「門法」就
是告訴讀者，這種類隔現象，是不能依反切上字切音，須就其反
切下字切音。也許有人會懷疑卷子的作者，如何確定上述諸韻要
讀輕脣，其餘的韻部則屬重脣呢？則在此卷第三截末尾有一「辯
聲母相似歸處不同」的門法，那正是上述諸韻讀輕脣音的例字，
雖然聲母僅是非敷兩類，韻部也僅舉了平上二聲，但已足夠說明
卷子作者對於那些韻讀輕脣屬「輕」，那些韻讀重脣屬「重」，
早就瞭然於胸，絕不相混。其次，「疋問切念　鋤里切士」二切
語之所以被稱爲「切重韻輕隔」，則「疋問切念」的切語上字
「疋」屬重脣滂母，切語下字「問」屬讀輕脣音的問韻，正是「切
重韻輕」的類隔現象，所以作者指明切音之際，當以韻母的輕脣
音爲歸。至於「鋤里切士」之稱爲「切重韻輕隔」恐較不易曉悟，

因為切語上字「鋤」屬牀母，「里」屬三等止韻，就等韻學言，
莊系字是出現在二等韻與三等韻中的，現在止韻正是三等韻，由
「鋤里」切出「士」字，按理是屬音和，而此處何以稱為類隔呢？
個人以為莊系字在韻圖中恆居二等的位置，其屬三等韻時，三等
地位已有照系字，莊系字則借位於二等，是假二等；屬二等韻時，
二等是其本位，是真二等，今切語下字「里」屬三等韻，作者之
意，以為不當在三等照母位置切得「士」字，而當在二等地位，
這應該就是他所指的「類隔」，莊系字的發音部位為正齒近於齒
頭，照系字為正齒近於舌上，所以由「切重韻輕」一詞觀之，莊
系字為「重」，照系字為「輕」，輕重是由聲母的發音部位與韻
母的等第配合而言的。另外周祖謨讀守溫韻學殘卷後記一文中，
對於「鋤里切士」為「切重韻輕隔」的說法，與上面的敍述有很
大的出入，他說：

> 至於「鋤里切士」一例，鋤士韻書同屬牀母二等，本非類
> 隔，此處指明為切重韻輕隔，則鋤士聲母讀音已不同。鋤
> 為平聲字，士為上聲字，鋤今為塞擦音，士為擦音，守溫
> 時可能已經如此。所以把「鋤里切士」也列為類隔。依此
> 而推，去聲「事」字一定也與「鋤」字聲母不同。這是一
> 條很寶貴的材料。

但是由於他對「切」「韻」一詞的解釋有所偏失，如果再據之論
述輕重類隔現象的說法，則恐怕不容易成立了。

在此韻學殘卷中，提及「清」「濁」的有兩處，而且都在第

一截，一在卷首依發音部位分述的三十字母裏，內容作：

    喉音　心邪曉是喉（謙）中音清，匣喻影亦是喉中音濁。

一在「定四等重輕兼辯聲韻不和無字可切門」下云：

    高　此是喉中音濁，於四等中是第一字，……

這兩處的「清」「濁」，在意義上恐怕是不相同的。因為前者是
次列在依脣舌牙齒喉五發音部位分列的三十字母中，在喉音部位
下，以心邪曉三母為清，以匣喻影為濁，按理此處的「清」「濁」
是就聲母的性質而言的。但仍有些令人不免懷疑的是，在卷子的
其他地方，「心邪」二母都是與「精清從」三母同列，因此喉音
下的「心邪」，恐不該屬喉音，而應與「精清從」同列在齒頭音
中，這種情形，或許是抄錄的僧徒無意間錯置的。其次匣喻影三
母屬濁的排列，則又與韻鏡以「影曉」屬清，「喻匣」屬濁的排
列不同，是否是因心邪的錯置，抄錄僧徒為求形式的整齊，而連
帶影響其餘聲母的排列，則不可知了。但無論如何，喉音下分聲
母為清濁兩類，應無疑問，此則較隋唐人以清濁來分析韻部，更
接近後世聲母帶音（voiced）與不帶音（voiceless）的觀念。
    而後者以「高」為「喉中音濁」，則恐怕是從韻母的角度而
言的。因為近來學者多以為隋唐時期言清濁多指韻母，如龍宇純
氏在李登聲類考一文即謂：

一時代有一時代的用語，以隋唐時代的資料互相比勘，顯示其時所謂清濁，原係一貫的用以説明韻母音素的差異。[17]

又較早的唐蘭也曾分析唐末以前的清濁觀念，並提出「前元音算清，後元音濁；開口算清，合口算濁」的結編[18]。今知「高」字在韻鏡中屬開口一等豪韻，倘若根據高本漢的說法[19]，假定它中古的韻值，擬作〔-ɑu〕，那麼它的主要元音爲舌面後低元音，則以初步符合唐氏的說法，再者，豪韻雖爲開口韻，但亦爲收舌面後圓脣高元音韻尾〔-u〕的陰聲韻，韻部是帶著合口的色彩。且日增了尊悉曇輪略抄卷一「弄紐事」引元和新聲譜謂：

籠脣，言音盡濁；開齒，則語氣俱輕。

其以「籠脣」爲「濁」，也都可以推知豪韻的「高」字，由韻部來分析清濁，應是屬於濁的一類。即然主要元音與韻尾都屬於較後的部位，發音時予人有接近喉音的意象，因此作者稱之爲「喉中音濁」。

由於末尾的清濁，有從聲母來分析，有從韻母來辨別，可見得作者對清濁的觀念仍不十分成熟，但由此當可了解此時清濁的觀念，已逐漸由韻部音素的差異，轉變至聲母發音方法的不同。

四、聲母的分化

在本卷的卷首，有依脣舌牙齒喉五個發音部位次列的三十字

母，其內容爲：

唇音 不芳
　　 並明

舌音 端透定泥是舌頭音
　　 知徹澄日是舌上音

牙音 見（君）溪群來疑等字是也

齒音 精淸從是齒頭音
　　 審穿禪照是正齒音

喉音 心邪曉是喉（譹）中音清
　　 匣喻影亦是喉中音濁

但這並不表示當時的聲母只有這三十類，我們如果仔細地去分析卷子裏的其他內容，就可以知道它所呈現的聲母，至少有四十類之多，其分化相當細密，甚至可能同於廣韻的四十一聲類。

　　先從唇音來談，在上列的三十字母中，唇音僅有「不芳並明」四母，而且沒有輕重唇的區分，但實際上卷子中所顯示的唇音是輕重唇迥然對立不同的。例如前面曾經引述第三截「夫類隔切字有數般須細辯輕重方乃明之」時所舉的例子：

　　如方美切鄙　芳逼切堛　符（符）巾切貧　武悲切眉
　　此是切輕韻重隔
　　如疋問切忿　鋤里切士　此是切重韻輕隔

其中的方芳符武念諸字，正是屬於輕唇音非敷奉微等聲母；鄙堛貧眉疋諸字，則屬於重唇音幫滂並明等聲母，這個條例是將聲韻不和，歸字時不能得其本字本音的切語，稍作類隔，正呈現出反

切上字與所切之字，聲母爲不同類。又卷尾「辯聲韻相似歸處不同」的條例中，所舉「不芳」兩母的例字，全屬東鍾微虞廢文元陽尤凡十韻及其相承上聲韻中的輕脣音，雖然它只舉「不芳」兩母和平上二聲，但可見當時輕脣音的分化已經完成，而與重脣音明顯地對立，不相混淆。

在齒音方面，三十字母中已有齒頭音精清從心邪與正齒音照穿審禪九母。事實上卷子中的正齒音四母可再細分成九類，何以見得呢？我們從「兩字同一韻憑切定端的例」所載六組對比的字例，就可以明白，茲摘錄其字例並注明聲類如下：

諸章魚反（照）	辰常鄰反（禪）
菹側魚反（莊）	神食鄰反（神）
禪市連反（禪）	朱章俱反（照）
潺士連反（牀）	儞莊俱反（牀）
承署陵反（禪）	賞書兩反（書）
繩食陵反（莊）	爽疎兩反（疏）

顯而易見，其中的照與莊，禪與神牀，審與疏是有所區別的，因此卷子作者刻意地將這些韻同而聲類不同的字例排比，以說明在韻圖歸字時，要憑反切上字定位。此處雖然沒有提列穿與初，但依據莊照二系分立的情形推知，也應該是別爲兩類的。所以，在中晚唐時期以前，莊照兩系的分化，應已完成。

至於舌音部分，三十字母中將舌音分成舌頭音與舌上音兩類，其中除了舌上音有日母之外，餘都與後世相同，其所以如此，大概是作者見於端透定與知徹澄，有部位上的對立關係，而泥母沒有，於是取發音部位、發音方法比較接近的日母來和它對立，當

然這表示非古本聲的日母，在此以前已經分化了，但此時娘母是否也分化了呢？這就較難斷定了。因爲在卷子中言及須細辯輕重以明類隔切字時，舉「如都敎切罩　他孟切掌　徒幸切瑒　此是舌頭舌上隔」爲例，其中辨明端知透徹定澄等字爲類隔，是不及泥娘二母的，但是我們也不可就此否定此時有「娘」母分化的可能，其理由是四等重輕例的入聲部分，是由陌麥昔錫職德六韻相配而成四等形式，除分圖外，其形式與內容和韻鏡並無二致，而韻鏡泥娘二母的對立是十分清楚的，所以此時「娘」母的分化，是極有可能的。

　　最後關於「爲」母的分化，由於卷子中不曾有「爲」母的字例，所以無法觀察它的分化情形，但是根據羅常培氏的說法[20]，「爲」母是在六世紀末，自匣母分化出來，而且在韻鏡中喻爲兩母也是孑然對立的兩類，所以照理此時應該有分化了的「爲」母。

　　旣已了解聲母的分化現象，則當進而討論三十六母產生的問題，由於本卷卷首題有「南梁漢比丘守溫述」一語，後面接著排列了三十字母，羅常培氏因而以爲守溫所發明者爲三十字母，三十六字母則爲宋人增益而成，並仍託諸守溫，傳統的說法，如明呂介孺同文鐸所述「大唐舍利剏字母三十，後溫首座益以孃牀幫滂微奉六母，是爲三十六母」爲不可信[21]。羅氏之說，學者都以爲不可信。如林景伊先生於中國聲韻學曾力闢其說[22]，趙蔭棠氏守溫韻學殘卷後記一文，也主張守溫創三十六字母之說，以爲與宋人著錄「守溫三十六字母圖一卷」相符，這是趙說有據之處，至於趙氏又認爲殘卷所載三十字母係守溫初撰，三十六字母爲守溫入宋後加以增益修正而成，在前文已曾論及守溫入宋之說，仍

有未穩，所以趙氏的說法，也未必可信。另外，周祖謨在讀守溫韻學殘卷後記一文中嘗以敦煌 S215 號卷子歸三十字母例與守溫韻學殘卷比較，以為二者雖然都列三十字母，但在分類、編排上，顯然是後者勝於前者，而前者的時代，理應早於後者，因而推知三十字母的產生，當在守溫之前，這樣的說法，自然可作為守溫不創三十字母的旁證，所以個人以為守溫在韻學之書卷首寫下自己的郡望僧號而言「述」，實有其理，古文臨文用字，必是相當審慎，後人又何必非要誣以為「作」不可呢？何況就本卷聲母分化的情勢與等韻形式的成熟二因素觀察，守溫立於三十字母的基礎上，增益孃牀幫滂微奉六母，成為三十六字母，應屬合理之事，就脣音言，在當時的語音既已能辨別輕脣音與重脣音的不同，而等韻形式二類又孑然分立，但三十字母中，輕脣字母僅有「不芳」，重脣字母僅有「並明」，在這嚴整的等韻形式下，自然會很容易地發現輕重脣的字母，並不構成對立的情勢，因而字母家便在輕脣下增益「奉微」，重脣下增益「幫滂」等字母，以使形成對應的關係。就齒音言，在三十字母中齒頭音有精清從心邪五母，正齒音卻只有照穿審禪四母，而在等韻圖中，齒頭居一四等，正齒音居二三等，在齒頭音與正齒音對立的形式下，正齒音少了一個相應的字母，既然當時「禪」「牀」二類，語音上有所分別，因此字母家自會想到再添增「牀」母來與齒頭的「從」母相應。至於舌音方面，在論類隔時，已知端透定與知徹澄，音值有別，而三十字母裏端透定泥為舌頭音，知徹澄為舌上音，在等韻形式下，舌頭音居十四等，舌上音居二三等，顯然在舌上音裏，少了一個與「泥」母相對應的字母，字母家自然也會增益「娘」母，

使舌音如同脣音、齒音一樣，字母得以分配整齊。因此傳統以守溫增益三十字母成為三十六字母的說法，應該是可以肯定的，可惜今已無法目睹完整守溫韻學之書，無從知道在守溫「述」三十字母的同時，是否已添增了娘牀幫滂微奉六母，但是個人以為此守溫韻學之書，即使尚無三十六字母，而在此書完成後的不久，守溫也當增益成三十六字母，不必入宋才產生。

五、門法的原型

　　論及等韻門法，本卷所摘錄的門法，應該是目前所見最早的。無論是「門」「例」的稱名，或「音和」「類隔」的觀念，都為後來的等韻家所因襲。卷子上的門法，基本上是在強調音和的觀念與類隔切語的辨明。其於「定四等重輕兼辯聲韻不和無字可切門」後所舉的「四等重輕例」，即旨在說明四聲與四等，在聲韻輕重音和情形下的歸字現象，至於聲韻的輕重不和，則無法在等韻圖中「橫推直看」地切得相應的字音，所以在這門法下，舉審高反、精交反為例，言居二等的審母與居一等的豪韻，居一等的精母與居二等的看韻，都是聲韻不和的切語，無法相配切音。另外卷子中草書字大的第二截中，也舉「生尊反」「尊生反」為例言「無字可切」，及第三截中舉「切生」「聖僧」「牀高」「書堂」「樹木」「草鞋」「仙客」等作為「聲韻不和切字不得例」的例切，都是作者反覆再三，不厭其煩地闡述切語上下字聲韻不和，是無法歸字拼切字音的，音和是歸字得音的根本條件。

　　「類隔」的現象，照道理也應該是屬於一種「聲韻不和」，

但卷子作者似乎認爲二者有所區別，那就是「類隔」切語仍可「傍韻切字」，「而聲韻不和」是根本「無字可切」。在本卷中言類隔切，有廣義與狹義的不同，其所謂「夫類隔切字有數般，須細辯輕重，方乃明之」的「數般」，就是指明類隔包含了數種情形，所以它後面舉了舌頭舌上、重脣輕脣、照二照三等情形的類隔例子，這是廣義的類隔，與後來四聲等子的「辨類隔切字例」以脣重脣輕、舌頭舌上、齒頭正齒的類隔，有些不同。至於狹義的類隔，因爲作者在言廣義類隔之後，有「恐人只以端知透徹定澄等字爲類隔，迷於此理，故舉例云更須子細子細」一語，可見時人也單獨將舌頭舌上的類隔切語稱爲「類隔」，此爲狹義的類隔，後來元劉鑑經史正音切韻指南的「門法玉鑰匙」的「類隔門」正是狹義的一類，可見得這狹義的說法，對後世有著相當地影響。

此後廣義類隔中的「重脣輕脣」一類，至元劉鑑的門法玉鑰匙則另別爲「輕重交互門」，「照二照三」一類也別立「正音憑切門」。另外本卷的「兩字同一韻憑切定端的例」一項，旨在說明三等韻時的莊照兩系，須各憑聲類定位，這種歸字定位，對於居三等的照系則屬於音和，但是對於莊系，則屬於前面照二照三的「切重韻輕隔」。

又卷末有舉東鍾微虞廢文元陽尤凡十韻及相承上聲韻的非敷兩母字例，以闡述「辯聲韻相似歸處不同」一例，這是較爲特殊的「門法」，它仍屬於「音和」，但似乎純粹是針對實際語音狀況而言的。大致是當時的非敷二母，都是具有擦音性質的聲母，而二者又僅憑送氣與不送氣來區別，因此音值上極爲相近，不容易分辨，致有合流的趨勢，於是作者便設立這「門法」，以關照

學者在歸字切音之時，要辨析清楚，二者在等韻圖上是左右相鄰，不在一處。

最後在卷子第三截尚有「辯宮商徵羽角例」，其內容爲：

　　欲知宮舌居中　　欲知商口開張　　欲知徵舌柱齒　　欲知羽撮口聚　　欲知角舌縮卻

由此可知當時仍然以宮商徵羽角五音代替喉齒舌脣牙五個發音部位，而有別於韻鏡與七音略的七音❷❸。但是以「舌居中」「口開張」「舌柱齒」「撮口聚」「舌縮却」等詞語來形容五種部位的發音方法，此種渾然意象式的解說，個人懷疑是單憑「宮商徵羽角」這五個字的字音而敍述的，恐怕未必是描摹部中聲母發音狀況而得到的結果，而這個解說部位發音方法的條例，應該不能算是解說歸字切音的門法。

　　總之，本卷的門法是屬於一種觀念性，簡扼性的原始雛型，這種原型在四聲等子裏便逐漸分化，條例的特性愈來愈強。由例外切語所生的門法愈來愈多，而且隨著時代愈晚，內容也愈趨繁瑣複雜，元劉鑑切韻指南以四聲等子爲宗，但它載錄的「門法玉鑰匙」已分至十三門之多，再及明釋眞空的「直指玉鑰匙門法」更達二十門之譜，其內容已是撲朔迷離，眩神惑智，令人有治絲益棼的感覺，與本卷原型的門法，已有相當大的距離。

註　釋

❶　該文發表於北大國學季刊三號。

❷ 該文發表於史語所集刊三本二分，後收入羅常培語言學論文選集中。

❸ 該文收錄於等韻源流一書中。

❹ 該文收錄於問學集一書中，撰述時間未詳。

❺ 潘師之抄錄與校記，今收錄於瀛涯敦煌韻輯新編・別錄一書中。

❻ 二書所載錄卷子，僅此三卷有較多的切語可與四等重輕例相較，其餘
如 S 2683、P 3693、J II DIα 三卷，則唯有一組、P 4746 僅有二組
切語，可相比較的切語太少，所以略而不取。

❼ 即故宮藏宋濂跋全本唐寫王仁昫刊謬補闕切韻。

❽ 此字劉半農氏敦煌掇瑣抄作「綫」，就卷子觀之，其形體不似，而且
「四等重輕例」中，「線」字都仍作「線」，並不簡寫作「綫」，所
以此從潘師石禪所抄錄作「綵」。

❾ 參見國立師範大學六十九年博士論文林炯陽廣韻音切探源的第二章第
一節，魏晉南北朝隋唐宋韻書述要，頁 128。

❿ 王國維李舟切韻考一文曾據大徐後序，以為說文篆韻譜的部次也就是
李舟切韻的部次，而林炯陽氏則據 P 2014 號殘卷以為李舟切韻陽入二
聲的次序，本不相應，所以反駁了王國維的說法。個人頗贊成林氏的
看法，因為大徐只是說明該書依李舟切韻補益正疑，並沒有說音韻完
全依照李舟的，所以王國維的話不可盡信。

⓫ 參見周祖謨問學集讀守溫韻學殘卷後記一文，頁 501。

⓬ 應作「定四等重輕例」，趙氏文中「重輕」二字乙倒。

⓭ 參見瀛涯敦煌韻輯別錄頁 83。

⓮ 劉豐農氏敦煌掇瑣原作「疋問切忿」，潘師石禪校「疋」作「父」，
羅常培氏則作「匹」，按文例言之，恐當從劉抄，又「疋」乃「匹」
之俗字。

⓯ 參見周祖謨問學集讀守溫韻學殘卷後記一文，頁五〇五。

⓰ 以反切上字為切，反切下字為韻，在其他文獻裏也多如此說，如沈括
夢溪筆談卷十五：「切韻之學，本出于西域。漢人訓字，止曰讀如某
字，未用反切。……所謂切韻者，上字為切，下字為韻。」又四部叢
刊續編本切韻指掌圖的檢例下一項云：「凡切字以上者為切，下者為
韻。」

⑰　本文收錄於臺靜農先生八十壽慶論文集中。

⑱　參見唐蘭論唐末以前的輕重和清濁一文，發表於北大五十週年紀念論文集中。

⑲　參見高本漢，趙元任、李方桂合譯的中國音韻學研究一書，古代韻母的擬測一章，頁 484 。

⑳　參見羅常培語言學論文選集中經典釋文和原本玉篇反切中的匣于兩紐一文。

㉑　參見羅氏敦煌寫本守溫韻學殘卷跋一文。

㉒　參見黎明文化事業公司出版林著中國聲韻學頁 55 ～ 57 。

㉓　由此可知五音代表五個發音部位，應該是屬三十字母時期，至三十六字的產生，則五音也擴而爲七音。

論「磨光韻鏡」的特殊歸字

提 要

日本現存的韻鏡寫本，刊本總計有五十五種，研究的論述約二百五十種左右。此為韻鏡東傳七百多年的總成績。因此研究韻鏡一書，不能忽略日本現存的資料。

日本韵學僧釋文雄，於櫻町天皇延享元年（ 1744 ），據韵鏡撰「磨光韵鏡」，取義刮垢磨光，擬一掃彼邦二百餘年來刊刻韵鏡的譌誤，因此「遞校成一本，於是可謂韵鏡復原矣」。本文撰寫的目的，擬做為研究彼邦有關韵鏡著作的開始，以觀此類著述在等韵圖歷史上的地位。

磨光韵鏡在歸字上，每字旁注隋唐東傳的「吳音」、「漢音」及代表當時的「華音」，並在每字下加注反切。收字計四二七九，據其敘言說「以括盡天下字音」。然據個人所考，此四千餘字的安排，處處與敘例相牴牾。本文以特殊歸字為例，說明其相互矛盾的現象。

韵書去聲寘韵屬三等韵，依韵圖排列原則，舌音中例不收端系字，但磨光韵鏡第四圖收有「帝、丁易切」，此即本文所謂特殊歸字。此類歸字於脣、舌、牙、齒、喉中皆有出現，總計六十四字。本文就此六十四字一一檢討，在在顯示釋文雄緒言與內容的矛盾。因此該書不但未能磨光，反增添許多塵翳。

——

　　韻鏡一書東傳日本，到今天約有七百多年的歷史❶。據馬淵和夫撰「韻鏡校本と廣韻索引」所載，韻鏡在日本的寫本、刊本總計有 55 種之多；研究的論述有 250 種左右❷。這個數目，的確驚人。韻鏡在海內外的際遇，眞是不可同日語。

　　「磨光韵鏡」，是日本韵學僧京師（今京都）了蓮淨寺沙門無相文雄所撰❸。據馬淵氏前引書所載，磨光韵鏡原刻於延享紀元甲子（1744），再刻於天明 7 年丁未（1787），三刻於安政 4 年丁己（1857）。本文所據原刻本，庋藏在國立東京大學文學部圖書室。書分上下兩部分，上卷依次爲信陽太宰純撰「磨光韵鏡序」、江東沙門釋法慧元聰撰「題磨光韵鏡後」、釋文雄撰「磨光韵鏡緒言」及「43 轉輕重字母定局」和 43 個圖。下卷爲釋文雄所撰的「韵鏡索隱」、「翻切門法」，字旁有和點與前卷的序題跋不同。卷末末葉有底下二行字：

　　延享紀元甲子秋八月　　　二條通御幸町西入丁

　　　　　　　　　　皇都書肆　山本長兵衛　梓行

延享是日本江戶時代櫻町天皇第三個年號，甲子爲延享元年，相當於乾隆 9 年，西元 1744 年。根據馬淵氏前引書所載，除了山本長兵衛刊行的原刻外，「又一本」條記：「寺町通御池上ル町八幡屋四郎兵衛梓行」❹。可見原刻在當時有山本和八幡兩種刊本。

　　太宰純的序說：「雄師者平安人也。少游學於關東，嘗從予

問文字，予時有以告之。師好華音又好韻學，西歸之後，潛心於
韻學，十有餘年，自言如有得焉，乃恨先輩治韻鏡者，皆有所未
盡，且不知韻鏡之用。遂有所發明，而著書數編。」釋文雄今京
都人，既懂華音又好韻學，所以潛心研究之後，能對韻鏡一書有
所發明。因爲當時的日本人，研究韻鏡者，據太宰純說：「皆不
學華音，徒以方俗訛音言之。呼 36 母，尙不能辨其五音清濁，
況其餘乎？」釋文雄「好華音又好韻學」，相形之下，就顯得極
突出。除磨光韻鏡外，據下卷末葉所載書目，尙撰有「翻切伐柯」、
「華音正譌」、「漢音正譌」、「吳音正譌」、「廣韻字府」、
「韻鏡律正」、「九弄辯書」等書，可見於韻學頗有心得。

二

　　釋文雄以「好華音又好韻學」的基礎，潛心研究韻鏡，撰成
「磨光韻鏡」，他在緒言中很自信說「可謂韻鏡復原」：

　　　　韻鏡自入于剞劂氏之門，二百有餘載于兹，世未見眞面目。
　　　　昔者宗仲蠧魚之餘，出乎臆裁焉。爾來諸家增損者，不下
　　　　數十本，要弗知開闔之有因，愈訂愈悞。考之顧篇，孫韻
　　　　之翻切，則率不律。雖篇、韻原無等第之可見，校之
　　　　韓韻、劉圖，則如視諸掌乎。遂校成一本，於是可謂韻鏡復
　　　　原矣。

日本最早刊行韻鏡，在室町時代後奈良天皇享祿元年戊子，即明

世宗嘉靖 7 年（ 1528 ）， 由泉南宗仲論師校訂鏤板❺。釋文雄不滿意增損諸家的臆訂。因此取韓道昭五音集韻、劉鑑切韻指南校其等第；考之玉篇及唐韻的反切，使聲經韻緯合乎位置。於是輕重、等第、清濁等次序，一目了然，36 字母總括衆音的樞紐，就能掌握無遺，無怪乎他要說是「韻鏡復原矣」。

　　所以取名「磨光韻鏡」，釋文雄韻鏡索隱解釋說：

> 本邦輓近諸家，競為疏，要偕張（麟之）氏之奴隸也耳。流弊遂至反切名諱，謬妄不可言也。孰知韻鏡明明者也。於乎！明鏡被塵翳者殆乎千載。雄之此舉，欲一除塵翳，故以磨光題云。

　　磨光韻鏡所列 43 張圖，與其他版本的韻鏡比較，並無多大差別。但在歸字上四十三圖所收字數，以永祿本為例，收 3903 字❻；磨光則收 4279 字❼。兩者相差 376 字，可見後者想借補缺，以盡括天下的字音。據磨光韻鏡緒言稱：「參訂文字凡四千二百七十有九，以括盡天下字音。取之廣韻者三千八百四十三、集韻四百三十一、玉篇三、韻會一、集成一也。」

　　除歸字的數目外，磨光韻鏡倒是有以下幾個特點：

1.　補遺的字，外加◯以資區別。「緒言」說：「原本文字，取于〔玉〕篇、〔唐〕韻，而不無遺漏，今盡備矣。廣韻素闕如者，集韻以補焉，因印◯也，如第一轉徉字、䪴字。」

2.　每字底下附刻反切。「緒言」說：「翻切者，等第之黃鐘也。原本靡備翻切，諸家所以濫吹也。今附翻切為字礎，

一依廣韻。」

3. 每字另加注片假名的漢音、吳音及華音。如 クコウ ソ紅古 公コ ，公字右爲漢音、左爲吳音、反切的左方就是華音。

4. 脣音三等非系字；舌音二、三等知系字；齒音二、三等照系字。以上用陰文刻，以別於其他系字的陽文。「緒言」說：「脣音收等，輕之與重，錯雜叵辨，紫之奪朱也。今以屬非敷奉微、知徹澄娘、照穿牀審禪者，更字爲白，其餘仍黑。白、黑以辨輕重也。」

5. 陰聲韻加配入聲，並規其字外，後面的韻目橫寫，以資區別。如第四轉的筆、必，韻目列爲櫛質。但是九、十兩轉廢韻；十三、十四兩轉夬韻，都是「去聲寄此」，排在入聲的位置。以上四轉就不安排入聲字，但圖後仍列橫寫的韻目。「緒言」說：「入聲借音，如谷響爾，今考于衆說，備之圍中。」

6. 多數的圖，韻目前各標橫寫的四呼。如第一轉的四等分別標「合口呼、撮口呼、撮口呼、合口呼」。每一轉在韻目上加刻通、江、止、遇、蟹、臻、山、效、果、假、宕、梗、流、深、咸、曾等十六攝名。

7. 所標的開合，與古逸叢書本差別很大，如第一、二轉皆合是。「緒言」說：「有開有合，贗本謬誤不一而足。如第一轉一本悞作開，今徵于梅、李圖❽，更爲合。第四轉通本作開合，蓋傚噸於劉鑑之過也，今更爲開，僞位者撰收次轉❾。第七亦准之。」

韵鏡的聲母，雖標列卅六字母，但是實際上齒音二等可分出莊、初、牀、疏，三等則爲照、穿、神、審、禪。喉音喻母三等分出「爲」，四等則爲「喻」。所以總數凡四十一。

四十一聲紐安排在韵鏡四聲四等的二十三行中，極有規則地表現經聲緯韵的關係。但是其中難免有少數的例外現象，如古逸本內轉二十九開，平聲列麻韵二等韵、三等韵。舌音的一、四等列端系；二、三等列知系。但是本轉四等收有端母的「爹」字。又牙音群母，例不出現一、二、四等字。古逸本外轉二十二合，平聲列有山韵二等韵，但是群母竟出現了「馗」字。爹、馗二字就是本文所謂的特殊歸字。

磨光韵鏡的特殊歸字，出現在：脣音並、明二紐；舌音端、透、定、泥四紐；牙音溪，群二紐；齒音穿、禪、邪三紐；喉音影、曉、匣、喻四紐；半齒日紐。唯重紐的歸字不在此限。如內轉第四，平聲支屬三等韵有重紐。脣音四等的幫系字、牙音的群、疑字都屬重紐四等字，則不是本文所謂的特殊歸字。

海內外的韵鏡寫本及刻本極多，各本歸字也極不相似。古逸本的特殊歸字❿，他本未必相同。本文所論，僅就磨光韵鏡一書的歸字情形爲限。他本有而磨光無者，本文當然從略。

三

脣　音

1.　外轉第二十九開。平聲麻韵、上聲馬韵、去聲禡韵，三等

韻部分，在四等明母分別收「哶、彌靴切」、「乜、彌也切」、「殗、名夜切」三字。龍宇純氏韻鏡校注❶，所據諸本韻鏡無此三字。馬淵和夫氏韻鏡校本❷，所據天理大學附屬圖別本有乜字，在上聲三等；文龜2年本（1502）上聲四等作「乜」。李新魁氏韻鏡校證❸，所據韻鏡易解大全，二刻磨光韻鏡上聲四等有乜字。按：廣韻三十五馬有「乜、彌也切」；集韻九麻有「哶、彌嗟切」，三十五馬有「乜，母野切」；五音集韻有「哶，彌靴切」❹；字彙有「殗，名夜切」❺。顯然此三字，哶據五音集韻，乜據廣韻、殗據字彙。本轉哶、殗二字外加〇。釋文雄磨光韻鏡緒言說：「原本文字，取于〔玉〕篇、〔唐〕韻，而不無遺漏，今盡備矣。廣韻素闕如者，集韻以補焉，因印〇也。」又說：「參訂文字凡四千二百七十有九，以盡括天下字音。取之廣韻者三千八百四十三、集韻四百三十一、玉篇三、韻會一、集成一也。」而本轉三字無一字據集韻增補，緒言所說頗讓人疑惑。

2. 內轉第三十一開。上聲養韻屬三等韻，並母四等有「驞、毘養切」。馬淵校文龜2年本、李校易解、二刻磨光都有此字。按：廣韻三十六養韻未有「驞、毗養切」，則本轉據廣韻韻末增字。

舌　音

1. 內轉第四開。去聲寘韻屬三等韻，端母四等收有「帝、丁

易切」。李校二刻磨光有帝字。按：集韻五寘有「帝、丁
易切」，則本轉據集韻增補。然字外未加◯，是磨光韻鏡
的疏忽。

2. 內轉第六開。去聲至韻亦屬三等韻，定母四等有「地、徒
四切」。龍校、馬淵校、李校所據韻鏡都有此字。按：廣
韻六至有「地、徒四切」，集韻六至亦有「地、徒二切」。
二書皆不在韻末。此據廣韻增字的特殊歸字。

3. 內轉第八開。上聲止韻屬三等韻，透、定四等有「體、天
以切」、「弟、蕩以切」二字。龍校、馬淵校、李校都無
此二字。按：集韻六止韻末有此二字，音切也相同。本轉
是據集韻增加無疑。而廣韻十一薺有「體、他禮切」、「弟
徒禮切」，則與本轉無關。

4. 內轉第十七開。平聲眞韻、入聲質韻都屬三等韻。眞韻四
等端系收「顚、典因切」、「天、汀因切」、「田、地因
切」、「年、奴因切」四字；質韻四等端系也收有「蛭、
丁悉切」、「室、地一切」、「昵、乃吉切」三字。馬淵
校底本應永元年（ 1394 ）本昵作昵，其餘延德識語本、
佐藤本、福德二年本、天文十九年本（ 1550 ）、元龜本
（ 1570 ）、元和本（ 1619 ）、天理大學附屬圖別本、享
祿本（ 1528 ）、文龜二年本（ 1502 ）皆作昵。馬淵校應
永元年本及李校永祿本皆有蛭字；二刻磨光有顚、天、田、
年四字。李校定母四等質韻永祿本作姪，二刻磨光則作室。
按：集韻十八諄韻末有「天、鐵因切」、「年、襧因切」、
「顚、典因切」、「田、地因切」。除顚、田據集韻增補

甚明外,核之音理天、年與本轉亦同,唯反切有異。五音
集韻天正作「汀因切」、年正作「奴因切」,則爲本轉此
二字所根據。唯仍在字外加〇。而廣韻、集韻一先韻亦收
天等四字,但是反切與本轉無關。又按:廣韻五質韻末有
「蛭、丁悉切」、集韻五質也有「蜇、地一切」、「昵、
乃吉切」,正是本轉歸字所據。

5. 外轉第二十九開。平聲麻三等韻收有四等端母「奓、丁邪
切」、泥母「腪、乃邪切」;上聲馬三等韻收端母四等「
「哆、中寫切」。龍校永祿本、馬淵校應永元年本、李校
二刻磨光都有奓字。李校二刻磨光有哆字,謂:「〔哆〕
中者切,未詳所出。」按:廣韻九麻有「奓、陟邪切」、
三十五馬有「哆、昌者切」;集韻九麻也有「奓、陟邪切」、
三十五馬韻末有「哆、丁寫切」,都與本轉無關。又集韻
八戈有「腪、囊何切」,而不見於九麻。又按:洪武正韻
奓作「丁邪切」❶;腪,玉篇作「乃邪切」;哆,五音集
韻作「中寫切」。以上才是本轉音切所據,唯腪、哆字外
加〇,然此二字並非據集韻增字。又按:哆、中寫切、歸
字於四等,就本書而言,是極特殊的現象。

6. 內轉第三十一開。上聲養韻屬三等韻,四等泥母有「嬝、
乃驦切」。其他本韻鏡皆無。按:廣韻、集韻三十六養都
不收本字。五音集韻有「嬝、乃驦切」,正是本轉所本。
然字外仍加〇。

7. 內轉第三十八合。平聲侵韻屬三等韻,四等透母有「鷁、
天心切」。龍校永祿本、馬淵校應永元年本、李校二刻磨

光都有此字；馬淵校大永二年本作「皛」。按：集韻二十
一侵韻未有噞字，切語與本轉相同，爲本轉歸字所據甚明。

8. 內轉第四十二開。入聲職韻屬三等韻，四等端母有「㨅、
丁力切」。龍校永祿本、馬淵校應永元年本都有本字。按：
廣韻二十四職韻末有「㨅、丁力切」，是本轉歸字的依據。
集韻二十四職則不收㨅字。

牙 音

1. 內轉第一合。平聲東韻一等韻，群母有「碽、渠公切」。
諸本韻鏡都無此字。按：廣韻、集韻一東韻皆不收此字，
但本轉於字外加〇。而玉篇有「碽、渠公切」，顯然爲本
轉增字所據。

2. 外轉第三開合。入聲覺韻屬二等韻，群母收有「瞩、巨角
切」。各本韻鏡都無此字。按：玉篇收有「瞩、巨角切」，
是本轉歸字的依據，本字外亦加有〇。

3. 外轉第十三開。去聲代韻、怪韻屬一、二等韻，群母收有
「隑、巨代切」、「齘、渠介切」。龍校永祿本、馬淵校
應永元年本、天文八年抄本（1539）都有隑字；李校二
刻磨光有齘字。按：集韻十九代韻末有「隑、巨代切」、
十六怪韻末有「齘、渠介切」，是本轉歸字的依據。

4. 外轉第十四合。去聲隊韻屬一等韻，群母收「襀、巨內切」。
龍校永祿本、馬淵校應永元年本、李校二刻磨光都有此字；
馬淵校元龜本作襀。按：集韻十八隊韻末有「襀、曰內切」，

龍校說：「〔方成珪〕集韻考正云：宋本集韻曰作亘。」
李校也說：「黃侃集韻聲類表，從宋本及類篇，將集韻之
日內切改爲亘內切。」則本轉據集韻增字甚明。

5. 外轉第十五開。上聲蟹屬二等韻，群母收有「𥰠、求蟹切」。
龍校永祿本、馬淵校應永元年本有本字，馬淵校天和本
（？）作筓。按：廣韻十二蟹韻末有「𥰠、求蟹切」，正
是本轉歸字所依據。

6. 外轉第十六合。去聲卦韻屬二等韻，群母有「髻、求卦切」。
李校二刻磨光有此字。按：集韻十五卦韻末有「髻、求卦
切」，是本轉群母歸字的依據。

7. 內轉第十七開。上聲很韻屬一等韻，群母有「頎、其懇切」。
龍校永祿本有頎字，校語說：「此蓋即據集韻頎字所增，
气與行書食字形近，又譌頎爲飾。」李校古義、二刻磨光
都有頎字，並謂：「頎當是頎字之譌。」馬淵校應永元年
本作頎；嘉吉本、延德識語本、文龜二年本、元和本、天
和本、元龜本、天理大學附屬圖別本、享祿本都作頎；大
永二年本作頎。按：集韻二十二很韻末有「頎、其懇切」
是本轉據集韻歸字。

8. 外轉第二十二合。平聲山韻屬二等韻，群母有「越、跪頑
切」。龍校永祿本、馬校應永元年本都有此字。按：廣韻
二十八山韻末有「越、跪頑切」，當是本轉歸字所據。而
集韻二十八山亦有「僐、渠鰥切」，核之音理，與本字相
同，唯反切有異。

9. 外轉第二十四合。去聲諫韻屬二等韻，群母有「趲、求患

切」。龍校永祿本，馬淵校應永元年本都有此字。按：集
韻三十諫韻末有「趩、來患切」，龍校校語說：「案：求
今譌作來。集韻考正云：宋本及類篇作求。」則本轉據集
韻歸字甚明。

10. 外轉第二十五開。去聲號韻屬一等韻，群母有「櫸、巨到
切」。李校二刻磨光有此字。按：集韻三十七號韻末有
「櫸、巨到切」，是本轉歸字所據。

11. 內轉第二十七開。平聲歌韻屬一等韻，群母有「剄、巨何
切」，字外並加⬜。按：本字不但諸本韻鏡未見，廣韻、
集韻亦不收。而玉篇羽部有「剄、巨何切」，正是本轉歸
字的依據。

12. 外轉第二十九開。去聲禡三等韻，溪母四等收有「呿、企
夜切」。龍校永祿本、馬淵校應永元年本都作「呿」；馬
淵校延德識語本則誤作「歌」。按：集韻四十禡有「呿、
企夜切」，字從欠，注說：「張口息也。」可見磨光韻鏡
作呿，是譌變而成。但是本轉歸字據集韻，則毋須懷疑。

13. 外轉第三十四合。入聲陌韻屬二等韻，群母有「趩、求攫
切」。按：諸本韻鏡都無此字，廣韻、集韻二十陌亦不收
趩字。疑為據廣韻、集韻二十一麥「趩、求獲切」，改切
語下字為攫而增益。攫，廣韻在二十陌「一虢切」，訓
「手取也」；獲，在二十一麥「胡麥切」，訓「得也」。
二字都是二等韻。另參見牙音14.條。

14. 外轉第三十六合。平聲青韻屬四等韻，群母有「趩、揆扃
切」；入聲麥韻屬二等韻，群母有「趩、求獲切」。諸本

韻鏡不收「趄」字。龍校永祿本、馬淵校應永元年本有「趣」字，龍校說當是趄字之誤；李校古義、易解、二刻磨光則作趄。按：廣韻，集韻都無趄，唯玉篇走部有「趄、搓局切」，正是本轉所本。又按：廣韻二十一麥韻末有「趣、求獲切」，亦是本轉歸字的依據。

15. 外轉第三十九合。平聲添韻屬四等韻，群母有「涅、其兼切」；去聲勘韻屬一等韻，群母有「䇂、其闇切」。龍校永祿本、馬淵校應永元年本，平聲四等有鉗字，龍校說：「鉗，屬塩韻巨淹切，當上移三等。」龍說不誤。馬淵校嘉吉本、天文十九年本、天理大學附屬圖別本都在三等可證，佐藤本亦在三等字則作鉗。李校二刻磨光四等也收有涅字。按：集韻二十五沾韻末有「涅、其兼切」，是本轉添韻群母所本。又按：集韻五十三勘韻末亦有「䇂、其闇切」，正是去聲勘韻群母歸字所依據。

齒 音

1. 外轉第十三開。平聲有咍一等韻、皆二等韻、齊四等韻；上聲海、駭、薺，亦分別為一、二、四等韻。然平聲三等有穿母「犉、昌來切」、禪母「栘、逝來切」二字，是咍韻的字；上聲三等穿母也收「茝、昌紿切」，屬海韻的字。龍校永祿本有犉、茝二字。馬淵校應永元年本亦有犉字、佐藤本則作儔；應永元年本茝則作䔣、延德識語本作䔧；文龜二年本有栘字，大永二年本則作㮱。按：廣韻十六咍

韻末有「犥、昌來切」，十五海有「茝、昌紿切」都是本
轉歸字所據。集韻十六咍韻末有「栘、逝來切」，正是本
韻增加的歸字依據。

2. 外轉第十四合。本轉平聲灰、皆、齊分別屬一、二、四等
韻，然三等禪母有「栘、成鑾切」一字，屬齊韻字。諸本
韻鏡都無此字。按：廣韻十二齊韻末有「栘、成鑾切」，
正是本轉歸字所本。

3. 外轉第二十四合。上聲緩韻屬一等韻，邪母有「𣤶、䏌纂
切」。馬淵校天理大學附屬圖別本有「𣤶」字，當是同字。
按：廣韻二十四緩韻末有「𣤶、䏌纂切」，正是本轉所據。

4. 內轉第三十七開。上聲厚屬一等韻，邪母有「鱮、徐垢切」。
諸本韻鏡不收此字。按：四十五厚廣韻、集韻都無此字，
玉篇魚部收有「鱮、徐垢切」，正是本轉所據。圖中字外
加有◖◗，顯然與緒言相牴牾。

喉　音

1. 內轉第十二合。平聲模屬一等韻，喻母有「㑛、尤孤切」。
馬淵校佐藤本、福德二年本，天文十九年本都作㑛。按集
韻十一模韻末收有「㑛、尤孤切」，正是本轉所據。

2. 外轉第十三開。平聲咍韻、上聲海韻都是一等韻，喻母分
別收「頤、曳來切」、「佁、夷在切」二字。龍校永祿本、
馬淵校應永元年本有佁字、李校二刻磨光有頤字。按：集
韻十六咍韻末有「頤、曳來切」、廣韻十五海韻末有「佁、

夷在切」，正是本轉歸字的依據。龍校校語說：「佁盇祭
韵曳之上聲字，當下移喻母四等。」不知何據？且祭韵曳
字在外轉第十五開，而本轉上聲四等屬齊四等韵，更不能
下移。

3.　外轉第十四合。上聲賄韵屬一等韵，喻母有「俗、于罪切」。
龍校永祿本、馬淵校應永元年本都有本字，大永二年本作
俗。按：廣韵十四賄韵末有「俗、于罪切」❼，是本轉所
據。又按：李校校語說：「依廣韵切語則當在喻紐三等，
然韵鏡賄韵只列於一等，故俗字亦列一等，此爲列圖者之
不得已苦衷也。」

4.　外轉第十六合。去聲泰韵屬一等韵，喻母有「憓、于外切」。
龍校永祿本、李校二刻磨光、馬淵校應永元年本都收有本
字；佐藤本、福德二年本作懃；天文十九年本則作憓。按：
集韵十四太韵末有「憓、于外切」❽，是本轉歸字的依據。

5.　外轉第二十一開。入聲月屬三等韵，匣母有「紇、恨竭切」。
諸本韵鏡都不收。按：本轉是據集韵十月「紇、恨竭切」
所增加的歸字。

6.　外轉第二十五開。平聲爻屬二等韵，喻母有「猇、于包切」。
馬淵校文龜二年本有本字。按：集韵五爻韵末有「猇、于
包切」，是本轉歸字所據。

7.　內轉第二十八合。平聲戈屬一等韵，喻母有「䜁、于戈切」。
諸本韵鏡都不收本字。按：集韵八戈有「諤、于戈切」，
字雖有異，應是本轉所據的增加字。

8.　外轉第二十九開。平聲麻三等韵部分，曉母四等有「苛、

黑嗟切」。諸本韻鏡都不收本字。按：集韻九麻韻末有「苛、黑嗟切」，正是本轉所據的增加字。

9. 外轉第三十四合。入聲陌韻屬二等韻，喩母收有「嚄、云虢切」。諸本韻鏡都無此字。按：五音集韻收有「嚄、云虢切」，是本轉歸字所據，本轉字外也加〇。

10. 外轉第三十六合。平聲耕韻屬二等韻，喩母有「宖，于萌切」。李校二刻磨光作宏。按：集韻十三耕韻末收有「宖、于萌切」❸，正是本轉所據。但是此字外未加〇，恐磨光疏忽。

11. 內轉第三十八合。平、入的侵、緝都屬三等韻，影母四等分別收「愔、挹淫切」、「揖、伊入切」；上聲寑也是三等韻，曉母一等收「吽、呼怎切」。龍校永祿本、馬淵校應永元年本都收有愔、揖二字。按：廣韻二十一侵有「愔、挹淫切」、二十六緝有「揖、伊入切」，五音集韻有「吽、呼怎切」，當是本轉三字所據。唯吽字外有〇。

12. 外轉第三十九合。平聲咸屬二等韻，喩母收有「詁、戈咸切」；入聲合屬一等韻，喩母收有「迨、于合切」。馬淵校元和本、天文八年抄本、享祿本、李校寬永本、古義、易解、二刻磨光同有迨字。按：集韻二十七咸韻末有「詁、弋咸切」，是本轉平聲喩母所據，不過本轉詁字切語上字誤作戈，是其疏。又按：澤存堂本廣韻二十七合韻末有「迨、士合切」。龍校注語說：「廣韻合韻有此〔迨〕字，顧翻明經廠本音于合切，與日刊本景印本合。唯廣韻以前韻書合韻無此字，廣韻巾箱本、黎本並音士合切。切韻考

云：『玉篇千合切、五音集韻七合切，于字即千字之誤，
士字即七字之誤。』案喩母例無一等字，廣韻士若于爲七
千二字之誤是也。日刊本景印本此字當是後人據廣韻誤本
于合切所增。」李校說同。龍、李說是也。

13. 外轉第四十合。平聲談屬一等韻，喩母有「佔、與甘切」。
李校二刻磨光有此字。按：集韻二十三談韻末有「佔、與
甘切」，正是本轉增加字所本。唯字誤作佔，是其疏忽。

14. 內轉第四十二開。入聲職韻屬三等韻，匣母收有「洫、戶
式切」。諸本韻鏡都無此字。按：玉篇水部有「洫、戶式
切」正是本轉增字所據。

半齒音

1. 外轉第十四合。平聲齊屬四等韻，然在三等日母有「臡、
人移切」。龍校永祿本、馬淵校大永二年本、文龜二年本、
天文八年抄本、享祿本、天理大學附屬圖別本、佐藤本、
福德二年本、元和本及李校寬永本此處都無字，但改列於
外轉第十三開四等位置，或加圈作⑨，或僅作臡。馬淵校
應永元年本則在十三轉三等位置作臡。唯李校二刻磨光與
本轉同。按：集韻十二齊收有「臡、人移切」，正是本轉
歸字依據。唯本轉字外未加◯，恐磨光疏忽。

四

以上磨光韵鏡所列特殊歸字，凡六十四字。除「牙13.」趨字，疑爲據廣韵或集韵改易切語歸字外，其餘六十三字，歸字皆有所本，今據原書所錄反切一一檢討，情形如下：

1.　據玉篇歸字者七字，每一字外皆加⬤，無一例外。

2.　據廣韵歸字者十七字，屬於廣韵韵末者十二字。

3.　據集韵歸字者三十字，屬於集韵韵末者二十一字，未加⬤於字外者有二字。

4.　據五音集韵歸字者七字，每一字外皆加⬤，無例外。

5.　據洪武正韵歸字者一字，字外未加⬤。

6.　據字彙歸字者一字，字外有⬤。

磨光韵鏡緒言第二條說：「原本文字，取于篇韵，而不無遺漏，今盡備矣。廣韵素闕如者，集韵以備焉，因印⬤也，如第一轉徉字、蠱字。」如就上列六十三個特殊歸字論，其實據玉篇、五音集韵、字彙所補闕的字，都加了⬤，反而據集韵所補的字有二個未加⬤。未知是「緒言」值得懷疑，還是另有其他解釋？又緒言第十二條說：「參訂文字凡四千二百七十有九，以括盡天下字音。取之廣韵者三千八百四十三、集韵四百三十一、玉篇三、韵會一、集成一也。」就全書百分之一點四的特殊歸字論，玉篇就有七字。此外尙有五音集韵、洪武正韵、字彙等未計入。釋文雄的緒言，的確令人疑惑不解。

緒言第一條說：歷來對韵鏡增損者十餘家，愈訂愈誤。如果考之於顧野王玉篇、孫恤唐韵的反切，多有不合。又說：「雖篇、韵原無等第之可見，校之韓韵、劉圖，則如視諸掌乎。」韓道昭的五音集韵與劉鑑的切韵指南互爲體用[20]，而磨光韵鏡據劉圖校

其等第，當然受它的影響極多。六十三個特殊歸字中，與切韻指南等第全同者共五十五個字。其餘八個字的情形是：

1. 　外轉第十三開：咍韻的禪母「移、逝來切」，據集韻韻末增字；其等第則依四聲等子蟹攝外二開口呼移字❷歸字。海韻喻母一等「佁、夷在切」，據廣韻韻末增字；七音略內轉第十三、四聲等子蟹外二開、切韻指掌圖第十七開該位置都有佁字。

2. 　外轉第十四合：賄韻一等喻母「洧、于罪切」，據廣韻韻末增字；等第則顯然據七音略外十四、切韻指掌圖十九合安排。齊韻三等日母「臡、人移切」，各圖都不收，前論已列舉其他本韻鏡收在外轉十三開三等或四等。磨光韻鏡十三轉開口日母收有「荋、汝來切」，而臡字反切作 移人，這是類隔更音和之謂❷。釋文雄將此字從十三轉移到十四轉，也許是「音和」的意思。同轉禪母有「移、成臡切」，與臡字恰為互用同類。

3. 　內轉第十七開。質韻端母「蛭、丁悉切」，據廣韻韻末增字；等第則據七音略外十七、四聲等子臻外三開的位置歸字於此。

4. 　外轉第二十九開：禡三等韻有明母「袮、名夜切」，此字的反切，是本於梅氏字彙。但是各韻圖都不收此字。

5. 　外轉第三十九合。合韻一等韻有喻母「迲、于合切」，此是據廣韻誤本反切所增，詳見「喉12.」條所論。

6. 　內轉第四十二開：職三等韻有端母「惄、丁力切」，據廣韻韻末增字；七音略內四十二有此字，是本轉歸字所據。

以上除2.欛、4.掖二字未解決、5.逮字爲錯誤外，其餘五字都是有所本。

又前述五十五個據切韻指南等第的歸字，其中外轉第二十九開收馬三等韻端母「哆、中寫切」，此字是據五音集韻的音切而來。在全部六十四個特殊歸字中，唯獨此字仍爲類隔，似與緒言第三條❷所說相牴牾。何況本轉麻三等韻端母「爹、邪丁」，是相承的平聲字，已經更爲音和。而且集韻三十五馬韻末收有「哆、丁寫切」，如果依據集韻的反切，正好音和，但是釋文雄偏據五音集韻的音切，不知道理安在？

緒言第十二條說：「參訂文字，凡四千二百七十有九，以括盡天下字音。」就六十四個特殊歸字而言，其中有諸本韻鏡所無者，作者於是參訂各書增字補闕，達到所謂「括盡天下字音」。因此磨光韻鏡成書的目的，除了一除舊傳韻鏡的塵翳外❷，最重要的恐怕是想藉對「華音」的認識，儘量補闕天下的字音於韻圖中。由上述六十四個特殊歸字的現象，似乎可見其端倪。(本文於民國73年12月22日，在東吳大學主辦「第三屆聲韻學教學研討會」中宣讀。)

註　釋

❶　見高師仲華、韻鏡研究、高明文輯、中冊，303至306頁，民國67年。

❷　參見孔仲溫，韻鏡研究，46至49頁。政大中文所碩士論文，民國70年6月。

❸ 見磨光韻鏡緒言及馬淵和夫「韻鏡校本と廣韻索引」（巖南堂書店，
   1973），469 頁。

❹ 見馬淵和夫（1973），460 頁。

❺ 見古逸叢書本韻鏡卷末清原朝臣宣賢跋語。

❻ 見孔仲溫（民國 70 年），38 頁。

❼ 見磨光韻鏡緒言，卷上，葉 2 a。

❽ 指不知何人作的韻法直圖及李嘉紹作韻法橫圖，二圖都載於梅膺祚的
   字彙。見趙蔭棠等韻源流，163 至 165 頁，文史哲出版社。

❾ 磨光韻鏡，內轉第四開注說：「諸本作開合不正，按：切韻指南及五
   音集韻『陂、䃺、彼、詖、被、糜』六字屬合，餘七音皆屬開也。今
   陂等六字屬第五轉，第四更爲開者介。」

❿ 古逸本的情形，請參見拙著「如何由反切推定幾等韻」，113 至 114
   頁，華岡文科學報，14 期，民國 71 年，6 月。

⓫ 龍宇純，韻鏡校注（民國 49 年 3 月，藝文印書館。以下簡稱「龍校」），
   以永祿本（古逸叢書本）爲底本，校臺大藏日刊本一種，北大景印本
   （上二種同爲寬永本）。

⓬ 馬淵和夫（1973，以下簡稱「馬淵校」），所據韻鏡版本有嘉吉元
   年本（1441）等 18 種，以應永元年（1394）寫本爲底本，其詳見
   原書凡例。

⓭ 李新魁，韻鏡校證（1982 年 4 月，中華書局，以下簡稱「李校」），
   以永祿本（古逸叢書本）爲底本。所校的韻鏡有日本影印寬永 18 年
   刻本（寬永本），釋文雄磨光韻鏡天明 8 年本（1788，大阪浪華書林
   本，按：與本文所據原刻本不同，以下簡稱「二刻磨光」），日本界
   浦隱士叡龍所撰「韻鏡古義標注」（皇都書肆本，簡稱「古義」），
   日本釋盛典享保 3 年（1718）撰「新增韻鏡易解大全」（京都書林
   和泉屋本，簡稱「易解」）。

⓮ 本文所據五音集韻，藏中央圖。明正德 11 年（1516）衍法寺重刊本，
   爲拙著「經史正音切韻指南與等韻切音指南比較研究」（民國 60 年 6
   月文化大學碩士論文）所錄者，下同。

⑮　所據梅膺祚字彙，爲康熙字典所錄者。

⑯　見洪武正韻，卷 5，16 遞。

⑰　周祖謨廣韻校勘記，以爲本字當正作侑。見周書卷 3、22 葉 b。

⑱　蔥、于外切，集韻原作干外切。今據方成珪集韻校正改正。

⑲　集韻原作「干萌切」，干字據方成珪集韻校正作于。

⑳　語出劉鑑切韻指南自序。

㉑　四聲等子「桫」字的韻目作「齊」，與此不同。

㉒　磨光韻鏡緒言第三條說：「……或類隔，更撿玉篇、毛韵、韵會、集韵以从音和，加圍於翻切者是也。如豐敷弓切。」

㉓　參見㉒。

㉔　釋文雄，韵鏡索隱說：「於乎！明鏡被塵翳者，殆乎千載。雄之此舉，欲一除塵翳，故以磨光題云」，見原書下卷葉 2 a。

（釋文雄的緒言及第一圖的半段）

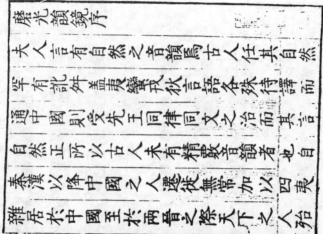

（磨光韻鏡原刻本的封面及太宰純序，原書藏於國立東京大學文學部圖書室）

論「磨光韻鏡」的特殊歸字

論《韻鏡》序例的「題下注」「歸納助紐字」及其相關問題

孔仲溫

1、前言

在《韻鏡》的卷首，載有張麟之於南宋高宗紹興三十一年（1161AD）、寧宗嘉泰三年（1203AD）的兩篇序，及〈調韻指微〉、〈三十六字母括要圖〉、〈歸字例〉、〈橫呼韻〉、〈上聲去音字〉、〈五音清濁〉、〈四聲定位〉、〈列圖〉等門例，據個人觀察，除了〈調韻指微〉與嘉泰三年的序是張氏第三次刊刻增入的，其餘都是在第一次刊行時就有的。[1]

在序例當中，倍受學者矚目的便是「題下注」，因它關涉著《韻鏡》，甚至整個等韻圖的撰作時代及來源，個人於八年前撰碩論《韻鏡研究》一文，雖曾做過一番論述，[2] 但由於近年來，學者於相關問題的討論，頗為熱烈，每有新說，有些問題，個人以為可再予說明、補充。再者，列於〈字母括要圖〉下方的〈歸納助紐字〉，原本只是古人說明字母的例字而已，向來學者並不十分注意，然而它卻有助於我們了解重紐的一些問題。

2、題下注及其相關問題·

2-1 羅常培首先據「題下注」確定《韻鏡》的
時代

　　張麟之嘉泰三年序首「韻鏡序作」的標題下，有一行重要的
注語，作：

　　　　舊以翼祖諱敬，故為《韻鑑》，今遷祧廟，復從本名。

它深受學者們的重視與討論，最早，羅常培即據以肯定《韻鏡》
是撰成於宋朝之前，他在《通志七音略研究》一文中論說：

　　　　張麟之《韻鏡序作》題下註云……。案翼祖為宋太祖
　　　　追封其祖之尊號，如《韻鏡》作于宋人，則宜自始避
　　　　諱，何須復從本名？儻有本名，必當出于前代。3

這個論點影響相當深遠，後來如董同龢先生、張世祿、葛毅卿、
周法高先生、陳師新雄等學者，多從其說。4

2-2 羅說的反響

　　但也有部分學者不贊同羅常培的看法，如趙蔭棠便認為避諱

並不完全可以作準的，他在《等韻源流》中說：

> 說不贊成的話，鄭樵曾說過《韻鏡》得之於胡僧，胡
> 僧也許不避大宋先祖之諱，若遼僧吧，遼僧行均固稱
> 其書為《龍龕手鏡》矣！[5]

近來李新魁撰《韻鏡研究》一文，[6] 更是一反羅說，從根本上懷疑這個注語的可靠性，甚至以為它不應該出自張麟之的手，可能是「自作聰明」的人，出於「想當然」的想法加上去的，因此認為根據避諱來推斷《韻鏡》作于宋代之前，是相當危險的，他否定「題下注」的推論，分以下三個層次：

（1）、張氏在紹興三十一年作第一篇序，當時翼祖尚未除諱，而序中已把書名寫作《指微韻鏡》，這個「鏡」字是後人改的，決不是張氏自己，因為與這篇序同時作的門例中仍用《韻鑑》一名，假使序中的「鏡」字是張氏自改，門例理應一起改，而張氏還不致疏略如此；既是序文「鏡」是別人改的，故題下注也可能是別人加的。

（2）、卷首序中「指微韻鏡一編」句下注有「微字避聖祖名上一字」一語，以為宋時避聖祖諱只避「玄朗」及讀音相涉的字，不曾避「微」字，而此注不確，可見本書注文是否可靠，仍有問題，[7] 而「指微韻鏡」的「鏡」字確屬避諱，倒不加注，「微」字非避聖祖諱，反加注文，可見作注者非真知名諱避改之人。

（3）、設使注文是張氏自己所加，但是否精確可靠，仍難擔保，因爲張氏自己說「自是研究，今五十載，竟莫知原于誰」，時代既然經歷了這麼久遠，這樣並不能保證序者確知其原名《韻鏡》，而不是《韻鑑》，且宋時避翼祖諱是事實，但歷史上因誤認避諱出錯的事不是沒有。

2-3　趙、李之說各有缺失

對於趙、李二家的說法，個人並不以爲然。趙氏所說「鄭樵曾說過《韻鏡》得之於胡僧，胡僧也許不避大宋先祖之諱」的話，這可能是出於誤解，鄭樵在〈七音序〉中雖然曾說：

> 臣初得《七音韻鑑》，一唱而三嘆，胡僧有此妙義，
> 而儒者未之聞，……又述內外轉圖，所以明胡僧立韻
> 得經緯之全。

但這裡鄭樵所以要「一唱三嘆」的，並不是胡僧創作了《七音韻鑑》，而是在慨歎七音的道理及韻圖的形式是源自於胡僧，何以見得呢？看鄭樵在序文中這段話之前，還有以下的一段論述：

> 四聲為經，七音為緯，江左之儒，知縱有平、上、去
> 、入為四聲；而不知衡有宮、商、角、徵、羽、半徵
> 、半商為七音，縱成經、衡成緯，經緯不交，所以失
> 立韻之源。七音之韻，起自西域，流入諸夏，梵僧欲

> 以其教傳之天下，故為此書，雖重百譯之遠，一字不
> 通之處，而音義可傳，華僧從而定之，以三十六為之
> 母，重輕清濁，不失其倫，天地萬物之音，備於此矣
> ！

文中說明字母與等韻形式的來源，是由梵僧傳來，華僧續而制定
三十六字母，再以四聲為經，包含三十六字母的七音為緯，經緯
錯綜而形成等韻圖。倘若《七音韻鑑》是胡僧所作，而《七音韻
鑑》據鄭樵序知為《七音略》的底本，今《七音略》圖中已排列
有完整的三十六字母，如此一來，鄭樵就不會有「華僧從而定
之，以三十六為之母」的話了。更何況《七音韻鑑》是否為《韻
鏡》的底本，而後來將名稱簡稱作《韻鏡》，這恐怕仍然需要審
慎地考慮。

　　至於李氏的論點，的確有驚人之處，由於《韻鏡》序例
「鏡」、「鑑」二字避改頗不一致，因而引起李氏的懷疑，但李
文立論的重點，是在「指微韻鏡一編」下的注文「微字避聖祖名
上一字」一語，認為有誤，事實上，這是李氏的誤解，黃耀堃、
周法高二先生曾撰文指陳其中的疏失，尤其黃氏的《讀韻鏡校證
小記》一文，[8] 文字雖短，卻一針見血，黃文說：

> 要是「微」是諱字，就不可能出現在這裏，因此這是
> 以「微」代替諱字。而「玄朗」二字，「玄」與「微
> 」意最相近，因此指《指微韻鏡》本或作《指玄韻鏡

　》也説不定。

黃氏的說法十分正確，不僅跟注文完全吻合，而我們從宋代載錄
的目錄之中，如晁公武《郡齋讀書志》載有王宗道《切韻指玄
論》三卷，鄭樵《通志》〈藝文略〉載有僧鑑言《切韻指玄疏》
五卷，都是以「指玄」二字作爲書名，也可以得到旁證。

　　由此，甚至個人懷疑逗部王宗道所「論」，僧鑑言所
「疏」的《切韻指玄》，與張麟之序裏指《韻鏡》的底本，是友
人所授的《指微（玄）韻鏡》，有某種程度的關聯。因爲此處的
「切韻」，依唐宋人的觀念，可以指爲切語上下字，而不一定是
指陸法言的《切韻》，如敦煌P2012 號《守溫韻學殘卷》中的第
三截裏，有「切輕韻重」、「切重韻輕」等名詞，它正是指切語
上下字而言。[9] 宋沈括在《夢溪筆談》也說：

　　　所謂切韻者，上字為切，下字為韻，切韻須歸本母，
　　　韻須歸本等。[10]

這段話更是符合了切語上字與下字，在等韻圖裏縱橫交錯拼合的
觀念。另外，金韓道昭的《五音集韻》序也說：

　　　夫切韻者，蓋以上切下韻，合而翻之。[11]

因此，我們推測《切韻指玄》是一部聲經韻緯的等韻圖，但這個
假定，仍有待進一步證實。

　　至於李新魁《漢語等韻學》曾懷疑《宋史》〈藝文志〉著錄
釋元沖的《五音韻鑑》可能就是《韻鏡》的原型，但《宋史》
〈藝文志〉是作《五音韻鏡》，[12]而非《五音韻鑑》，李氏將
「鏡」避改作「鑑」，頗有為符合其以《韻鑑》為本名的說法，
而擅自改易的嫌疑。且《五音韻鏡》究竟撰成於何時呢？是否就
如李氏所說，它就是《七音韻鑑》、《指微韻鏡》呢？凡此種
種，恐怕都有待考定了。

２－４　史載翼祖先後祧廟兩次

　　「韻鏡序作」題下注說：「舊以翼祖諱敬……」，文中的
「舊」字，其所指究竟為何時？實在是語意含混，無法確知，尋
考宋代史籍關於翼祖入廟避諱、祧廟除諱之記載，發現在當時並
非單純事件，可以說是「一波兩折」。

　　翼祖首次立廟始諱，是在太祖建隆元年（960AD）三月，宋
李燾《續資治通鑑長編》載其事說：

> 壬戌，追尊……皇祖涿州刺史敬曰簡恭，廟號翼祖，
> 陵曰定陵。[13]

翼祖既已立廟，此後其名依禮必須避諱，這個規矩共計施行了一
百二十六年，直到元祐元年（1086AD），神宗崩，哲宗繼位，翼
祖在七世之外，神主祧藏於宗廟的夾室中，從此便依禮不諱不

忌，李燾《續資治通鑑長編》也載錄此事：

> 春正月……辛丑……禮部言翼祖皇帝、簡穆皇后神主
> 奉藏夾室，所有翼祖皇帝忌及諱，簡穆皇后忌，伏請
> 依禮不諱不忌。詔恭作。14

這是翼祖的第一次避諱、除諱，但事隔了十八年，到了徽宗崇寧三年（1104AD），蔡京當權，建言請立九廟，於是在十月下詔將原先已祧的翼祖再復還入廟，以湊足九世之數，並重頒廟諱，此事宋王稱《東都事略》有記載：

> 九月……癸巳，建九廟。冬十月……己巳，詔已祧翼
> 祖、宣祖廟並復。15

這一次的復廟避諱，就要等到宋室南渡後，宋高宗紹興三十二年（1162AD），也就是張麟之首次刊刻《韻鏡》的第二年，才又遷祧除諱，《宋史》的〈禮志〉載其事說：

> 三十二年正月，禮部太常寺言：欽宗祔廟，翼祖當遷
> 。於正月九日，告遷翼祖皇帝，簡穆皇后神主，奉藏
> 夾室，所有以後翼祖皇帝諱，依禮不諱。詔恭作。16

但張麟之在寧宗慶元三年（1197AD）重刊時，並沒有因已除諱，而恢復本名，可能是爲維持初刊的板面形式，直到第三次刊刻，

加了〈調韻指微〉與第二篇序，才恢復《韻鏡》之名，並在標題下作注語以說明。從注語裡，我們是很難去判斷《韻鏡》是在宋初或是徽宗時，因爲避諱而改名爲《韻鑑》，但是從敦煌P.2012號《守溫韻學殘卷》這個唐代的卷子裡，其〈四等重輕例〉已具備成熟、完整的等韻形式、觀念的發展大勢看來，[17]《韻鏡》撰成於宋以前的說法，應該是可以成立的。[18]更何況張麟之在序中曾說過「自是研究今五十載，竟莫知原於誰。」的話，又引鄭樵〈七音序〉說：

> 此書（《七音韻鑑》）其用也博，其來也遠，不可得
> 指名其人。

《韻鏡》和《七音略》按理是有同源的關係，《七音略》和《七音韻鑑》既是「其來也遠」，連作者是誰都無法知道，同理，如果我們假定《韻鏡》的撰作，是在哲宗元祐初年（1086AD）至徽宗崇寧三年（1104AD）的十八年間，其撰成之後，再避翼祖諱改名，這麼短的時間距離，恐怕還不足以讓張麟之發出「自是研究今五十載，竟莫知原於誰」的感歎了，因此，個人以爲題下注所說的「舊」字，應該是指宋初第一次避諱的事。

3、從歸納助紐字論重紐聲母說

3—1　〈歸納助紐字〉的作用

《韻鏡》序例中的〈字母括要圖〉（參見附圖一），張麟之

在紹興三十一年的序文裡，曾說明是他撰作的，[19]這個圖的功用，在明確地說明《韻鏡》圖表裡，脣、舌、牙、齒、喉、舌齒、齒舌等發音部位，與全清、次清、濁、清濁相配，其所指名的三十六字母。在〈字母括要圖〉的下半部，排列了七十二個字——〈歸納助紐字〉，也就是將三十六字母，每個字母各列舉了兩個例字，作用在讓讀者反覆拼讀，從中體悟出各字母所代表的實際音值。這種傳統「口誦心惟」的認知方式，張麟之說可使得「以爲沿流求源者，庶幾一遇知音」。

3－2　〈歸納助紐字〉的源流

　　《韻鏡》這種用例字直接拼讀，來辨識字母音值的方式，其實並非源自於張氏，早在唐朝仍在使用三十字母的時代，就已經有了。今所見敦煌S.512 號卷子的〈歸三十字母例〉，[20]（參見附圖二）性質正與〈歸納助紐字〉相同，僅僅在名稱上有別而已。它在每個字母下，各列舉了四個例字，[21]在卷子背面有「三十字母敲韻」一行文字，文中的「敲韻」，就是轉讀、唸誦的意思，要讀者反覆地拼讀，以從中了悟各字母的聲值。而這類以例字說明字母的辦法，在中古時期，是相當普遍，如《大廣益會玉篇》卷首載有〈切字要法〉、〈三十六字母切韻法〉，《四聲等子》有〈七音綱目〉，《切韻指掌圖》有〈三十六字母圖〉，其內容大同小異。由於這些例字具有說明聲母實際音值的特點，有助於我們對中古音的探討，甚至從這裡，還可以讓我們了解中古音重紐的問題，恐怕不在聲母音值的差異。

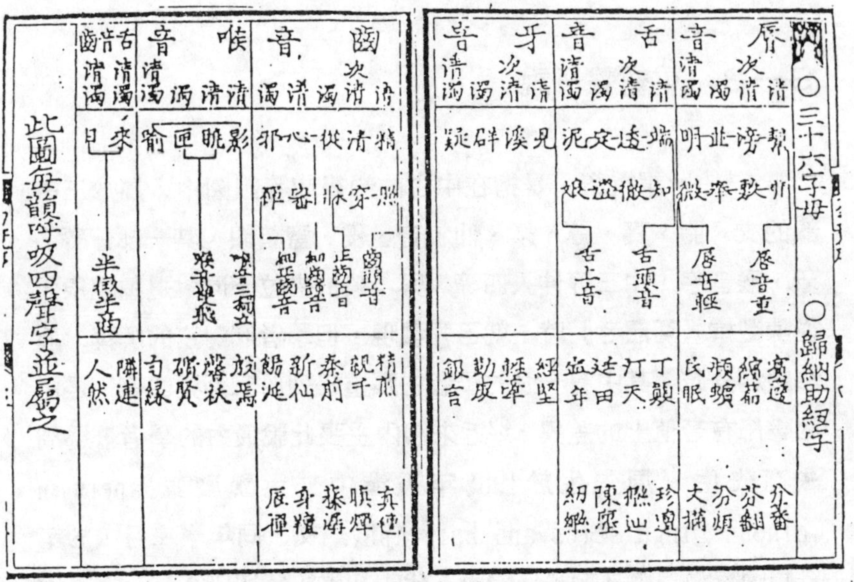

附圖一：字母括要圖

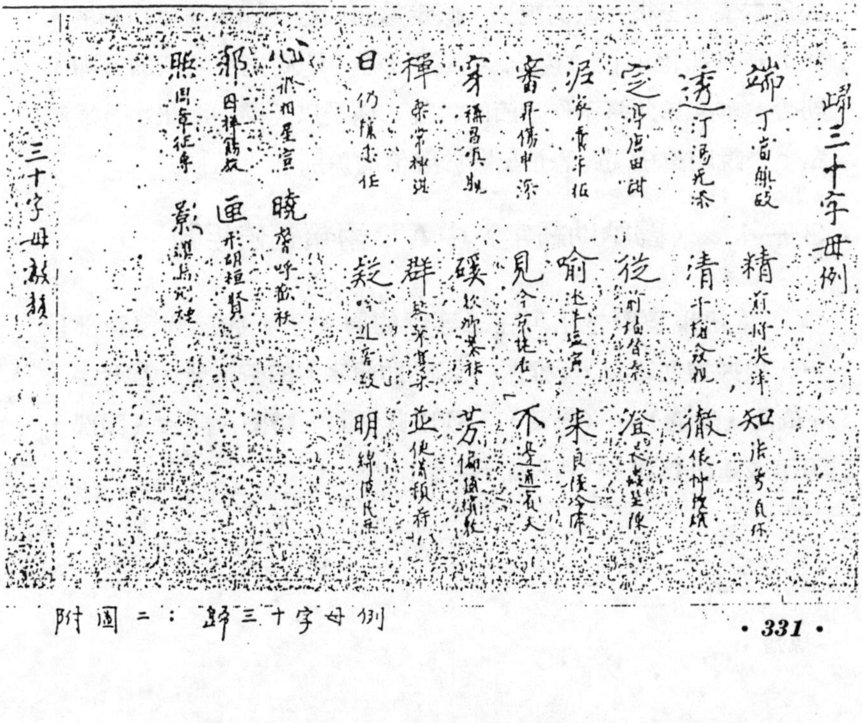

附圖二：歸三十字母例

3－3　重紐聲母說

　　一般所謂重紐，是指在中古的韻書或等韻圖中，屬於三等韻的支、脂、真、諄、祭、仙、宵、侵、鹽諸韻，其一部分脣、牙、喉音字，由三等伸入四等，與一般的借位不同。這種現象，從陳澧撰《切韻考》時，就已經發現，但學者們對它的解釋，看法頗爲分歧，其中有一派的學者主張重紐列於三等與四等，是由於聲母有音值上的差異，[22]近來國內主張此說最力的學者，爲周法高先生。周先生於1986年香港中文大學發表Papers in Chinese Linguistics and Epigraphy一文，同年十二月，於第二屆國際漢學會議發表《隋唐五代宋初重紐反切研究》一文，均採日本學者三根谷徹的說法，假定重紐四等（即周先生所指的Ａ類）是具顎化〔j〕的聲母，重紐三等（即周先生所指的Ｂ類）則否，本文於此將不作細節的討論，僅是以〈歸納助紐字〉爲起點，來說明重紐問題恐怕無關於聲值的差別。

3－4　〈歸納助紐字〉中ＡＢ兩類聲值相同

　　重紐現象既是出現在三等韻的脣、牙、喉三個發音部位下，根據這個範圍，我們將〈歸納助紐字〉的脣、牙、喉音字，[23]依照《廣韻》、《韻鏡》，列出其切語、轉圖、開合、韻部、等第或重紐類別，[24]列表如下：

	字母	例字一	例字二
脣音	幫	賓 必鄰切 外轉十七開 真韻A類	邊 布玄切 外轉二十三開 先韻四等[25]
	滂	繽 匹賓切 外轉十七開 真韻A類	篇 芳連切 外轉二十一開 仙韻A類
	並	頻 符真切 外轉十七開 真韻A類	蝙 部田切 外轉二十三開 先韻四等
	明	民 彌鄰切 外轉十七開 真韻A類	眠 莫賢切 外轉二十三開 先韻四等
牙音	見	經 古靈切 外轉三十五開 青韻四等	堅 古賢切 外轉二十三開 先韻四等
	溪	輕 去盈切 外轉三十三開 清韻A類	牽 苦賢切 外轉二十三開 先韻四等
	群	勤 巨斤切 外轉十九開 欣韻三等	虔 渠焉切 外轉二十三開 仙韻B類
	疑	銀 語巾切 外轉十七開 真韻B類	言 語軒切 外轉二十一開 元韻三等
喉音	影	殷 於巾切 外轉十九開 欣韻三等	焉 於乾切 外轉二十三開 仙韻B類
	曉	馨 呼刑切 外轉三十五開 青韻四等	袄 呼煙切 外轉二十三開 先韻四等
	匣	礥 下珍切 外轉十七開 真韻A類	賢 胡田切 外轉二十五開 先韻四等

從其中，我們不難發現，除了見母與曉母下的例字，盡屬普通四等字以外，其餘每個字母下，都至少有一個重紐例字，而且很有規律的，A類字與A類字並列，或A類字與普通四等字並列，或B類字與普通三等字並列，這種情形，我們自然可以解釋作A類字與普通四等字聲值相同，B類字與普通三等字聲值相同，但這樣並不能說明A類字與B類字聲值是相同的，而須要更進一步去考索，考清陳澧在《切韻考》中曾說：

> 切語之法，以二字為一字之音，上字與所切之字雙聲，下字與所切之字疊韻……26

據陳氏的論點，切語上字與所切之字，其聲值理應相同，我們因

然知道所切之字有它的韻部、等第，同樣地，反切上字也有它所
屬的韻部、等第，如是一來，我們可以觀察的層面就加深了。茲
將上列〈歸納助紐字〉脣、牙、喉音例字，先除去其中無重紐字
的「見」、「曉」二母，再檢列反切上字所屬《廣韻》、《韻
鏡》的韻部、等第，而成下表：

	母	字	反切	韻部等第	字	反切	韻部等第
脣音	幫	賓 (必	必鄰切	真韻A類 質韻A類)	邊 (布	布玄切	先韻四等 暮韻一等)
	滂	繽 (匹	匹賓切	真韻A類 質韻A類)	篇 (芳	芳連切	仙韻A類 陽韻三等)
	並	頻 (符	符真切	真韻A類 虞韻三等)	蝙 (部	部田切	先韻四等 厚韻一等)
	明	民 (彌	彌鄰切	真韻A類 支韻A類)	眠 (莫	莫賢切	先韻四等 鐸韻一等)
牙音	溪	輕 (去	去盈切	清韻A類 御韻三等)	牽 (苦	苦賢切	先韻四等 姥韻一等)
	群	勤 (巨	巨斤切	欣韻三等 語韻三等)	虔 (渠	渠焉切	仙韻B類 魚韻三等)
	疑	銀 (語	語巾切	真韻B類 語韻三等)	言 (語	語軒切	元韻三等 語韻三等)
喉音	影	殷 (於	於巾切	欣韻三等 魚韻三等)	焉 (於	於乾切	仙韻B類 魚韻三等)
	匣	礥 (下	下珍切	真韻A類 馬韻三等)	賢 (胡	胡田切	先韻四等 模韻一等)

其中除了滂母下的「篇、芳連切」、「頻、符真切」為輕脣切重
脣的類隔切，我們不討論以外，其餘的，我們可以看到幫母、明
母下的A類重紐字與一等、四等韻字，聲值相同相通；溪母下的
A類重紐字與一等、普通三等、四等韻字，聲值相同相通；匣母
下的A類重紐字與一等、二等、四等韻字，聲值相同相通；而群

母、疑母、影母下的Ｂ類重紐字與普通三等韻字，聲值相同相通。尤其要注意的是溪母下的「輕、去盈切」是清韻Ａ類，反切上字「去」字是御韻，爲普通三等韻，而群母、疑母、影母下與Ｂ類同聲相通的，爲六個與御韻韻部相承的平聲魚韻、上聲語韻的反切上字，也是屬普通三等韻，ＡＢ兩類所相通的韻部，竟然只是聲調不同，所以要說Ａ類與Ｂ類的對立，是由於聲母音值不同的說法，恐怕是不容易成立的。

3－5　〈三十六字母切韻法〉中ＡＢ兩類聲值相同

在《大廣益會玉篇》的卷首，所載列的〈三十六字母切韻法〉，在形式、內容上，與〈歸納助紐字〉極其相近，從它排列的例字裡，我們更可以藉著它了解，重紐ＡＢ兩類的聲值，不應有異，茲先列舉其脣、牙、喉音字如下，以便於討論。[27]

脣音	〔幫〕博博賓邊旁	〔滂〕普普繽偏郎	〔並〕部部頻蠙迵	〔明〕眉眉民綿兵
牙音	〔見〕經經經堅電	〔溪〕牽牽輕牽奚	〔群〕𤩽𥌺勤虔云	〔疑〕魚魚銀言其
喉音	〔影〕於於殷焉境	〔曉〕馨馨馨烏	〔匣〕糊轄磍賢甲	

上表中，每個字母下的排列次序，是首列該字母的音切，再列舉

三個例字，但第一個例字，正是字母音切的上一字，其餘的兩個
例字，則與〈歸納助紐字〉脣牙喉音諸母下的例字，幾乎相同，
僅僅〈三十六字母切韻法〉滂母下的「偏」字、明母下的「綿」
字，〈歸納助紐字〉是作「篇」、「綿」二字而已。而〈三十六
字母切韻法〉用三個字來練習字母的拼讀，第一個字正是切語的
上一字，這種拼讀字母方式，也就是張麟之在紹興三十一年序裡
所說的「用切母及助紐字歸納，凡三折總歸一律」，也同樣是
《大廣益會玉篇》卷首〈切字要法〉中所述及的切字要訣：

> 上字喉聲，下二字即以喉聲應之。如歌字居何切 居經堅歌
> 上字脣音，下二字即以脣音應之。如邦字悲江切 悲賓邊邦

從以上所說的拼讀方式，即明白地告訴我們，在同一個字母下，
所列的例字，其聲母的音值必然相同。在上表〈三十六字母切韻
法〉脣牙喉音的例字中，尤其值得注意的是明母下的「眉、民、
綿」三字，因爲「眉」是屬脂韻 B 類，「民」是真韻 A 類，
「綿」爲仙韻 A 類，當然這已顯示同屬於明母的 A 類或 B 類，它
的聲母音值並無不同。

3—6　〈切字要法〉中ＡＢ兩類聲值相同

另外在《大廣益會玉篇》卷首有〈切字要法〉，其中列舉
了三十字母切音的例字，但沒有字母的名稱。而這三十類的字
母，與敦煌P.2012號〈守溫韻學殘卷〉的三十字母，不盡相同，

[28]據此，董同龢先生《漢語音韻學》曾懷疑它的時代，「或許更在守溫之前」。[29]就從其依母列舉的字例中，也可以觀察出ＡＢ兩類音值相同，以下將所列載的脣、牙、喉音例字，據《廣韻》、《韻鏡》標注其切語、所屬字母、韻部、等第、重紐類別，列表以便討論。

	字母		
脣音	幫	賓 必鄰切 真韻A類	邊 布玄切 先韻四等
	滂	娉 匹正切 勁韻A類	偏 芳連切 仙韻A類
	並	平 符兵切 庚韻三等	便 房連切 仙韻A類
	明	民 彌鄰切 真韻A類	眠 莫賢切 先韻四等
牙音	見	經 古靈切 青韻四等	堅 古賢切 先韻四等
	溪	輕 去盈切 清韻A類	牽 苦堅切 先韻四等
	群	擎 渠京切 庚韻三等	虔 渠焉切 仙韻B類
	疑	迎 語京切 庚韻三等	妍 五堅切 先韻四等[30]
喉音	影	因 於真切 真韻A類	煙 烏前切 先韻四等
	曉	興 虛陵切 蒸韻三等	掀 虛言切 元韻三等
	匣	刑 戶經切 青韻四等	賢 胡田切 先韻四等

從中可以看出，在同一字母下，Ａ類字與Ａ類字並列，或Ａ類字與普通四等字並列，Ａ類字與普通三等字並列，Ｂ類字也與普通

三等字並列，普通三等字則與普通四等字並列，這些跡象都顯示
Ａ類字與Ｂ類字聲值同類相通。倘若如周法高先生《隋唐五代宋
初重紐反切研究》中所說的，「還有清韻和庚韻三等兩韻合成一
組Ａ、Ｂ類」，[31]視庚韻三等爲重紐Ｂ類，則並母下的「平」字
是Ｂ類，「便」字是Ａ類，其聲值豈能無異，又疑母的「迎」字
是Ｂ類，「妍」字是與Ａ類經常相通的普通四等字，同樣是疑
母，聲值也理應相同，由此可知，ＡＢ兩類的區別，恐怕不在聲
值的差異。

３－７　現代漢語方言中同字母的ＡＢ兩類聲值相同

　　在上述的各類字例中，同在一個字母下而爲ＡＢ兩類的，
爲〈三十六字母切韻法〉明母下的「眉民綿」三字，此外，倘若
連同周法高先生把庚韻三等，也看作重紐Ｂ類的話，則〈切字要
法〉下「平便」二字，也算是同母下的ＡＢ類。我們檢諸《漢語
方言字匯》所蒐錄諸字的方言資料，也看不出這些ＡＢ類的聲
母，有何差異，茲摘錄諸字的方言資料如下：

漢字中古音 方音	平 梗開三 平庚並	便 山開三 平仙並	眉 止開三 平脂明	民 臻開三 平真明	綿 山開三 平仙明
北京	₌P'iŋ	₌P'ian	₌mei	₌min	₌mian
濟南	₌P'iŋ	₌P'iã	₌mei	₌miẽ	₌miã
西安	₌P'iŋ	₌P'iã̃	₌mi	₌miẽ	₌miã̃
太原	₌P'iŋ	₌P'iɛ	₌mei	₌miŋ	₌miɛ
漢口	₌P'in	₌P'ian	₌mei	₌min	₌mian
成都	₌P'in	₌P'ian	₌mi	₌min	₌mian
揚州	₌P'ĩ	₌P'ĩ	₌məi	₌mĩ	₌mĩ
蘇州	₌bin	₌bĩ	₌mE	₌min	₌mĩ
溫州	₌beŋ	₌bi	₌mai	₌meŋ	₌mi
長沙	₌Pin	₌Piẽ	₌mei	₌min	₌miẽ
雙峰	₌bin ₌biõ̃	₌bĩ	₌mi	₌min	₌mĩ
南昌	₌P'in ₌P'iaŋ	₌P'iɛn	məi⁼	min⁼	miɛn⁼
梅縣	₌P'in	₌P'iɛn	₌mi	₌min	₌miɛn
廣州	₌P'Iŋ	₌P'in	₌mei	₌man	₌min
廈門	₌PIŋ ₌Pĩ ₌Piã̃	₌Pian ₌Pan	₌mi ₌mai	₌min	₌bian ₌mĩ
潮州	₌P'eŋ	₌P'ieŋ	₌bai	₌miŋ	₌mieŋ
福州	₌Piŋ	₌Peiŋ	₌mi	₌miŋ	₌mieŋ

從其中可以看出「平、便」二字，在各地的方言裡，都是作雙脣送氣、不送氣的清塞音〔P-〕、〔P'-〕，或是不送氣的濁塞音〔b-〕；至於「眉、民、綿」三字，除了廈門「綿」字的讀書音與潮州「眉」字的方言，聲母是作雙脣不送氣的濁塞音〔b-〕以外，其餘各地的方言，聲母都是作雙脣鼻音〔m-〕。其實〔m-〕與〔b-〕的語音十分接近，發音部位與具有濁音性質並無不同，只是發音方法有塞音與鼻音的差別，因而二者間是很容易互變的，何況其中不作雙脣鼻音〔m-〕的，也僅有這兩個而已，並不能充分顯示重紐ＡＢ類為聲母音值有差異的現象。所以從現代漢語方言來觀察重紐，ＡＢ兩類的區別，理應不在聲母音值的不同。

4、結語

個人在第二節中，雖就近人的意見，及發現的一些文獻，對《韻鏡》「題下注」作了一番地論述，畢竟時代久遠，文獻仍嫌不足，很多問題仍難論斷，例如學者們從序例或內容、形式上，都可以推知《韻鏡》與《七音略》有同源的關係，但目前個人也僅能說《韻鏡》與《七音略》，在最早應是有一個共同原始的底本，後來因多歷人手，各自有增刪補益，所以內容、形式，小有差別，這個差別恐怕不在張麟之刊《韻鏡》、鄭樵述《七音略》時才有，應該在《七音韻鑑》與《指微韻鏡》的時代就發生了，至於它們共同的原始底本，是不是文中所提及的《切韻指玄》呢？尚有待以後再深究。

　　至於〈歸納助紐字〉的來源，早在唐代就有了，它顯示在同一字母下，實際的聲值相同，這對我們在中古音的研究上，能夠有多方的啓發，值得重視，因此，這類「助紐字」的來龍去脈，應可以再進一步作系統地探討。

附　註

1　由於張麟之在紹興三十一年的序中曾有「因撰字母括要圖，復解數例，以爲沿流求源者之端」之語，並且從嘉泰三年的序中曾知張氏是在第一次刊行以後，才看見莆陽鄭樵《七音略》，而張氏在〈調韻指微〉裡，引用〈七音序〉以論「七音之義」，所以〈調韻指微〉是在第三次刊刻時增入，其餘的門例在第一次刊行時就有了。

2　參見《韻鏡研究》pp.25—42（1987.學生）。

3　參見《羅常培語言學論文選集》p.105。

4　參見董同龢《漢語音韻學》、張世祿《中國音韻學史》、葛毅卿《韻鏡音所代表的時間和區域》、周法高《讀韻鏡研究》、陳師新雄《等韻述要》。

5　參見《等韻源流》p.60。

6　李文載於《語言研究》新第一期，1981，pp.125—166。

7　李新魁在其《韻鏡校證》p.117也說「未見有避諱字者」。

8　黃文載於香港中文大學《中國語文研究》第五期，1984，p.74。

9　參見拙著《敦煌守溫韻學殘卷析論》pp.20—21。

10　參見《夢溪筆談》十五卷，藝文二。

11　檢中央圖書館藏明刊黑口大字本《五音集韻》序無此語，茲暫錄李于平《陸法言的切韻》一文所引。

12　商務百衲本《宋史》、藝文武英殿本《宋史》等〈藝文志〉都是作《五音韻鏡》。

13　參見《續資治通鑑長編》一卷，p.8。

14　參見《續資治通鑑長編》三百六十四卷，p.10。

15　參見商務《四庫全書》本《東都事略》p.83。

16　參見藝文武英殿本《宋史》一百八卷，p.18。

17　參見拙著《敦煌守溫韻學殘卷析論》一文。

18　但張麟之所刊的《韻鏡》，必經宋人增刪改益，與宋以前的面目不盡相同。

19　參見注解1。

20　姜亮夫《瀛涯敦煌韻輯》曾考證此卷的時代，以爲「不出唐代之末，三十六母既興之前。」（p.422，鼎文）

21「不芳並明」四母下的例字爲：「邊通賓夫、偏鋪繽敷、便蒲頻符、綿模民無」，每個字母的前三個例字，均是重脣音，末尾一個例字，均爲輕脣音，觀此排列整齊的情形，可推知此卷輕脣音的分化，已經十分明顯了。

22最早提出聲母說的學者是日本的三根谷徹，於1953年發表《韻鏡の三四等について》，其次，國內的林英津，於1979年發表《廣韻重紐問題之檢討》（東海碩論），近來周法高先生也一反他過去所主張的元音說，倡言重紐的區別在聲母。

23喉音的部位僅列影、曉、匣三母，在《韻鏡》圖中，喻三與喻四分別佔三四等，通常並不視爲重紐，故不列。

24凡屬於重紐的，一定是三等韻，爲了討論方便，仍採用周法高先生的重紐類別代號，重紐四等稱爲A類，重紐三等稱爲B類，其餘不屬於重紐的，但稱其等第。

25《韻鏡》「邊」字兩見，一在二十三轉開口，一在二十四轉合口，檢〈歸納助紐字〉所取盡是開口，故此亦當取開口。且龍宇純《韻鏡校注》p182據《七音略》云二十四轉合口「邊」字當刪，正是，唯所云「此與二十二轉重出」的「二十二」當是「二十三」的筆誤。

26參見陳澧《切韻考》卷一〈條例〉。

27《大廣益會玉篇》的〈三十六字母切韻法〉，每個字母下的例字原是如「博旁博邊賓（幫）」的形式，爲了方便說明「博旁」是「幫」的音切，將「幫」字移置於「博旁」之前。

28敦煌P2012號〈守溫韻學殘卷〉的三十字母較三十六字母少「娘、床、幫、滂、微、奉」，而〈切字要法〉的三十字母則少了「娘、床、知、徹、敷、奉」六母。

29參見董同龢先生《漢語音韻學》p.115。

30享祿本《韻鏡》「姸」在外轉二十三開仙韻三等位置，考《廣韻》「姸」在先韻，應在四等，且《七音略》「姸」字也是列於先韻四等，今據改正。

31請參見該文p.2。

引用書目

1、專著

韻鏡 張麟之刊刻　　藝文印書館等韻五種本

韻鏡校注 龍宇純　　藝文印書館

韻鏡校本　廣韻索引 馬淵和夫　巖南堂書店

韻鏡校證 李新魁　　中華書局

韻鏡研究 孔仲溫　　學生書局

七音略　　鄭樵 藝文印書館等韻五種本

切韻指掌圖　　　　藝文印書館等韻五種本

四聲等子　　　藝文印書館等韻五種本

宋本廣韻 陳彭年等　黎明文化事業公司

五音集韻 韓道昭　　國立中央圖書館藏明黑口大字本

大廣益會玉篇　陳彭年等 國字整理小組影元刊本

等韻源流　趙蔭棠　　文史哲出版社

漢語等韻學　李新魁　　中華書局

等韻述要 陳新雄　　藝文印書館

切韻考　　陳澧 學生書局

漢語音韻學　　董同龢　　學生書局

羅常培語言學論文選集　　羅常培　　九思出版社

廣韻重紐問題之檢討 林英津　　1979東海大學中文碩論

瀛涯敦煌韻輯　姜亮夫　　鼎文書局

漢語方言字匯　北大中文系編　文字改革出版社

宋史 脫脫等　商務印書館景廿四史百衲本

宋史 脫脫等　藝文印書館景二十五史武英殿本

續資治通鑑長編　　李燾　　世界書局

東都事略 王稱 商務印書館景文淵閣四庫全書本

通志略　　鄭樵 國立中央圖書館藏明嘉靖庚戌陳宗夔刊本

敦煌寶藏 黃永武主編　　新文豐出版社

郡齋讀書志　　晁公武　　商務印書館

２、期刊論文

韻鏡音所代表的時間和區域　　葛毅卿　　學術月刊1957，8月
　　號，pp.79－91。

韻鏡研究 李新魁　語言研究新第1期，1981，pp.125－166。

讀韻鏡研究小記　　黃耀堃　中國語文研究第5期，1984，
　　p.74。

讀韻鏡研究　　周法高　大陸雜誌69卷3期，1984，pp.99－
　　102。

敦煌守溫韻學殘卷析論　　孔仲溫　中華學苑34期，1986，
　　pp.9－30。

隋唐五代宋初重紐反切研究　　周法高　　1986，第二屆國際漢
　　學會議。

陸法言的切韻 李于平　中國語文，1957，2月號。

《釋文》「如字」初探

黃坤堯

　　六朝隋唐人注釋古書一般都喜歡用「如字」來說明一些常用字的音義，叫大家依習慣去讀去理解，其中陸德明《經典釋文》一書尤爲習見。所謂如字是指一般習用的字形，習用的讀音，習用的字義說的。例如：

> 1. 加病：如字。元嘉本作「知病」。崔本作「駕」，云加也。(391\2b\11) ❶
>
> 2. 六升：眾並如字。鄭音登，登，成也。(153\22a\8)
>
> 3. 克昌：如字。或云文王名，此禘於文王之詩也，周人以諱事神，不應犯諱，當音處亮反。(102\26b\8)
>
> 4. 于南：如字。沈云：協句宜乃南反。今謂古人韻緩，不煩改字。(57\10b\6)
>
> 5. 信矣：如字。一音申。(223\6a\4)
>
> 6. 副：如字。婦人首飾之上。(54\3a\8)
>
> 7. 參：七南反。又如字，音三。(33\30a\8)
>
> 8. 上下：並如字。王肅上音時掌反。(19\1b\11)

以上八例，反映如字的涵義相當廣泛，包括版本異文（例１）、

改字（例 2 ）、改讀（例 3 、 4 ）、假借（例 5 ）、釋義（例 6 ）、多音字（例 7 、 8 ）等種種情況。現在本文只討論一些多音字的問題，也就是如字與破讀的關係。範圍比較狹窄。

　　在《經典釋文》裡，如字用來表示讀音的時候每跟非如字（即破讀）一讀相對立。一字兩讀或兩讀以上，通常都有一定的語義區別，可以反映習用義❷跟引申義之間的關係。陸德明既然作音，不但對理解古書很有啓發，也可以反映當時的實際讀音，音義都有規限。

　　《釋文》固多用如字表示習用的音義，但在正常情況下，《釋文》是不注如字的，只爲破讀作音，而且不厭其煩地一注再注，提醒讀者的注意，避免誤讀誤訓。整部《釋文》幾乎都爲非如字或異讀字作音。讀音不同，語義有別，而解釋往往就相差很遠了。

　　《釋文》羅列了一大堆異讀材料，資料十分豐富。但是陸德明似乎沒有建立任何理論體系來說明他區分音義的標準。其後宋代的賈昌朝（997-1065）始將《釋文》的語言材料加以整理，編成《群經音辨》一書，凡分五門：一曰辨字同音異，二曰辨字音清濁，三曰辨彼此異音，四曰辨字音疑混，五曰辨字訓得失。其中第二門辨字音清濁所收 161 字即多屬後代的破音字，第三、四兩門應該也有關係，頗能引起後人的興趣。例如周法高教授《語音區別詞類說》❸曾經詳細分析過這一批材料的音義關係，將這批異讀的語音變化規律歸納爲三種類型：

　　A、平上聲和去聲的差別；

　　B、入聲和去聲的差別，包括韻尾輔音的差別；

　　C、清聲母和濁聲母的差別。

其後周氏《中國古代語法‧構詞篇》❹雖然補充若干例字，但音

變規律沒有改變。最近殷煥先《關於方言中的破讀現象》❺也說:

聲調不同的破讀在語音上表現為:

> 平：去　　譽
>
> 上：去　　好
>
> 入：去　　惡

聲母不同的破讀在語音上表現為:

> 全清：全濁
>
> 幫：並　　敗
>
> 見：匣　　壞

他們不約而同都有一個誤解：聲調的變換以平、上、入屬如字，去聲屬破讀；聲母的變換以清聲母屬如字，濁聲母屬破讀，十分整齊。杜國棟（G. B. Downer）❻認為中古的異讀是「詞的派生」（word-derivation）現象，具有創造新詞的能力。他往往將平、上、入三調列作基本形式（Basic form），又稱基本詞；而把相對的去聲列作派生形式（Derived form），又稱派生詞。至於要從本來是去聲的詞轉成派生詞，則借助於清濁聲母的互換，並以「見」、「繫」、「敗」、「壞」、「背」、「葬」六字為例，一律將清聲母一讀列作基本形式。其實諸家都有形式主義追求整齊的心理，罔顧事實，而為賈昌朝所誤。不但誤認這批常用字的標準讀音，甚至將習用義跟引申義顛倒過來，本末倒置，連個別字例的歸類也發生了問題。賈昌朝在《群經音辨序》中頗推重《釋文》，且據為典要，編訂異讀資料，然而卻忽略了如字問題，跟唐人的讀音習慣不合，後人不察，輾轉沿誤，於是破音字的歸類更漫無定準了。

陸德明《經典釋文・序錄》曾經舉例說明當時比較流行的三類異讀：

1. 夫質有精粗，謂之好惡（並如字）；心有愛憎，稱為好惡（上呼報反，下烏路反）。

2. 當體即云名譽（音預）；論情則曰毀譽（音餘）。

3. 及夫自敗（蒲邁反）、敗他（補敗反）之殊；自壞（乎怪反）、壞撤（音怪）之異。❼

陸氏認為「此等或近代始分，或古已爲別，相仍積習，有自來矣。余承師說，皆辯析之。」（3＼5b＼3） 無論前人是否同意這樣來區別異讀音義，陸氏秉承師說，認爲這種區別兩讀的訓詁方法在解經方面還是有所幫助的，可以大力推行。而且在這三類異讀中，其一區別形動；其二區別名動；其三兩讀同爲動詞，而語義有別。至於讀音方面，其一以上、入聲爲如字，去聲爲破讀；其二以去聲爲如字，平聲爲破讀；其三「敗」、「壞」兩例同以濁聲母爲如字，清聲母爲破讀。可見這三條說明和舉例在音義的區別方面都有相當廣泛的代表性，值得注意。假如不能明白箇中消息，以爲古無去聲，去聲都是魏晉後起的，一律將平上入訂作如字，去聲屬破讀，不但讀音的源流本末容易弄錯，甚至釋義方面也會含糊不清，更遑論解說兩義的關係了。同理以清聲母爲如字，濁聲母爲破讀也是基於一種成見來分配讀音，不切實際。其實與陸德明同時的顏之推也曾論及「好」、「惡」、「敗」諸字兩讀的音義關係。其論「敗」字云：

江南學士讀《左傳》，口相傳述，自為凡例：軍自敗曰敗，打破人軍曰敗（宋本原注：「敗、補敗反」）。諸記傳未見補敗反，徐仙民讀《左傳》，唯一處有此音，又不言自敗、敗人之別，此為穿鑿矣。❽

顏氏雖不信「敗」分兩讀之說，認為幫紐一讀乃江南學士所為，殆與《釋文》「近代始分」之說相合。其實無論一讀兩讀，這都說明了「敗」字清聲母一讀是後起的，當時的如字應該是讀濁聲母的。此外還有其他證據，例如敦煌《切韻》殘卷伯3696、王一、王二、全王❾以至《說文》所附孫愐、徐鍇音等均只注「薄邁反」一讀，《說文解字繫傳通釋》所載朱翱音注「步拜反」❿，同讀濁聲母並紐無異。至於幫紐一讀除見於《釋文》外，尚見於《玉篇》：「步邁切，覆也，壞也，破也。又補邁切。」⓫及《唐韻》：「□□□破，薄□反，□北邁反。」⓬二書，都將幫紐一讀列作又音：顏氏只取濁聲母一讀，未必無據。其後張守節《史記正義‧論音例》雖襲用《釋文‧序錄》之說，然於「敗」字刪除不論，似亦不信兩讀之說。

《釋文》「敗」分兩讀之說也是有語法意義的，並非無的放矢。這大概是由動詞跟前面名詞或後面名詞所代表的人物之間的關係來決定動詞的兩讀的。如果敗者是前面名詞所指的人物則讀並紐，如果是後面名詞所指的人物則讀幫紐。現以下列公式表示之：

A1、X敗（例如「晉敗」）

　　敗者為X，即晉，讀並紐。

　　Ａ２、Ｘ敗Ｙ（例如「晉敗秦」）

　　　　敗者爲Ｙ，即秦，讀幫紐。

　　Ａ３、Ｘ敗ｘ（例如「晉師敗績」）

　　　　ｘ屬於Ｘ，敗者仍爲Ｘ，即晉師，讀並紐。

陸氏判斷兩讀的依據是將Ａ２中的Ｙ與Ａ１中的Ｘ加以比較；Ａ２中的Ｘ是敗人者，Ｙ是爲人所敗者，則「敗」是「敗他」，讀幫紐。Ａ１中的Ｘ旣非敗人者，亦非爲人所敗者，所以算是「自敗」，讀並紐。此外陸氏也兼顧Ａ３「Ｘ敗ｘ」這一類的例子，由於ｘ是屬於Ｘ的，敗者仍爲Ｘ，與Ａ１「自敗」的性質相近，所以仍讀並紐。這裡全由誰是眞正的敗者決定動詞「敗」字的兩讀，判斷的標準在Ｘ、Ｙ上面；跟現代語法自動、他動的區別在形式上相似而實質不同。現代判斷他動的標準是將Ａ２及Ａ１中的Ｘ加以比較，Ａ２中的Ｘ有受事名詞Ｙ是他動，Ａ１中的Ｘ沒有受事名詞是自動。這本來也可以解釋過去的，但問題則出在Ａ３上面。現代語法將Ａ３的「敗」當作他動，跟Ａ２是一類；而陸氏仍以爲自動（跟現代語法所謂不及物動詞的「自動」不同），跟Ａ１是一類。彼此的著眼點完全不同，所以陸氏所說的自敗、敗他不能跟現代語法的自動、他動混爲一談。

　　《左傳·宣十二年》：「魏錡求公族未得，而怒欲敗晉師。」（Ｐ.395）《釋文》：「必邁反，又如字。」（247﹨2b﹨6）魏錡晉人，欲害晉師使敗，按理符合公式Ａ３，宜讀如字並紐。陸氏或因其身懷二心，又非晉師統帥，不能以自敗解釋此句，故以幫紐一讀爲首音，而將如字並紐列爲又音。這個例句是值得細心體味的。賈昌朝云：「毀他曰敗，音拜。《詩》：『勿剪勿敗』。自

毀曰敗，薄邁切。」⑬周法高教授遂據此而將幫紐一讀訂爲「使謂式」⑭，其舉例也與賈昌朝同。其實此例《釋文》兩讀，不可爲據，且《音辨》所引「勿敗」並不能證明「毀他曰敗」這個定義。周法高教授也未解釋幫紐一讀怎樣有「使謂式」的意思。周祖謨謂「敗」有二音，未明言區別所在，但他仍以並紐一讀爲如字，是也⑮。

上文分析了「敗」字兩讀的音義關係，當然也可以看出確定「如字」的重要性了。現將《釋文》一些以去聲或濁聲母爲如字的例字彙列於後，俾供參考，其中以Ａ音表示如字，Ｂ音表示破讀，彙列《釋文》切語，一目了然。其他切語跟本文無關者⑯，或讀音微異者⑰，非必要不予列出。《釋文》所訂如字多與《群經音辨》不同，其未見《群經音辨》第二、三、四門論列者則前加※號表示之。當《釋文》並不明確指出哪一個是如字時，則參考《說文》、《切韻》音以定之；這一批都是常見常用字，誤讀的機會不大，可以了解唐人一般通行的讀法，然後才能明白習用義和引申義之間的微妙關係。《廣韻》後出，網羅諸家異讀太多，反而不能確定哪一個是標準音，而《集韻》更不用說了。又本文所討論的只是中古音，中古音一定有去聲調，至於上古音有沒有去聲的問題，跟本文關係不大，暫時也不必往上追，否則隨意否定每一個去聲字的地位，混淆視聽，於事無補。

《釋文》以濁聲母爲如字，清聲母爲破讀者：

1.**敗**（薄邁切）⑱

Ａ：如字、皮邁反、蒲邁反（並夬）。

Ｂ：必邁反、伯邁反、補邁反、補敗反（幫夬）。

　　A音有自敗義，敗者是前面名詞所指的人物；B音有敗他義，敗者是後面名詞所指的人物。❶

2. 壞（下怪切）

　　A：如字、乎怪反、戶怪反、下怪反、胡拜反（匣怪）。

　　B：音怪、音恠、公壞反（見怪）。

　　A音有自壞義，壞者是前面名詞所指的人物；B音訓壞徹、訓毀，壞者是後面名詞所指的人物。例如《禮記・儒行》鄭注：「世亂不沮，不以道廢壞己志也。」（P.978）《釋文》：「乎怪反，又音怪。」（216＼17a＼11）壞者雖爲後面的「己志」，但有自壞義，與上文「敗績」例相同，壞者仍爲己也，陸氏以A音爲首音是對的。至於又注B音，可能是依形式判斷，「己志」確又在「壞」後面。

3. 折（食列切）

　　A：時設反，時列反、市列反、市設反、常列反（禪薛）。

　　B：之舌反、之設反、之列反、之熱反、章舌反（章薛）。

　　A音有死義，B音有屈折義；兩讀以意義爲別，與自折、折斷無關。例如「短折曰不祿」句，兩見，一出《禮記・曲禮下》（P.99），一出《穀梁・隱三年》范注（P.15）；據鄭注知短折爲「少而死者」，《釋文》均注A音（111＼7a＼11，326＼3a＼6）。

4. 斷（徒玩切，《繫傳》都件反、《篆韻譜》特管反。）

　　A：徒緩反、徒管反、徒短反、大短反、大管反（定緩）。

　　B：音短、丁管反、丁緩反、都緩反、都管反、端管反（端緩）。

　　《釋文》四音，上聲兩讀，去聲兩讀。今只討論上聲定、

端兩讀。《釋文》未定如字是哪一讀，《說文》諸音也頗
混亂。今案《切一》、《切二》、《刊》上聲均只定紐一
讀，《王一》、《全王》兼注兩讀，當以定紐一讀爲如字。
張守節《史記正義·論音例》以爲兩讀有自斷、刀斷之別，
但《釋文》單注Ａ音者一例，兩讀的意義區別欠清楚。《爾
雅·釋詁下》郭注：「今江東呼刻斷物爲契斷。」（P.27）
《釋文》：「大管反。」全沒有自斷或刀斷義，陸德明吳
人，或與方音保存正讀有關，未必辨義。

5. **別**（憑列切）

Ａ：如字（並薛）。

Ｂ：彼列反、彼竭反、兵列反（幫薛）。

　　Ａ音訓分別、離別，Ｂ音訓區別，意義微異。《釋文》未
單爲並紐一讀注音，《左傳·哀十一年》杜注：「今欲別
其田及家財，各爲一賦，故言田賦。」（P.1019）《釋文》：
「如字，一音彼列反。」（301＼21a＼8）似難分辨。

6. **屬**（之欲切）

Ａ：如字、音蜀、時欲反（禪燭）。

Ｂ：音燭、之蜀反、之欲反、之玉反、之六反、章玉反、章欲
反、章束反、朱欲反（章燭）。

　　徐鍇注「專玉反」（P.171），與徐鉉同。《釋文》則以禪
紐一讀爲如字，不同。Ａ音有係屬義，兼屬名、動。Ｂ音
通作「囑」字，有託也、語也諸義。《左傳·桓十八年》：
「初子儀有寵於桓王，桓王屬諸周公。」（P.130）《釋文》：
「音燭。」（227＼13a＼6）可爲顯例。Ｂ音引申亦有獨也、

致也、合也、聚也、著也、適也諸義，動詞。《莊子·駢
拇》：「且夫屬其性乎仁義者，雖通如曾史，非吾所謂藏
也。」郭注：「以此係彼爲屬。」（P.327）《釋文》：「郭
時欲反，謂係屬也。徐音燭，謂屬著也。下皆同。」（373、
2b、10）兩讀的區別清楚。

7. 盡（慈刃切）

A：如字（從軫）。

B：津忍反、子忍反、咨忍反（精軫）。

徐鉉「刃」字疑爲「忍」字之誤，中古通讀上聲；徐鍇注
「寂泯反」（P.95），可爲旁證。《釋文》爲如字注音者
一例，兼注兩讀者兩例，其他均爲精紐一讀注音。《左傳·
昭六年》：「錐刀之末，將盡爭之。」（P.751）《釋文》：
「盡爭：此一字如字。」（277、5b、3）又《桓十三年》：「夫
豈不知楚師之盡行也。」（P.125）《釋文》：「津忍反，
此類可以意求。」（226、12a、6）同爲副詞，兩讀實難區
別。

8. ※焉（有乾切）

A：如字（爲仙）。

B：於乾反、於虔反（影仙）

語末讀A音，句首讀B音，由位置決定兩讀。例如《論語·
公冶長》：「十室之邑，未有忠信如丘者焉，不如丘之好
學也。」（P.46）《釋文》：「如字。衞瓘於虔反，爲下句
首。」（347、6a、8）葛洪《要用字苑》云：「若訓何訓安，
當音於愆反。若送句及助詞，當音矣愆反。」❷

　　《釋文》以去聲爲如字，平、上、入三聲爲破讀者：

1. 禁（居蔭切）

　A：居蔭反、居鴆反、今鴆反（見沁）。

　B：音金、音今（見侵）。

　　A音兼隸名詞、動詞兩類，動詞後不帶名詞。B音後帶名詞，例如《易•大畜》王注：「柔能制健，禁暴抑盛。」（P.68）《釋文》：「音金。」(24＼11a＼2)僅此一例。其他陸氏以爲兩讀有別，但區別並不清楚，難作定論。

2. 射（食夜切）

　A：食夜反、神夜反、實夜反（神禡）。

　B：食亦反、示亦反、神石反（神昔）。

　　《釋文》四音，另有喩紐去、入兩讀，不論。A音兼隸名詞、動詞兩類，專指射藝說的。B音後帶名詞，或是人，或是物，這是「射」的目標或目的，且有求中之意。《左傳•襄十四年》：「初，尹公佗學射於庾公差，庾公差學射於公孫丁。二子追公，公孫丁御公。子魚曰：『射爲背師，不射爲戮，射爲禮乎？』射兩駒而還。」杜注：「子魚，庾公差。《禮》：『射不求中』。」(P.561)《釋文》：「射爲：食亦反，下及注除『禮射』一字皆同。或一讀『射而禮乎』，音食夜反。」(259＼26b＼3)此句「學射」兩見，指射藝說的，陸氏不作音，即讀A音；其後「射不求中」及異文「射而禮乎」句同，讀A音。至於「射爲背師……射爲禮乎」四句，均是求中之射，其後或省略名詞「公」字，陸氏注入聲B音。兩讀音義不同，區別相當清

楚。

3. 刺（七賜切）。

A：七賜反、七跂反、七智反、千賜反、刺史之刺（清寘）。

B：七亦反、七赤反（清昔）。

A音兼隸名詞、動詞兩類，B音多表目的或方向義。有時
兩讀似以意義爲別，例如細刺、司刺、諷刺等讀A音，擊
刺、刺伐、繡刺、刺探、刺船等讀B音。其以方向義辨認
B音不如「射」字明顯，可能還牽涉詞義內殺、暗殺的區
別。兩讀後面都帶有名詞，較難辨認。

4. 告（古奧切）

A：如字、工號反、古報反、故報反（見號）。

B：古毒反、故毒反、工毒反、古篤反（見沃）。

A音義爲告語，表示一般的施受關係。B音每有下告上義。
《禮記·曲禮上》：「夫爲人子者出必告，入必面。」(P.
19)《釋文》：「古毒反。」（162╲2b╲5）《詩·周南·
關雎》序：「頌者、美盛德之形容，以其成功，告於神明
者也。」（P.18)《釋文》：「古毒反。」（53╲2a╲5）
或不帶受詞；或「告於」連用，不直接帶受詞；大都用於
比較尊貴的對象。㉑兩例全讀入聲B音。

5. ※趣（七句切）

A：如字、促裕反、七樹反、七住反、七句反、七喻反、七
注反（清遇）。

B：音促、七緣反、七欲反（清遇）。

A音一般有向義（向物），也有「促疾」義（對事)《釋

文》未單爲Ｂ音一讀作音，全屬兩讀之例，有「使促」義，對象多爲人。《詩·大雅·棫樸》：「濟濟群王，左右趣之。」鄭箋：「文王臨祭祀，其容濟濟然敬；左右之諸臣，皆促疾於事，謂相助積薪。」（P.556）《釋文》：「七喻反，趨也。」（91＼3b＼9）又《公羊·定八年》：「俄而曰：彼哉彼哉，趣駕。」何注：「使疾駕。」《釋文》：「七欲反，一音七住反。」（322＼34a＼7）前者有「促疾」義，只注Ａ音；後者有「使疾」義，雖兼注兩讀，而以Ｂ音爲首音。陸德明對Ｂ音是否有致使義似未能有明確決定。

6. 聽（他定切）

　　Ａ：如字、天定反、吐定反（透徑）。

　　Ｂ：他經反、天丁反、吐丁反、體寧反（透青）。

　　徐鍇注「他寧反」（P.233）與徐鉉不同；但《釋文》仍以去聲一讀爲如字。Ａ音似有聆聽義，Ｂ音或有聽從義，由於聽的結果可從可不從，不從則兩義明顯不同，從則兩義容易相混；且兩讀同屬動詞，其意義只有些微差異，陸氏游移其辭，兩義的區別並不清楚。例如《左傳·僖二十四年》：「鄭伯與孔鉏、石甲父、侯宣多省視官具于氾，而後聽其私政，禮也。」（P.258）《釋文》：「吐定反。」（236＼5b＼6）《禮記·大傳》：「聖人南面而聽天下。」（P.617）《釋文》：「體寧反。」（193＼27a＼4）兩例同有聆聽義，一讀Ａ音，一讀Ｂ音，其故難明。

7. 著（陟慮切，又遲倨切）

　　Ａ：陟慮反、張慮反、珍慮反、張恕反、張庶反、知慮反（知

御）。

B：直略反（澄藥）。

C：張略反、知略反、豬略反、陟略反、中略反（知藥）。

　A音有顯著義，引申爲立也，成也。《易・晉卦》王注：
「處卦之始，功業未著，物未之信。」（P.87）《釋文》：
「張慮反。」（25＼14a＼5）入聲分化爲澄紐、知紐兩讀，
B音有附著義，C音有穿著義，不同。《詩・大雅・旣醉》
鄭箋：「天之大命又附著於女。」（P:606）《釋文》：「直
略反，下同。」（94＼10a＼1）又《僞書・武成》孔傳：「一
著戎服而滅紂。」（P.162）《釋文》：「張略反。」（45
＼2b＼8）三讀的區別相當清楚。

8.※盛（氏征切）

A：如字、是政反、市政反、市正反、成政反（禪勁）。

B：音成、時征反（禪清）。

　徐鍇注「示征反」（P.94），同讀B音，蓋爲釋義「黍稷
在器中以祀者也」所限；惟《說文解字篆韻譜》則注「丞
正反」，讀去聲勁韻，並無B音一讀。《釋文》亦以去聲
一讀爲如字，A音有興盛、盛大義，B音專用於名詞粢盛
及動詞盛載義中。《易・說卦》：「終萬物，始萬物者，
莫盛乎艮。」（P.184）《釋文》：「是政反。鄭音成，云
『裹也』。」（33＼30b＼4）可見兩義之別。

9.怨（於願切）

A：於願反、紆願反、紆萬反、紆万反（於願）。

B：紆元反、於元反、於袁反（於元）。

《釋文》一般只讀去聲，惟無故增入平聲，且全屬兼注兩讀之例，區別欠清楚。可能假借爲「冤」說的。《論語·憲問》集解引孔曰：「先覺人情者，是寧能爲賢乎？或時反怨人。」（P.129）《釋文》：「紆萬反。又於袁反，本或作冤。」（352＼16b＼9）可證。

10.度（徒故切）

A：如字、徒布反、待路反（定暮）。

B：待洛反、待各反、大洛反、大各反、徒洛反、徒各反（定鐸）。

A音有丈尺、法度義，用爲名詞；B音有億度、量度義，引申爲謀也、造謀也、居也、投也、塡也、計也，全屬動詞。《禮記·王制》：「司空執度度地。」鄭注：「度、丈尺也。」（P.247）《釋文》：「上如字，丈尺也。下大各❷反，量也。」（174＼25a＼9）兩讀的區別清楚。

11.譽（羊茹切）

A：如字、音預、音豫（喻御）。

B：音餘（喻魚）。

《序錄》稱「當體即云名譽（音預），論情則曰毀譽（音餘）。」可見兩讀爲名動之異。《孝經·開宗明義》：「父母得其顯譽也者。」❷《釋文》：「音豫。」（341＼1b＼5）又《老子》第39章：「故致數輿無輿，不欲琭琭如玉，珞珞如石。」（P.106）《釋文》「輿」作「譽」，並云：「逸注反❷，毀譽也。」（358＼5a＼7）均爲名詞。《莊子·逍遙遊》：「且舉世而譽之而不加勸。」（P.16）《釋文》：

「音餘。」(361＼3a＼5)兩讀區別清楚。

12.※飯（符萬切）

　A：扶萬反（奉願）。

　B：扶晚反、符晚反、煩晚反（奉阮）。

　　A音名詞，B音動詞，兩讀清楚。《論語·述而》：「飯疏食，飲水，曲肱而枕之，樂亦在其中矣。」(P.62)《釋文》：「符晚反。」(348＼8a＼6)

13.爨（七亂切）

　A：七亂反、七逭反、七判反（清換）。

　B：七端反、七官反、七丸反（清桓）。

　　A音名詞，B音動詞。《詩·小雅·楚茨》：「執爨踖踖，為俎孔碩。或燔或炙。」鄭注：「爨，饔爨、廩爨也。踖踖言爨灶有容也。」(P.456)《釋文》：「執爨：七亂反。注唯言爨灶一字七端反，餘並同。」(84＼28b＼1)前四「爨」字義為灶也，名詞，讀A音；「爨灶」義為炊灶，動詞，讀B音。

14.令（力正切）

　A：力政反、力正反（來勁）。

　B：力呈反、力征反、力成反（來清）。

　　A音義為命也、善也、告也，兼屬名詞、形容詞和動詞。B音有使令義，動詞。《詩·齊風·東方未明》：「倒之顛之，自公令之。」毛傳：「令，告也。」(P.192)《釋文》：「力證㉕反。」(66＼27b＼6)又《書·梓材》孔傳：「無令見冤枉。」(P.212)《釋文》：「力呈反，篇末同。」

（47＼6b＼10）兩讀不同。

15.**貫**（ 古玩切 ）

A：古亂反、工喚反、古喚反、古玩反（見換）。

B：音官（見桓）。

　　A音有聯續義，串也；B音有穿義，指實物言。《釋文》
無單注B音之例，《左傳·僖二十七年》：「子玉復治兵
於蔿，終日而畢，鞭七人，貫三人耳。」（P.266）《釋文》：
「音官，又古亂反。」（236＼6b＼8）B音或不可靠。

16.**上**（ 時掌切 ）

A：如字、時羕反（禪漾）。

B：時掌反、時丈反（禪養）。

　　A音表方位、等第、君上諸義，B音表登進義。《易·乾
卦·文言》：「上下無常，非爲邪也。」（P.14）《釋文》：
「並如字，王肅上音時掌反。」（19＼1b＼11）又《井卦》：
「木上有水井，君子以勞民勸相。」（P.110）《釋文》：
「如字，師又時掌反。」（27＼18b＼11）當以如字爲去聲。
案《說文》「上」字二徐均注上聲，王肅及陸德明師說同，
且中古「上聲」是四個聲調之一，「上」字宜讀上聲。其
間或受全濁聲母上聲讀去音變的影響，陸氏以去聲爲如字
非無可能，《切韻》多兼注兩讀，而詞性不同，亦可爲證。

17.**去**（ 丘據切 ）

A：如字、起據反、起慮反、欺慮反（溪御）。

B：起呂反、羌呂反、丘呂反（溪語）。

　　A音義爲離去，B音義爲除去。《禮記·玉藻》鄭注：「大

夫去位宜服玄端玄裳。」（P.552）《釋文》：「如字。」
（190＼19a＼2）《論語・八份》：「子貢欲去告朔之餼羊。」
（P.29）《釋文》：「起呂反，注同。」（346＼3b＼10）

18.更（古孟切，又古行切）

A：加孟反、居孟反、古孟反（見映）

B：音庚、古衡反、古行反、江衡反（見庚）。

A音爲副詞，B音爲動詞，訓歷也、償也、代也。《禮記・
儒行》：「過言不再，流言不極。」鄭注：「不再，猶不
更也。」（P.974）《釋文》：「居孟反。」（215＼16b＼
5）又《左傳・昭二十七年》：「夏后嘉之，賜氏曰御龍，
以更豕韋之後。」杜注：「更，代也。」（P.922）《釋文》:
「音庚，注同，代也。」（292＼3b＼9）前例「不更」後省
略動詞，「更」爲副詞，當讀A音。

19.要（於消切，又於笑切）

A：如字、於妙反、於召反、一妙反、因妙反（於笑）。

B：音腰、一遙反、一徭反、於宵反、於遙反（於宵）。

徐鍇注「於消反」（P.52），亦讀平聲。《易・繫辭下・
王注》：「原其初以要其終，則唯變所適，是其常典也。
明其變者，存其要也。」（P.174）《釋文》：「以要：一
遙反，下文要終同。其要：於妙反。」（33＼29b＼4）兩義
及詞性均有所別。案A音可用作動詞、形容詞、名詞；B
音僅用作動詞，義爲要約、要脅。

此外《釋文》尚有「會」（匣見）、「桀」（群見）、「狄」
（定透）、父（奉非）諸例，均以濁聲母爲如字。又有「樹」（去

上）、「播」（去上）、「暴」（去入）、「嘆」（去上）、「望」
（去平）、「漸」（去平）、「翰」（去平）、「嘆」（去平）、
「徑」（去平）、「尚」（去平）諸例則以去聲爲如字。又「降」
（去平、見匣）、「奉」（去上、奉敷）、「共」（去平、群見）
等則兼具多項變換因素，由於多屬改字、假借、押韻、專名改讀
和兩字兩義之例，情況複雜，暫不詳論。

　　《釋文》以清聲母爲如字，濁聲母爲破讀；或以平上入爲如
字，去聲爲破讀之例極多，不勝枚舉，自是常例。本文暫不論述。
至於以濁聲母及去聲爲如字的情況，亦屬常例，諸家時有忽略，
特加詳論。認識如字，不但可以明白唐人這一批常用字的正確讀
音，還可以了解習用義和引申義之間分化的關係；透過讀音分析
意義，可以研究經典的古訓或確解，進而可以探尋古人的語法概
念，或有小助。

註　釋

❶　所注三項數字分別爲《新校索引經典釋文》（鄧仕樑、黃坤堯合編，
　　學海出版社，1988）的新編總頁碼、通志堂本原刻頁碼及行數，a、
　　b代表線裝書之前頁及後頁。鼎文書局及中華書局諸本新頁碼同。又
　　所配經傳原文全據《十三經注疏》，藝文印書館影印本，1955；郭慶
　　藩《莊子集釋》，中華書局，1961，北京；樓宇烈《王弼集校釋》，
　　1980，中華書局，北京。
❷　習用義不一定就是文字學所說的本義，只是反映當時的習慣用法而已。
❸　見《上古語法札記》，《中央研究院歷史語言研究所集刊》第22本P.
　　171-207，1950。又見《中國語言學論文集》P.349-433，聯經出版
　　事業有限公司，1975。

❹ 見第一章《音變》，中央研究院歷史語言研究所專刊之 39, 1959。
今據臺聯國風出版社重刊本，1972。

❺ 見《文史哲》1987 年第 1 期 P.62-67，濟南。

❻ G. B. Downer 自譯其中文姓名爲杜國棟，周法高敎授等則譯爲唐
納。

❼ 「補敗反」原作「蒲敗反」，「乎怪反」原作「呼怪反」，均誤。
今據宋本改正。

❽ 見王利器《顏氏家訓集解》P.503 ，上海古籍出版社，1980。

❾ 《王一》、《王二》見《十韻彙編》，北京大學出版社，1935 ，北
平；今據臺灣學生書局影印本，1973 ，臺北。《全王》見龍宇純
《全本王仁昫刊謬補缺切韻校箋》，中文大學出版社1968，香港。

❿ 見徐鉉校定《說文解字》P.68，中華書局，1972 ，香港。又徐鍇《說
文解字篆韻譜》P.268，日本天理圖書館善本叢書漢籍之部第六卷，
八木書店，1981，東京 。又徐鍇《說文解字繫傳通釋》P.60，四部
叢刊初篇本，此後凡引此本不另注明。

⓫ 見潘重規《玉篇附索引》P.261，國立中央圖書館國字整理小組影元
本，1982，臺北。

⓬ 見《十韻彙編》P.208。

⓭ 《群經音辨・辨彼此異音》卷六頁十，四部叢刊續編影宋鈔本。例句
見《詩・召南・甘棠》：「蔽芾甘棠，勿剪勿敗，召伯所憩。」（P.
55)《釋文》：「必邁反，又如字。」（56 ＼ 7a ＼9）陸氏以幫紐爲
首音者，大概認爲此句該解作「勿敗甘棠」的，由於名詞「甘棠」爲
遷就詩句而移前了，所以特加注明，以免學者誤讀。此外又兼注如字
並紐者，或純就句式而言，「甘棠」確在「敗」的前面，依句意似以
讀並紐爲是。賈、周二氏以意爲之，僅取一讀，未確。

⓮ 見《中國古代語法・構詞篇》P.80。

⓯ 《四聲別義釋例》，原刊《輔仁學誌》第十三卷第一、二期合刊，
1943，北平。今據《問學集》P.118， 中華書局，1966，北京。

⓰ 例如「壞」字除了乎怪反（匣怪）、音怪（見怪）兩讀外；尚有胡罪

反（匣賄）及音回（匣灰）兩讀，蓋假借爲「瘣」字（82＼23b＼3）；又徐邈音懷（匣皆）專用於魯邑「壞隤」，二見（254＼15b＼11, 293＼6a＼7），乃地名特殊讀音。諸例與本文重點無關，暫不討論。

⑰ 例如「敗」除讀必邁反（幫夬）外，除邈又讀甫邁反（42＼14a＼6），輕重唇不分；陸德明或讀卑賣反、必賣反（242＼17a＼10, 358＼6b＼9）兩見，夬卦不分。這都可歸入幫紐一讀中，沒有特別辨義作用，茲不彙錄。

⑱ 括號內所注者全屬徐鉉《說文解字》所錄孫愐音，下全同。又A音、B音後括號內注的是中古聲紐、韻母的名稱，或便檢查。

⑲ 本文主要討論的是如字，不在辨義方面。有關兩讀的音義區別，現僅摘要說明，詳細的考證及例句見拙著《經典釋文動詞異讀之研究》，香港中文大學博士論文，1987。

⑳ 見《顏氏家訓集解》P.500。

㉑ 見周法高敎授《中國語言學論文集・上古語法札記》中「問、見、告」一節（P.306-308）。

㉒ 原作「洛」，今據宋本改正；音則無異。

㉓ 此句未見於今本《孝經》，蓋據《釋文》原文引錄。

㉔ 「注」字屬去聲遇韻，此例御遇不分。

㉕ 「證」字屬去聲證韻，此例勁證不分。

秋聲賦的音韻成就

李三榮*

　　本文的目的在發掘歐陽修寫作秋聲賦時，在聲母上：一、利用牙喉音的字以暗示其強烈的情感。二、利用擦音的字以模擬秋風的呼號。三、利用齒音的字以模擬秋風觸物的細碎聲。在韻母上：一、利用四等來模擬音響的細小。二、利用主要元音的高低來模擬響度的強弱。三、利用陽聲韻來象徵心情的凝滯或音響的高亮。四、利用入聲韻來烘托心情的悽愴。在音韻結構上：利用呼應、頂眞的嚴密來強調其心緒的激動。這些音韻特色的運用，使秋聲賦達到較高的文學境界，有助於我們了解歐陽的文學成就之所在。

一、前　　言

　　歐陽修的文章典雅溫婉，在陰柔中不時透出陽剛之氣。王安石在祭歐陽文忠公文中說：「如公器質之深厚，智識之高遠，而輔以學術之精微。故形於文章，見於議論，豪健俊偉，怪巧瑰琦；其積於中者，浩如江河之停蓄；其發於外者，爛如日星之光輝，其清音幽韻，淒如飄風急雨之驟至；其雄辭閎辯，快如輕車駿馬之奔馳。世之學者，無問乎識與不識，而讀其文則其人

---

*　李三榮，臺灣省臺中市人，民國三十一年生，國立政治大學中國文學研究所畢業，現任於國立高雄師範學院。歷年有關聲韻學之論著有：閩南語十五音之研究（58年）、由中古到現代聲母發展的特殊現象（63年）、大眾傳播工具國音誤讀研究報告（67年）、董同龢擬測的中古韻母的檢討（70年）、廣韻單音字表（71年）、音韻結構在小園賦第一段的運用（73年）、杜甫詠懷古跡之三——羣山萬壑赴荆門——的音韻成就（75年）等。

可知。」（全集附錄卷第一）

　　然而這種成就是經過千錘百鍊的。歐陽修寫作時，態度至為謹嚴，每成一文，都覺得辭窮而意未盡，所以喜歡將文章貼在牆壁上，時時改定。像畫錦堂記，就是他作完送出數日，又派人追回，加上兩個「而」字，才成定稿的。他晚年編次居士集，在雪夜裏，再三斟酌，每篇都看過數十遍。有一次，薛夫人勸阻他說：「何自苦如此，尚畏先生嗔耶？」歐陽修笑著說：「不畏先生嗔，卻怕後生笑。」可見他寫作的慘淡經營，已達到渾然的過程了。

　　他的經營也注重音韻，如秋聲賦、醉翁亭記等作，情韻鏘鏘，尤富散文詩的意味。說者謂送楊寘序，琴聲出於紙上。全集中有為洛陽和尚鑒聿所作的韻總序說：「文字之為學，儒者之所用也。其為精也，有聲形曲直毫釐之別，音響清濁相生之類，五方言語風俗之殊，故儒者莫暇精之。其有精者，則往往不能乎其他。是以學者莫肯捨其所事而盡心乎此，所謂不兩能者也。必待乎用心專者而或能之，然後儒者有以取焉。洛僧鑒聿為韻總五篇，推子母輕重之法以定四聲。考求前儒之失，辨正五方之訛。顧其用心之精，可謂入於忽微。若櫛之於髮，續之於絲，雖細且多，而條理不亂，儒之學者莫能難也。」（全集居士集卷第四十二）。他是反佛的，可是對於和尚所作的音韻書，卻有極高的興趣與評價，可見他於音韻之道，是研究有素了。

　　本文的目的即在發掘秋聲賦在音韻上的特色，並指出歐陽修如何運用這些特色，使秋聲賦達到較高的文學境界。這種分析也許有助於我們了解歐陽修成就之所在，了解這篇賦所以被後人傳頌不絕的道理。

二、寫作背景

　　每位作家的作品，不管是一首詩，一篇賦，一篇文章，一部小說，都有他寫作的意識。作家寫作的意識人人不同，那是由於作者生活與時代環境因素所構成，如教育、事業、親友、環境、思想、宗教、生理狀況以及一時的感觸等。研究文學作品，第一步工作就是在發現這些因素，造成了作者怎麼樣的意識，再看他如何來表現那種意識，然後才能認識作品的價值和藝術造

詣。這是文學作品分析的技巧之一。下面試從事業、生理、親友、時序四方面來了解歐陽修創作秋聲賦時的心理背景。

1. 宦海浮沉

歐陽修考上進士之後，授校書郎，充西京（洛陽）留守推官。在洛陽三年，兩遊嵩嶽，詩酒宴樂，狎暱官妓，生活閒佚。

景祐元年（西元一〇三四年）入汴京，任館閣校勘，多讀中央秘書，參與崇文總目編輯，斐然有著作之志。然而好景不常，從景祐三年起，歐陽修開始進入他的憂患歲月。一向「先天下之憂而憂」的范仲淹在這一年向皇帝揭發宰相呂夷簡植黨營私。憤怒的呂夷簡反咬一口，說他離間君臣。身任諫官的高若訥竟然趨炎附勢，隨聲附和，弄得范仲淹被貶知饒州。熱血沸騰的年青人眼裏，容不了些許砂粒，歐陽修便寫了一封義正詞嚴的信痛責高若訥。先說高若訥是不敢言，不能言的不才諫官，接著又指責他是「君子之賊也」，更罵他「不復知人間有羞恥事」（全集居士集卷第十七與高司諫書）。老奸巨滑的高若訥把信呈給了皇帝，仁宗回護高若訥，於是三十歲的歐陽修在現實政治的犧牲下，被貶到夷陵（湖北宜昌縣東）做縣令。這以後，他調任乾德縣（湖北襄陽縣西北）令，武成軍（河南滑縣）節度使判官。康定元年（西元一〇四〇年）被召回京，再任館閣校勘，權知太常禮院。慶曆二年（西元一〇四二年），上書陳「三弊五事」，通判滑州（河南滑縣）。次年，還京知諫院，參與修起居注，知制誥。四年，出使河東，任河北都轉運按察使。五年，上疏論朋黨，為范仲淹、富弼等辯護，大受小人嫉惡，被陷外甥女張氏案，貶知滁州（安徽滁縣）。八年，徙知揚州（江蘇江都縣）。皇祐元年（西元一〇四九年），移知潁州（安徽阜陽縣）。二年，留守南京（河南商邱）。三年，丁母憂。至和元年（西元一〇五四年），除服入京，任翰林學士，奉詔修唐書。二年，諫宰相陳執中「不學無識，憎愛挾情，除改差謬，取笑中外，家私穢惡，流聞道路。」被貶知蔡州。嘉祐元年（西元一〇五六年），奉使契丹。二年，知禮部貢舉。三年，權知開封府。四年作秋聲賦。

　　骨骾節烈，直言敢諫的歐陽修，卽使在仁宗之世，也是宦海浮沉：每當仁宗思賢納諫的時候，歐陽修就被欣賞，被提升；一旦被提升後，正直的話說多了，仁宗按不下這口氣，一批小人也容不下這眼中釘，歐陽修就被外放了，這眞是千古英雄忠烈的遺憾！現實政治的殘酷，怎不令他慨嘆「草木無情，有時飄零。人爲動物，惟物之靈。百憂感其心，萬事勞其形。有動於中，必搖其精」呢！

2.　病魔纏身

　　歐陽修幼年孤貧，所以營養缺乏，發育不良。晏殊於天豐八年（西元一〇三〇年）以翰林學士知貢舉時，看到一位目眶瘦弱的少年來問問題。這少年就是歐陽修，當時他才二十四歲。醉翁亭記作於四十歲時，他形容自己是「蒼顏白髮」的醉翁，可見他的體弱早衰。

　　四十三歲以後，他的健康情形漸漸不佳。首先是患眼疾，後來他母親去世，哀傷過度，他的眼疾更加嚴重。守制期間不肯吃肉，體力更衰，又患上腰腳疼痛的疾病。至和元年他四十八歲時，寫給韓稚圭的信中說：「某衰病，鬚鬢悉白，兩目昏花。」（全集書簡卷第一）已呈現老態了。

　　從仁宗皇祐元年他四十三歲起，到嘉祐四年（西元一〇五九年）他五十三歲寫作秋聲賦止，歐陽修的信札裏常常提到他的目疾。嘉祐三年，他五十二歲，又多了左臂疼痛的疾病，這一年還患過一次腹疾。次年，忽然臉上生瘡，影響到右眼。玆摘錄他嘉祐四年的部份信件，以瞭解其健康狀況：

　　　「……某參假方三日，左眼瞼上生一瘡，疼痛，牽連右目，不可忍，且夕未止，又須在告。屢廢職事，豈得安穩，諸公不諒，未肯令罷，奈何奈何！……」（全集書簡卷第二與吳長文書）

　　　「……今夏暑毒非常歲之比，壯者皆苦不堪，況早衰多病者可知。自盛暑中忽得喘疾，在告數十日，近方入趨而疾又作，動輒伏枕，情緒無悰……」（全集書簡卷第三與趙叔平書）

　　　「……自去歲秋冬已來，益多病，加以目疾，復左臂舉動不得，三削請洪，諸公畏物議，不敢放去，意謂寧俾爾不便，而無爲我累，

奈何奈何……」（全集書簡卷第三與王仲儀書）

「……某昨在府，几案之勞，氣血極滯，左臂疼痛，強不能舉。罷居城南，粗得安養。迄今病目，尚未復差。厭苦人事，實不能支……」（全集書簡卷第三與王仲儀書）

「……某益多病，目昏手顫，腳膝行履艱難，衆疾並攻……」（全集書簡卷第三與王仲儀書）

我們從此知道歐陽修在寫作秋聲賦的時候是：身體瘦弱，蒼顏白髮，時患喘疾，臉又生瘡，眼疾長久不癒，手腳行動艱難。所以他才覺悟到「奈何以非金石之質，欲與草木而爭榮。念誰爲之戕賊，亦何恨乎秋聲」了。

3. 親友喪亡

歐陽修在天聖八年二十四歲中進士之次年，即與胥學士的女兒結婚。新婚燕爾，鶼鰈情深，多少林園佳勝，刻鏤了他們的歡笑，可惜的是，胥夫人在明道二年（西元一〇三三年）二月，替歐陽修生下了一子後，在孩子尚未滿月之際，才十七歲的年輕母親就與世長辭了。歐陽修遭此巨變，哀慟不已，恩愛的歡樂時光，結束得竟是如此的匆匆。

第二年（景祐元年），歐陽修續娶當時任右諫議大夫集賢院學士楊大雅的女兒。令人傷感的是，次年九月，楊夫人竟然一病不起，而他的妹夫張龜正也在這一年死於襄城（河南許昌縣西南）。隔了一年，歐陽修再娶薛奎的女兒，這第三次的結婚，終使歐陽修的婚姻維持到最後，然而這一年，他的叔父都官去世了。第二年，胥夫人所生的孩子也夭折了，才六歲而已。

慶曆六年（西元一〇四六年），與歐陽修在古文運動上併肩作戰的同志尹師魯，被貶官至均州（湖北均縣），負責該地的酒稅，由於染病得不到藥物的治療，而含恨九泉。歐陽修稱其「遇事無難易而勇於敢爲，其所以見稱於世者，亦所以取嫉於人。」（全集居士集卷第二十八尹師魯墓誌銘）寄以無限的慨歎。

歐陽修在皇祐元年移知潁州時，當地的山林勝境吸引了鄭太夫人。事母至孝的歐陽修，次年任南京留守的時候，便邀約好友梅聖兪在潁州買田，以

作老母怡老與自己退休後的住所。那裏料到鄭太夫人竟於皇祐四年三月十七日病卒，無緣享受到那一片湖光山色，田園綠意。這眞是晴天霹靂，歐陽修哀痛逾恒，情何以堪？回想四十多年來，形影相依的艱苦歲月，思之哽咽。歐陽修辭官，守喪潁州，明湖潋灔，風物依然，曾幾何時，鶯啼無意，潁水何情？只因入了傷心人耳，盡成斷腸之聲……。怎麼能不讓他驚覺到「渥然丹者爲槁木，黝然黑者爲星星」呢！

4. 秋聲蕭殺

　　文學是人類心靈活動的一種產物，而自然的種種現象則是這種活動的觸媒。春風秋雨，夏雲多雪，不斷地刺激著感情豐富而敏銳的作者，透過想像，相互類比，彼此聯結，造成形相直覺的美感世界。劉勰說：

　　　　「春秋代序，陰陽慘舒，物色之動，心亦搖焉。蓋陽氣萌而玄駒步，陰律凝而丹鳥羞，微蟲猶或入感，四時之動物深矣。若夫珪璋挺其惠心，英華秀其清氣，物色相召，人誰獲安！是以獻歲發春，悅豫之情暢；滔滔孟夏，鬱陶之心凝；天高氣清，陰沈之志遠；霰雪無垠，矜肅之慮深；歲有其物，物有其容；情以物遷，辭以情發。」（文心雕龍卷十物色第四十六）

　　經過絢爛旖旎的春與綠褥葱蘢的夏，秋，在山河寥落，衰草掩映之中，令人滋生一種孤寂的悲感；在凍雲黯淡，霜風淒切之下，令人滋生一種蕭瑟的悲感，在這些悲傷的基調裏，驟然令歐陽修滋生無限的悲緒。所有身世的淒涼，宦途的憂患，以至親友之情，君國之思，無不在秋風之前迸射傾吐，體念到自我生命的缺憾與無可奈何的悲愴，這種激情來自對秋聲蕭殺形象的直接領受。

　　佛萊（Horthrop Frye）在其所著的文學的原始類型（The Archetypes of Literature, 1951）中，論到四時代序的現象與人類心靈活動的關聯，認爲秋具有垂死、孤獨、悲劇、哀歌等特質[16]。這種原始類型的理論，

---

[16]　見李達三神話的文學研究，收入古添洪、陳慧樺所編之從比較神話到文學一書。民國六十六年二月，東大圖書有限公司初版。

暗示秋天天高氣爽，萬里無雲的景象，正是秋的特質之一。在與童子問對之後，驚覺到秋的來臨而咨嗟慨歎，故第二小節（9─12）轉用「哉、來」爲韻腳，二字屬「蟹攝」，舌位低，響度大，用以暗示高度的哀傷情緒。試想在高寒凄淸，涼風颯颯的秋意裏，怎不令歐陽修滋生千古蒼茫，無限興衰之感？第三小節（13─21）描述秋之爲狀，分其色，其容，其氣，其意四層襯托，每層各以兩句描寫，句句押韻，兩句一轉，將秋色，秋容，秋氣，秋意摹擬得很傳神。描述秋色以「淡，斂」爲韻腳，字屬「咸攝」舒聲韻，爲帶有〔m〕韻尾的〔a〕類元音韻母，舌位低，響度大，暗示陰暗沉重的秋色。描述秋容以「明，晶」爲韻腳，字屬「梗攝」舒聲韻，爲帶有〔ŋ〕韻尾的〔a〕類元音韻母，響度大，音響上引，用以暗示明亮高爽的秋容；其氣以「冽、骨」的韻腳，前者屬「山攝」入聲韻，後者屬「臻攝」入聲韻，皆帶有〔t〕韻尾，音韻短促，用以暗示寒風刺骨的感覺；其意以「條，寥」爲韻腳，字屬「效攝」舒聲韻，爲帶有〔u〕韻尾的〔a〕類元音韻母，用以暗示蕭條冷落的情景。這四句在客觀的描述中，將秋的特質從韻腳中透露出來。第三小節（22─30）以「切、發、悅、脫、烈」爲韻腳，皆屬「山攝」入聲韻的字，爲帶有〔t〕韻尾的〔a〕類元音韻母，響度大而短促，收音於舌尖和齒齦的阻塞。它描述一個作者熟悉的蒼翠繁彩的夏日景觀，由於自然現象週期的轉換，頓然變成陰冷黯淡，草枯葉落的凄涼景象。這些韻腳的安排，適足以表現他內心的悲切。本段前十三句，都是隔句用韻，語氣比較舒緩，第十四句起到第二十一句，句句押韻，兩句一轉，句型短促，節奏整齊，表現出緊鑼密鼓的迫切效果。在煞尾的地方，連用入聲韻，這種急促的收結，更造成遒勁有力的氣氛。象徵着在風搖葉舞中，那些趨向破敗衰颯的悲劇性景觀，是作者最悲涼無奈的哀歌。

　　第三段第一小節（1─6）以「陰、金、心」爲韻腳，皆屬「深攝」舒聲韻的字，爲帶有〔m〕韻尾的〔e〕類元音韻母，響度較弱而弇斂，蓋因例舉古代各種有關秋天之象徵意義，以作爲全文主題之統一說明，故用較緩弱之韻，而且又可增加文氣抑揚頓挫之感。第二小段（7─15）以「物、實、律、殺」爲韻腳，前三字屬「臻攝」入聲韻，「殺」字屬「山攝」入聲韻

對秋聲賦主題的詮釋亦頗爲合適。

三、音韻成就

　　詩大序說：「情發於聲，聲成文謂之音。」中國語文一字一音，有五音清濁，開合洪細之不同，排比對仗，非常整齊，形成文學作品獨具的音樂性。

　　五音清濁的不齊，是發音部位與方式不同的關係。人情有喜怒哀樂，爲求宣情達意，在發音時，藉著脣舌牙齒喉諸器官的輔助，及各種不同程度的阻礙，而有塞、鼻、邊、擦等不同的聲母發音，以宣達其奮鬱驚喜的情緒。元音舌位高低前後的變動，所產生的開合洪細，亦能表現不同的情感，此卽尚書舜典所謂：「詩言志，歌永言，聲依永，律和聲。」

　　歷代文學創作多有留意於此者，近人傅庚生論唐劉采春望夫歌，以詩中多用舌齒間的字，吟咏之際，別有輕盈嬌稚之韻味，使人憐煞。又以韋端己荷葉杯「一雙愁黛遠山眉，不忍更思惟」一句，多用脣齒間的字以表示寵姬曼倩的姿質。而論王粲登樓賦用平聲尤韻，有憂愁之聲調，尚無悽惻之音響；用平聲侵韻，音調較前輕鬆，以援引古事，故不妨，且以見抑揚頓挫；終忽變爲入聲職韻，急轉直下，頓增其悽惻之情，甚有見地❷。語言學家從語音看詞義，也有類似的見解，如王了一說：

有一系列的明母字表示黑暗或有關黑暗的概念。例如：

　　　暮、墓、幕、霾、昧、霧、滅、幔、晚、茂、密、茫、冥、蒙、夢
　　　、盲、眇。

有一系列的影母字是表示黑暗和憂鬱的概念，以及與此有關的概念。例如：

　　　陰、暗、蔭、影、噎、翳、幽、奧、杳、黝、隱、屋、幄、煙、哀
　　　、憂、怨、冤、於邑、抑鬱。

❷　見傅庚生中國文學欣賞舉隅，第二十三節重言與音韻。地平線出版社，民國五
　　十九年七月初版。

有一系列陽部字表示光明、昌盛、廣大、長遠、剛強等等的概念。例如：

　　陽、光、明、朗、亮、炳、旺、王、皇、章、昌、張、揚、剛、強、壯、猛、長、永、京、廣、曠、洋、泱❸。

　　具有匠心的作者，往往善於運用音韻的特性來強調情感，烘托氣氛，使聲由情出；情在聲中，聲情哀樂，一齊湧現，達到文學音響的妙境。歐陽修的秋聲賦，當屬此中翹楚之作。以下試從韻腳的設計，音響的比擬，情境的修飾，高潮的烘托四方面加以分析。

1. 韻脚的設計

　　詩歌押韻本在造成和聲，便於諷誦，然而由於字音具有表情性，凡是通曉音律的作者，都擅長於隨情押韻，以表現出聲情的微妙關係。歐陽修曾說：「退之筆力，無施不可。……而予獨愛其工於用韻也。蓋其得韻寬，則波瀾橫溢，泛入旁韻，乍還乍離，出入回合，殆不可拘以常格。……得韻窄，則不復旁出，而因難見巧，愈險愈奇。」（全集詩話）則歐陽修之作品要求韻腳工穩妥貼，不難揣知。

　　秋聲賦第一段第一小節（1—8）❹以「來、哉、淅、至」為韻腳。前三字屬「蟹攝」，為帶有〔i〕韻尾的〔a〕類元音韻母，「至」字屬「止攝」，為帶有〔i〕韻尾的〔e〕類元音韻母，響度由高轉低，用以暗示在夜闌人靜秉燭夜讀，此時萬籟俱寂，秋風颯至，音響顯得特別巨大。第二小節（9—15）以「錚、鳴、兵、令、聲」為韻腳，皆屬「梗攝」舒聲韻的字，為帶有〔ŋ〕韻尾的〔a〕類元音韻母，音響高吭清揚，用以摹寫舒芳振條，草木搖落，枯枝敗葉，互相碰撞的聲音特別傳神。

　　第二段第一小節（1—8）以「天、間」為韻腳，屬「山攝」舒聲韻的字，為帶有〔n〕韻尾的〔a〕類元音韻母，能產生空闊高遠的效果，用以

---

❸ 見王力漢語史稿第四章第五十七節同類詞和同源詞，泰順書局民國五十九年十月初版。

❹ 有關秋聲賦之分段分行及其擬音，請見本文附錄——原典的擬音。

，爲帶有〔t〕韻尾之韻母，響度較弱而短促，用以象徵萬物在時間之流中無法抗拒自然法則的哀傷。本段句型長短不齊，韻腳由隔句押韻而逐漸疏緩，氣勢也就迂徐下來，目的在作爲下一段主題呈現，情緒激越的緩衝。

　　第四段全段以「情、零、靈、形、精、能、星、榮、聲」爲韻腳，除「能」字屬「曾攝」舒聲韻外，其餘皆屬「梗攝」舒聲韻的字。這些韻腳的主要元音偏央，響度適中，暗示無限的憂思在時空中歷久不絕，這些韻腳又都帶有〔ŋ〕韻尾，更加強了嗚咽酸鼻的悲涼意味。尤其值得注意的是，從第九行以後，筆調一轉再轉，在非押韻句的句尾，都使用入聲字。入聲字由於發音短促，更適合表達他那沈痛，鬱悒的情緒。本段前半（1—8）隔句押韻，形式整齊，節奏快速，氣勢壯盛；後半（9—16）句型較緩，又參雜入聲韻，破壞隔句押韻的平板節奏，使語調一揚一抑，在語勢中表現出情緒的激昂，由此增加了作品的強度，深深地表露其嗚咽嗟歎的激情，更進一步體悟到生命情境的悲苦。如果不是作者飽受摧折，誰又能體認出天地間深沉的哀愁？

　　最後一段只有四句，雖然句句押韻，兩句一轉，然而節奏已經寬緩許多了。前兩句中，「對」字屬「蟹攝」，「睡」字屬「止攝」，皆爲陰聲韻母，主要元音前高後低，暗示出人在自然的運行中，對時空的消逝感到一種無可奈何的悲感。後兩句中，「唧」字屬「臻攝」入聲韻，「息」字屬「曾攝」入聲韻，主要元音都較高，前者帶〔t〕韻尾，後者帶〔k〕韻尾，一種無可溫慰的孤淒之感，在音響中充分的流露出來。本段押韻不夠嚴謹，表示作者的心境已平靜下來，由激動而歸於平靜，用韻也就寬鬆多了。

　　韻腳的轉換，影響作品抑揚頓挫的節奏，此中妙處，前人屢有闡述，如沈德潛在說詩晬語中曾說：「轉韻初無定式，或二語一轉，或四語一轉，或連轉幾韻，或一韻叠下幾語。大約前則舒徐，後則一滾而出，欲急其節拍以爲亂也。」本篇賦作，一二三段，時有轉韻，文氣較爲舒徐，第四段則一韻叠下，產生節拍急促的作用。正與主題呈現，文章高潮相配合，應該是作者有意的安排。這種技巧，在第二段中也相當明顯。於此知歐陽修於轉韻處，深具匠心。

2. 音響的比擬

聲音是相當抽象的東西，看不到，摸不着，只能用耳朵去感覺。為了傳達聲音，我國自古有兩種方法：一是直接的摹聲，如詩經用「關關」以狀雎鳩之鳴[5]，用「鏘鏘」以狀佩玉之聲[6]。一是間接的寫意，如老殘遊記以「五臟六腑裏像熨斗熨過，無一處不伏貼，三萬六千個毛孔，像吃了人參果，無一個毛孔不暢快」來描寫王小玉之啓朱唇，發皓齒。以「恍如由傲來峰西面攀登泰山的景象：初看傲來峰削壁千仞，以為上與天通，及至翻到傲來峰頂，纔見扇子崖更在傲來峰上；及至翻到扇子崖，又見南天門更在扇子崖上」，來描寫王小玉越唱越高，愈翻愈險。以「如一條飛蛇在黃山三十六峰半腰裏盤旋穿挿」，來描寫王小玉千廻百折的聲音。以「像放那東洋煙火，一個彈子上天，隨化作千百道五色火光，縱橫散亂」，來描寫王小玉之絕調[7]。這兩種方法各有勝境，然以第一種較為原始，亦較普遍。

由於文字本身的發音有五音清濁，收音有闔合洪細，故後世文人運用文字音韻的這種特性來摹擬音響，皆能擺脫文字形體符號的拘限，而能曲盡其妙。如張仲素的「丁丁漏永」[8]，劉長卿的「泠泠七絃」[9]，在音響比擬的恰適，自有聲與境會的佳致，而白居易琵琶行之「大弦嘈嘈如急雨，小弦切切如私語，嘈嘈切切錯雜彈，大珠小珠落玉盤」之暗藏音響[10]，若不細心尋繹則不可謂之知音。歐陽修通曉聲律，以聲摹境，自有佳勝。他寫秋聲之起說：

> 初淅瀝以蕭颯，
>
> 忽奔騰而砰湃。

---

[5] 見詩經國風周南關雎。

[6] 見詩經國風鄭風有女同車及秦風終南。

[7] 見老殘遊記第二回：「明湖湖邊美人絕調」。

[8] 見張仲素秋夜曲。

[9] 見劉長卿聽彈琴詩。

[10] 見丁邦新從聲韻學看文學。載中外文學第四卷第一期，民國六十四年元月一日出版。

粗略地說，秋聲是由小而大的，他用落葉之聲的「淅瀝」與風吹之聲的「蕭颯」來描述秋風剛起的情景。只是在字形上，從水旁的「淅瀝」很容易引起讀者對雨雪聲的聯想❶；而「奔騰」和「砰湃」的本義卻是「疾走的樣子」與「波濤相激的聲音」。用借喻來修飾秋聲之大，於表情達意的過程來說，已是隔之又隔了。假如我們把這一句描述，還原為文字的字音：

初 siek　liek　　以 siɐu　SAP
忽 puən　dəŋ　　而 p'æŋ　p'ɐi

「淅瀝」這兩個字，它們都是四等韻，主要元音頗高，又有非常短促的〔k〕韻尾，誦讀時，我們彷彿聽到了枯乾的秋葉，受到秋風的吹襲而飄落的清脆聲。「蕭颯」這兩個字的聲母，在發音的過程中，是將舌尖與上齒齦構成很窄的通道，使氣流從那裏擠了出去，我們彷彿聽到了秋風流動時的斯斯音響。繼之而起的是連用〔p-〕〔d-〕〔p'-〕〔p'-〕等塞音。塞音發音時口腔鼻腔同時閉塞，阻遏住氣流，然後驟然間解除口阻，使氣流由口腔奔出，所以又稱爆發聲。並且利用帶有鼻音的〔-ne〕〔-əŋ〕〔-æŋ〕等陽聲韻母來暗示音響的強大，正像秋風吹動東西，乒乓作響。聲母由不送氣轉換成送氣，主要元音由高而低，更烘托出秋聲由小漸大，由細至洪的音響。可謂臻於摹景入神，達到天籟自鳴的妙境了。

當秋風乍起，木葉搖落，發出撞擊的聲音時，給予歐陽修的感受是殊異而深刻的。「鏦鏦錚錚」的音韻，在聲母上都屬於塞擦音，前兩字爲舌尖送氣清塞擦音，後兩字爲舌尖面不送氣清塞擦音。塞擦音發音的過程是，氣流在口腔時，先受到阻礙，再將阻礙的器官形成很窄的通道，使氣流從這個通道擠出去，故用以暗示物品摩擦相撞之聲音，相當逼真，送氣不送氣之不同是暗示聲響有強弱之別。四字都用舌根鼻音當韻尾，是暗示在長夜不寐，萬籟俱寂的時候，秋風乍起，東西相撞，聲響是那麼宏量清澈，除了一種冷凝的秋意之外，更有着愴鬱的悲懷，在秋涼陰幽的季節裏，隨着時序的流轉而瀉出。

---

❶　文選謝惠連雪賦‥「霰淅瀝而失集。」

　　在第二段借與童子的問對，確定秋聲之後，驟然滋生無限悲緒。凍雲黯淡，蒼茫冥邈，敗紅衰翠，山河寥落，這種悲感來自對秋風肅殺形象的直接領受。歐陽修寫下：

　　　　故其爲聲也，淒淒切切，呼號憤發。

「淒淒切切」四字全是送氣的舌尖清塞擦音，又皆爲四等韻的入聲字，這種尖細的齒音將秋風蕭瑟的聲音，刻劃得多麼刺人肌骨，加強了悽愴而慘惻的氣氛。「呼號奮發」四字，都是摩擦音，前兩字是舌根部位，後兩字是脣齒部位，暗示着呼呼作響的西風，吹得叫人毛骨悚然。自古以來，它被領略成天地衰颯的記號和個人身世的哀感，怎不令人感到悲傷；一急一徐兩種設計，充分顯示對音響效果的講究，該是鍛字鍊句最精緻的地方。

　　文末以「唧唧」描寫蟲聲，是運用不送氣舌尖清塞擦音聲母的細碎與輕弱性質，和質韻微小短促的音響，來象徵作者面對宇宙無限的時空中，荒謬地存在於非自我意決的一點，而後在彈指間復歸於寂滅的嘆息。

3.　情境的修飾

　　雙聲疊韻是我國語言文字中的特性之一，它們的作用絕不止於聲調之委婉動聽，更應該配合事物的情態，細心經營，用聲音來強化效果，以把握事物的情狀，使聲與情，聲與物，聲與事，都有着奇妙的摹擬作用，才是妙諦。前人對雙聲疊韻的使用，大都只著意於音調的宛轉鏗鏘，或對偶的整齊精巧。歐陽修秋聲賦卻能利用雙聲疊韻的特性，以達到聲情相切，通於天籟的境界。試舉賦中運用雙聲疊韻的妙處，並加以說明，使歐陽修之匠心，有更深一層的認識。

　　如描寫秋天的夜空，他說「星月皎潔，明河在天」。「皎潔」兩字是雙聲，同屬牙音全清，聲母是〔k〕，發音時舌根高舉，氣流暫時受阻，予人一種高曠明朗的感覺。當秋天的夜晚，仰視天空，萬里無雲，在漆黑的夜空中，只見銀河如帶，星光閃閃，玉輝直瀉，顯出秋夜的空曠，明亮，這是〔k〕聲母所暗示的情景。

　　又如描寫秋天的狀貌：

其色慘淡，煙霏雲斂；

其容清明，天高日晶；

其氣慄冽，砭人肌骨；

其意蕭條，山川寂寥。

「慘淡」兩字是疊韻，屬「咸攝」上去聲的字，韻母是〔-Am-am〕，主要元音低，響度大，然而收音為閉口音〔m〕，予人一種陰沉凝重的感覺，正足以暗示此時輕煙飄揚，雲霞收斂，悽慘黯淡的秋色。「清明」兩字也是疊韻，屬「梗攝」平聲字，韻母是〔-jɛŋ -jeŋ〕，主要元音偏低，響度亦大，又收〔ŋ〕韻尾，予人一種清冷明亮的感覺，正足以暗示此時天高氣爽，光明燦爛，清冷瑩潔的秋容。「慄冽」兩字是雙聲，同屬舌音來母，聲母是〔l-〕，發音時氣流從舌頭兩邊流出，予人一種冰冷的感覺；又都是入聲字，更加強了寒氣刺骨的意味，正足以暗示此時霜風淒緊，刺痛肌膚，戰慄蕭索的秋氣。「蕭條」兩字是疊韻，屬「效攝」平聲字，韻母是〔-iɛu -iɛu〕，主要元音亦低，響度大，收〔u〕韻尾，予人一種空曠冷落的感覺，正足以暗示此時山河沉寂，草木凋零，寂寞荒涼的秋意。作者描述秋天的況味，充分發揮了聲象乎意的妙用。

　　再如運用夏天草木的繁茂，以反襯秋天草木之凋零的描述：

豐草綠縟而爭茂，

佳木蔥籠而可悅。

「綠縟」兩字是疊韻，屬「通攝」入聲字，韻母是〔-juok -juok〕，主要元音偏後偏高，韻尾短促，予人一種濃鬱蔭翳的感覺。「蔥籠」兩字也是疊韻，屬「通攝」平聲字，韻母是〔-uŋ -uŋ〕，主要元音亦偏高偏後，然收〔ŋ〕韻尾，予人一種蒼翠茂盛的感覺。這一對雙聲詞同屬「通攝」，通攝有豐茂的音感，平聲又有欣欣向榮的音感，而入聲則有物極而反的意味，此其異也。

　　在談到大氣摧殘草木，乃天地嚴肅之本性時，一則曰：

其所以摧敗零落者，乃其一氣之餘烈。

再則曰：

是謂天地之義氣，常以肅殺而爲心。

運用雙聲之聲情，以表現文章旨趣之氣氛，亦十分貼切。蓋「零落」兩字是雙聲，聲母爲〔1-〕，前已述及其發音現象，可予人以一種秋氣吹拂，草枯葉落，冷清蕭條的感覺。而「肅殺」兩字也是雙聲，聲母爲〔s-〕〔ʃ-〕，前者是舌尖擦音，後者是舌尖面擦音，發音時氣流從舌尖附近擠出，且二字又皆爲短促之入聲，予人一種秋聲淒厲，摧殺生物之感覺。「零落」是從木葉直連作者心境與身世的悲感性字眼；「肅殺」，意味着作者在蕭瑟的寒風中抖落一身枯葉時，無垠的悲涼便將他吞噬了。

對於無可挽回的蕭疏晚景，多情的作者當然容易感受到強烈的哀傷。在韻母中，似乎「宕攝」的字最能深刻暗示，因爲「宕攝」爲〔a〕類元音，舌位低，響度大，又帶有〔ŋ〕韻尾，讀來自有哀傷酸鼻的音感，歐陽修在本篇賦作中卽特別加以運用，他說：「商，傷也，物既老而悲傷。」「商，傷也」是聲訓，兩字同音，皆屬宕攝陽韻的字，韻母爲〔-jaŋ〕。由秋風落葉的情景，而聯想到人壽也有秋至葉落之感懷。自然界的變換遞嬗，一直振顫着人心深處。禮記祭儀說：「霜露既降，君子履之，必有悽愴之心。」一幕自然的遷移，所引發的是作者內心的驚動，宕攝的音韻具有強烈情緒的音感，由此進一步刻劃出生命情境的悲苦。以聲韻來描寫情景，既說意，又摹聲，兩意兼攝，均極諧合，眞是靈心獨絕！

4. 高潮的烘托

花開花謝，春去秋來，只是草木本爲無情之物，必時至而後飄零，人卻憂思日增，自爲戕賊，無時非秋；那麼人之速老，豈非必然？歐陽修行文至此，胸中無限感慨，溢於言詞，心情起伏，千回百折，在音韻的配合上便成爲嘔心泣血之作。我們看第四段自第九句以下，以句首「而」字的鼻音聲母接頂第八行句尾「精」字的鼻音韻尾；以第十句首「憂」字的喉音聲母接頂第九行句尾「及」字的塞音韻尾，以第十一行句首「宜」字的鼻音聲母接頂第十行句尾「能」字的鼻音韻尾，以第十二行「黟」字的喉音聲母接頂第十一行句尾「木」字的塞音韻尾，以第十三行句首「奈」字的鼻音聲母接頂

第十二行句尾「星」字的鼻音韻尾，以第十四行句首「欲」字的喉音聲母接頂第十三行句尾「質」字的塞音韻尾，以第十五行句首「念」字的鼻音聲母接頂第十四行句尾「榮」字的鼻音韻尾，以第十六行句首「亦」字的喉音聲母接頂第十五行句尾「賊」字的塞音韻尾。這種鼻音聲母與鼻音韻尾，塞音韻尾與喉音聲母的前後接頂，使語勢蟬聯直下，再加上陽聲韻與入聲韻的交互運用，這種廻環相關，步步進逼的語勢，表現出陣陣地，間歇地抑鬱與哀傷，深深地表露其嗚咽嗟痛的傷感。

　　我們再留意自第十行以後除了轉接連詞以外，每句的第一個音節：「憂」、「渥」、「黝」等聲母皆爲影母，「以」、「欲」、「爲」、「亦」等聲母皆爲喻母，都屬於喉音。喉音發音時，舌根往後縮，與喉頭構成阻礙，暗示出極度的哀痛傷悲，這種設計，在第二、四、七行已間歇顯露出來。

　　大抵牙喉音的字，因爲發音部位偏後，往往用以暗示強烈的悲感，而喉音又較牙音爲甚。古人運用此聲情特性之作不少，如杜甫詠懷古跡之三的頭聯的第一音節：

　　　　畫（ɤ-）圖省識春風面，

　　　　環（ɤ-）珮空歸月夜魂。

又如李白黃鶴樓送孟浩然之廣陵每句的第一音節：

　　　　故（k-）人西辭黃鶴樓，

　　　　煙（ʔ-）花三月下揚州。

　　　　孤（k-）帆遠影碧空盡，

　　　　惟（o-）見長江天際流。

再如張繼楓橋夜泊每句的第一音節：

　　　　月（ŋ-）落烏啼霜滿天，

　　　　江（k-）楓漁火對愁眠。

　　　　姑（k-）蘇城外寒山寺，

　　　　夜（o-）半鐘聲到客船。

　　而本段最後一句：「亦何恨乎秋聲」，六個音節中，前面四字連用喉音字：jɛk ɤɑ ɤən ouɤ ts'ju ɕjɐŋ。不只在利用濁擦音聲母描寫蕭瑟，蕭殺

之秋聲，更在強調無法肯定自己在宇宙的時空位置的悲愴感。

　　如果我們把韻腳的設計合起來看，則本段的音韻結構相當嚴謹，圖示如下：

這種音韻上的應呼關係極為緊湊，顯示作者着意刻劃內心情緒的起伏衝盪。自有宇宙就有秋聲，以個我生命的有限與渺小，面對秋氣無始無終的戕賊，必將無聲無息的汨沒，個我的悲愴自是強烈無比，在極具深沉悲切的音感下，作者故作曠達的煙幕，已裸露出來了。

四、結　　論

　　傑出的作者能靜聽內心或外界各種情態的節奏音響，用敏銳的感覺，藉文字的音韻，將各種抽象或具體的情狀捕捉下來，而不只是音韻知識的膚淺玩弄而已。

　　綜合以上的分析，我們可以看出歐陽修在聲情關係的運用上，有如下的

法則。

在聲母上：

一、利用牙喉音的字以暗示其強烈的情感。⑫

二、利用擦音的字以模擬秋風的呼號。⑬

三、利用齒音的字以模擬秋風觸物的細碎聲。（參見註⑬）

在韻母上：

一、利用四等來模擬音響的細小。⑭

二、利用主要元音的高低來模擬響度的強弱。⑮

三、利用陽聲韻來象徵心情的凝滯或音響的高亮。（參見註⑮）

四、利用入聲韻來烘托心情的悽愴。⑯

在音韻結構上：利用呼應，頂眞的嚴密來強調其心緒的激動。⑰

　　秋聲賦是歐陽修在宋仁宗嘉祐四年（公元一〇五九年）他五十三歲時寫

---

⑫　汪經昌曲學例釋以爲喉音有深厚的感覺，牙音有豁顯的感覺。可爲本文之資證
　　。又註三所引王力有關影母之概念，亦與本文所論相同。

⑬　朱桂耀中國古代文化的象徵：「又如〔ts〕〔s〕等齒縫摩擦音，聲音分碎了
　　，從極細的齒縫間洩出，這時我們就起了一種尖細分碎的感覺。於是凡有〔ts
　　〕〔s〕等音的字，多含尖細分碎的意義。例如：細、小、尖、纖、碎、戔、
　　散、撕、澌、沙等是。」與本文所論相同。

⑭　江永四聲切韻表：「一等洪大、二等次大、三四皆細，而四等尤細。」

⑮　王易詞曲史：「韻與文情關係至切，東董寬洪、江講爽朗，支紙縝密，魚語幽
　　咽，佳蟹開展，眞軫凝重，元阮清新，蕭條飄灑，歌哿端莊，麻馬放縱，庚梗
　　振厲，尤有盤旋，侵寢沉靜，覃感蕭瑟，屋沃突兀，覺藥活潑，質術急驟，勿
　　月跳脫，合盍頓落，此韻部之別也，此雖未必切定，然韻切者情亦相近，其大
　　較可審辨得之。」可爲本文之資助，又劉師培正名隅論：「之類的字多有由下
　　上騰，挺直的意義，支類脂類的字多有由此施彼，平陳的意義，歌類魚類的字
　　多有侈陳於外，擴張的意義，侯類幽類宵類的字，多有曲折有稜，隱密斂縮兩
　　種意義，蒸類的字多有進而益上，夌跮的意義，耕類的字多有上平下直，虛懸
　　的意義，陽類東類的字多有高明美大的意義，侵類冬類的字多有衆大高濶，發
　　舒的意義，眞類元類的字多有抽引上穿，聯引的意義，談類的字多有「隱暗狹
　　小，不通的意義。」亦可相參。

⑯　王易詞曲史：「平韻和暢，上去韻纏綿，入韻迫切。」又元和韻譜：「平聲哀
　　而安，上聲厲而舉，去聲清而遠，入聲直而促。」

⑰　參見梅祖麟高友工著，黃宣範譯之分析杜甫的秋興——試從語言結構入手作文
　　學批評一文，載中外文學第一卷第六期，民國六十一年十一月出版。

成的作品，筆觸圓融，音韻天成，寓意深遠，耐人尋思，在他六十六年的生命歷程中，應可顯示出他晚期作品的風格。

參 考 資 料

歐陽修全集　世界書局民國六十年四月再版。收入楊家駱主編之中國學術名
　　著第二輯，中國文學名著第三集。

漢語音韻學　董同龢著，王守京發行，文史哲出版社經銷，民國七十二年九
　　月七版。

中國詩學設計篇　黃永武　巨流圖書公司民國六十五年元月初版。

關於歐陽修的幾件事　費海璣　國語日報書和人，第一三〇期，民國五十九
　　年三月七日出版。

歐陽修評傳　梁容若　收入文學十家傳，私立東海大學出版，民國五十五年
　　八月初版。

六一居士歐陽修　林子鈞著，莊嚴出版社民國七十年五月初版，收入古典新
　　刊第五十七冊。

附錄——原典的擬音

　　原典係根據世界書局民國六十年四月再版之歐陽修全集，所據音標悉依董同龢先生於漢語音韻學中所擬定之音值，至於四聲，除入聲字可從其塞音韻尾顯示外，其餘三種聲調因涉及音韻成就不夠明顯，故不予標示。又為了配合討論的方便，每句皆標明其次序。

1-1	歐	陽	子	方	夜	讀	書	，
	ʔu	jɑŋ	tsi	fjuɑŋ	ja	dʻuk	ɕjo	

-2	聞	有	聲	自	西	南	來	者	，
	mjuən	rju	ɕjɐŋ	dzʻjei	siɛi	nAm	lAi	tɕja	´

-3	悚	然	而	聽	´之	，
	sjuoŋ	ȵjæn	ȵi	tʻieŋ	tɕi	

-4	曰	異	´哉	，
	rjuɐt	i	tsAi	

-5　初　淅　瀝　以　蕭　颯　，
　　tʃʼjo　siek　liek　i　sieu　sAp

-6　忽　奔　騰　而　砰　湃　；
　　xuət　puən　dʼəŋ　n̪i　pʼæŋ　pʼɐi

-7　如　波　濤　夜　驚　，
　　n̪jo　puɑ　dʼɑu　ja　kjɐŋ

-8　風　雨　驟　至　。
　　fjuŋ　rjuo　dʒʼju　tɕjei

-9　其　觸　於　物　也　。
　　gʼi　tɕʼjuok　ʔjo　mjuət　ja

-10　鏦　鏦　錚　錚　，
　　tsʼjuoŋ　tsʼjuoŋ　tʃæŋ　tʃæŋ

-11　金　鐵　皆　鳴　；
　　kjĕm　tʼiɛt　kɐi　mjɐŋ

-12　又　如　赴　敵　之　兵　，
　　rju　n̪jo　fjuo　dʼiek　ɕbi　pjɐŋ

-13　銜　枚　疾　走　，
　　ram　muAi　dzʼjet　tsu

-14　不　聞　號　令　，
　　fjuət　mjuən　rɑu　ljɐŋ

-15　但　聞　人　馬　之　行　聲　。
　　dʼɑn　mjuən　n̪jen　ma　tɕi　rɐŋ　ɕjɐŋ

2-1　余　謂　童　子　，
　　jo　rjuəi　dʼuŋ　tsi

-2　此　何　聲　也　？
　　tsʼje　rɑ　ɕjɐŋ　ja

-3　汝　出　視　之　。
　　n̪jo　tɕʼjuet　zjei　tɕi

-4 　童　　子　　曰　　：
　　 d'uŋ　tsi　. rjuɐt

-5 　星　　月　　皎　　潔　　，
　　 sieŋ　ŋjuɐt　kiɛu　kiɛt

-6 　明　　河　　在　　天　　，
　　 mjɐŋ　ɣɑ　dz'ʌi　t'ien

-7 　四　　無　　人　　聲　　，
　　 sjei　mjuo　ȵjen　ɕjɐŋ

-8 　聲　　在　　樹　　間　　。
　　 ɕjɐŋ　dz'ʌi　zjuo　kæn

-9 　余　　曰　　：
　　 jo　rjuɐt

-10 　噫　　嘻　　悲　　哉　　！
　　 ʔi　xi　pjĕi　tsʌi

-11 　此　　秋　　聲　　也　　；
　　 ts'je　ts'ju　ɕjɐŋ　ja

-12 　胡　　爲　　而　　來　　哉　　？
　　 ruo　rjue　ȵi　lʌi　tsʌi

-13 　蓋　　夫　　秋　　之　　爲　　狀　　也　　：
　　 kɑi　rjuo　ts'ju　tɕi　rjue　dʒ'jɑŋ　ja

-14 　其　　色　　慘　　淡　　，
　　 g'i　ʃiək　ts'ʌm　d'am

-15 　煙　　霏　　雲　　斂　　；
　　 ʔiɛn　fjuəi　rjuən　ljæm

-16 　其　　容　　清　　明　　，
　　 g'i　juoŋ　ts'jɐŋ　mjɐŋ

-17 　天　　高　　日　　晶　　；
　　 t'ien　kɑu　ȵjet　tsjɐŋ

-18　其　　氣　　慄　　冽　　，
　　　g'i　k'jəi　ljet　ljæt

-19　砭　　人　　肌　　骨　　；
　　　pjæm　n̠jen　kjĕi　ᶄuət

-20　其　　意　　蕭　　條'　　，
　　　g'i　ʔi　siεu　d'iεu

-21　山　　川　　寂　　寥　　。
　　　ʃæn　tɕ'juæn　dz'iek　liεu

-22　故　　其　　爲　　聲　　也　　，
　　　kuo　g'i　rjue　ɕjεŋ　ja

-23　淒　　淒　　切　　切　　，
　　　ts'iεi　ts'iεi　ts'iεt　ts'iεt

-24　呼　　號　　憤　　發　　。
　　　xuo　ɤɑu　fjuən　fjuɐt

-25　豐　　草　　綠　　縟　　而　　爭　　茂　　，
　　　fjuŋ　ts'au　ljuok　n̠juok　n̠i　tʃəŋ　mu

-26　佳　　木　　葱　　籠　　而　　可　　悅　　；
　　　kæi　muk　ts'uŋ　luŋ　n̠i　k'ɑ　juæt

-27　草　　拂　　之　　而　　色　　變　　，
　　　ts'au　fjuət　tɕi　n̠i　ʃjək　b'jæn

-28　木　　遭　　之　　而　　葉　　脫　　；
　　　muk　tsɑu　tɕi　n̠i　jæp　t'uat

-29　其　　所　　以　　摧　　敗　　零　　落　　者　　，
　　　g'i　ʃjo　i　dz'uʌi　pai　lieŋ　lɑk　tɕja

-30　乃　　其　　一　　氣　　之　　餘　　烈　　。
　　　nAi　g'i　ʔjet　k'jəi　tɕi　jo　ljæt

3-1　夫　　秋　　刑　　官　　也　　，
　　　rjuo　ts'ju　rjeŋ　kuan　ja

-2　　於　　時　　爲　　陰　　；
　　　ʔjo　　ʑi　　rjue　　ʔjĕm

-3　　又　　兵　　象　　也　　，
　　　rju　　pjɐŋ　　zjɑŋ　　ja

-4　　於　　行　　爲　　金　　，
　　　ʔjo　　rɐŋ　　rjue　　kjem

-5　　是　　謂　　天　　地　　之　　義　　氣　　，
　　　ʑje　　rjuəi　　t'iɛn　　d'jei　　tɕi　　ŋjĕ　　k'jəi

-6　　常　　以　　肅　　殺　　而　　爲　　心　　。
　　　ʑjɑŋ　　i　　sjuk　　ʃæt　　n̠i　　rjue　　sjem

-7　　天　　之　　於　　物　　，
　　　t'iɛn　　tɕi　　ʔjo　　mjuət

-8　　春　　生　　秋　　實　　。
　　　tɕ'juen　　ʃɐŋ　　ts'ju　　dʑ'jet

-9　　故　　其　　在　　樂　　也　　，
　　　kuo　　g'i　　dz'Ai　　ŋɔk　　ja

-10　　商　　聲　　主　　西　　方　　之　　音　　，
　　　ɕjɑŋ　　ɕjɐŋ　　tɕjuo　　siɛi　　fjuɑŋ　　tɕi　　ʔjĕm

-11　　夷　　則　　爲　　七　　月　　之　　律　　。
　　　jei　　tsjək　　rjue　　ts'jet　　ŋjuɐt　　tɕi　　ljuet

-12　　商　　傷　　也　　；
　　　ɕjɑŋ　　ɕjɑŋ　　ja

-13　　物　　旣　　老　　而　　悲　　傷
　　　mjuət　　kjəi　　lau　　n̠i　　pjĕi　　ɕjɑŋ

-14　　夷　　戮　　也　　，
　　　jei　　ljuk　　ja

-15　　物　　過　　盛　　而　　當　　殺　　。
　　　mjuət　　kuɑ　　ʑjɐŋ　　n̠i　　taŋ　　ʃæt

4-1　嗟　乎　，　草　木　無　情　，
　　　tsja　xuo　　ts'ɑu　muk　ŋjuo　dzʹjɛŋ

-2　　　　　有　時　飄　零　。
　　　　　　rju　zi　p'jæu　lieŋ

-3　　　　　人　爲　動　物　，
　　　　　　nˎjen　rjue　d'uŋ　ŋjuət

-4　　　　　惟　物　之　靈　。
　　　　　　juei　mjuət　tɕi　lieŋ

-5　　　　　百　憂　感　其　心　，
　　　　　　pɐk　ʔju　kAm　g'i　sjem

-6　　　　　萬　事　勞　其　形　。
　　　　　　mjuɐn　dʒ'i　lɑu　g'i　riɛŋ

-7　　　　　有　動　於　中　，
　　　　　　rju　d'uŋ　ruo　tjuŋ

-8　　　　　必　搖　其　精　。
　　　　　　pjet　jæu　g'i　tsjɛŋ

-9　而　況　思　其　力　之　所　不　及　，
　　nˎi　xjuaŋ　si　g'i　ljək　tɕi　ʃjo　fjuət　g'jep

-10　　　　　憂　其　智　之　所　不　能　；
　　　　　　ʔju　g'i　tje　tɕi　sjo　fjuət　nəŋ

-11　宜　其　渥　然　丹　者　爲　橋　木　，
　　ŋjě　g'i　ʔɔk　nˎjæn　tan　tɕja　rjue　k'ɑu　muk

-12　　　　　黝　然　黑　者　爲　星　星　。
　　　　　　ʔjəu　nˎjæn　xək　tɕja　rjue　sieŋ　sieŋ

-13　奈　何　以　非　金　石　之　質　，
　　nai　rɑ　i　fjuəi　kjem　zˎjɛk　tɕi　tɕjet

-14　　　　　欲　與　草　木　而　爭　榮　？
　　　　　　juok　jo　ts'ɑu　muk　nˎi　tʃæŋ　rjuɐŋ

-15 念　誰　爲　之　戕　賊　，
　　niɛn　ʐjuei　rjue　tɕi　dzʼjaŋ dzʼjək

-16 亦　何　恨　乎　秋　聲　！
　　jɛk　ʼrɑ　rən　ruo　tsʼju　ɕiɛn

5-1 童　子　莫　對　，
　　dʼuŋ　tʂi　mɑk　tuʌi

-2 垂　頭　而　睡　。
　　ʐjue　dʼu　nɻi　ʐjue

-3 但　聞　四　壁　蟲　聲　唧　唧　，
　　dʼɑn　mjuən　sjei　piek　dɻʼjuŋ ɕiɛn　tsjet　tsjet

-4 如　助　余　之　歎　息　。
　　nɻjo　dʒʼjo　jo　tɕi　tʼɑn　sjək

運用音韻辨辭真僞之商榷

簡宗梧

一、現存辭賦充斥贋品真僞難辨

《西京雜記》說：「長安有慶虯之，亦善爲賦，嘗爲《清思賦》，時人不貴之也，乃託以相如所作，遂大見重于世。」可見以自己作品，假託他人，乃其來已久。

於是，宋玉的賦，除了見於《楚辭》、《文選》以外，在《古文苑》竟然出現了《諷賦》、《笛賦》、《釣賦》、《大言賦》、《小言賦》。這些當然都有真僞問題需要解決❶。其實不只是出現於《古文苑》的篇章有真僞問題，連載之於《文選》的宋玉賦篇：《風賦》、《高唐賦》、《神女賦》、《登徒子好色賦》、後人也多所懷疑❷，甚至《楚辭章句》和《文選》歸之於宋玉的《招魂》，也有人將它歸於屈原❸，而屈原賦作，其真僞早已擾攘不已❹。

當然並不是先秦的辭賦才有這些令人難以研判的著作歸屬問題，漢代的賦篇，一樣有這些困擾。如司馬相如的《美人賦》和《長門賦》；揚雄的《劇秦美新》。見於《西京雜記》的鄒陽《几賦》、《酒賦》，枚乘《柳賦》，路喬如《鶴賦》，公孫詭《文鹿賦》，羊勝《屏風賦》，中山王勝《文木賦》。見於《孔

叢子》的孔臧《諫格猛虎賦》、《楊柳賦》、《鴞賦》、《蓼蟲賦》。
更有見於《古文苑》而不見於唐人類書的，如劉向《請雨華山賦》、
班固《竹扇賦》之類，它們的眞僞也都可能有問題。

　　作品的辨僞，是文學研究的基礎工作；辭賦贗品充斥，是辭
賦研究的一大障礙。歷來爲辭賦辨僞，常缺乏科學的利器，不像
古氣候學者、人類學者及更新世地質學者，可採用放射碳測定法
（ carbon-14 dating ），作爲強而有力的證據。於是只在風格上
作自由心證，如司馬相如的《長門賦》，早在《南齊書·陸厥傳》
就有陸厥《與沈約書》，說：「《長門》、《上林》殆非一家之
賦。」何焯瞻也說：「此文（長門）乃後人所擬，非相如作。其
辭細麗，蓋張平子之流也❺。」可是張惠言《七十家賦鈔》却說：
「此文非相如不能作，或以爲平子之流，未知馬張之分也。」爭
論了一千多年，還是難有定論。

二、以音韻辨僞的優越性

　　除了風格品評之外，辨篇章眞僞與作者歸屬的方法，當然不
少。如語言特色的分析、故實用典的考覈，以及相關書籍的引錄、
時代思想的研判等，但這些都很難找到確證。以語言特性來說，
如陸和樂的《宋玉評傳》，就說宋玉《高唐賦》等十篇賦：「並
不與荀卿一樣的用《詩經》式，也不與賈誼一樣的用《楚辭》式，
他却與司馬相如一樣的用散文式，以時代最早的宋玉，竟用出身
最晚的格式！這一點，在文學史家看來，是絕對不可能的❻。」
表面看來，似乎是鐵證。其實以漢代賦體來看，本來就有騷體賦

和散文賦兩個體類，前者多用於抒情感懷，後者多用於鋪敍事物。我們沒有證據證明散文賦始於司馬相如，若無其他證據足以證明，何以不能說散文賦始於宋玉，而爲司馬相如所發揚，而一定要說宋玉用了最晚的格式？又如司馬相如《美人賦》有「玉釵挂臣冠，羅袖拂臣衣」，此種句法是齊梁間詩賦合流的常見現象，於是判斷它是齊梁以後的作品 ❼。但李延年《佳人歌》已有「一顧傾人城，再顧傾人國」之句，我們實在很難斷言司馬相如不能寫出這樣的句子，更何況許多文學家都是新語言的創造者，因此一兩句語言的特殊，很難做爲確證。

故實用典的考覈，是比較可以做到精確的地步，如陸侃如《大招招魂遠遊的著者問題》，即以爲《遠遊》所用神仙之名，如韓衆、王喬，非屈原時所有，故《遠遊》非屈原所作。但這必須其前提毫無疑議，才能做此研判。如前例韓衆、王喬等神仙出於何時，需完全確立，才能如此推論。再說早期辭賦用典不多，找出有問題的典故，更是難求，所以很少有機會用此方法。若說以用典多寡以研判時間，則頗多困難，如西漢用典風氣未盛，揚雄《解嘲》大量用事典，若非《漢書》本傳載其文，恐怕後人還會因其用典太多而以爲非揚雄作品呢！

至於相關書籍引錄的資料，畢竟有限，加以研判不易，如《漢書‧藝文志》列「宋玉賦十六篇」，而《九辯》算一篇或九篇？如果算九篇，加上《楚辭章句》、《文選》、《古文苑》所載，就超過了十六篇 ❽，我們並不能據此判斷那一篇是後人假造的。就算篇數完全吻合，也不足以說現存的全是眞品。另外，思想研判也是無法精確，揚雄生於儒術獨尊與全盛的時代，其本人也是

當代大儒，但《解嘲》《太玄賦》却多少透露了老莊的理念；張
衡在《二京賦》和《髑髏賦》《歸田賦》所表達的，也有相當的
差距。一個人在不同的時候，遭遇不同的情境，就可能出現思想
理念不同的作品，所以思想的研判，也難以定憑。

　　可以廣泛運用得以尋求確證的辭賦辨僞方法，恐怕莫過於以
音韻辨證了。辭賦基本上是韻文，雖然換韻自由，但由於用韻是
辭賦的常態，韻字的分析常可藉以考察賦篇著作的時代。時有古
今，地有南北，在還沒有韻書之前，詩賦作家用韻，各憑其口音；
在沒有統一的用韻依據情況下，作家即使用雅言以押韻，仍難脫
方音的影響。因此不同時代、不同地域的作品，其押韻不盡相同。
這一點，王力《南北朝詩人用韻考》❾，及羅常培、周祖謨《漢
魏晉南北朝韻部演變研究》第一分册❿的研究成果，即得到充分
的證明。前人既不知音變之理，更不知其演變過程，所以有心僞
託者，仍不免以其當時口音，或藉當時韻書，以押其僞託之作的
韻腳，而留下破綻。藉此以考查著述時代，可使作僞者無所遁形。
因此，它可能是辭賦辨僞的最佳利器，值得推廣運用。

三、劉氏音韻辨賦的作法

　　用音韻辨辭賦眞僞的功用既然如此，使用的情況又如何呢？
劉大白《宋玉賦辨僞》，即已用此方法。他舉出《風賦》以「醒、
泠、人」爲韻，以「灰、餘、盧」爲韻；《高唐賦》以「石、會、
礚、厲、滴、霈、邁、喙、竅、摯」爲韻，以「志、躓、蓋、會、
藹、沛、蔕、籟、會、氣、鼻、淚、瘁、磑、隤、追、益」爲韻、

以「禽、莘、神、陳」爲韻，以「螭、諧、哀」爲韻；《神女賦》以「究、備」爲韻，以「記、首、授、覆、究」爲韻；《笛賦》以「阜、起、右」爲韻，以「明、存、生、榮」爲韻，以「楚、寶、道、老、好、受、保、茂」爲韻，以「靡、手、鬱、子、齒、起、徵、子」爲韻；《小言賦》以「備、偉、貴、類、位」爲韻；《舞賦》以「華、波、羅」爲韻。把周秦古韻中不同部的韻字參錯使用，用以證明這些都是僞託之作 ⓫。

《風賦》、《高唐賦》、《神女賦》、《笛賦》、《小言賦》、《舞賦》是否僞作，是另外的問題，在此不論，而劉氏所舉的用韻證據，却是有問題的。

《風賦》以「醒、冷、人」爲韻，是耕眞二部合用，這種例子既見於《易傳》，又見於《招魂》⓬，實不足以因此而否定它爲先秦作品。「灰、餘、盧」爲韻，是之魚二部合用，這種例子也見於《詩·蜾蠃》及《詩·緜》⓭，又如何據此以推斷它非周秦作品？

《高唐賦》以「石」與「會、磕……」等爲韻，是鐸祭合韻，「志、蹠」與「蓋、會……會」等爲韻，則是之鐸祭合韻。鐸祭合韻較爲特殊，在先秦似乎沒有類似的例子，却可在班固《西都賦》找到⓮，至於「志、蹠、蓋……」爲韻，依其次第應是「蓋、會、藹、沛、帶、籟、會」爲祭部字，下接「氣、鼻、志、淚、瘁、磈、隤、追、蹠、盉」。其實「蹠、盉」是鐸錫合韻，《九章》有此韻例⓯，至於其他則是之脂微合韻，脂微合韻由來久矣，其例甚夥⓰，而之脂合韻，盛見於兩漢⓱。「莘、神、禽、陳」爲韻，乃合眞侵爲用，竟不論雙脣鼻音與舌尖鼻音之別，蓋見於

兩漢⑱，不見於先秦。據以上資料研判，《高唐賦》可能是漢人所僞託。劉氏於韻字之離合，有所不審，也未能利用證據作進一步的推斷。

劉氏所舉《神女賦》兩則韻字，係之幽合韻，此合韻見於《詩·小旻》《思齊》《絲衣》《召旻》⑲，亦見於《易傳》及《昔往日》⑳；第二則「覆」爲沃部，幽沃合韻見於《詩·中谷有蓷》《蕩》二篇，可見這些合韻並不足否定它是先秦的作品。《笛賦》第一則是之幽合韻，已如前述；第二則「明、存、生、榮」爲韻，是陽文耕三部合韻，這是比較值得注意的。眞文二部的分別，在《詩經》裏比較嚴格，惟眞耕相近，文元相近，這是眞文界限之所在，但在《楚辭》和晚周諸子，兩部通用的例子就多了㉑，所以文耕合用對《笛賦》寫作時代之考證，並沒有意義。惟陽部的「明」字，在先秦用韻，《詩經》十七見，《易傳》十七見；另外《禮記》五見，《大戴禮記》兩見，又如《爾雅》、《九歌》、《九章》、《九辯》等，都是跟陽部字押韻㉒，惟《書·堯典》和《書·洪範》㉓，有以它和耕部押韻的例子。到西漢偶爾跟耕部字押韻，到東漢則完全和耕部押韻㉔，所以《笛賦》爲東漢以後作品的可能性較大。第三則是魚幽二部爲韻，此種韻例，較早只見於《九章·思美人》㉕，西漢漸多，到東漢更多㉖。第四則以之部爲主。「靡」爲支部字，與之部押韻，先前其例罕見㉗，但陶謝詩則不乏此例㉘，至於幽部「手」與之部字押韻合用，則爲常用現象，依以上資料，則《笛賦》該是東漢以後，甚至可能是晉以後的作品。

劉氏謂《小言賦》之微二部合用，不合先秦古韻，大體可依

信，之微合用於西漢已常見。至於《舞賦》應爲傅毅作品，《文選》及唐人類書，可以爲證，而所舉韻字，原本屬於魚部的「華」等麻韻字，與歌部字押韻，已見於西漢，至東漢，如此押韻已成常態，到魏晉以後連上聲也入歌部❷，而此韻例，的確可作爲非宋玉作品之佐證。

　　大體說來，劉大白以先秦用韻情況，檢查有問題的宋玉賦篇，以辨其眞僞，這做法是正確的，只是若干先決條件未能具備，而且在處理過程中，出現若干的缺失，於是其精確性仍有待商榷而已。

四、以音韻辨僞的先決條件

　　至於以音韻辨僞的先決條件，是歷代用韻研究的完成。因爲要完全掌握歷代用韻的狀況與特色，才可能依據辭賦用韻去辨判它著成的時代。劉大白撰寫《宋玉賦辨僞》，是憑據顧炎武、江永、段玉裁、戴震、孔廣森、王念孫、江有誥等古韻學家的研究成果，以其先秦古韻分部的認定標準，查考《風賦》諸作，不合其準式，以判斷其僞託。在對兩漢魏晉南北朝用韻情況不明朗的情形下，即使可確定它不是宋玉的作品，也無法推測其僞作的時代。再說劉氏對古音合韻通押合用的情況，似乎未能瞭解，於是凡古韻不同部而作品有所通押，就一律認定不合先秦音韻，以爲它非先秦作品，無視於段玉裁《詩經韵分十七部表》所列的合韻韻譜❸。

　　如今，古韻的研究，更爲精微，陳新雄先生的《古音學發微》分古韻爲卅二部❸，更細考《詩經》、《楚辭》及羣經用韻，列

成韻譜，標出合韻，因此，欲評斷某一作品，是否合於先秦用韻，將有更明確的標準。至於漢魏六朝，原先有于海宴《漢魏六朝韻譜》之作，王力也在《清華學報》十一卷三期，發表《南北朝詩人用韻考》，使我們對歷代用韻特色，有較明確的掌握。其後羅常培及周祖謨《漢魏晉南北朝韻部演變研究》第一分冊，對兩漢用韻，不但排列韻譜，分析用韻特色，還注意時間先後不同的用韻差異，更考量空間地域造成的用韻差別，而作個別方言材料的考查。於是我們能藉辭賦作品的用韻，推測作品完成的時代，以及作者的地緣關係。可惜羅常培及周祖謨《漢魏晉南北朝韻部演變研究》，只完成第一分冊，也就是說只完成兩漢部分。所幸丁邦新先生《魏晉音韻研究》，與何大安先生《南北朝韻部演變研究》，已完成了後續的部分，使我們藉音韻以辨別自先秦至南北朝辭賦真偽的先決條件，已完全具備。所以我們要跨越劉大白《宋玉賦辨偽》的研究成績，已是輕而易舉的事了。因此，我們可以說：運用音韻辨辭賦真偽的時機已經來臨。

五、以音韻辨偽的應有做法

　　除了先決條件的講求之外，運用的方法也不能不講求。劉大白《宋玉賦辨偽》是採取抽樣的方式，而不是全篇韻字的分析。其實要辨別一篇辭賦的真偽，是該作全面的分析。錄取全篇韻字，考其韻例，察其換韻之所在，確定其合韻通押的部分，而後加以分析，再據以推測其著作的時代。

　　拙作《美人賦辨證》❷，即逐次列出韻字：㈠忠、宮，㈡徒、

車、隅、乎、居、娛，㈢子、齒、起、止、矣，㈣中、宮，㈤虛、
居，㈥堂、張、牀、光，㈦延、言，㈧依、悲、遲、衰、私、衣，
㈨冥、零、聲，㈩奇、垂、施，㈪衣、肌、脂、懷、回、辭。然
後逐節考察其押韻，究竟妥合於那一個時代的用韻狀況。全部韻
字的羅列，便於讀者對韻腳的認定和換韻的研判，提出商榷；逐
一考證，也可以大量提供非主要的查考資料。如上述第二和第五
兩節，以魚、虞、模三韻合用，符合西漢至劉宋時代的用韻情形，
而與齊梁以後不合，這當然是較重要的研判依據，而第七節元、
仙二韻合用，是周秦到齊梁都有的現象，但它常見於兩漢，偶見
於齊梁，則可以做為次要的研判依據。第八和第十一節，脂微合
韻，是考察其時代的重要證據，第九節青清合韻，則可以做為附
帶的研判資料❸。

在研判時，不但要留心於各韻部分合的時間，更要注意其分
分合合的地域性。如拙作《長門賦辨證》❹，便特別詳考「襜」
「闈」押韻，在兩漢是分屬談真二部，在《廣韻》則分屬鹽真二
韻，二者韻尾不同，原本很少通押。徧查韻譜，只發現王褒《四
子講德論》以「陳、賢、廉」為韻，揚雄《太玄》以「淵、籤」
為韻，是同此情形。王褒是西漢蜀郡資中人，揚雄與司馬相如同
是西漢蜀郡成都人，所以它可以做為《長門賦》是司馬相如作品
的證明之一。

六、以音韻辨偽的有限性

尺有所短、寸有所長，韻字分析雖然是辭賦辨偽的利器，但

是它的功能仍有其限制。如果賦篇韻字不多，就可能使它難以施展。如果用韻嚴謹，不曾合韻，沒有特色，那麼韻字的分析，便可能徒勞無功。如上述《長門賦》第一節「忠、宮」為韻，第四節「中、宮」為韻，於周秦兩漢同屬冬部，於《廣韻》同屬東韻，是自古至今皆相押韻的；第十節「奇、垂、施」為韻，都是支韻字，也是歷代都押韻的。如果一篇辭賦的押韻，都此同是情形，那麼韻字的分析，就不再是利器了。

同時，以韻字的運用，研判作品的時代或作者，也限於沒有通行韻書的階段。因為韻書通行之後，押韻有了共識，有了共同的依據，作家押韻可能已依據韻書，於是沒有時代的蛻變之迹，沒有地域特性的顯現。韻字分析在辨偽方面，就難以發揮其功能了。當然，在隋唐以後的作品，以韻書為依據加以考察，也還有不少出韻的情形，換句話說，他們在押韻時未必完全遵照韻書，故以音韻辨偽仍有一試的價值，只是效用可能大打折扣而已 ㉟。

七、用音韻辨別辭賦真偽之展望

運用音韻辨識辭賦的真偽，雖然有其限制，但作者有疑議的辭賦，大多產生於隋唐以前，所以其運用的空間仍然十分廣闊。用此利器，可以解決絕大多數辭賦的作者歸屬問題，並解決若干文學史上的懸案。尤其編纂《全漢賦》如果不用它，就難以臻其精審，無法竟其全功。同時，以音韻辨識真偽有了成果，對周祖謨、羅常培《兩漢詩文韻譜》，以及于海晏《漢魏六朝韻譜》等著作，在蒐集及選擇資料時真偽雜陳的缺失，以及可能因運用資

料不愼，造成韻部分合的錯誤，都可能有補正的效用，則嘉惠士林，當可預期。當然，我們要以辨僞的結果，來修正韻譜時，是要仔細檢查當初辨僞時所運用的韻譜資料，可不要陷入循環論證（circular argument）的邏輯謬誤。

註　釋

❶ 張惠言《七十家賦鈔》卽以爲皆五代宋人聚歛假託爲之。另有《舞賦》，爲傅毅《舞賦》之節錄，早成定論，嚴可均《全上古三代文》卽已刪之。至於《笛賦》也見於《北堂書鈔》及《藝文類聚》，但賦用宋意送荆軻事，當非宋玉所作，嚴可均亦已指陳。

❷ 游國恩《楚辭概論》於第四章考辨宋玉作品，將《風賦》、《高唐賦》、《神女賦》、《大言賦》、《小言賦》、《諷賦》、《釣賦》、《登徒子好色賦》並列爲僞作，蓋因其稱「楚襄王」或「楚王」爲鐵證。並以爲荆軻刺秦王在楚王負芻元年（西元前 227 年），宋玉年 70，仍可能存活而作，但《高唐賦》所謂「禮太一」，而祭太一始於漢武帝元朔 6 年，故其作於元朔 6 年之後。劉大白《宋玉賦辨僞》大體同此主張。

❸ 因《史記•屈原傳贊》：「余讀《招魂》，悲其志」，所以黃文煥《楚辭聽直》、林雲銘《楚辭燈》將它歸於屈原，而陸侃如則爲王逸辯護，以爲宋玉所作，陸說並不爲游國恩所取。

❹ 如《楚辭章句》及朱熹《楚辭集注》列於屈原名下的《卜居》、《漁父》、《遠遊》，都早已有人提出懷疑，游國恩《楚辭概論》，一律以爲僞託之作。但他後來寫《屈賦考源》（收入《楚辭論文集》），則又以爲《遠遊》是屈原的作品。

❺ 見《義門讀書記》卷 1。

❻ 見《中國文學研究》49 頁，國泰文化事業有限公司民國 69 年出版，該文則作於民國 12 年 12 月。

❼　如葉慶炳先生《有關中國文學史的一些問題》，即如此主張，該文刊於民國 61 年 4 月 28 日《聯合報副刊》。

❽　劉大白《宋玉賦辨僞》即據此判斷宋玉賦有僞作，見《中國文學研究》25 頁。

❾　見《清華學報》第 11 卷第 3 期。

❿　1958 年 11 月科學出版社出版，有關兩漢「個別方言材料的考查」，見第一分冊 76 至 114 頁。

⓫　同注❻，23 至 25 頁。以下論古韻部，依羅常培所用 31 部之名稱。

⓬　韻譜見陳新雄《古音學發微》901 至 902 頁。

⓭　同注⓬，911 至 912 頁。

⓮　見羅常培、周祖謨《漢魏晉南北朝韻部演變研究》第一分冊 321 頁。

⓯　同⓬，907 頁。

⓰　同⓬，897 至 898 頁，902 至 903 頁。

⓱　同⓮，131、132、167、168 頁。

⓲　同⓮，204 及 206 頁。

⓳　同⓬，934 至 936 頁。

⓴　同⓬，937 至 939 頁。

㉑　同⓮，36 頁。

㉒　同⓬，918 至 921 頁。

㉓　同⓬，909 頁。

㉔　同⓮，34 頁。

㉕　同⓬，910 至 916 頁，及 929 至 932 頁。

㉖　同⓮，130 至 138 頁。

㉗　見於後漢無名氏《爲焦仲卿妻作》，與王逸《琴思》，參見⓮，161 頁。

㉘　見竺鳳來《陶謝詩韻與廣韻之比較》108 頁。

㉙　同⓮，22 至 24 頁。

㉚　見《說文解字注》所附，段氏於每部有古本音及古合韻之別，以列其韻譜。

㉛　文史哲出版社民國 64 年出版。另外，江有誥分二十一部，董同龢取王力脂微之分而爲二十二部，羅常培將入聲獨立則爲三十一部。

㉜　見《大陸雜誌》46 卷 1 期。

㉝　詳見拙作。因本文只談作法，而韻部分合情形，在此略而不贅。

㉞　見《大陸雜誌》46 卷 2 期。

㉟　至於同時代的人所僞託，如《西京雜記》所記慶虬之作《淸思賦》，則由地域方音加以考辨，所以此項考辨，如果斤斤於時代性，而疏忽其地域性，效果也會大加折扣。

第一輯　附　錄

中華民國聲韻學學會緣起

陳新雄

第一次會議

　　聲韻學討論會成立之初，因爲感到在聲韻學的教學上需要有交換意見的機會，於是和國內教聲韻學的先生們商量，希望能夠有機會請大家在一起，把平常在教學上遭遇到的問題提出來，藉著大家的意見，得到一個比較合理的解決。當時大家都很贊成，希望我出面來組織這樣子的一個會，能夠定期地來討論。所以第一次我就盡量邀集各大學教聲韻學的先生們，於民國 71 年 4 月 24 日，在師大國文研究所特別教室舉行第一次聲韻學討論會，由我個人先作一次演講，我講的是「從蘇東坡小學造詣看他詩學上之表現」，大家的反應非常熱烈，都希望這個會能繼續下去。

第二次會議

　　第二年碰上我到香港講學，因此中間稍微停頓了一些時間，等我回來之後，好幾位先生都希望能把這個會繼續下去，所以我

回來以後又於民國 72 年 10 月 29 日 ，在師大舉行了第二次的討論會，由高雄師範學院的林慶勳教授擔任召集人及主席，當時一共有三位先生發表論文，發表者及論文名稱如下：

主　講　人	論　文　名　稱
竺家寧（淡江大學）	上古漢語帶舌頭音的複聲母
金周生（輔仁大學）	讀曾運乾「喻母古讀考」札記二則
姚榮松（師範大學）	中原音韻入派三聲新探

那時因爲還在草創階段，沒有特別安排講評人，所以經大家的推舉，在論文討論完畢之後，由我作個總評。這次會議之後，大家的興致更高了，而且經過漢學研究中心的漢學研究通訊加以報導，對海內外的學者都非常有鼓勵性。

第三次會議

第三次會議在民國 73 年 12 月 22 日，由東吳大學中文研究所林炯陽林所長負責舉辦，地點也就改在東吳大學的城區部，當時承蒙東吳大學校長楊校長親臨主持，因此從那次開始，聲韻學討論會就有了比較正式的形式，有人主講，也有人講評，討論的題目如下：

主　講　人	論　文　名　稱	講　評　人
謝　雲　飛 （政治大學）	閩南語輕唇音音值商榷	丁　邦　新 （史語所）

| 林　平　和 | 從李元音切譜談一些古聲紐參考 | 李　　　鋆 |
|（中央大學）| 資料 |（師範大學）|
| 林　慶　勳 | 論磨光韻鏡的特殊歸字 | 陳　新　雄 |
|（高雄師院）| |（師範大學）|

那次討論會請到了中央研究院歷史語言研究所的丁邦新先生來講評，會後他表示非常願意促成這個會，因此也入會為會員，從那次會議之後，可以說全國各方面的學者都具備了，會後小小的聚餐更能交換意見，而且政治大學的先生們也表示願意接辦下次的會議。

第四次會議

第四次會議是民國75年7月4日在政治大學的集英樓舉行，討論的篇目如下：

主　講　人	論　文　名　稱	講　評　人
竺　家　寧	韻會陰聲韻音系擬測	何　大　安
（淡江大學）		（史語所）
張　光　宇	梗攝三、四等字在漢語南方方言	丁　邦　新
（清華大學）	的發展	（史語所）
簡　宗　梧	徐邈能辨別輕重唇音之再商榷	林　炯　陽
（政治大學）		（東吳大學）
吳　聖　雄	同文韻統所反映的近代北方官話	林　慶　勳
（師範大學）	音	（高雄師範）
孔　仲　溫	敦煌守溫韻學殘卷析論	陳　新　雄
（靜宜學院）		（師範大學）

以前幾屆討論會都是由我們私人去接洽一些贊助，等到這次在政
治大學，由李威熊主任和羅宗濤院長來主辦，政大主辦的時候也
的確是花了一番心思，不但有主講人、講評人，而且還把當時宣
讀的論文印成一本集子，在中華學苑裡發表，而且政大又撥了一
部分經費，招待與會的學者午餐，到此，聲韻學會就有了一點雛
形，開始有了一些規模。

第五次會議

　　在第四屆聲韻學討論會前，那時師大國文研究所所長黃錦鋐
先生，他跟我說希望下次的會議由師大舉辦，他會去爭取經費，
希望能夠擴大舉行，本來高雄師院準備接辦第五屆，當時我就在
會上提出黃所長的意見，希望由師大來舉辦第五屆，結果獲得全
體會員的同意，由師大舉辦第五屆聲韻學討論會，這次發表的論
文很多，也得到校方支持，於民國 76 年 4 月 19 日在師大綜合大
樓國際會議廳舉行，參加的人、討論的人都非常踴躍，一整天的
討論會一共分為三場來進行：

　　第一場：主持人張孝裕（師範大學）

主　講　人	論　文　名　稱	講　評　人
丁　邦　新 （史語所）	上古陰聲字具輔音韻尾說補證	李　鍌 （師範大學）
竺　家　寧 （淡江大學）	評劉又辛「複輔音說質疑」兼論 嚴學宭的複聲母系統	李　壬　癸 （史語所）
黃　俊　泰 （史語所）	滿文對音規則及其所反映的清初 北音音系	龔　煌　城 （史語所）

林　慶　勳　論音韻闡微的協用與借用　　　張　光　宇
（高雄師院）　　　　　　　　　　　　　　　（清華大學）

第二場：主持人李鍌（師範大學）

主　講　人	論　文　名　稱	講　評　人
陳　新　雄 （師範大學）	陳澧切韻考系聯廣韻切語上下字 補充條例補例	丁　邦　新 （史語所）
孔　仲　溫 （靜宜學院）	廣韻祭泰夬廢四韻來源試探	竺　家　寧 （淡江大學）
黃　坤　堯 （中文大學）	史記三家注異常聲紐之考察	柯　淑　齡 （文化大學）
李　三　榮 （高雄師院）	秋聲賦的音韻成就	簡　宗　梧 （政治大學）

第三場：主持人丁邦新（中研院史語所）

主　講　人	論　文　名　稱	講　評　人
何　文　華 （珠海大學）	廣州話之聲調	張　文　彬 （師範大學）
林　英　津 （史語所）	論吳方言的連讀變調	應　裕　康 （高雄師院）
張　光　宇 （清華大學）	從閩語看切韻三四等韻的對立	楊　秀　芳 （臺灣大學）
姚　榮　松 （師範大學）	廈門話文白異讀中鼻化韻母的探 討	林　炯　陽 （東吳大學）
羅　肇　錦 （新竹師專）	臺灣客語次方言間的語音現象	何　大　安 （史語所）

這一次不但是國內的學者參加，而國外如香港中文大學及珠海大學也有學者來參加，來發表論文，由於問題愈討論愈清楚。有人建議：既然我們這個會已經有了一個很堅實的基礎，而不論是國內外教聲韻學的老師、研究聲韻學的學者、以及對聲韻學有興趣的先生們，大家都很高興地來參與，希望能在這個會裏提出來，成立一個中國聲韻學會，有一個固定的組織，取得政府的立案，能夠正式的活動。我覺得這個建議非常有意義，就在會中提出來徵求大家的意見，得到熱烈的反應，與會學者簽名的非常踴躍。既然如此，我們是推動這種活動的人，我們義不容辭應該主動地把這個工作推動起來，這就是我們現在要組織這個聲韻學會的原因。

第六次會議

我們籌組聲韻學會辦理立案的過程中，由於內政部要求我們每個發起人都要蓋章，而我們的發起人分散在全國各地，爲了讓每個人蓋個章，花掉我們不少時間。因此等到第六次會議在高雄舉辦的時候，我們才剛剛得到內政部的回文，說正在知會有關單位。這次會議由高雄師範學院主辦，在應裕康所長、施銘燦主任、林慶勳教授的策畫之下，會議得到教育部的補助，因此經費較爲充裕。在77年4月16、17日分兩天舉行，發表的論文如下：

第一場：主持人陳新雄（師範大學）

主　講　人	論　文　名　稱	講　評　人
謝　雲　飛 （政治大學）	麗水西鄉方言的音位	丁　邦　新 （史語所）
何　大　安 （史語所）	濁上歸去與現代方言	李　三　榮 （高雄師院）
姚　榮　松 （師範大學）	彙音妙悟的音系及其相關問題	龔　煌　城 （史語所）

第二場：主持人丁邦新（中研究史語所）

主　講　人	論　文　名　稱	講　評　人
董　忠　司 （新竹師院）	江永聲韻學抉微	林　炯　陽 （東吳大學）
金　周　生 （輔仁大學）	上古唇塞音聲母之分化可溯源於 陸德明經典釋文時代說	李　　鍌 （師範大學）
黃　坤　堯 （香港中大）	「釋文」如字初探	張　文　彬 （師範大學）

第三場：主持人張孝裕（師範大學）

主　講　人	論　文　名　稱	講　評　人
竺　家　寧 （淡江大學）	宋代入聲的喉塞音韻尾	陳　新　雄 （師範大學）
林　慶　勳 （高雄師院）	「諧聲韻學」的幾個問題	吳　聖　雄 （師範大學）

這次會議不但安排了三場討論會，而且在第一天第一場討論會之後，請中央研究院院士丁邦新先生作了一場專題演講，講題是：

聲韻學中的幾個觀念問題。高雄師院雖然遠在南部，但是大家對主辦單位的感受是：就跟高雄的天氣一樣，那麼熱情。院長張壽山先生不但親臨主持開幕典禮，並且在第一天討論會會後宴請與會的會員們晚餐。而師院的國文系所幾乎也是全體動員來支持這個討論會，與會的學者們都有賓至如歸的感受，特此表示感謝之忱。同時中華民國聲韻學學會也正在內政部核定立案中，我們希望明年的大會是我們的學會正式立案後的第一次大會。

展　望

我們的學術界，從我們這一代開始，應該沒有門戶，只有是非，不論你是跟那一位老師學，希望都能一起坐下來談。我們成立這個學會，不是爲造就某一個人，也不是要樹立某個門派，而是爲我們整個學術界貢獻力量。因此我們希望每位理監事都有一定的任期，不要連任太久，每次討論會由各大學及研究機構輪流主辦。這個學會成立之後，我們希望推動以下幾項工作：

1. 連絡海內外從事中國聲韻學研究的學者，作廣泛的資料以及意見的交換。

2. 每年定期舉辦研討會，發表論文，督促大家從事研究工作。

3. 整理、介紹古今中外聲韻學著作，編印叢刊及論文集。

4. 成立獎學金，鼓勵青年人從事聲韻學的研究。

除了以上的幾項目標以外，本會的論文希望都能以中文發表，使國內的學者們藉著自己的語文，用很方便的管道吸收最新的研究成果。

國立中央圖書館出版品預行編目資料

聲韻論叢. 第一輯／中華民國聲韻學學會，臺灣師範大學國文系
所主編. -- 初版. --
　臺北市：臺灣學生，民83
　　面；　公分.
　-- （中國語文叢刊;18 ）　ISBN 957-15-0608-7（精裝）.--
ISBN 957-15-0609-5（平裝）

1.中國語言 - 聲韻 - 論文,講詞等

802.407　　　　　　　　　　　　　　　　　83003012

聲　韻　論　叢 第一輯（全一冊）

主　編　者：中 華 民 國 聲 韻 學 學 會
　　　　　　臺 灣 師 範 大 學 國 文 系 所
出　版　者：臺　灣　學　生　書　局
發　行　人：丁　　　文　　　治
發　行　所：台　灣　學　生　書　局
　　　　　　臺 北 市 和 平 東 路 一 段 一 九 八 號
　　　　　　郵 政 劃 撥 帳 號○○○二四六六八號
　　　　　　電 話：三 六 三 四 一 五 六
　　　　　　ＦＡＸ：三 六 三 六 三 三 四
本書局登
記證字號：行政院新聞局局版臺業字第一一○○號
印　刷　所：淵　明　電　腦　排　版
　　　　　　地址：永和市福和路一六四號四樓
　　　　　　電話：二 三 一 三 六 一 六

定價　精裝新臺幣三六○元
　　　平裝新臺幣三○○元
中 華 民 國 八 十 三 年 五 月 初 版

80255-1　版權所有・翻印必究
　　　ISBN　957-15-0608-7（精裝）
　　　ISBN　957-15-0609-5（平裝）

臺灣學生書局出版
中國語文叢刊